陳映真全集

17

1998
—
1999

人間

目次

論呂赫若的〈冬夜〉

〈冬夜〉的時代背景、審美上的成就和呂赫若的思想與實踐[1]

一九四五年八月十五日，日帝敗戰投降，於是在一八九五年從中國被割讓出去的殖民地台灣宣告光復，復歸祖國。僅僅距此一年五個月以後，台灣現代文學的傑出作家呂赫若（一九一四－一九五一），放棄了日語，以相當流暢的祖國白話文共同語，發表了在藝術上出眾、思想上深刻的小說〈冬夜〉，從而把台灣文學從現代帶進了當代。小論的目的，在於從分析甫告光復的台灣社會、經濟和文化潮流，以及作者呂赫若在光復後四、五年間的思想與實踐的軌跡，說明傑作〈冬夜〉如何以傑出的現實主義文學，深刻而形象地表現了當時典型的社會背景，以及這背景中典型的階級及其人物的相互關係和生活的本質。

一、甫告光復的台灣社會

伴隨著台灣總督府權力和軍警力量的瓦解，台灣五十年殖民地．半封建社會也隨之崩解。一九四五年八月十五日以後，一直到十一月初，國府先後宣告台灣行政長官公署和台灣警備總司令部的成立。十一月十七日以後，公署官員乘四十多艘美軍艦船到台接管。十月二十四日，陳儀和象徵國家機關的軍、警、憲合計約三千人在台灣登陸。十月底開始，公署開始訂立各種法條，接收前日本總督府官有企業和日本獨占資本留下來的企業體，展開全面接收日帝遺留的獨占體而予以國有化的行動。自此，以舊中國大地主階級、官僚資產階級、買辦階級和大資產階級為統治核心的、半殖民地．半封建國家接管了台灣，台灣於是重新編組到一個巨大的、半封建．半殖民地的中國社會，成為她的一個組成部分。

有一種流行的說法，曰光復之前，台灣已是一個經日本人經營得相當進步、繁榮、文明的社會，光復使這文明的台灣和一個落後、貧困的大陸社會強行併合，因此甫告光復後台灣社會經濟的混亂、米荒、飢餓、通貨膨脹，都是「強行併合」後國民黨官僚的腐敗、劫收和倒行逆施的結果。

當然，陳儀當局全面接收了日帝下總督府和日本私人獨占體，並且整編為龐大的國家資本。這國家資本所收奪的巨大獨占利潤，又必須為半封建．半殖民地的國民黨國家的內戰軍事財政及戰後重建服務，從而被巨大的、破壞性的內戰財政所鯨吞。於是這國家資本不能不以台灣銀行的非常信用擴張，取得需求孔急的資金，從而造成沉重的通貨膨脹壓力。在另一方面，陳儀當局又將內地在抗戰時期所推行的、半封建的「地租物納」體制帶到台灣，與戰時總督府的統制經濟的遺體重疊，在光復後的台灣施行嚴格的糧食管理政策。為了確保內戰財政中的軍公糧食和通貨膨脹下稅收的價值，地租物納和餘糧的強制徵購的確造成對於台灣農民和地主的壓迫和苛烈的收奪。

但是，台灣社會在光復後嚴重缺糧和飢餓的情況，其實很早就開始了。一九四五年十一月，及光復後的兩個半月，陳儀當局就受到缺糧的強大壓力，下令禁止台灣食糧對外輸出，嚴禁米糖私運出省。十二月，台灣缺糧進一步嚴重化，實行大米配給制，全省糧價騰貴，物價跟著上揚，行政長官公署呼籲地主不要囤積。一九四六年一月，台南缺米嚴重。二月以後，公署和警總連番嚴令禁止民間搶糧、強行購糧、「阻礙運糧」和囤積惜售。而國內的國共全面內戰，是在一九四六年六月以後的事。台灣的「田賦徵實」辦法，也是在內戰爆發後一個月的一九四六年七月的事。「國民黨劫取台灣大米打內戰，致有『糧倉』之譽的台灣嚴重缺糧」之說，沒有科學根據。

那麼，〈冬夜〉中描寫「一斤米超過二十元，自己在酒館裡賺的錢來維持一家五口的生活是不夠的」情況，即一九四六年末大米騰貴，通貨膨脹的原因何在？對於這個問題，早在一九四五年十二月，台灣的知識分子已經有深刻的認識了。[二]把當時的討論做一個概括，台灣光復後的嚴重缺米，實肇因於日本的侵略和戰爭政策，以及因之而起的「太平洋戰爭」。具體地說，是（一）戰爭末期嚴厲的糧食統制、糧食徵集，不但使廣大的農民受到嚴苛的盤剝而窮乏化，也使地主積累大幅萎縮，生產意願低下，農村廣泛貧困化。這種戰時經濟的局促，在光復後益見突出；（二）由於戰爭的破壞，航路不正常，作為肥料的東北豆粕和美國硫胺化肥在戰爭期間即告中斷不繼，嚴重影響光復後稻米生產；（三）由於日本戰爭擴張政策，將全島人力為戰時「要塞化」驅策，分派到遼闊的戰場、島內廠礦事業單位，農村勞動力銳減，農事荒廢；（四）強迫農民從事戰略農作的栽培，減少了稻米糧食耕作的面積；（五）盟軍對台灣農村的轟炸造成損害；以及（六）前文所提在戰時農業統制、強徵，造成糧食嚴重短缺。[三]

一九四六年六月，「國府」發動全面內戰，中央的內戰財政沉重化。七月，台灣施行田賦徵實辦法，農民被迫以實物稻穀繳稅，台灣的糧荒益烈。至一九四七年一月，米價暴漲，一日提價數回，到了「二二八」事件前夜，食糧價格一直攀高不下，成為點燃二月事變的重要原因之一。

包括米價在內的物價騰貴，造成廣泛人民生活的窘迫。〈冬夜〉中的楊彩鳳，在回到娘家以後，正是被嚴峻的生活所迫，到酒家賣笑。依據資料，一九四五年十二月的物價，比四個月前戰爭結束、台灣甫告光復之時騰貴了十倍之多。[四]於是戰後物價和金融問題，也早在光復不久就引起了台灣先進知識分子的深切關心。[五]概括而言，可以看到這幾條，即（一）戰後生產疲無起色；（二）經過整編的公營事業國家資本，以台灣銀行為其頂端，吸收台灣經濟剩餘，挹注損耗性內戰財政，造成以通貨膨脹為表徵的經濟和財政上的混亂；[六]（三）台灣與大陸在經濟上的連動，使內地金融財政的混亂波及台灣。通貨膨脹比台灣更烈的上海，來台搶購物資；公署大量冗員的巨大薪資的流出，都造成台灣物價的持續惡質上揚。[七]

但細心的讀者，在〈冬夜〉中看見兩個極端和矛盾的生活現象。一方面是通貨膨脹、米價日騰，失業、貧困化、社會治安和道德敗壞。但在另一方面，卻又看到燈紅酒綠，豪侈冶遊。楊彩鳳拖著疲憊不堪的身體，夜半回到淡水河邊貧民窟的家中，還聽見「由遠方傳來的繁華的熱鬧的聲音」。彩鳳決定出賣「媚笑」幫助家計的時候，是「酒家林立」的「時候」。當時「夜市的路上，充滿著嘈雜的人聲，輝煌的燈光，人推著人，汽車接著汽車，表現著光復的歡喜」。[八]

這腐敗、冶蕩、豪侈的生活現象，當然也招引了光復當初關切生活的知識分子的批判的眼光。[九]把當時的批判和分析做一個總括，造成這局部的「光復景氣」之原因，約有數端：（一）甫告光復，生活立刻從戰時經濟嚴酷的「統制」中「解放」，加上心理上由戰爭死亡的蔭谷中走出，精神亢奮，消費意欲高昂。在另一方面，戰時的物資統制解除後，商貨流通活潑化，商人將囤積已久的商貨釋出，市場有一時性的活絡；（二）台灣豪商、紳縉與接收官僚的酬祚、奉承；

支取高薪（貨幣）的接收官僚的豪侈消費，使色情商業、「酒館」等特種營業蓬勃，促進士紳、官僚、投機商人和囤積居奇而致暴富的地主豪商，夜夜笙歌；[一〇]（三）光復後，不少大陸商人從廈門、福州、汕頭和香港來台，轉販台灣因戰時經濟而奇缺的醃肉、蛋、生鮮肉類，來交換台灣的砂糖和大米；[一一]（四）此外，在美軍協助下，敗戰日本當局秘密運來數億日元，以薪俸、年金、賠償等形式發放給當時仍在台等候遣返的日本人、殖民地文武人員及眷屬。[一二]由於遣返時只許每人攜帶千元美金以內的錢，這些貨幣自然造成消費市場的「景氣」。（五）最後，如前文提及，當時大陸的通膨比台灣嚴重，不少上海浙江商人來台搶購物資，這些人也成了光復後「酒館景氣」的支持者。〈冬夜〉中浙江商人郭欽明應該屬於這種甫告光復就來台灣進行商業冒險的大陸商人。比起一九四八年後才為了逃避共產黨而蜂擁入台的浙江、山東系財閥資本家集團，「郭欽明」這班人要來得更早一些。在吳濁流的《無花果》中，也談到類似郭欽明的商人和接收官僚，在台灣醇酒宴樂之餘，也搞「欺騙的婚姻」，遮蓋自己已婚的事實，在台灣找對象「明媒正娶」一番，到頭來新夫人變成姨太太，甚或被迫下堂而去。[一三]而不料五十年後，台灣商人中的不肖者，也到大陸去玩同樣——或者更其惡劣的把戲。

和〈冬夜〉相聯繫，甫告光復後的台灣社會，還有一個戰爭／殖民地的遺跡，即從華南或南洋復員回台灣的台灣人原日本兵（軍伕）問題。

據統計，從一九三七年到一九四五年間，日本人共計徵調台灣青年二十七萬人，支應日本的侵略擴張運動。其中包括一九四二年被徵為「陸軍志願兵」者和一九四三年被徵為「海軍志願兵」者。全面徵兵則遲至一九四五年方開始。這主要是日本人知道台灣人的漢民族認同意識強烈，不放心徵調台灣青年到中國戰場或有不少華僑的南洋戰場。戰爭結束倖免戰死者，從廣泛的華南戰場和南洋戰場先後遣返。計戰死或失蹤五萬人，傷殘兩千人，被當作日本戰犯處死者二十六人。彩鳳的丈夫木火，就是五萬名戰死的軍伕（台民被徵多從事戰場第二、三線文員、技術人員、農業、運輸、伙伕等工作，直接成為「皇軍」參加戰鬥者，絕無僅有。這與日本人徵用朝鮮人者不同，主要還是對台灣青年的漢族認同不放心）之一。而狗春則是幸而生還者中的一人，不過狗春在生還者中也有一些特殊。他屬於在戰爭尚未結束時，就知道叛離日本部隊，跑到美軍部隊去，而後參加在菲律賓的華僑抗日游擊隊的那一類人，和一直到戰敗猶自以為是不敗的皇軍陣營台籍原日本兵不一樣。

然而，具體的社會現實是，一九四五年以後，經濟財政兩皆疲困的台灣，憑空增加了約二十二萬從南洋回來的台灣人原日本兵，在當時日益嚴重的台灣社會失業與貧困化問題上雪上加霜。在南洋有過戰鬥經驗，遣返回鄉時又身攜武器，由於一夜之間從「侵略中國的日本兵」轉變為「祖國中國的同胞」的尷尬，沒有「戰勝國」中國的光榮，也扯不上「戰敗國」日本的悲哀——

有一部分這樣一群失業、失據又失所的台灣青年，終於在光復後治安軍警微弱的社會，像狗舂那樣，不能不淪為強盜了。

據此，我們才進一步理解了早在英華二十一歲的一九三五年，就寫出具有深刻的社會生活認識力的小說〈牛車〉的呂赫若，在一九四五年發表的〈冬夜〉，是如何形象地、深刻地表現了光復前後台灣社會和生活中複雜、沉重的矛盾的核心。他以相當流暢的白話文，成熟的寫實主義審美技巧寫成的〈冬夜〉，是身歷殖民地台灣和光復後台灣兩個歷史時代的台灣作家第一篇白話文當代小說，不但總結性地體現了在殖民地抵抗運動中誕生、成長的台灣小說文學，而且富有象徵意義地結束了語言被收奪而不能不以日語文從事創作和抵抗的時期，從而宣告了戰後在台灣的當代中國文學的展開。

二、〈冬夜〉的藝術成就

從人物的塑造上說，呂赫若就像在他的其他作品那樣，表現了對於女性的社會處境的深入關懷，並且透過女性的一生——她對於所面對的艱困的情境所做的反應、選擇和決定——使讀者獲得對這位女性、從而對於生活的一般有了本質性的理解。

在上一節所說明的殖民地台灣光復前後的歷史和社會的典型性時代背景下，彩鳳，一個極其平凡、認命、只知道以在艱困的生活中怎樣協助家人度過難關這個標準，來決定自己的人生行為和選擇的、社會（「戰時下」「萬般無奈的」）和家庭地位卑微的女性，也具有典型性。十八歲，她「最平凡」地嫁給叫作林木火的青年。五個月後，丈夫被迫出征為日本「志願兵」。丈夫走後，順著社會和婆家的倫理，「在城市生長的她天天都走到田園種作」，雖然「於她是相當的辛苦」，她也「整整勞動了三個多月」。[14]

不久，在丈夫戰死，婆家不留的情況下，彩鳳回到娘家居住。眼看生活萬般的艱難，確證丈夫戰死的第二天，「為了挽救娘家的生活起見」，「彩鳳就走進入酒館裡去」了。「對於出賣自己的媚態，她並沒有感覺著什麼，她的念頭只是要錢，要能夠負起一家人的生活。」[15]

彩鳳的一生，只是為了「要能夠負起一家人的生活」，而不以自己的幸福和前程為顧念的一生。後來被郭欽明玩弄、欺騙而威逼成婚，郭欽明的三萬元聘禮也是個因素。而郭欽明在最後露出猙獰面貌毀約，迫楊家退還三萬元聘禮，使楊家反倒負債。為了幫娘家還這筆債，彩鳳進一步由賣笑淪為賣身的娼女。到了最後，為了害怕前來圍捕強盜的警察識破自己娼妓的身分而被拘捕——從而斷送以妓女「負起一家人生活」的機會，她向警匪槍戰的彈雨中狂奔而喪命。

而作為〈冬夜〉中的主要人物，彩鳳在和戰後台灣生活的艱難搏鬥的歷程中產生了變化。

她從一個平凡的小家碧玉，為了負擔家計，淪落於生活的底層。後來遭到郭欽明逼婚，但在郭欽明的花言巧語下，曾一度以為是「萬分的幸福」的歸宿。但不到半年，美夢破碎。彩鳳被郭欽明染上性病，卻反而被嫁禍屈辱，被迫離婚，三萬元聘禮也被追回。從此，她知道了對壓迫者的憎恨，怨恨郭欽明怎樣地把她推落到苦難的深淵。她正是懷著這自棄的怨憎，進一步淪為娼妓，並且在接待狗春的時候，在狗春酣睡的臂彎中感到戰慄和「無窮的悲哀」。呂赫若寫道：「……在這當中，竟成熟了她冷酷憎恨的人生觀」；她成了一個「鄙視了一切，唾棄了一切，憎恨了一切」的人。[一六]生活和時代加之於一個單純、平凡、脆弱、善良的少女以無告的苦難和侮辱，使她成為一個對人、對待一切價值失去了展望與依賴的人。受苦的人含著對於苦難無告的憎恨，向著更深的深淵沉淪。而呂赫若就在這樣立體地——而不是平面地塑造了一個在小說情節的歷程中成長、蛻變的鮮活人物，為我們創造了另一個受苦、受凌辱而哀哀無告的女性角色，從而以這樣鮮活的苦難的女性角色——例如魯迅的祥林嫂——發出千古淒厲的控訴。

另外，呂赫若還塑造了一個次要的反派角色郭欽明。從光復前後台灣社會的背景看，郭欽明是光復後最早從大陸來台的商人，有敏感、突出的典型意義。正如在上一節中所分析，郭欽明一類的商人，不是以大陸的生鮮肉食來台交換米糖，就是以貶值的大陸貨幣匯差，搶購台灣物資。他身著華服，常常「到酒館裡花天酒地」，以小轎車代步。他熟練地玩弄女性。呂赫若描寫他隨身帶著手槍，暗示他可能擁有某種秘密的巨大權力。如同吳濁流所說，郭欽明這一類光復初來台的官僚和商人擅長以「虛假的結婚」玩弄本地女性。此外，郭欽明的花言巧語，在呂赫若筆下，已經超越了一般浪蕩商人拐誘女子的甜言蜜語，而是十分強烈的政治、社會的「反諷」（意義）。彩鳳在婚後向郭欽明訴說自己的過往，呂赫若寫道：

……他（郭欽明）用著憐憫的眼光注在她的臉上，同情的說：

「你這麼可憐！你的丈夫（林木火）是被日本帝國主義殺死的。而你也是受過了日本帝國主義的摧殘。可是你放心，我並不是日本帝國主義，不會害你，相反的我更加愛你。要救了被日本帝國主義殘摧的人，這是我的任務。我愛著被日本帝國主義蹂躪過的台胞，我是為台灣服務的。」一七

在郭欽明玩弄彩鳳、誘逼成婚、感染惡疾、始亂終棄的文脈下，在光復當時大陸來台「國府」接收大員冠冕堂皇的門面話和空話——例如八年抗戰打垮日本帝國主義，解救台灣同胞，愛護台灣同胞——到處充斥的時代，郭欽明的這番話，完全失去了它們原來字面意義的內涵，而形成了巨大的「反諷」。許多成功成熟的文學家，經常利用「反諷」的手段，極有成效地點明了

作家在作品中所欲表達的觀念和思想。在「歡天喜地」慶祝光復一年餘的台灣社會，人民早已在「國府」接收大員的大話、空話、假話背後，體會了和這些大假空話相悖反的政治與生說要保護人民、為人民服務的人，實際上是危害人民、支配人民的人。

其次可以說到呂赫若的語言——中國白話語言。一九四六年，呂赫若在台灣著名的革命家和文化工作者蘇新主編的《政經報》上先後發表過兩篇白話漢語寫成的短作〈故鄉的戰事(一)——改姓名〉和〈故鄉的戰事(二)——一個獎〉。把這兩篇短篇和發表於一九四七年一月號的，也是由蘇新編的《台灣文化》上的〈冬夜〉比較，很容易看到前兩個短篇在語言上相對生澀和不順暢，從而也看出呂赫若在力爭掌握祖國漢語白話文的努力上的勤奮，以及對漢語感受、理解和使用上的敏捷和才華。在短短的一九四五年到一九四六年間，人們看見了初出道就表現了藝術技巧上和思想上早早成熟的作家呂赫若在白話漢語使用上的熟達和天才。我們看不見呂赫若即使在他初登文壇時一般不可免生澀、不熟、煽情，甚至某種表現手法上的幼稚。由於在藝術上和思想上早已成熟練達，僅僅改變語言而出現在一九四七年初，「二二八」事變前夕的〈冬夜〉，不論在藝術手法、結構、人物創造、主題表現等各方面，讀來仍是呂赫若最成熟、最好的作品之一，只不過由於語言轉換期間，讀來只覺得是一篇很好的小說的比較拙滯的翻譯本。但透過未臻完全熟達的語言，讀者仍能充分直抵小說思想、感情與審美的核心，為之低迴讚嘆，不能自已。

小說的情節，是小說中的人物和事件、動作之相互關係的設計。這種相互關係，表現為人物、事件、情境間的連動和一連串矛盾統一的運動，推動著情節的發展。

少女彩鳳首先和日本戰敗前夕的社會與生活的劇變產生了矛盾。新婚後丈夫木火出征，隨即音訊渺茫，而翁姑不留。故事中的第一個衝突矛盾，以彩鳳遣回娘家緩解。

彩鳳與生活的第二個矛盾，發生在她與戰後艱困的環境的矛盾。父親失業，米價昂貴，母親嗜賭……。這個衝突以她被迫淪為酒館出賣媚笑的酒女，解決她要為「挽救娘家的生活」造成的矛盾而緩解。

第三個矛盾是郭欽明仗財、仗暴力（手槍）強要彩鳳。在郭欽明的甜言蜜語中，彩鳳誤以找著幸福，矛盾又一時緩解。

最後一個最大的衝突，是彩鳳被染上惡疾之餘，還被嫁禍而被迫離婚，又遭強索聘金，致娘家負了重債。彩鳳含恨投入娼門賣身，過著悲忿黑暗的生活。這個重大矛盾因淪為盜賊的恩客狗春與軍警槍戰，彩鳳怕在警察前暴露私娼身分，在亂槍中狂奔、中彈而亡。衝突至此，在悲劇消解達到高潮，故事結束。

呂赫若把故事的「動作」、事件、描述、人與情境的互動……緊密地聯繫起來，使人物與生活、思想、感情、選擇與行動在許多矛盾、衝突與統一、緩解過程的循環中展開，而使情節表現為「有機的統一」（organic unity）的安排，一氣呵成，漫發成篇，表現出呂赫若十分成熟而有創意的情節編排與結構形式。而正是通過這些具體的藝術形式和表現技巧，呂赫若又十分形象地表現了甫告光復的台灣的大時代和歷史的典型性，並且形象地創造了楊彩鳳、郭欽明這兩個正反、主要次要的典型人物，體現了光復後政治、社會階級間的關係及其本質。

三、呂赫若的思想與實踐

一九三五年，二十一歲的呂赫若就以結構和表現技巧相當老練完整、思想上相當深刻地把握了日帝下台灣半封建主佃關係對於人（階級）的壓抑本質的重要作品〈牛車〉和〈暴風雨的故事〉。從一九三五年末的〈婚約奇譚〉以降，一直到侵略的戰時體制的一九四三年，小地主階級出身的知識分子呂赫若孜孜不倦地刻畫、反省、嘲弄和批判殖民體制下台灣半封建地主階級知識分子的生活、思想感情、女性的處遇、婚姻關係、家庭生活等等的腐敗、落後、虛偽、陰悒和殘酷。在皇民化的戰爭宣傳最喧囂的四二年至四三年，呂赫若寫過的幾篇比較接近「國策文學」的作品，都看不見歇斯底里的皇國聖戰之類的修辭。呂赫若在四〇年代的作品，莫不對日本的侵略意識形態宣傳裝聾作啞，兀自去雕刻殖民地體制所溫存的台灣半封建地主家族和生活中不合理的、腐朽的瘤根。光復以後，呂赫若以剛剛學會的漢語白話，在一九四六年，一口氣發表了三篇分別嘲笑戰中皇民化時潮下「創氏改名」運動、平素大言炎炎的日本人的懦弱膽小，和批評及嘲笑戰中極端力爭同化為日本人的台灣人的小說。

這說明，像台灣現代文學史上幾個偉大的作家一樣，呂赫若是一個思想型的傑出作家。不論在充滿民族、階級、社會和生活矛盾的殖民地時代，或是在光復當時，中國新舊交替對峙鬥爭下充滿了各種混迷和矛盾時代的台灣，呂赫若都能以他進步的哲學和歷史觀，準確地掌握時代和生活的本質，從而以他傑出的藝術，以成熟的藝術手段表現出來。

呂赫若在一九四七年元月發表〈冬夜〉於《台灣文化》之後，二月底就爆發了「二二八」民眾蜂起事件。自此，直到一九五一年他路死在鹿窟的中共地下基地，他就再也沒有發表過任何創作。歷史地看來，呂赫若因為有鮮明的思想黨派傾向，他選擇發表作品的刊物，一般地顯示一定的黨派色彩。一九三〇年代，他的作品多發表在當時台灣籍作家最大的團結組織「台灣文藝聯盟」的機關刊物《台灣文藝》、和楊逵主持的《台灣新文藝》上。一九四〇年代，呂赫若把大部分作品發表在與西川滿日本體制派刊物《文藝台灣》相抗衡對立的《台灣文學》(啟文社)上。

台灣光復以後，呂赫若的漢語白話文作品，分別發表在《政經報》(「故鄉的戰士」系列兩篇)、《新新》月刊(〈月光光〉)和《台灣文化》(〈冬夜〉)。而這幾個在光復後台灣知識界為重要的

刊物，恰恰都由蘇新所主編。呂赫若和蘇新的關係，於是引起研究者的注意。[一八]

據蘇新自述，一九四五年十月，他在台灣著名知識分子朋友陳逸松家認識了王白淵和其他著名人士陳忻、陳逢源，決定組織「台灣政治經濟研究會」，並刊行《政經報》，由蘇新主編[一九]。據藍博洲的研究，估計呂赫若在一九四五年七月和蘇新相見於台南佳里。一九四六年十二月，蘇新任《人民導報》的主編[二〇]，呂赫若為了鍛鍊中文寫作，經蘇新引介，進入《導報》報社[二一]。一九三一年台共遭到日帝當局全面鎮壓逮捕時，呂赫若是十七歲的師範生。一九三三年，包括蘇新在內的台共諸君子遭受大審，呂赫若十九歲，距其發表名作〈牛車〉只二年。推想當時對於左傾青年呂赫若，蘇新的聲名和形象是十分高大的。一九四六年元月，《人民導報》刊行，歷史終於讓呂赫若開始了與蘇新的工作關係和個人的密切聯繫。

《新新》月刊在一九四五年十一月創刊於新竹，時間略早於蘇新主導的《人民導報》。蘇新在編輯上和《新新》有什麼具體的工作關係，目前尚不明，但是一九四六年六月《新新》刊出了一場著名而重要的文化座談紀錄，由蘇新擔任座談會的主席。參加座談「台灣文化的前途」的俊彥有：蘇新、王白淵、李石樵、黃得時、張冬芳和林博秋等。呂赫若的〈月光光〉發表於一九四六年十月的《新新》，可以看出對發表文章的媒介一貫有高度黨派選擇的呂赫若與蘇新的關聯吧。

發表〈冬夜〉的《台灣文化》，也是光復後的一份十分重要的文化思想刊物。據蘇新〈自傳〉，一九四六年五、六月間，他和當時的知識界朋友，有感於許多台灣籍文化人「（例如日據時代的小說家、詩人、畫家、音樂家、戲劇家等）被國民黨所歧視（國民黨的一些反動報公開罵這些人是『奴化分子』云云），沒有活動的陣地」，開始「醞釀組織文化團體」[22]。一九四五年十一月，「台灣文化協進會」正式成立，蘇新擔任常務理事兼宣傳主任。從組織人事看來，「協進會」是一個涵蓋面廣闊的統一戰線，左、中、右的代表性人物都有。有士紳派的林獻堂、羅萬俥、林茂生、連震東，也有舊台共系的林紫貴、許乃昌、蘇新和日據時代左翼文學家王白淵，中間包括了思想、階級光譜廣闊的省內外文化界、知識界人士。一九四六年六月「協進會」正式辦公。九月，依蘇新主張，「協進會」的機關刊物《台灣文化》正式出刊。十一月，在蘇新主導下，《台灣文化》推出「紀念魯迅逝世十週年」專號，刊出許壽裳、田漢、黃榮燦（後來許被國民黨暗殺於台北，黃則仆倒在五〇年代白色恐怖的刑場上）。魯迅專號一時洛陽紙貴，影響較大。就是在這樣一個雜誌上，一九四七年二月號，發表了呂赫若，於台灣當代文學皆堪稱為里程碑的〈冬夜〉。

〈冬夜〉刊出後不久，就發生二月暴動，蘇新積極參與了在台北的鬥爭。不久蘇新為避開緝捕攜眷西渡上海。在國民黨嚴密的追捕形勢下，蘇新再走香港，把妻子和幼女託人送回台灣。而在台北火車站迎接這對母女，為母女安頓在台北暫時性棲址的，正是呂赫若！

在偵騎嚴密追緝下，託付照料內眷妻女的任務會落在呂赫若的身上，進一步說明了蘇新和呂赫若非僅親交的感情上、思想上和工作上的聯繫。事實上，據蘇新唯一的女兒蘇慶黎的記憶，蘇新夫婦對呂赫若有異於一般的愛護、期許和親交[二三]。從一九四七年底到一九四八年，呂赫若還在音樂活動上露臉[二四]。一九四九年以後，呂赫若就和文化社會斷絕了一切的聯繫，迨一九五一年，怯怯的耳語，傳來呂赫若在逃亡和戰鬥的途程中，遭到蛇吻而死的消息。

據藍博洲初步的研究，估計呂赫若可能在二二八事變後和中共在台地下黨發生了組織上和工作上的聯繫。一九四九年初，呂赫若似乎已經參加基隆中學支部宣傳刊物《光明報》的編輯工作，同時也通過鹿窟基地陳本江的領導，負責直屬台灣省工作委員會的「大安印刷廠」的工作。一九四九年秋冬，基隆中學支部遭到破壞，「大安印刷廠」亦倉促關閉。十月，呂赫若已經開始潛入地下，上鹿窟基地工作。在鹿窟深山中，這位才華熱情洋溢，思想深刻的台灣人民傑出的小說家呂赫若，負責的是無線電發報這項沉重艱苦的工作。一九五一年某一個晚上，「他在大溪墘台陽煤礦附近，利用坑外運輸用一百五十馬力的卷揚機發報。發報之後，在扛起發報機要轉移地點時就被毒蛇（據說是龜殼花）咬了」[二五]，在克服民族內戰的工作崗位上犧牲了。

結論

一九四五年台灣光復。一九四六年「國府」發動全國性內戰。在一九四五年到一九五〇年兩岸基本上處在又統一又內戰的形勢下，特別是在一九四七年二月事件之後，無數在台灣的中國青年，籍不分省內外，民族不分漢族、少數民族，在台灣參加了內戰中新民主主義革命的一邊，並且把畢生只許開花一次的青春，獻給了人民和祖國。在台灣文學界，除了呂赫若還有著名的小說家朱點人，著名戲劇家簡國賢，在五〇年代白色恐怖的刑場上仆倒。著名先行代小說家、抗日農民運動家楊逵投獄十二年。一九五一年，呂赫若在鹿窟「台灣人民武裝保衛隊」基地的荒山惡夜，在蛇吻的昏迷中去世，並以草席為棺，就地掩埋，至今日而穴跡屍骨渺無蹤跡。

在《台灣新生報．橋》副刊戰場上，從一九四七年九月到一九四九年春天，在歌雷（史習枚）組織推動下孫達人、駱駝英（羅鐵鷹）、楊逵等人推動了內容豐富的關於台灣文學新現實主義問題的論爭。在四〇年代白色風暴中，歌雷、孫達人被捕投獄，駱駝英西渡免脫。

而在創作的領域上，力爭克服語言轉換所造成的困難，同時又力爭寫出思想上較深刻、藝術上比較好的作品這個重大任務，呂赫若做出了幾乎是唯一的、最早的、最好的貢獻。以〈冬夜〉為代表的呂赫若漢語白話小說的出現，標記著台灣現代文學從殖民地時期解放，當然也標記著在台灣當代中國文學的開端。

而呂赫若短暫三十七歲的一生的思想、創作和社會實踐，即反對殖民主義，反對與殖民主義相濡存的封建主義，對人的平等、解放與和平、友愛懷抱著畢生不渝的熱情與信念，熱愛自己的民族和祖國的呂赫若的思想、創作，和不避艱險的社會實踐，不但是發端於殖民地壓迫條件下台灣現代文學偉大進步傳統的傳承，也是對當代台灣文學豐富的啟示。

一九九八年元月八日

初刊一九九八年四月《南方文壇》（南寧）第六十三期
另載一九九九年七月《文藝理論與批評》（北京）第四期
本文按《文藝理論與批評》版校訂

一　劉進慶《台灣戰後經濟分析》，台北：人間出版社，一九九二年，頁三八—三九。
二　茲舉一例。一九四五年十月創刊的《政經報》第一卷第二期（一九四五年十一月）有「糧食問題對策」的座談等。
三　林金莖〈台灣糧食缺乏的原因〉，《政經報》二卷二期，頁六—八。
四　薛元化主編《台灣歷史年表．終戰篇Ｉ》，台北：業強出版社，一九九四年，頁八。
五　例如《政經報》一卷四期、五期連續刊有「金融問題對策」的座談會紀錄，表現陳逢源等人對問題相當的認識力。
六　劉進慶《台灣戰後經濟分析》，頁三九。

七　「金融問題對策」座談紀錄，《政經報》一卷五期，一九四五年十二月。
八　呂赫若〈冬夜〉，收入《呂赫若小說全集》，台北：聯合文學，一九九五年，頁五三三、頁五三七、頁五三八。
九　例如在一九四五年十二月《政經報》一卷四期「金融問題座談」上，就有人對官僚士紳的腐敗有露骨的批評。
一〇　恆青〈光復後台灣的物價問題〉，《政經報》一卷四期，一九四五年十二月，頁五―八。
一一　吳濁流《無花果》，台北：前衛出版社，一九九三年，頁一六五。
一二　塩見俊二『終戰直後の台灣――私の終戰日記』（高知新聞社、一九八〇年）、三六―三七頁。
一三　吳濁流《無花果》，頁一八八。
一四　呂赫若〈冬夜〉，頁五三六、頁五三七。
一五　呂赫若〈冬夜〉，頁五三七。
一六　呂赫若〈冬夜〉，頁五四四。
一七　呂赫若〈冬夜〉，頁五四一。
一八　藍博洲在〈呂赫若的黨人生涯〉中有專節討論了他與蘇新的關係。收入《呂赫若作品研究》，台北：聯經出版公司，一九九七年，頁一〇二―一〇五。
一九　蘇新〈自傳〉，收入《未歸的台共鬥魂――蘇新自傳與文集》，台北：時報出版，一九九三年，頁六一。
二〇　藍博洲〈呂赫若的黨人生涯〉，收入《呂赫若作品研究》，台北：聯經出版公司，一九九七年，頁一〇三。
二一　藍博洲〈呂赫若的黨人生涯〉，頁一〇六。
二二　蘇新〈自傳〉，頁六六―六七。
二三　蘇慶黎〈回憶與父親在一起的日子〉，收入《未歸的台共鬥魂――蘇新自傳與文集》，台北：時報出版，一九九三年，頁二六―二七。
二四　藍博洲〈呂赫若的黨人生涯〉，頁一〇六―一〇七。
二五　藍博洲〈呂赫若的黨人生涯〉，頁一二五。

1 本篇為一九九八年一月十五—十八日在北京民族飯店舉行、由中華全國台灣同胞聯誼會和中國社會科學院文學所聯合主辦的「呂赫若作品學術研討會」之會議論文，於十六日上午發表，原題〈讀《冬夜》〉。因《南方文壇》版未收入註釋，本文按《文藝理論與批評》版校訂。

一九九八年一月

關於台灣國中歷史教科書問題

一九九七年六月，台灣當局經數年編纂的新編國中台灣史教科書初稿出爐，因為(一)明顯而嚴重錯誤；(二)抹殺台灣與中國在歷史上的一體關係；(三)將日本帝國主義統治台灣的歷史加以美化、正當化而引起激烈的爭議。

但是，除了被指責的知識上的三百多處錯誤已被悄悄改正外，作為一種當前台灣統治階級之意識形態，關於新教科書中顯示的民族分離主義、反共、脫中國論，和對日本殖民歷史肆無忌憚之美化和正當化觀點，則絲毫未加以改正。

這套新教科書已經在九月間發交全島國民中學教室中施教，後果是嚴重的。

這一套新編國民中學台灣史教科書，有下列明顯的問題：

(一)對一八九五—一九四五年間日本對台施行殖民地統治的歷史加以美化、合理化、正當化。強調日本對台殖民統治增進台灣的「現代化」。教科書列舉製糖工業之發展、衛生的普及、養成台灣民眾的「守法守時」的習慣等等。教科書的編者顯然刻意不提日本現代製糖資本在台灣的發展是以台灣傳統製糖手工作坊的潰決、台灣人現代製糖資本的萎縮與依附，以及廣泛台灣蔗農之貧困為代價，並因而引發在台灣共產黨領導下台灣蔗農工會（農民組合）長年、廣泛之階級和民族鬥爭。

新教科書的編者也對學生隱瞞殖民地衛生施設目的在保證勞動力的再生產以利剝削；台灣從來沒有施行過與日本本土相同的法律體系而遭受法律上制度性的歧視。台灣人自始不曾受到平等的教育制度，而所謂現代時間觀念，無非為殖民地資本主義在剩餘價值的掠奪和使掠奪性勞動過程成為可能創造具體條件。

新編教科書強調日本依國際條約（《馬關條約》）治理台灣的「合法性」，而將一切日本據台期間台灣人民武裝抗日游擊鬥爭時所殺害之人的數目，對於從一八九五年一直到一九三〇年代台灣人抵抗運動採取過小評價和抹殺的態度。

這種對待殖民地歷史的態度，當然和戰後亞洲的冷戰結構有關。由於在第二次大戰世界反法西斯鬥爭中，共產黨的、左翼的勢力成為各地反法西斯鬥爭的主要領導中心，這個歷史事實，與在戰後以美國為首的反共戰略利益及意識形態產生矛盾。於是廣泛的、在美帝國主義影響下的前殖民地或前半殖民地，在書寫二次戰爭中反日、反殖民地歷史時，因反共的冷戰意識形態，而對左翼或共黨領導的歷史加以抹殺和歪曲。

(二)其次，更由於在亞洲冷戰中美日的結盟，使得對日本的戰爭責任和殖民統治責任的批判，遭到了限制。

一九四五到一九八七年國民黨治下之台灣，對美、日帝國主義的批判，是嚴重的思想犯罪，可以招致不測的禍害。一九八七年後，台灣人李登輝政權下的台灣，和日本反共右翼保持密切聯繫，對戰前戰後日本帝國主義的批判，在台灣學術界思想界都受到漠視。相反，在台灣的親日思想和皇民主義的殘餘，比蔣氏時代有所發展。

因此，在日據下台灣史中有其重要地位的台灣共產主義運動，左翼農民運動和右翼民族運動在二〇年代末期左傾，連同台灣抗日文化運動和文學運動在三〇年代後的左傾化，都被新編教科書的編者刻意抹殺。教科書敘述日據時代反日社會運動和民族運動時，只簡略述及右派地主士紳階級的早期「台灣文化協會」、「民眾黨」的活動。

其次，新編教科書之所以避忌對日本殖民時代的批判，主要受到戰後台灣政權依附美國、日本等外來勢力的影響。

在冷戰結構下，美日對台灣政策，主要在塑造一個反共、反中國、從中國獨立出來，和美日政權極度親近的台灣。因此，自一九四五年以降，從蔣政權一直到李政權皆一致突出台灣和大陸的差異性（如台灣＝民主、自由、經濟發達；大陸＝獨裁、專制、貧困），宣傳台灣一島之共同體意識，而有意否定兩岸中國之民族共同體意識。

新編教科書不使用中國歷朝紀年和國際通用西曆紀年互相參照之記敘；刻意沖淡台灣開發過程中與中國、中國民族與人民深刻的聯繫；過低評價中國文化、歷史和精神對台灣之強大影響。宣傳「台灣意識」，過低評價日據前台灣社會經濟發展的成就。

從現實政治層次來看，新編歷史教科書受到當前台灣領導人個人的政治偏向的重大影響。

（三）李總統出身台灣人日本刑警家庭，在台灣度過狂熱的「皇國少年」。及長，他赴日本京都大學就讀，屬於殖民地精英階層。一九四五年日本戰敗，李肄業回台，一度據說參加了與中共有關的組織，不久退出，在美國在台農業援助機構服務，被迫為過去政治信仰宣告轉向。

晚年的李登輝表現出保守、反共、反中共，親日、親美的思想和行為。近數年來，李登輝多次表示日本對台殖民的文明化、現代化評價，批評反日民族主義，對中國現代史在受帝國主義侵略下的動盪和不安表示厭惡與不恥，強調「台灣鄉土史」教育，鼓舞一種與中國切斷歷史、社會、文化關係的「台灣史」論。李總統的這種台灣史之認識，可以說直接造成了這次台灣的國中歷史教科書的「修改」。

在亞洲冷戰和兩岸內戰構造下，一九五〇—一九五三年間殘暴的異端撲殺下，一九五〇年以降，台灣任何反日、反美和反帝思想言論受到十分嚴厲的取締，台灣自日帝統治時代以來的反帝民族解放鬥爭的傳統幾乎全面瓦解，親美親日思潮從庶民到知識界，都比較普遍，因此這一次反對新編台灣史教科書的鬥爭，比較艱難。

（四）因此，我們也極需要AWC東亞各國人民和同志們的幫助。在以下的方面，謀求在台反帝運動的團結。

——敦請日本、韓國、沖繩、東南亞學者、社會運動家、文化人、作家來台說明各自對日本在戰時、戰後的擴張歷史看法。

——初級、中級、高級本國史之交流，側重對日據史日本占領史的敘述、評價比較。

——敦請日本進步的歷史學家，來台講演或座談，現身說法，說明日本侵略歷史和戰爭責任的危害性。

——由日本、菲律賓、南韓等地和平運動學者、運動圈人士，來台公開報告對日各種索賠、抗議活動的始末和現狀。

——其他。

我們非常希望透過這種交流和團結，在台灣發展反對美帝、日帝的歷史、文化、知識性活動，使台灣人民也成為亞洲反帝運動中一個有貢獻的成員。

初刊一九九八年一月《遠望》第一一二期
收入一九九九年三月二十八日勞動黨五屆中央委員會秘書處編印《勞動黨四屆四代會以來 中央文件選編 1989-1999》

良好的祝願

一九八六年夏天，我無意中闖進了民主化運動熱火朝天的漢城。有一位韓國朋友匆匆的塞給我一本以日文出版的《濟州島血史》[1]。這是我第一次了解距今五十年前濟州島人民為了反對美國占領軍政當局的惡政，呼號祖國的統一獨立而蜂起，最終遭到殘酷鎮壓的淒絕的歷史。

《濟州島血史》在書房中陪伴我十年的時光中，我逐步理解到四・三慘案和其他性質類似、發生在廣泛亞非拉世界的大規模人權蹂躪事件，是世界戰後史中極為普遍而陰慘的部分。

截至二十世紀的一〇年代，全球人口有三分之二的各族人民生活在現代帝國主義殖民體制的桎梏中。一九一七年，蘇聯成立，殖民地解放運動平添了巨大動力。第二次世界大戰中，各殖民地民族解放運動在那世界反法西斯鬥爭中有長足的發展。二戰結束，帝國主義各國在大戰中耗弱化，世界各地民族解放的民眾勢力有效地在越南、馬來亞、印尼、中東等地打敗了帝國主義復辟的企圖。而戰後世界社會主義圈的擴大，也對帝國主義體系帶來深刻的危機。於是堅決權毀各地反帝民族解放勢力，扶持親西方的半封建軍事獨裁政權，建立「國安國家」，推動組織性國家暴力，斷然製造大規模人權殘害事件，肅清民主愛國勢力，最終保障和延續帝國主義體系在各前殖民地的政治、經濟和軍事利益，成為帝國主義緩和危機的新政策。

一九四八年的濟州島四·三慘案屠殺三至七萬人，一九五〇—一九五二年間台灣的白色恐怖殺害了至少四、五千人，另使八千人投獄。一九四七年美軍在希臘的反共恐怖甚至引起舊宗主國英國的抗議。一九六〇年代到八〇年代，中南美反共軍事法西斯政權造成千萬人失蹤、刑死、拷問、暗殺的慘案，今天阿根廷被害的民眾要求其政府賠償，而瓜地馬拉的民眾挖出了三、四十座萬人塚，白骨成山。一九六五年，印尼的反共行動屠殺了三十萬人。南非的白人種族主義政權使成千上萬的黑人學童、知識分子、社會運動者、政治異議者和文學家失蹤、瘐死獄中、拷問和槍決。

二十世紀的歷史，是帝國主義、殖民主義的苛虐、殖民地人民的抵抗、戰後「獨立」、冷戰對立和民族內戰相殘的歷史。八〇年代冷戰「終結」、蘇聯東歐社會主義的崩潰、亞洲NIEs[2]和最近亞洲的工業化，以及社會主義中國向市場經濟轉軌，卻徒然使帝國主義的面貌和世界反帝民族解放運動的正統性受到湮滅、歪曲和糊塗化。

然而，在二十世紀的末尾，在韓國、台灣、阿根廷和瓜地馬拉的民眾，展開了挖掘、調查、研究和清理各地慘絕的、由反共國安國家造成的大規模人權摧殘事件和懸案。這些挖掘、調查、研究和清理工作，是誓言不使舊事重演、重建民族團結和民族和解，反對任何新形式的帝國主義和霸權主義之所必要。

《濟州島血史》出版於一九七八年。對於韓國人民不避艱險，嚴肅和認真面對及清理歷史的英智和勇氣，我不能沒有一份由衷的敬意。

際此濟州島四·三事件五十週年，容我祝願韓國人民的民主化、自主、和平與統一的事業，在新的世紀中取得最終勝利！

一九九八年三月二十三日

本文依據手稿校訂

1 金奉鉉『済州島血の歴史−4・3武装闘争の記録』、国書刊行会、一九七八年。

2 Newly Industrializing Economies，新興工業化經濟體。

精神的荒廢

張良澤皇民文學論的批評

——憤憤不平地說國民黨的「愛國主義」教育使人不能以「愛與同情」去評價「皇民文學」，恢復皇民文學的名譽，離開事實就不免太遠了……。——

二月十日的《聯合副刊》上刊有張良澤先生（以下敬稱略）的文章〈正視台灣文學史上的難題——關於台灣「皇民文學作品拾遺」〉，文章雖短，值得嚴肅商榷的地方卻很不少。

張良澤說他對於在他的高中時代編過「反共壁報」，參加過「中國青年反共救國團」，參加過「反共演講」，覺得很後悔。他也對於在大學時代寫過「反共文學」，以及在七〇年代研究台灣文學時，因基於他當時懷抱的中國「民族大義」而批判過「皇民文學」，深覺悔恨。

五〇年代的高中生辦壁報，可以辦得才華橫溢，但是一般地絕不可能不反共一番，因為壁報是作為學校黨、安全、思想工作的核心訓導處所督管的。而五〇年代台灣的中學，在白色恐怖政治肅清之後，根本不存在有「反反共」的左傾思想和知識的學生和他們的鬥爭，學生只能跟著教官和教師反共，不存在當時中學生必須在左右、在國共、在進步與反動之間做出實踐選擇的問題，當然也就不存在後悔當年的無知與怯懦的問題。

至於救國團，當年凡是高中生，都不能不是救國團的團員。救國團是以高級中學為單位（大隊）全員編隊的。正如初中（今之國中）生皆須編入「童子軍」，凡高中生莫不是救國團的團員。因此，張良澤也似乎沒有理由為此扼腕乃爾。

然而參加了反共演講，寫過以反共抗俄為主題的文藝作品的張良澤，確實就比較突出了。這使我回想起我在高中和大學時代那麼幾個國民黨積極分子學生。在被迫去聽講的比賽會場上，我看到過他們講得熱血沸騰、字正腔圓，爾後看著他們穿著漿燙過的青年服，上台領獎，神采飛揚。我也在大學時代的校刊上讀過被排滿文藝版的文藝學生的「反共文學」作品，生澀荒蕪地寫著「殘暴共匪」的故事。如若從嚴肅對待自己的立場出發，對於已經具有行為、思想和選擇能力的青年期，爭取過「反共演講」和寫「反共文學」的榮譽的自己表示遺憾，則毋寧是一種值得推許的反省態度。但如果張良澤沒有以為了苟活（「活下去」）和為了立志「當作家」而有不斷發表作品（包括「反共文藝」）之必要為解辯，則在冷戰和反共意識形態支配一切的台灣六〇、七〇年代，基本上也還是可以理解的。

至於張良澤對於他曾以中華「民族大義」批判過皇民文學，深感「後悔」當初之「無知」，問題就比較複雜，應當深入探討。

反共和皇民主義

張良澤認為，在「如今回想起來」時深為「後悔」的少時反共和批評皇民文學的「無知」行為，「都是三十年間接受了『反共愛國』教育的必然結果」。辦反共壁報、參加「救國團」、參加「反共演講」比賽、寫「反共文學」發表……當然和五〇年代以降國民黨的「反共愛國」教育有關。但是以「民族大義」「痛批」皇民文學的思想，卻未必和這「反共愛國」教育一致。

作為一九三七年侵華戰爭精神動員手段的「皇民化運動」，是法西斯主義的日本形態。而法西斯主義的背景，在於第一次戰後西歐和日本資本主義危機的深刻化，大資本獨占體利潤下降，中下層資產階級破產，農村疲憊，而林立的資產階級民主政黨紛擾不休，政局動盪。為了恢復和維持獨占體的利潤率，恢復經濟發展，貧困化的資產階級市民和農民拋棄了資產階級民主，投向軍事性獨裁的國家，讓國家去壓迫和清除工人階級及其政黨——共產黨，並以極端反共右翼的鐵腕統治，維持資本積累所必要的秩序。強烈的反共政策和殘暴地肅清、鎮壓各左翼人士和團體是德國、義大利、日本法西斯主義的共同政策。而領導世界反法西斯鬥爭的核心力量，正是各國、各民族共產黨領導的民主、民族戰線。因此，作為日本法西斯運動的意識形態，恰恰是極端的反共主義。因此，「反共」教育絕不「必然」帶來批判皇民主義的「結果」。恰恰相反，很有一些人主張離開中國人立場，重新評價皇民文學；主張皇民化雖然不曾把台灣人變成日本人，卻使台灣人變成不是中國人而予以正面評價；主張要以什麼「愛與同情」去重新「認真」「解讀」皇民文學，恐怕才是以極右反共論為基點的台獨論的「必然結果」吧。

至於「愛國」教育，恐怕也要分別哪一個階級，哪一個集團的愛國論。楊逵被判刑十年，理由據說是「愛國過激」。彭歌指責鄉土文學派「愛國過於激切」而必欲置之於死地。反對美日帝國主義之間把中國領土釣魚台私相授受的保釣愛國運動，受到國府徹底的鎮壓。日本戰犯岡村寧次應蔣介石之邀，組織以日本前二十三軍參謀長富田直亮少將為中心的日本右派校佐，組成「白團」到台灣訓練台灣軍隊準備「反攻大陸」。這個由日本右翼將校組成的「白團」，在戰後來台秘密組訓台灣軍隊時，有這樣的誓詞：

今赤魔逐日風靡亞洲大陸。崇尚自由與和平，深知中日合作之切要之中日兩國同志，皆以為此乃為亞東反共而聯合、為共同防衛而崛起，相互密切合作，為防共而精進之秋也。

茲日方同憂共謀，欣然應欲打倒赤魔之中華民國國民政府之招聘，期為中日恆久合作之礎石也。

此外，日本戰犯岸信介、兒玉譽士夫，右派政客藤尾正雄等人，一貫是蔣介石的座上客。今天，有一群日本右派學者，也是出入總統府的上賓。今天的國中新編教科書，充滿著對日本在台殖民歷史之美化、正當化與合法化的敘述。因此，憤憤不平地說國民黨的「愛國主義」教育使人不能以「愛與同情」去評價皇民文學，恢復皇民文學的名譽，離開事實就不免太遠了。真正的事實是，在青春期間狂熱地度過「皇國少年」的一代，自台灣光復以後，從來不曾像今天那樣在政治上、經濟上、思想言論上昂揚得意過。

作家形成和機會主義

其次，不妨談一談「要做一個作家」，是不是一定要無原則地「活下來」和「發表作品」。台灣遭受日本殖民統治長達五十年，在現實上，這是在一九三七年日本開始其強權的「皇民化運動」之前，即日本在一八九五年割占台灣的一刻開始，就一直推行將台灣人同化於日本的政策。但絕大多數的台灣人民，都以抵抗同化，保住漢族種姓來回答殖民者的同化壓力。一八九五年就開始的台灣農民反占領鬥爭，以及堅持到一九一五年的抗日武裝游擊鬥爭、一九二〇年代到一九三〇年代的思想啟蒙運動、工人運動、農民運動和民族解放運動，都是台灣人民為保衛民族主體性而在高壓下一仍堅持抵抗的歷史。從文學上說，堅持以白話漢語寫作，一生堅持不著和服只穿唐裝，在作品中表現出磅礴堅強的、對民族和階級壓迫的抗議，蔚為以賴和為代表的日據下台灣現代文學家光榮的歷史傳統。看來，「要做一個作家」的「條件」，未必一定要為了苟活而屈從，未必一定要發表違背原則、屈折於權力的作品。從賴和到呂赫若的台灣文學家，即使在壓迫最苛酷的時代，都不曾稍露屈服的奴顏媚骨。說到「發表作品」，人們也會想起在壓迫著嚴密控制下猶冒險秘密寫出反抗的心聲，隱而不發，迨敵人潰敗後才將作品公諸於世的吳濁流。台灣文學史上，不為「活下來」而失節，不為「發表作品」而寫違背原則，討好權力的文章的人比比皆是，而他們又個個都是從藝術上、思想上都能過關的，令後世景仰的真正的作家。

皇民化歇斯底里的機制

一九三七年，日本向中國發動野心勃勃的侵略戰爭。在此之前，日本人沒想到有朝一日必須調動台灣的人力和物力供侵華戰爭驅策。日本當局有鑒於據台四十餘年而絕大多數台民一仍懷抱強烈的漢民族意識，而開始強化對台民的強制同化，由國家權力發動全面壓服同化運動，收奪漢語、中文的使用，強力推行日語；禁止台灣的一切漢族系民間宗教，把日本神道信仰強加於人；禁止台灣人的傳統生活慣習，提倡日本式的生活、衣食和習慣；鼓動棄絕漢民族祖先傳用的姓名，提倡「創氏(姓)改名」，改用日本式姓名。在另一方面宣傳皇國史觀，宣傳所謂「日本精神」和「大和魂」，但在具體的政治、社會、民族關係上，仍然保持甚至實質上強化向來的殖民地歧視構造。

現代資本帝國主義以其強大而殘暴的現代化武裝顯示出來的暴力，以其現代化交通、運輸、產業、教育、法政和文官制度等向其殖民地呈現種族、政治、社會經濟、文明和權力上絕對的優越性，造成對殖民地強大的威懾，以遂行其政治支配和經濟收奪。這種暴虐的統治，一方面激發殖民地人民的抵抗，但也更多地造成被殖民人民和知識分子深刻的民族劣等感，對自己民族種性、文化和傳統，懷抱深層的厭憎和自卑，喪失民族主體意識，對自己民族的解放、進步和發展，抱持絕望、悲觀的態度，並從而對「文明開化」的殖民統治者表現為奴顏媚骨、卑屈馴從。這是從十九世紀末向全球迅猛擴張，統治了全球百分之七十以上的人口，而在二十世紀五〇年代初迅速瓦解的殖民帝國主義對廣泛殖民地人民造成的深刻的心靈和精神的創傷，流毒為害至於今日，是殖民主義在政治壓服、暴力統治和經濟掠奪之外另一個荼毒廣泛久遠的罪行。

一九三七年的「皇民化運動」，正是日本殖民統治在政治壓服、經濟掠奪外，對台灣民眾的精神加害的著例。日本當局，一方面巧妙地利用了殖民地台灣人一部分知識分子和民眾的民族劣等感、民族自我厭憎感和對於自己民族文明開化的絕望感（而這些都是苛虐的殖民地統治和殖民地意識形態所造成），另一方面則在皇民化運動中，突然開啟了「內台一如」、「皇民練成」之門，宣傳只要人人自我決志「練成」「精進」，可以鍛造自己成為「真正的日本人」，從而擺脫自己作為殖民地土著的「劣等」地位。這一套殖民者對被殖民者大規模精神洗腦的裝置，於是促發了相當一部分台灣人「皇民練成」的歇斯底里，今日回顧，令人辛酸悲忿。

皇民文學的經緯和主題

而皇民文學運動的發生，有這經緯：在一九三七年皇民化精神洗腦運動的延長線上，在日本進一步準備向祖國華南和南洋擴大侵略戰爭的一九四〇年，成立「大政翼贊會」於日本。同年，在殖民地朝鮮、「滿洲」分別成立相呼應的「國民總力聯盟」和「興亞奉公聯盟」。一九四一年台灣成立在總督府領導下的「皇民奉公會」，在全台自中央以至行政末端成立支部、分會等，把報紙、廣播、戲劇、電影全面組織和統轄起來，為侵略戰爭宣傳動員。

在文學界則先成立「台灣文藝家協會」於一九四二年，並選薦作家張文環、龍瑛宗參加「第一屆大東亞文學會議」。一九四三年，進一步把台灣作家納入「台灣文學奉公會」，推派周金波、楊雲萍參加二屆「大東亞文學會議」。同年十一月，召開「台灣決戰文學會議」，以「確立本島文學的決戰態勢，把文藝雜誌擺到戰鬥位置上」為會議主題。西川滿的《文藝台灣》和張文環的《台灣文學》皆廢刊而統合為全面支援侵略戰爭的《台灣文藝》。

現代台灣文學，是在日據下台灣抗日民族解放運動二十餘年的歷史中誕生、成長和成熟的。一九三一年的大檢舉，全面鎮壓了台灣抗日社會運動，但文學戰線一仍在鎮壓的火線上疏散出來的戰士們堅持下，在三〇年代艱困條件下，繼續擎起抗爭的火炬。然而到了一九四〇年以後，一切抗日運動被一掃而光，軍部法西斯的皇民化運動，以強權和威壓向島嶼的四面擴張。

在殖民地台灣，皇民化運動欲達到兩大目標：

一是徹底剝奪台灣人的漢民族主體性，以在台灣中國人的種族、文化、生活和社會為落後、低賤，而以日本大和民族的種族、文化、社會為先進和高貴，提倡經由「皇民練成」——思想、意識形態的「皇國民化」改造，語言、姓名、宗教、文化的日本化改造，從而徹底厭憎和棄絕中國民族、中國人的主體意識，把自己奴隸化，對天皇國家輸絕對的效忠。

上述皇民化運動的第一個目標還僅只是一種手段，以達成運動的第二個目標，那就是以奴隸化、經過徹底精神洗腦、徹底破除了台灣人的民族主體之後的台灣人，供日本侵略中國和太平洋地區的「聖戰」驅策，鼓動以精純的日本人，為日本侵略戰爭「義」無反顧地充當砲灰，為天皇國家和意識形態效死而不稍悔！因此，皇民化運動展開後越四年許，就宣告徵召台灣青年為「陸軍特別志願兵」（一九四二），翌年，徵「海軍特別志願兵」，四四年宣布在台灣實施徵兵，四五年實施。

而為皇民化運動服務的台灣皇民文學，正是為皇民化運動的這兩大目標服務。

周金波寫的〈志願兵〉，寫的是一個只有小學畢業，出身平凡、質性素樸的台灣青年高進六（自改姓名為「高峰進六」），對皇民化思想，比一般的資產階級台灣知識分子有更深一層的體會。他深信神秘的「祭政合一」論（即神道信仰與皇國政治的一體性），深信神道的擊手之儀足以使人「為（神道）諸神所引領」，從而益發「接近（大和）眾神」，甚至藉以觸摸到「大和心」、「體驗到大和之心」。和知識分子張明貴的懷疑論形成對比的高峰進六，決志要依所信而活，終於以血書明志，應徵為「特別志願兵」。

周金波主張拋棄理性，卻除知識分子的懷疑論，從神秘的日本神道信仰入手，去「觸摸」和

「體驗」大和民族的心靈和精神，藉以使自己從卑汙的台灣人種脫蛻而出，成為高貴的日本人，然後以血書志願應徵，充當帝國侵略的鷹犬。

為了背叛自己的民族主體，把自己改造成日本人，陳火泉的自我鬥爭就更加披肝瀝膽了。他的長篇小說《道》（道路）表現了一個力爭在天皇信仰中把自己轉變成日本人時，近於哀嚎、呻吟的民族自卑、自我憎厭，和對於「天業翼贊」的無限忠心和信仰。小說的主人翁狂熱地想要戮力蛻變為日本人，但對於自身體內流動著的台灣人的血液這個自然的限制，感到絕望和懷疑。他對自己吶喊：

菊花就是菊花。真正的花就數櫻花。但牡丹花終於也能算是花嗎？作為島民的我，終究會成為皇民嗎？終竟也是個人嗎？

因為生而為（低賤的）台灣人，因此力爭通過精神的精進修練，達到「與大和心交流」而成為日本人，但又對於身中流動著的畢竟不是大和民族「高貴」的血液而深為苦悶。在終於向日本當局提出應徵為志願兵時，小說的主人翁如此吟詠明志：

願為日本臣民，而此身猥非日本骨血，傷悲寧過於此？

今為聖君之盾牌，吾輩歡欣勇猛以效死。

他並且為他戰死後的墓碑上預寫了這樣的墓誌銘：

青楠（小說主人翁的雅號）居士生於台灣、長於台灣、而以日本國民死。

青楠居士，日本臣民也。居士為翼贊而生，為翼贊天業而劬勞，為天業翼贊而死。

自己踐踏和羞辱自己的民族主體意識，以令人震驚的民族自卑感和自我憎惡，不惜以自身為皇國的侵略戰爭而破碎與毀滅，來求取獲得殖民者民族的認同。

以「皇民練成」為魔咒，造成人人蛻化為光榮的日本人的集體幻覺，並在魔咒幻覺的驅使下，向著毀滅性的戰爭狂奔。這就是皇民化運動的真髓。而皇民文學正是這邪惡道場的共犯和幫凶。

從全面看，皇民文學是作為日本對華南、南洋發動全面侵略戰爭時，作為戰爭的精神、思想動員——「國民精神總動員」機制的組成部分而展開。皇民文學運動，是同時期皇民教育、皇民戲劇、歌謠運動的一部分，目的在集體洗腦，使殖民地人民徹底拋卻和粉碎自己的民族語言、文化和認同，從而粉碎自己民族的主體意識，在集體性歇斯底里中幻想自己從「卑汙」的台灣人蛻化成光榮潔白的「天皇之赤子」，在日本侵略戰爭中「歡欣勇猛以效死」，「以日本國民死」，「為翼贊天業而死」。

憤怒的回顧

從一九三七年到一九四五年，在皇民化運動下，總共有二十萬七千餘台灣青年分別以「軍屬」、「軍伕」和「志願軍」、戰鬥員等名目被徵調投入戰爭。戰死、病歿、失蹤者計五萬五千餘人，傷殘兩千人。另外因受皇民思想欺騙過頭，在南洋、華南戰場中誤信自己是真皇軍而犯下嚴重屠殺、虐殺罪行，在戰後國際戰犯審判中被判處死刑者二六人，十年以上有期徒刑者一四七人！

一九四五年，戰敗的日本拍拍屁股走人，在台灣留下滿目心靈和物質的瘡痍。驅策台灣青年奔赴華南和南洋，成為日本侵略戰爭的加害者——和被害者的主凶，當然主要是日本帝國主義殘暴的權力。但是，對於殖民地台灣出身的少數一些文學家在那極度荒蕪的歲月中，認真鼓動鄙視自己民族主體性，鼓勵青年「作為日本人而死」，從而對為屠殺中國同胞和亞洲人民而狂奔的營為，後世之我輩，應該怎樣看待？

從反省的日本知識分子的立場，尾崎秀樹在評論陳火泉的小說《道》之餘，有這沉痛的感慨：

然則，陳火泉那切切的吶喊畢竟是對著什麼發出的啊。所謂皇民化、作為一個日本臣民而生、充當聖戰的尖兵云云，不就是把槍口對著中國人民、不也就是對亞洲人民的背叛嗎？

因此，重讀陳火泉的皇民小說之餘，尾崎有這痛苦的呻吟：

當我再讀這生澀之感猶存的陳火泉的力作時，感覺到從那字裡行間滲透出來的作者的苦澀，在我的心中劃下了某種空虛而又令人不愉快的刻痕，無從排遣。

尾崎秀樹並且發出了這樣的疑問——

對於這精神上的荒廢，戰後台灣的民眾可曾以全心的忿怒回顧過？而日本人可曾懷著自責之念凝視過？只要沒有經過嚴峻的清理，戰時中精神的荒廢，總要和現在產生千絲萬縷的關係。

尾崎的《舊殖民地文學之研究》，正是懷著對日本戰爭責任的深刻反省和「自責之念」，在日本右翼至今喧嚷「自由史觀」，指謫主張反省戰爭責任的史論為「自虐史論」，從而美化日本侵略歷史和殖民地歷史的日本右翼思潮氛圍中，早早敢以「春秋之筆」、「仗義執言」的力作。而正是像尾崎這樣，堅決不肯以「愛與同情」為言，去美化、去正當化日本侵略歷史對中國和亞洲人民所造成的巨大物質、生命和精神的加害的日本人民和知識分子的存在，使我們對中日和亞洲人民之間真正的和平、正義與團結的展望懷抱了希望。

冷戰和顛倒

怎樣對待在「決戰文學」旗幟下，在日本法西斯最張狂的時代，台灣文學家的思想和實踐？日本帝國主義統治台灣，不是三、五年，而是五十年。長達半世紀殖民統治，是滲透到生活細節的日日夜夜的五十年。五十年間，台灣人民給日本人納糧繳稅，不少的人不能不從事日帝統治體系下的下層公教職務，尤其在台灣成為日帝南侵基地和軍事要塞的四〇年代，全島島民在嚴峻的戰爭動員體制下，更是無所逃於日本戰爭機器的淫威。當時的文人、知識分子，在權力下，寫些配合時局的小文章，參加一些戰爭動員的活動和會議，在所不免。因此，國民政府領台時，宣布了在台灣地區不清理漢奸問題的方針。純就政策而言，不能不說是十分賢明的政策。但照顧到台灣殖民地化歷史的特殊條件而抑止歷史清算以增進民族團結，到後來成為國府在台灣光復後急劇升高的國共內戰和國際冷戰態勢中，改而殘酷肅清台灣的抗日各派，反過來與日據下漢奸豪族（所謂「五大族系」），又皆在戰爭末期台灣皇民化運動的領導機關中擔任要職）相溫存，且以日帝下累致的鉅富為基礎，在戰後「內戰—冷戰」構造中發展為龐大的集團資本，享受不能仰視的權力和財富的結果。而五〇年代以降，國府和日本舊軍部、反共右翼政、商、學界千絲萬縷的網絡，被在八〇年代末「台灣化」後的國府繼承和進一步發展，甚至也在少數一些台灣戰後留日學界中發展成對日占台灣史加以美化和正當化，宣傳和當年偽滿「建國」論如出一轍的各種建台灣為「新而獨立」的「民族論」和「國家論」的運動。但這已是餘話了。

抵抗者和奴隸的分際

然而，即使在瘋狂的「決戰」期，台灣人民和作家也絕不只是消極地在戰爭體制的淫威下屈從而已。以文學界為例，最突出的例子是楊逵。他積極參加日本軍政當局組織的皇民劇運，卻大剌剌地寫〈怒吼吧，中國！〉，利用日帝和英美帝國主義的矛盾，宣傳中國農民抗擊美英帝國主義的熱潮。明裡符合當局抗擊「英美鬼畜」的國策，暗中宣傳殖民地、半殖民地人民反對帝國主義之英勇。此外，他也寫〈驅逐登革熱〉，按日語「登革熱」的「登革」，與日本傳說中的惡靈「鞍馬天狗」的「天狗」同音。劇本藉描寫台灣貧困農民撲滅登革熱的運動，從而對台灣農村以高利貸和地租壓迫農民的地主「李天狗」加以無情的批判。作品中浸染著鮮明的階級意識，其在屈折中表現出來的令人會心的堅強的抵抗，今日讀之，猶為之動容！

而至於吳濁流之冒險在日本軍政的槍尖下秘密從事抵抗的寫作，是世所周知的。

因此，對待「日據時代台灣作家」「寫過……皇民文學的歷史事實」，不能只看一個作家的一時，主要地也要看他的一生。看一時，也要分辨是積極主動地為虎作倀，還是消極的、面從腹背的言動。有人找到楊逵一篇似在呼應「時局」的短文，幾乎如獲至寶，大喜過望，彷彿這就足以為「日據下誰不寫皇民文學」找到有力佐證。然而，楊逵不憚於鬥爭和抵抗的一生，豈可因戰爭末期一篇面從腹背的短文，而與周金波、陳火泉之流相提並論？賴和不憚於在劇作、生活、社會活動上堅拒同化，力保民族尊嚴，不憚於抗擊日本帝國主義的光輝的一生，豈又因他臨終前甫自縲絏中重病出獄、心靈一時的淒絕和軟弱所寫的短文，而硬將他與奴顏媚骨、「忘祖背宗」之輩同日而語！而呂赫若在皇民文學運動沸沸揚揚之際，把「時局」的主題大剌剌地擺到一邊，兀自去刻畫與戰爭無關的台灣傳統生活的風俗百相。在宣傳全面同化於日本的皇民運動主旋律下，刻畫台灣生活習俗和風情，就是對皇民主義的批判，有重大意義。

再次，「寫過所謂的皇民文學」的台灣作家，本身對於自己成為問題的、當時的作品與思想的態度，也各有不同。

周金波至今不曾稍悔當年皇民思想。在近年一次台灣文學研討會上，他在日本學者前，堅持以日語發言，發言內容，基本上與當年皇國青年的周金波無軒輊之分。這是堅持皇民有理的頑固態度。

陳火泉對自己的《道》，則採取辯解的態度。他說表現的是為當時「時代環境」所逼的言行。小說的主旨，在於促使讀者對日據下「被凌虐、被損害」的台灣同胞一掬同情之淚，云云。

不論陳火泉的說詞說不說得通，戰後的陳火泉的態度，和周金波者畢竟有所差別。至於為林瑞明教授認為較之陳火泉有「台灣人主體意識」的王昶雄，戰後在自己漢譯的〈奔流〉中，多處修改，聲言日文版本受當時日本當局檢閱時橫遭竄改，以適合「時局」標準而與原作失真。王昶雄改訂漢譯文本的做法固然引來爭議，但在對待皇民主義上，顯然他是有一定的羞惡之心，視同自己的恥部。這與周金波的堅持大和主義、與陳火泉的強詞飾辯，在性質上又有不同。至於龍瑛宗、楊雲萍、黃得時，他們在戰後的許多言論，已足表現對那精神荒廢時代的自己的言動的悔意，此處實不忍細說，但其對待自己當年皇民主義言論的悛悔態度，又與周、陳不同了。

而張良澤此次譯刊楊雲萍、龍瑛宗的皇民文學「作品」未審有沒有徵得當事人的同意（雖然二老目前已經相傳有衰老到癡聵的程度）？否則，恣意公刊當事人或其子女未必同意公刊的舊時文章，是對二老的「愛與同情」呢，抑或是殘酷的二次傷害？

十六年後的回答

一八九五年，強權割台成為定局的條件下，台灣紳商官僚組織了一個抗日臨時政權「台灣民主國」，「陽為獨立，陰奉大清」。

經過五十年殖民統治，日本人培育了一批與殖民者同其利益的，協力派精英豪紳。迨一九四五年台灣光復，一些親日派台灣紳商豪族陰圖與駐台日本軍部勾結，倡台灣之獨立。但這一回是陽為獨立，陰奉日本帝國。

同一年，尾崎秀樹有這樣一個難忘的體驗。一個和青年尾崎同一隊的台灣人「學徒兵」向尾崎道出他對光復的想法。這台灣青年說，經過了五十年的日本統治，台灣的生活、文化水平已經高出中國，台灣已經沒法兒跟著（落後的）中國走了，只有第三條道路——台灣獨立，從而和日本、中國平等交往……

當時，尾崎啞然無以為對。十六年後（一九六一），尾崎在他的論文〈決戰下的台灣文學〉中，對那位台灣籍同學做了回應。尾崎秀樹寫道：

回答這問題，只能說日本的殖民統治所造成的傷痕無乃太過深切。只有把日本對殖民地台灣的這一筆虧欠鏤刻在心版上的時候，我才有資格回答那位台灣籍的同學。同時，我也想對我這位同學提這麼一個問題：

「對於曾經作為日本軍之一員的你自己，你是怎麼想的？」

在我遣返日本的第二年，發生了二二八事變。

過了幾年之後，聽說在台灣中南部武裝蜂起於二二八事變的民眾中，有不少台灣人原日本軍人。而且聽說特別是曾被徵召到海南島作戰的台籍原日本軍人，戰鬥尤為驍勇。

「當這些從戰場上回來的台籍舊日本軍人或軍屬，拿起武器在事變中崛起之時，到底受到多少日本殖民統治和侵略戰爭的影響？」

當我聽說了有一些台籍原日本兵在二二八事變中蜂起時，我痛烈地想到上面這個質問，是我們日本人必須向你們作答，卻至今一直不曾解答……

殖民者破壞被殖民者的主體性、剝奪被殖民者的語言和文化，對被殖民者強加思想、意識形態的同化，特別有效地使被殖民精英認同、同化於殖民者的史觀、世界觀、意識形態和價值體系。而當殖民者離去，這些精神的歪扭依然頑強、長時期滯留下來。

五十年的殖民地統治，四〇年代的皇民化運動，使一些殖民地精英妄以為自己在殖民地中現代化、蛻變成文明開化的人種，妄以為台灣的文化生活因殖民統治而高於中國，從而必欲拋卻自己的祖國，企圖獨立。

早在六〇年代初，尾崎秀樹在對日本殖民主義深刻地進行自我批判時，就看到所謂台獨運動正是日本殖民主義在台灣遺留下來的「心靈的殖民狀態」這個嚴重的創傷。一九五〇年代，弗．范農以「黑皮膚、白面具」之論，早已提出了被殖民者（「黑皮膚」）在心靈上受到殖民者意識形態荼毒（「白面具」）的深刻的分析。

精神的荒廢

（一）國民黨長年以來的「愛國」主義（中華民族主義）教育，是一切基於（中華）「民族大義」「痛批」皇民文學的根源。

(二)然而，在現實上，「日據時代的台灣作家或多或少都寫過所謂的皇民文學」。

(三)因此，「新一代的(台灣文學)研究者，應該揚棄中華民族主義，不可道聽塗說就對皇民作家痛批他們『忘祖背宗』」；要「將心比心」，「設身處地」……以「愛與同情」的「認真態度」去「解讀」皇民文學作品。

這就是張良澤的皇民文學論的邏輯吧。

否定、鄙視、憎恨被殖民台灣人(中國人)的主體性，把自己改造成日本人，使自己像一個日本人那樣地生活、思考，並且像一個日本人那樣地效忠和崇敬日本天皇，終於作為日本人而效死——這就是四〇年代台灣皇民文學的主題的真髓。

而主張對這樣的文學不要以被殖民者的主體性(「民族大義」)加以批判和反省，企圖以「反共愛國教育」論，以「日據時代的台灣作家或多或少都寫過所謂的『皇民文學』」為言……，對皇民文學無分析、無區別地全面免罪和正當化的本身，正是日本對台殖民統治的深層加害的一個表現——長年以來未曾加以清理的、心靈的殖民地化的一個鮮明的表現。

只要沒有經過嚴峻的清理，戰時中精神的荒廢，總要和現在產生千絲萬縷的關係。

每當在生活中眼見觸目皆是的、在文化、政治、思想上殘留的「心靈的殖民化」，尾崎的這一段話就帶著尖銳的回聲，在心中響起。

久經擱置、急迫地等候解決的、全面性的「戰後的清理」問題，已經提到批判和思考的人們的眼前。

初刊一九九八年四月二—四日《聯合報·副刊》第四十一版
另載一九九八年七月《文藝理論與批評》(北京)第四期
收入一九九八年十二月人間出版社《人間思想與創作叢刊1·清理與批判》(曾健民編)

被視為牛馬的日子

我在一九九〇年初次訪問大陸以後，因為不同的需要和原因，幾乎每年都有機會到大陸一兩次。十七年來，目睹大陸社會經濟的快速發展，國力明顯而具體的強大化，作為中華子孫，心中的激動和喜悅，難以言宣。十二億人口的中國，在二十世紀末葉所展開的驚人的工業化運動，箇中機制，仍是國際經濟學家至今難於解釋、在學術理論上十足的「奇蹟」。然而，十幾年來中國經濟每年二位數的增長率卻是貨真價實的——儘管有一些謹慎的學者擔心在中國沸沸揚揚的增長中，某些不易看到的構造，不免存在著某些消極的盲點。

一九九六年，我有一個年輕的朋友到廣州投資一個很小的工廠。一年多以來，透過他的觀察，我偶然收集到一些一手材料，理解到至少是在某些少數不法台商的工廠中，大陸工人正遭受著難以置信的苛虐。我們觀察的這家台商工廠規模很大，僱用工人據說多達五、六千人，生產燈飾，廠址設在廣東鶴山市。

主持這家工廠的樊姓台商，性情暴戾，動輒對員工拳腳相加。一九九七年七月間有一天，老闆怒氣沖沖地衝進辦公室，怒吼全員起立。一位李姓業務員起立時手插在褲袋，這無心的姿勢立刻引來老闆對他一頓拳打腳踢。八月上旬，業務員剛海峰也挨了一頓老闆的拳腳，至今不知挨打的緣由。據員工指出，老闆視員工如牛馬草芥，沒有把員工當人看待。

這個廠最突出的管理特點，是廠內公然設有自己的「政法部」，和廠內的「保安」部門，共同對廠內員工實行專政。「政法部」僱有退休的前警員，由廠方聘為「律師」。廠內發生失竊或廠內「紀律」問題，經常由廠內「保安人員」進行拘捕，交由廠內「律師」審訊、軟禁，扣押時間長可數十日，三餐、如廁、睡覺皆由廠內「保安人員」監視。更加荒唐的是，廠方和地方公安機關相通，沒有任何合法的手續、理由，就可將廠內員工交給地方公安機關收押。

一九九七年八月，業務員陳智光因工作上的失誤，在公司內遭非法拘禁於辦公室十四天，上下班、吃飯、睡覺皆由公司保安人員跟監，嚴重侵害人身自由。同年十一月，剛海峰遭公司不實懷疑，自十一月二日遭公司在公司內拘訊前後五天，每天拘押至夜十二時始回寢室睡覺。由公司「律師」在廠內設堂提訊審問，因查無罪證「釋放」，如此任意侮辱、侵害人權，使員工身心受創至巨。

一九九八年元月，女工王英因其在同廠勞動之丈夫唐強涉嫌偷竊廠內材料燈泡潛逃，廠方在沒有任何證據下將王英及同廠勞動的嫌犯唐強之弟唐仕波、同鄉工人劉無榮等送交地方公安機關拘訊、收押。後唐強被捕，證實其他人皆受冤累釋放，但皆遭廠方無故非法開革出廠，且非法拒付當月各人應得工資。

在偵察唐強竊案時，廠方任意向公安報案，指控早已離廠而在他廠工作之胡東涉有竊嫌。胡遂在沒有任何證據及合法手續下，遭拘捕，在未曾審理下強使胡東當成嫌犯任電視拍攝播出，並受非法收押前後五天，最後在查無罪證下還要交付三千元人民幣為「押金」始得釋放。胡東人格、精神及名譽遭到嚴重損害，卻至今投訴無門。

對待工傷事件，廠方也十分冷酷無情。一九九七年二月，車間工人劉小剛在事前毫無操作教育條件下被分配沖壓機的操作。入廠第三天凌晨兩點，劉的左手中、食指遭機器壓碎兩指。當時人被送到醫院、住院七天。在院期間左手上夾，生活無法自理。但七天中廠方不曾派任何人探視料理。除七天住院費用，出院後一個月的門診治療費用，廠方分文不付。今兩指麻木，經劉多次向廠交涉依法賠償，廠方堅不理會，劉向鶴山市勞動局投訴，勞動局有人來廠調查，卻不面詢被害人，終不了了之。

據曾經在該廠擔任過人事部經理的羅成指出，該廠違反國家法律之事，不勝枚舉。例如把僱用人數以多報少，以減納「勞動管理費」或「調配費」。至於非法延長工時，非法、任意扣剋工資，消防設施不按規定，以請客吃飯蒙混過關，漠視工人生命安全，直如茶飯家常。其它如原材料走私進關，非法進口高危險性化學材料，因歷時已久事證消失，恐亦難查明。

中國正處在民族積累的原始階段。社會主義市場經濟論最大的特色，是認識到在落後的中國建設社會主義，有一個「社會主義初級階段」的問題。「社會主義的市場經濟」和社會主義下勞動力的商品化，自然成為這個特殊歷史階段經濟開發的重大戰略。

這個大膽而著有成效的戰略使中國的勞動市場空前擴大和發展，也使中國的現代工資勞動階級空前大量地登上中國社會的舞台。

但無論如何，中國的工人階級和農民畢竟是中國黨和國家的根本。發展社會主義市場經濟的偉大戰略的同時，怎樣同時真心實意地堅持工農作為黨和國家主人的原則，中國億萬工農正急切地求索賢明的答案。

正如這家燈飾廠的被害工人在一份總結性的材料中所概括的那樣，中國畢竟是個社會主義國家。對於十五大報告中，江總書記宣告中國將依法治國，工人們抱著熱情的期待。因此，對於少數台商目無法紀，在廠內進行法西斯私刑治廠、任意對工人施加傷害、破壞人身自由、恐嚇等刑事犯罪；公然違反《勞動法》非法扣剋工資、非法解僱等長期嚴重違反中華人民共和國《刑法》、《勞動法》的行為，應該即時加以公正客觀的調查和處分，對於地方上公安人員及相關公務員中少數違法瀆職者，亦應加以調查議處，加強教育，以保護億萬打工勞動者合法、起碼的權益，保障勞動者最基本的人權。

初刊一九九八年四月十七日《南方周末》（廣州）第二十一期第十三版

重回綠島 1

看《生命告白．重返綠島》，在螢光幕上看見一群兩鬢飛霜的前政治犯們回到昔日的押房，感慨頗深。對囚人而言，監獄內外，是兩個不同的世界。即使是一個可以在監獄中走來走去的外役囚人，在心情、對空間的感受上，也和一個因事暫時進入監獄中，也能走來走去的人完全不同。有沒有被國家的強制機制剝奪了自由，就是他們最關鍵的不同。

在螢光幕上，這些前政治犯在囚房甬道上走，打開押房的門張望已經空無一人的押房……現在，他們是自由的人。但二、三十年前，他們卻在這孤島的囹圄中，任外面的紅塵宴樂嫁娶，而數百上千的思想犯卻讓自己的青春韶華在這流放的荒陬中，日日夜夜，月月年年地枯萎。

一九五〇年到五三年的「白色恐怖」，以秘密、非法逮捕、拷訊、審判和投獄、槍決，保守估計，也讓八千、上萬的人投獄，把四千多人押往刑場槍決。徒刑刑期，則從七年、十年、十二年、十五年以至無期徒刑不等。一九八四年，最後一位無期監禁犯林書揚出獄，結束了三十四年零七個月的縲絏生涯。入獄時方二十許的青年，出獄時卻已是逼近六十初老的人。

這些倖免刑殺的政治犯的大部分，便是在台東離島——綠島「國防部保安司令部新生訓導處」的開放式、營房式監獄執行其徒刑。一九六三年，國府自覺對政治犯「勞動、教育、改造」方針成效不大，索性在台東泰源山區蓋了一座封閉式監獄，把綠島的政治犯全送到泰源監獄囚禁起來。一九七〇年夏天，我和一群囚人五花大綁，在海空戒備下從台北押送到泰源。次年春節過後，泰源監獄發生暴動失敗，隔年，泰源監獄的政治犯又改送到綠島新蓋鋼筋水泥封閉式監獄。一九七五年夏天，我和大批政治犯依「特赦減刑」條例開釋出獄。

在一般刑事監獄中，一個人被判處三、五年徒刑已經是叫人咋舌的重案。在政治監獄裡，判五年（極少數人）是可以祝賀的「喜事」，判七年（通常是「為匪宣傳罪」）是令人欽羨的命運。絕大部分人的刑期是十年、十二年和比較少數一些人的十五年。在我被送到台東泰源監獄時，已經坐了二十多年牢的無期徒刑犯大約有近百人之譜。

一九五〇年上半年，中共台灣省工委領導人台籍人士蔡孝乾被捕。據投降後「因功」擔任國安局將官的蔡氏所供，真正有組織關係的黨人還不滿一千人。然而被當作「奸匪」在白色恐怖時期投獄刑殺者合計在一萬兩千人左右。「寧可錯殺一千，不能放過一人」的冷血政策下，冤假錯案也就無計其數了。「重回綠島」裡的老「同學」(政治犯在獄中互稱)們，在鏡頭前猶銜恨呼喊冤枉，愴慟之情，溢乎辭表。

然而，當然也有人真正為了良心、思想而自覺地選擇了國共內戰中不為國府所許的一方的。受邀來《重回綠島》訪談現場的林書揚先生和陳明忠先生者屬之。

認識林書揚先生，是在一九七〇年我被解送泰源監獄之時。離開凡世已二十年，卻在知識、識見上淵廣深刻，令人訝然拜服。一九七五年我出獄後不久，認識了早在六〇年代刑滿出獄的陳明忠先生，卻不料在七六年夏天突然傳來陳先生二度被捕的消息。一九八七年，陳先生是保外就醫，繼而減刑釋放。

雖然一樣在獄中服徒刑，無期犯和有期犯在面對刑期的心情感受殊為不同。有期徒刑人就彷彿手上握有一張清楚明白地印有目的地的車票，雖然旅途漫長，但總知道長途勞頓，終有抵達目的站的一日。無期犯人，在國民黨(截至一九七五年)決不曾對政治犯減刑的具體歷史現實下，釋放回家的機會，近乎絕望！

一九六〇年代，五〇年代投獄，服滿十數年刑期的獄友紛紛準備出獄。這對無期徒刑人第一次產生了衝擊。十數年來的難友就要刑滿出獄，除了不捨的離情，不免想到毫無終期和減刑展望的自己的前程。無論如何，這是對無期徒刑人遠甚於酷刑拷打的折磨。

「如果歷史的前進和發展，必須有一些人付出這痛苦的代價，那也只得甘心付出。不論如何，這一條道路畢竟是自己至今不曾稍悔的選擇。」

林書揚說他是以這樣的邏輯，去面對苦難的鞭笞。

拷問室和監獄是國家政權（state）的強制和暴力的最先端。帶著良心、信仰和思想的囚人，必須經常在那強制和暴力之前不斷地做出行動的選擇：在什麼樣的，自己的良心和尊嚴所許可的限度中妥協、屈折；又在超過了什麼限度下反抗。例如上思想改造課，寫「心得報告」，一般地可以妥協抄書應付。五〇年代中期，政治犯被要求刺青「反共抗俄」以明後悔之志，政治犯們冒死不從，集體抵制成功。

這使我想起了一位叫王競雄的政治犯。他是文化大學哲學研究所的研究生。他發展了一套基於某種唯心主義的「大同主義」，也許可以歸類為某種烏托邦的社會主義吧。聽說他因宣傳這大同論於青年而被捕，大約判了十數年徒刑。送到泰源後，我曾與他同押房數日，不久又調開。

堅決主張知識分子的思想尊嚴的他，即使在國家暴力之前，也不肯退讓。他拒絕寫反省、拒絕寫「心得」。寫論文時，正經八百地申論國共應該和談，促進國家統一。老政治犯觀察一段時間，認定他是個好知識分子，幾個人直接間接勸他行最低必要的妥協，他總是藹藹地淺笑而不答，卻我行我素。時不時，他會對善意的難友說：「大家別管我，放封時也別找我說話，班長瞪著眼看我跟你們誰說話商量，你們會受我牽連……」

他於是被「政治作戰官」調出去問話，被關到獨居押房，禁止放封、寫信，還聽說挨了打。隔了一段時日，傳說他被送往台東玉里的精神病院，又傳說他病得不輕，總之，從那就沒再在放封場上看見過他。難友們很為他擔心。

一九七五年我回到家以後的十幾年，經常都會想到他。對他的絕對性的不妥協主義，我並不贊同。最低、必要的妥協（例如以抄書交「心得報告」）是保持獄中相對寬鬆「平靜」的環境，使難友間的思想、時事討論等等成為可能。然而我卻對他的溫藹卻又堅強的抵抗，充滿了至今不減的敬意。

我曾幾次試圖打探他被非法逾期關押的所在和具體情況，冀伺機向國際特赦協會報告，但總是不得要領。前年秋天，我終於得到確切的消息，在精神病院折磨了這麼些年，重病瀕死前數日，官方緊急通知了王競雄的一位嫂嫂將他領回嘉義，而不旋踵病死。

依乎良心和信念，不依乎福禍利害，而不能不選擇刀鋸鼎鑊，政治監獄是萬般艱難的道場。在其中失節苟活者固不忍苛責，但在其中勝過死亡和暴力，堅持了良心和思想的無數仆倒在五〇年代刑場上的青年，卻為人類生命崇高的可能性，做出了勝利的見證。

一九九八年四月

初刊一九九八年四月十九日《台灣日報・台灣副刊》第二十七版

1 本文按初刊版、參酌手稿校訂。作者在一九九八年應張照堂邀請擔任「超視」電視台紀錄片節目《生命・告白》的主持人（另二位是汪其楣、黃春明）。初刊版文末另有黑體字一列：「四月十九日（星期日）19: 30-20: 30超視首播」。

左翼文學和文論的復權[1]

生於一八九八年的貝·布雷希特，今年是他的百歲冥誕。全世界的戲劇界都要熱情地紀念這位二十世紀傑出的馬克思主義戲劇藝術家、詩人、評論家和思想家。他所創立的「史詩劇場」，對二十世紀的劇場、戲劇、表演和劇論發生深遠的影響。他的重要戲劇作品，例如《四川的好(女)人》、《伽里略傳》、《加拉爾夫人的步槍》、《高加索灰闌記》和《圓頭黨和尖頭黨》等，不但在三〇年代中後以迄四〇年代前半在歐美世界熱情的掌聲中演出，使布雷希特成為反法西斯蒂的偉大藝術家，即在今天，布雷希特的劇本、劇論依然是經典性的存在。

一九一七年蘇聯成立時，布雷希特十七歲。蘇聯工人階級的勝利，在全西歐引動了革命的風潮。布雷希特目睹了包括德國在內的歐洲資產階級對起義工人的殘酷鎮壓，體驗了第一次帝國主義戰爭的殘酷與偽善，見證了一次戰後法西斯蒂·納粹在德國的崛起，資產階級出身的布雷希特於是走向了革命，成為一生不渝的馬克思主義劇作家和戲劇理論家。

作為馬克思主義的藝術家，他以歷史唯物主義和辯證唯物主義去理解和認識生活和歷史的本質，從而在他的藝術創作中，以創造性的策略，去宣傳和啟蒙，讓他的劇場和舞台成為啟蒙的場所，讓觀眾經由他的劇場認識生活和歷史中的矛盾的本質，並且進一步激發觀眾起而變革生活、改變歷史。他的話說得極其明白：「把馬克思、列寧主義的學說宣傳給廣大文盲的工人觀眾。」布雷希特認為，戲劇應該包含社會分析，讓觀眾從戲劇形象的理性分析中，認識了生活中黑暗的本質，起而採取行動，克服生活的非理。為此，在一九二五年以迄三〇年間，布雷希特特地在工人學校有系統地研究過馬克思的《資本論》和辯證唯物論哲學，以便更科學地認識二〇年代末期資本主義世界大蕭條的本質，並且投身於當時紛紛崛起的工人運動。

這一段學習和實踐，使布雷希特更加自覺地把自己的創作和思想同德國被壓迫民眾的命運聯繫了起來。而在戲劇創作實踐上，布雷希特把自己的藝術創作勞動認識成改造生活的戰鬥，是理所當然的事了。

經過了這思想和實踐的洗禮後，他寫了著名的《三便士歌劇》，表現出一個由丐幫、王室、皮條客、資本家構成的世界。妓女要求吃飯。布雷希特向觀眾不斷地發問：人畢竟為什麼活著？生活怎麼竟是無止境的折磨、掠奪、謀殺、毀滅……到頭來，一個人活著，無非為了要不斷地讓自己忘卻自己是一個人。

據紀錄，《三便士歌劇》受到當時社會和群眾熱情的回響，連演二百餘場。

在思想和實踐上把藝術當成革命和批判的「工具」和「武器」的布雷希特，在戲劇創作、劇場和表演上，做了深刻的、從理論以至於策略的、重大而影響深遠的變革。他著重主張，要讓觀眾在劇場中保持清明的理智，不能「入戲」；要讓觀眾時刻清醒地意識到劇場周圍的現實世界，舞台不應成為觀眾被魔術師迷倒、以致忘我的地方。相反，戲劇的構成和演出方法，要有意識地使觀眾在「不入戲」的情況下，因劇情而思考、判別，在思想上取得對生活更深一層的認識，從而興起改變生活的決心。從這樣一個劇場出發，布雷希特激進地發展成「教誨劇場」，以街頭為演出的場所，以短小的劇情，突出思想和政治宣傳，抨擊資本社會和生活中的矛盾，並且主要地意圖使觀眾認識到孤寂的個人的無力，從而選擇集體，在集體意識——作為一個階級的覺悟中，獲致變革的信心和力量。時過境遷，現在看來，離開德國當時的政治社會環境——社會民主黨人對共產黨人的反共鬥爭、納粹的興起——教誨劇場不免有局部性僵硬、教條化、為政治信念寫圖說的批評，但卻是理解日後布雷希特所發展「史詩劇場」所不能沒有的歷程。

一九三〇年代初，德國資產階級的自由主義和社會民主主義的失敗與反動，終於使希特勒在一九三三年取得了政權。布雷希特和當時一些德國進步的學者、作家知識分子，為了逃避法西斯的恐怖和迫害，流亡海外。一直到一九四八年回到故國，流亡的布雷希特不但沒有停止以戲劇創作為武器進行反法西斯鬥爭，而且寫下了他平生最成熟，在藝術上傑出，在思想上深刻，在劇場上十分成功的、黃金般的作品：《第三帝國的恐怖和災厄》、《伽里略傳》、《阿杜羅發家》、《加拉爾夫人的步槍》、《四川的好（女）人》、《高加索灰闌記》。這些被他稱為「史詩劇場」的作品，反映了時代的重大問題，發揮了強大的戰鬥作用。

以這些戲劇傑作為中心，布雷希特逐步發展了他的「史詩劇場」論。一九三六年，他提出「陌生化效果」理論，說明中國戲曲藝術中與西方不同的「特殊表演效果」。在戲曲劇場中，演員表演角色，觀眾品評表演，「透過劇場，反思生活」。從東方戲曲的啟發開始，布雷希特主張劇本、表演都要從馬克思主義的辯證／歷史唯物主義去認識人、認識生活、歷史和社會，從而突破日常性的意識形態，在習以為常的世界，發現人、人的處境、事物的本質意義之令人震驚的新意義，前所未思、未見，與平日所見所思迥然不同而有新的領悟。布雷希特稱之為「陌生化效果」。劇本寫作的目的、演員表演的目的皆在此，即批判地對待日常事物和思想，認識生活的本質，認識到生活和歷史的可變革性，從而起而採取變革的行動。

相對於西歐傳統的現實主義劇場，「史詩劇場」讓觀眾直接介入、思想和選擇，讓觀眾體會到人和他的環境是可以變革的。為達此目的，布雷希特揚棄向來劇場的「第四面牆」，即設想舞台和觀眾之間有一面牆。演員們假裝這面牆的存在，以求演出的逼真。但從東方戲曲取得靈感的布雷希特，刻意在編劇和演出過程中拆除這道牆壁，既讓演員隨時意識到他們正在一群觀眾前表演，也隨時讓觀眾意識到他正在理性地觀賞一齣戲，品評之、思考之、判斷之、批評之……因此，布雷希特的舞台上經常會出現標語布條、字幕，或解說員的說明，和歌隊的歌詠……，刻意破壞「戲劇幻覺」，百般不讓觀眾「入戲」，迫使觀眾思考和行動。

然而儘管布雷希特一再強調馬克思主義在指導人生和戲劇工作上的重要性，不憚於倡言藝術在變革運動中所起到的「工具」、「宣傳」和「武器」的作用，儘管他也一再強調「不入戲」，強調理性在寫戲、演戲、看戲過程中的重要性，但他也以熱情和天才強調藝術性的重要地位。他要求勤勉而有創意的排練，要求劇本、對白的藝術構造和真實動人，他要求在「陌生化效果」的過程中，不能忽視引動觀眾共鳴的重要性。事實上，對於絕大多數的觀眾而言，是布雷希特的高度藝術性、民眾喜見的形式和語言、舞台所不可少的高度娛樂性加上他那高人一籌的、先進的史觀和人生觀，為他贏得歷久不衰的愛戴和尊敬。

歷史地看來，馬克思主義的藝術（包括文學、美術、戲劇）社會學和藝術批評，使人們對藝術的認識加添了廣大的向度，也增添了深刻的科學性，而且名家大師輩出，如拉法格、梅林、普列漢諾夫、別林斯基、車爾尼雪夫斯基、盧卡奇、班傑明和阿多諾，等等。他們闡發藝術作為上層建築，和社會基礎，和社會形態，和階級關係，和階級鬥爭、社會變革的聯繫，儼然自成一個富足的體系，至今不衰——近人傑．詹明遜的文論只是其中傑出的例子之一。在創作實踐上，從馬克思主義本身，從馬克思主義的藝術社會學和馬克思主義的文藝批評直接、間接受到啟發，並奉之為科律，據以從事創作而取得世人的尊崇者，絕不在少數。貝．布雷希特、聶魯達、沙特、馬奎茲、高爾基、蕭洛霍夫、法捷也夫、尼．奧斯特洛夫斯基、艾利亞、阿拉貢、西克梅特、馬雅可夫斯基、魯迅、曹禺、艾青、丁玲，其他南非、亞洲、中南美洲優秀的左翼作家，不勝枚舉。

在台灣，從一九二〇年開始，於台灣反帝、反封建的鬥爭中誕生和成長的台灣現代文學，基本上是在反日民族．民主鬥爭的過程中，帶著以文學為「武器」、「工具」和「宣傳」的自覺，發展出來的。賴和、楊逵、呂赫若這些台灣文學代表性的現代作家，莫不是圍繞在農民組合，甚至台灣共產黨和戰後的革新力量從事創作實踐的作家。

相信並服膺文藝的這些功能，即抵擋壓迫者、剝削者，讓受到侮辱的人重建尊嚴和勇氣，讓人——而不是權力和金錢成為一切的尺度；讓受盡逼迫的人生出抵抗的勇氣；讓廣泛受苦的人確實知道，當他們團結一致，他們必能改變命運和生活……謙卑誠懇地認識到文藝創作者為受盡凌辱的人民和民族代言，而不是為自己的自我、名利、個人的七情六欲寫作，相信當文藝家和民眾打成一片，非理的生活可以變革，從而建造一個更宜人居的世界……馬克思主義的、左翼文論和文學創作的這樣一個思想傳統和體系，不但是中國、台灣地區現代文學的重要（有時是主要）的遺產，也是世界各民族人民在二十世紀文壇中的重要遺產。但戰後台灣在中國內戰和東西冷戰雙重架構下，這個傳統和體系遭到全面、徹底的誣衊和惡魔化。紀念貝・布雷希特百歲冥誕時，使人覺得左翼文論和文學的復權，刻不容緩。

初刊一九九八年六月《聯合文學》第十二卷第七期、總一六四期

1 本篇為「布雷希特百歲冥誕紀念專輯」輯一「世紀末的注目」文章。

勞動黨關於香港回歸的文章

去年七月一日，英殖民地香港和平、光榮地復歸於中國，成為大陸中國的一個特別行政區。「一國兩制、港人治港」，從香港回歸之日開始，就不再只是一種理論和設想，而是實踐了整整一年的現實。短短的一年內，在中共的支持、香港特區政府認真任事下，成效是顯著的：

——「反政府」的香港「民主派」的活動，受到法律的保障。

——香港復歸後普選產生的「立法會」中，「民主派」的活動，獲致壓倒性勝利。

——香港復歸後，對中共最敏感的「六四」週年活動，如期舉行，受到法律的保障。

——在取得大陸財政經濟有力依恃下，港幣頂住強大壓力，維持了與美金匯率的定比，使包括台灣在內的東亞、東南亞匯率免於進一步崩盤。

——在強大的財經壓力下，香港雖遭不景氣之苦，但在國際經濟評比中，仍然名列前茅，認定香港的經濟實力和展望良好。

六月二十七日，江澤民和柯林頓的高峰會談，宣告了一個七〇年代初毛澤東、周恩來與尼克森的會談以來另一個新的中美關係的展開。中共與美國在結成「戰略性夥伴關係」後，雙雙準備好以這個新關係進入歷史的另一個百年。

回顧二十世紀的中美關係，十九世紀末晚來遲到於遠東的新興的美帝國主義，以求帝國主義的「機會均等」的「門羅主義」來到中國。經一次大戰而崛起、經二次大戰而肥大的美國，戰後深刻介入中國內戰，意欲扶掖蔣介石國民政府，塑建一個親美統一的中國，為美國遠東利益之干城。不料國府在內戰中失利，退守台灣。韓戰爆發，美國軍事干涉中國內政，扶蔣反共。七〇年初，美國欲聯中共反蘇，中(共)美接近，美台斷交。八〇年末蘇東體制崩潰，八九年「天安門事件」發生，中(共)美關係疏遠。九五年，美國陰圖試探有限度提高美台關係，允許李登輝總統訪美。九六年，中共在台灣周近進行飛彈軍事演習，美中(共)關係劍拔弩張。而禍福相依，美中(共)關係急速回轉，至今年此時而尤著。

二十一世紀是資本主義世界體系全面深化和越國界擴張，以全球性貿易．金融體系支配地球的新時代。在這個新時代，只有已發達的中心大國——如美國、已發達的中小國家所組成的市場經濟共同體——如歐共體，和具有強勁增長勢頭的發展中大國——如大陸中國，可以維持其主體性。而在今日美國「新三不」主義中暴露了過去冷戰時代「主權」虛構性的小島經濟體台灣，要依仗舊時代的意識形態和政治圖存於二十一世紀，已為痴人的夢語了。

我勞動黨認為，國民黨必須盱衡全局，立即改弦更轍。國民黨應該全盤放棄過去四十多年來內戰．冷戰的思想和意識框架，放棄一廂情願地依恃美國，以扈從苟且為久安之計的想法；應該拋棄蔣氏時代負面評價大陸中國的認知系統，全面科學地認識大陸中國經濟、社會和國際關係的前途，從中思考台灣的利益與前途。國民黨和政府中主持對大陸關係的官僚、智庫，必須清除其腦中長期以來反中國、反民族、極端反共親美，對大陸中國、中國人和社會懷抱偏見、歧視甚至憎厭的積穢，以新的、清醒的、「務實」的知性，面對二十一世紀的兩岸關係，為中華民族的團結、和解、和平與永續性發展，做出台灣可以做出的貢獻！

勞動黨中央委員會
一九九八年六月八日

署名勞動黨中央委員會
本文依據手稿校訂

台灣現代知識分子的歷史[1]

編按：

改造社會的使命，必然落在知識分子的肩上，所謂「士不可以不弘毅，任重而道遠」。然而，在今日這一缺乏擔當的年代，「士」的良知、信仰、責任都已抽離，入世角色模糊，豈僅沒有人文關懷可言，史觀更是蕩然。

針對此時弊，乃有「知識分子的社會參與」系列演講之規畫，自今年六月至明年四月，將舉行十二場。除了公開宣講，並將演講菁華錄公諸《聯合副刊》，以饗無法至現場聆聽之民眾。

世界進入帝國主義時代以後，先進的、資本主義工業化的國家向外擴張，把遼闊的亞、非、拉地區殖民地化和半殖民地化。殖民地和半殖民地的現代知識分子，便在殖民地化的痛苦歷程中誕生。台灣也不例外。

日帝下殖民地時代

現代知識分子是現代教育的產物。一八八七年，劉銘傳在台北大稻埕設立西學堂，請外國人來台灣教西學，同時也聘中國教師授中國經史之學。一八九〇年又設電報學堂，計培養有現代知識的台灣學生近八十人。但作為制度的現代教育，則在日本統治下約一九〇〇年開始。

殖民地現代教育的目標，一在透過修習日本語和日本「國風」以同化殖民地兒童；二在為支配台灣的日本獨占資本主義養成具有基本現代常識的勞動力；三在為殖民地統治機關的下層培養殖民地幹部精英。

殖民地現代教育有強烈的種族歧視。台童的「公學校」和日童的「小學校」，不但是種族隔離體制，在師資、課程、課本、經費、待遇上優劣懸殊。中學則只能是在台日本學生升大學的預校，台人子弟上中學者為數極少。師範教育尤其是灌輸日本國家意識形態的基地。

台灣的高等教育以醫學、農學、工學和商業專科為主。「台北帝國大學」（今日台大前身）要等到一九二八年才成立，學生的種族比率更為懸殊。而學科學系選擇的民族歧視更為顯著。

殖民地現代教育，於是培養了一代又一代為殖民體制所用的台灣人現代知識精英，充當醫師、老師、下層農工技術人員、商界、金融機關的下級職員和行政機關的下層公務員。當然，在嚴厲的種族歧視所限制的高教環境下，不少台灣青年奔向日本和中國大陸尋求深造。

殖民地現代知識精英，通過殖民者的教育，對現代性開了眼睛，對現代化的日本、日本社會、文化和日本人起了強烈的欽羨與傾向，同時對自己民族的傳統、語言、文化、知識、社會甚至人種，起了自卑、憎厭之心。於是有人依統治者的形象徹底改造自己；有人在生活的公共部門模仿日本，在私人生活中恢復民族傳統；有人在改造自己為日本人和維持民族自尊之間，矛盾苦悶，向殖民地現代性一面倒，使殖民地知識分子和自己民族的同胞、文化、社會剝離……。

然而，殖民制度的現代性和制度本身對殖民地的悖理、殘暴、野蠻和貪婪的本質所形成的深刻矛盾，使一部分殖民地現代知識分子向另類的(alternative)、抵抗的現代性——和帝國主義、封建主義斷絕，經由民族和階級的解放，自力更生，建設獨立自主的現代化國家——覺醒。在第三國際強烈影響下的殖民地解放運動，吸引了包括台灣在內的廣大殖民地、半殖民地的先進知識分子。後期文化協會、民眾黨，和農民組合、台共的運動屬之。

另一方面，作為中國社會半殖民地化過程的組成部分而割讓出去的殖民地，台灣進步知識分子還深刻地受到中國反帝啟蒙運動的影響。辛亥資產階級民主革命、五四運動、北伐革命和新民主主義革命，莫不深切牽引了台灣進步知識分子的思想和實踐。因此從資產階級民主運動到左翼的民族、民主變革運動，湧現了林獻堂、蔡培火、蔣渭水、連溫卿、王敏川、簡吉、趙港、林木順、謝雪紅、翁澤生、蘇新、潘欽信和王萬得等一代抵抗的知識分子。

在日據下台灣文學戰線上，強烈的中國傾向性、批判殖民主義現代性的殘暴，尤為昭著。台灣的現代文學，是在殖民地條件下，自始就在語言、表現形式(小說、詩歌、雜文、評論等體裁)上選擇了白話漢語和五四新文學作品的體裁和精神——反帝反封建的精神。因此，在題材上表現為對殖民統治的暴力和日本獨占資本之苛酷的揭發和批判；對殖民主義下農村貧困化的聲討；對為虎作倀的台灣地主豪紳階級的諷刺；對台灣封建階級及其生活的落後與腐朽的批判，以及對多重壓迫下的婦女命運的同情與聲援。賴和、楊守愚、楊華、陳虛谷、楊逵、朱點人、翁鬧、王詩琅和呂赫若這些作家，以文學形式戳破了殖民主義現代性的欺罔和殘酷。

光復初期(一九四五—一九五〇)

和一切巨大歷史變動期一樣，在殖民體制下養成並為體制服務的知識分子，對於殖民地解放既有人感到悲傷、挫折，也有人對自己的歷史感到不安。在國府表示不追究漢奸問題的政策下，這些人一般地沉默。在內戰和冷戰雙重結構形成之後，這些人中的豪強，與國府相結托，保持和發展了權力和財富。

抗日戰爭時期在大陸投奔國民黨的台灣精英，隨光復返鄉，獲得一定的政治和經濟利益。但是在東遷台灣的國民黨集團獨占台灣政治的戰後史中，不能不只居於點綴、花瓶的角色。

但光復初期台灣在地知識分子的思想和文化活動之活躍，超出通常的想像，表現出被割讓出去而終於發展為殖民地半封建社會的台灣，回歸到半殖民地半封建社會的大陸的衝擊。這衝擊有兩個方面：

一方面是自覺地、熱情地學習有關中國的語言、歷史、文化和知識，把自己從殖民地知識分子改造成獨立的、自主的中國知識分子。而為了承擔中國現代知識分子的責任，主張同時學習和接受現代世界知識和文化。這種討論，散見當時新興的雜誌上。

另一方面則是大陸內戰態勢的快速發展對當時台灣知識分子的思想與行動的巨大影響。在直如雨後春筍般的綜合雜誌如《政經報》、《人民導報》、《新新》、《台灣文化》中，光復初年的台灣知識分子如蘇新、陳逸松、陳逢源、周青、王白淵、李石樵、王井泉等人，紛紛就回歸後台灣和大陸諸形勢進行報導和評論，評論時政，廓清殖民地台灣在文化上的負債和遺產，提倡批判的「中國化」，申論中國民族主義建設之重要。

特別值得注意的是，此時台灣知識界和東渡來台的大陸先進知識分子間的提攜與合流。著名東渡學者如臺靜農、黎烈文、許壽裳與台灣知識分子合作，把魯迅介紹到台灣來，就是著例。

省內外進步知識分子的合流的另一個例子，是一九四七年到一九四九年間，以《台灣新生報．橋》為中心的、系列關於台灣文學諸問題的討論。省外的雷石榆、孫達人、駱駝英和省內楊逵、林曙光等多人，主要從文藝社會學的觀點，討論了台灣文學和社會的性質，其中尤其在「新現實主義」創作方向上的討論，留下重要的業績。

一九四七年，國共內戰全面激化。台灣知識分子無法自外於作為內戰核心的中國當代思想、知識系統和政治的波紋。一九四六年底，大陸因「沈崇事件」激發的全國性學潮，在四七年元月波及台灣，在台北糾集了三萬台灣高校學生，高喊「美國佬滾出中國」。二月，在全島性崛起的事變中，各地台灣高校生多有參與。一九四九年四月六日，陳誠當局感於學生左傾和校園不安，動手鎮壓，逮捕學生。因二月事件而對政局感到絕望和挫折的台灣知識界，至四九年前後，在全國內戰局勢逆轉時左傾化，是自然的結果。

五〇年代到七〇年代

一九五〇年六月韓戰爆發，東西冷戰達於高峰，造成世界戰後史廣泛深遠的影響。美國武裝涉入海峽，以強力的軍經援助和政治、外交支持，支撐了國府在台統治的正當性，從而建立了高度威權主義的「國家安全體制國家」(national security state = NSS)。而一九四九年底到一九五二年的全島性政治恐怖肅清，又是國府「國安國家」成立不可少的手段。

表現為戰後史中美國勢力下常見的、國家政權發動的、大規模人權蹂躪事件的恐怖肅清，徹底摧毀了自日據以來台灣反帝運動所積蓄的民族解放運動的幾代人脈、傳統、哲學、社會科學和藝術文學審美體系，對於台灣地區思想和知識分子歷史，影響深遠。日據下追求「抵抗的現代性」的台灣精英和光復後走向革命的年輕知識分子，以整個世代的規模，折損殆盡。

在此同時，美國制霸下的現代性想像，逐步形成。首先是透過綿密的美國軍經援助機制下人員交換與培訓計畫，其次是透過美國文化宣傳機關「美國新聞處」(USIS)卓有成效的工作，再次是經由獎學基金和留學體制，在台灣養成了一代又一代親美、反共、具有現代知識和技術的精英，到了今日，早已占領了台灣朝野及各界的領導高地。

其結果：美國的冷戰意識形態，即政治、經濟上的自由主義和個人主義；發展理論上的羅斯托式現代化論；哲學上的邏輯實證主義，和審美思想上的現代主義、抽象主義和超現實主義，成為台灣知識、思想界的主流，支配了五〇年代到一九七〇年間的思潮。

和一切美國支持的「國安國家」社會一樣，美式自由主義表現出顯著的矛盾。一方面，美國為全球反共戰略的需要，除了具體支持各地反共、親美、獨裁政權外，不能有別的選擇。另一方面，美國對這些「國安國家」所宣傳的，卻是所謂自由民主和反共。因此，國安國家的資產階級精英知識分子，往往時而在反共的共同性上，犧牲民主自由的原則，和獨裁權力妥協，甚至合作，又時而因其民主自由論不為權力所容忍，在美國袖手下遭到鎮壓。在七〇年代鄉土文學論戰中，台灣的自由主義者以反共之名夥同權力對鄉土派落井下石，說明了前者。「自由中國」事件則說明了後者，表現出反共、反獨裁而不反帝反美的台灣自由主義的極限。

一九四九年的農地改革，使台灣現代知識分子脫離了地主階級的社會基盤。五〇年代的進口替代工業化和六〇年代加工出口工業化，史無前例地擴大了社會經濟規模。台灣知識分子以新興中產階級（包括取得土地後的獨立自耕農）的社會身分，大量在軍、公、教、工、商、醫、會計、建築等各行業中安居，編入台灣戰後資本主義發展過程所形成的中小資產階級的構造。

至此，美國中心的現代性想像取代了日據殖民主義現代性想像。政治肅清和兩岸斷絕，使中國革命的傾向性在台灣遭到全面抑壓。六〇年代的全面資本主義化，一方面湮沒了民族解放的歷史和現代性想像，一方面為大量新生小資產階級知識分子創造了政治領域外的廣闊社會出路。

七〇年代

六〇年代中期在大陸爆發的文革，和六〇年代末發生於美國和法國的「洋文革」，不意對台灣的思潮發生了重大影響。以北美保釣運動左翼為中心，部分台灣留學北美和台灣在地知識分子，對一九五〇年代以來冷戰和內戰意識形態和知識體系進行了批判的反思。被禁斷二十年的馬克斯主義史學、社會科學、哲學和審美體系被重新探索。國共內戰的歷史被重新審視。中國三〇年代文藝作品和思潮重被閱讀與研究。對於美國制霸下的秩序與冷戰世界體制、意識形態和知識思想體系，要求全面反思和清理。過去二十年間塑造的、美國中心的現代性論遭到全面質疑。以中國革命為中心的另類的、批判的現代性想像，在斷絕了二十年後，重新復權。

而一九七〇年到七四年的現代主義詩論爭，本質上是對五〇年代以降美國冷戰意識形態中審美體系的批判與反批判的鬥爭。一九七七年的鄉土文學論戰，以及同時期力度較小的學術中國化運動，離開這時期的思潮背景，就無從理解。

在另一方面，台灣的自由派在思潮巨變的七〇年代的實踐仍然充滿矛盾。他們對全球性反越戰運動無動於衷。對現代詩批判和鄉土文學論爭，竟採取了與反共權力一致的鎮壓立場。

七〇年代，國際冷戰體制的緩解和重組，使台灣的國際外交合法性動搖，連帶使國府對內統治合法性遭到空前挑戰，新一代本地資產階級民主化運動鵲起。自由主義和知識分子在此時積極扮演權力和運動間的仲介，有所貢獻。但隨著本土論急速高漲，以外省籍為主的自由主義者終究被排除在運動之外。

八〇年代以後

七〇年代的外交劇變，使蔣經國著手政府和黨的、漸進的、有秩序的「台灣化」，以鞏固對內統治合法性，來頂住國際外交合法性的破綻。但無如時不我與，一九七九年高雄事件大逮捕的反作用力，在八〇年代以更全面的民主化抗爭運動噴出。在朝野壓力交互激盪下，八〇年中期後陸續出現反對黨成立，戒嚴和報禁解除，開放大陸探親等一系列變化。一九八七年蔣經國先生去世，一個本地資產階級的國家政權登台。

歷史地看來，國民黨波那帕式(Bonapartist)「國安國家」向階級性國家政權的移行，和韓國一樣，沒有經過市民革命或政變，而是經由原政權主導的、由上而下的蛻變。尤其值得注意的是，政權蛻變過程中，台灣自由知識分子、學生運動，甚至反對黨，基本上是為新生台灣資產階級國家政權的出台保駕護航，完成了不曾對過去以來「國安國家」進行歷史清理條件下的權力移行。

其次，是「台灣論」的絕對化和霸權化。被謝雪紅指為「反蔣不反美」的台灣戰後民主化運動，至七〇年代而發展為反獨裁、反共、親美的「黨外」運動。及八〇年代，進一步和台灣分離運動合流，發展出分離於中國的台灣民族論、台灣史論和台灣人意識論、台灣社會論和國家論，特別在台灣史和台灣文學研究的領域，儼然形成霸權論述。七〇年代重建的中國傾向性至此而消解。脫離中國的台灣共同體論，自外於中國歷史的台灣史論……已經成為今日朝野知識分子共同的語言。但迄今為止，對於這台灣絕對主義，知識界竟不曾有科學性的爭論——雖然隨著局勢的巨變，台灣論的科學性呈現出越來越明顯的破綻。

最後，約在九〇年代初，從美國學園傳來後現代主義諸思潮，一時「結構」、「解構」之說風行，「後殖民」、「女性主義」、「同性戀」的詞語充耳，卻幾乎很少和台灣歷史和社會的具體條件結合的。

殖民地（戰前）和新殖民地（戰後）現代性論，與另類的、抵抗的現代性論之間的矛盾鬥爭，是台灣現代和當代思想史的主軸。由於已經說明的原因，對另類的、抵抗的現代性的倡說，受到幾次沉重的打擊。沒有解決台灣知識分子和思想的主體性建設，如何面向新的百年，頗費憂思。

初刊一九九八年八月五日《聯合報・副刊》第三十七版
另載一九九八年八月《遠望》第一一九期
收入二〇〇六年三月立緒文化事業《知識份子：台灣知識精英具深度的12篇精彩演講》

1　本篇為《聯合報・副刊》「『知識分子的社會參與』演講菁華錄」系列首篇，由孫梓評記錄整理，其後與其他場演講輯為《知識份子：台灣知識精英具深度的12篇精彩演講》一書。該系列演講會由行政院文建會、《聯合副刊》、立緒文化事業主辦，陳映真的場次於一九九八年六月十二日下午兩點半，在台北市誠品書店敦南店地下二樓視聽室舉行，主持人為當時的《聯合報・副刊》總編輯、詩人瘂弦。

針鋒相對　逆流而上[1]

媒體和權力

在漫長的戒嚴時代，報章雜誌受到黨政新聞、政治、思想檢查單位的層層控制，觀點、評論、見解不但高度一致、充滿了僵直的教條和偏見，並且藉以達成軍、公、教、社會甚至大學對於當代生活與事務的一致不變的口徑和思想態度。於是眾口一辭，曰：領袖英明、經濟發達、社會安和樂利，共匪萬惡必敗，美國捍衛世界自由，為民主世界之盟主……。

可是一九八八年解除報禁，諸報叢出，言論禁區瓦解，「百家爭鳴」，但在本質上，情況卻未必有所改變。

作為總統，李登輝先生經常受到文字和漫畫的批評而不虞罹罪，確是戰後政治之所無，是言論「自由」的無疑的進步。

但擁李、反李的紀事和評論，不少充滿著主觀的偏見與好惡。人們更多地看見畛域的偏見、台灣資產階級第一次掌握國家機器後的自得，和喪失向來獨占權力的故老遺少的惆悵忿恚，躍然紙上，而缺少深刻高瞻的觀點。獲得「自由」而暴殄之，一至於此。

其次，儘管言論「自由化」了，但表現在輿論的思想、知識和情感，基本上一仍停留在五〇年代以降國際冷戰和國共內戰的邏輯和意識形態。對自己的「民主化」、「自由化」欣有得色，而少對民主自由低惡的品質有深入的反省；對經濟發展津津樂道，而對「新興工業化」的品質和極限鮮有清醒的顧念。對於美國，不渝地單戀，誓死依附，妾婦之貞，學者、記者和評論員眾口一辭，對美國學園剩餘劣品打折販進的新學——結構、後結構論、後現代論、後殖民論，在劇刊上炒作吹捧不遺餘力，對美國充滿偽善的人權、民主、自由外交政策幫腔宣傳，對美國「新三不」則以「台灣對美國戰略利益重大」而反對，對美國大眾文化、明星、歌手藝人日日吹捧，對美國以捍衛其「國家利益」之名在世界上到處伸手干涉他國內政採取讚賞欽羨的態度，對美國外交、貿易、軍事政策總是附和讚揚——總之，不論是兩蔣威權時代，亦或當今經由「寧靜的革命」而完成偉大的「民主化」和「自由化」的時代，台灣依然——時而竟而更加——地受到國共內戰和過去東西冷戰意識形態的支配：以崇美、反共（以及在其延長線上的反中國）的邏輯，編織一個自我證明的、與真實世界對不上頭的世界，安居其中，顧盼自雄。

在「自由的報業」中，有一條人人可以琅琅上口，卻又明知其虛構的信條：「公正、客觀的報導」。在權威時代，在黨政特務自五〇年代開始迭次清洗台灣報業，嗣後又在各報社明明暗暗布建情報耳目的時代，「客觀、公正的報導」只是一句虛無的空話。

在「自由民主」的今天呢？各報各雜誌的政治、社會、集團、階級偏見之明目張膽，粗暴蠻橫，比權威時代尤有過之，絕無不及。其中種種（例如「台灣共和國」尚未成立，在新聞標題、評論上就公開以視同外國的「中國」指稱，過「精神勝利的乾癮」，是其一例），司空見慣，不必贅述。

此外，公開不諱地表達、宣傳特定政治、階級、黨派的政見、政治立場和教條的報紙和雜誌，代表某財團利益和政治傾向的報紙雜誌，可說比比皆是，而廣泛市民得天天被迫上各黨派的「莒光日」政治課。

我們從來不相信一個在社會、階級、政治上有「純粹」客觀中立的媒體。但我們相信，階級、利益、政治的主觀立場，和報導的負責、求真……的矛盾統一，尋求相對公平、進步的報導，是可能的。

媒體資本主義工業

資本主義媒體工業需要龐大的資本。而資本的唯一的邏輯，是「將本逐利」。現代大資本主義媒體產業的商品化、市場化，一般地、根本地決定了媒體的媚俗、庸俗和膚淺化、圖片化、文章評論「輕．薄．短．小」化。有著名大報公然出刊大型八寶雜誌而不尷尬。於是觀念、觀點和政治力求與中產階級趨同而保守主義化、鄉愿化和機會主義化。而即使有一、二報站在相對激進的中產階級自由主義「左」派立場，時而對極端的資產階級右派思想和意識形態提出相對進步和批判的視野，但往往在重要關頭，不能不顯露出它的資產階級保守性——例如越戰期的《紐約時報》、《華盛頓郵報》在六〇年代的一中一台論，前不久美國「自由」派對「中國威脅論」的危言聳聽，大肆煽動，就是例子。

西方白人中心傳播的應聲蟲

台灣媒體往往是西方（特別是美國）媒體的應聲蟲，長期、熱心地傳達大量西歐中心的、白人中心的、對於當前世界現勢的圖像與解釋。海灣戰爭的報導，塑造了惡魔化、野蠻化的海珊，塑造了美國高強的電子戰威力。全世界內戰不安事件中，美國干涉的因素被湮沒，由美國媒體規定誰是「叛軍」、誰是正義凜然的「政府軍」（和美國友好扈從的一方）；內戰的殺傷，哪一回是「共產黨軍的大屠殺」，哪一回又是政府軍為了維持民主自由的體制，為了社會穩定之必要所採取的警察行動（在今天的烏拉圭，這些警察行動遺留下來的萬人塚已發現三、四十處）。美國特務（CIA）策動政變和暗殺民族主義的、社會主義政權的風潮，被報導成人民爭取自由民主的、快樂的革命。天安門事件，在沒有任何調查報告基礎上，由美國保守派議員、「漢學家」和評論員們順口隨意地說成「天安門大屠殺」（Tiananmen Massacre）。而台灣媒體總是興沖沖地一律轉播照用。

台灣的媒介大量引用、轉載美國種族主義者、西方中心論者、反共分子對中國深刻的憎惡思想與感情，並在台灣盡情地擴大再生產。今天，台灣大批留學美國的精英，許多人從骨子裡對中國、中國人懷抱著憎厭、卑觀和歧視。而他們無省內省外之分，且不少這樣的人主持今天的「兩岸事務」。

台灣傳播媒介的歷史痼疾

最後，說一說台灣報業的內在的問題。

反共戒嚴體制下，國民黨長期不信任自己從大陸帶來的編輯、記者。從五〇年代到七〇年代，國民黨迭次徹底清除台灣報界，造成大量的冤假錯案。因此，在八〇年代報禁解除前，通訊社和報社中，安全布建嚴密，黨政、特務老報人占據大部分的職位，報業在重重掣肘中無以發展，青年報人根本無有出頭之日。因此長年間，新聞系所乏人問津。

忽一日，報紙解禁，新報叢出，舊報擴大，人才需求孔急，把大量訓練不足的年輕人送出去寫大量文章填充版面。於是標題、新聞寫作水平下降、主觀偏向報導偏多，人文社會科學的訓練和現實政、經、社會體驗和鍛鍊不足，新聞和評論水平一般地粗糙化。

其次，威權時代報業發展史，出不來有氣節、有勇氣、有報業倫理，甚至為報業原則被捕、被停筆封筆的典範，而多苟且逢迎為權力作倀之輩，後之來者，無夙昔之典型。政治上的限制，又不能傳授中國報業史、其他非西方報業為人民喉舌而為報業的倫理鬥爭奮鬥的歷史和西方報業為言論自由鬥爭的歷史，年輕報人，無從啟發與景從，自然影響台灣報業的自主而凜然的、為人民喉舌的意氣和抱負的傳統，無從建立。

另一方面，解嚴之後，社會、政治運動勃興。社運、學運、工運消息容易上報，卻不料反而使社運、學運、工運等運動和鬥爭徒以上媒體為勝利、為目標、為滿足。而這些社運、工運、學運消息，在這富裕飽食的社會中，初則引起興趣，不久則因「刺激度不足」（如運動中有沒有死人、放火），消費這些消息的胃口鈍化，整個社運業卻失去了鬥爭本身的目標，而日趨於萎弱。

逆流而上

改革今日媒體，冀其起弊振衰的思維，一直是有的。我們以為回歸編輯主體，適度清算絕對性爭取廣告收入，放棄大發行量政策，擴大明確的目標群讀者，在人文社會科學上要求編輯部有基本素養，提高照片、文字的文化、思想和藝術水平，動員社會一切可能支援資源，勤勉認真地勞動，和認真深入的群眾路線，建設一個與唯市場主義、唯商品主義針鋒相對、逆流而上的媒體，相信是有其可能性的。

一九九八年六月十三日

本文依據手稿校訂

1 本文依據手稿校訂，稿面標註傳真給《目擊者》何榮幸先生，疑刊登於《目擊者》。

海隅微言集・序[1]

十五世紀新航路的發現，擴大了歐洲重商主義的殖民掠奪的基盤。產業革命，資產階級的興起，市民革命和資產階級民族國家的形成，使資本主義現代機械化大規模生產方式衝破了歐洲封建經濟、政治和社會的藩籬。而資本對原料、勞動和市場不知饜足的飢餓，以堅船利砲，向遼闊的前現代的、非西方世界殘酷擴張。十九世紀上半，世界於是進入帝國主義時代。到了第一次世界大戰，帝國主義把全世界百分之七十一的人口置於殖民地・半殖民地的桎梏之下。

正是在這個世界史的背景下，在鴉片戰爭中，列強的砲艦轟開了古老中國的門戶，使中國成為半殖民地，面臨了豆剖瓜分，亡國滅種的命運。

殖民地・半殖民地的反帝救亡運動，先是在殖民地化的痛苦過程中，見識了透過殖民主義的折射而扭曲的現代論，從而企圖依殖民者的形象改造自己而臻於「現代化」，卻不知道殖民地的「現代化」改造，是以帝國主義獨占資本的利益為主體、服務並且扈從於帝國主義的邏輯的

「現代化」。其結果，是在殖民地・半殖民地培育了和帝國主義的利益互為結托的殖民地精英資產階級——半封建地主階級、官僚資產階級和買辦資產階級。

特別是在一九一七年蘇聯革命成功之後，在殖民地化痛苦的歷程中對現代性張開了眼睛的殖民地知識分子，看見了帝國主義的、殖民主義的現代論的非理和凶暴，激發了追尋以民族與階級的最終解放為鵠的的、自主的現代化。他們深切地認識到，在帝國主義宰制下，西方的現代化，恰恰和廣大殖民地非西方世界的停滯、不發展，是互為構造性因果的。因此，他們深信，和帝國主義及其扈從的本國封建主義的構造性斷裂，並且進行徹底的、結構性的社會變革，從而自力更生，走自己的道路，探索一條以自己的民眾和民族為中心的另類的(alternative)「現代化」模式，是民族復興的不二法門。

第二次大戰結束以後，西歐帝國主義列強一時衰疲，它們企圖在舊殖民地復權的企圖，遭到可恥的失敗，世界性反對帝國主義的民族・民主運動有長足的發展。世界資本主義的暴發戶美國，卻急忙穿上鎮壓各族人民的民族解放鬥爭的警察制服，在全球冷戰體制中強力進行反對革命、反對解放的警察行動。

從一九二〇年代開始，半殖民地半封建的中國，也有兩派性質不同的救亡運動。一派是半殖民地的精英資產階級領導的民族改良運動，即國民黨的資產階級民主革命運動；另一派，則是主張相應於中國半殖民地半封建社會構造體而進行民族．民主變革，即中共的「新民主主義」革命。

一九四五年，日本戰敗。美國以巨大的軍事和經濟援助，援助國民政府，抑壓中共，企圖塑造一個親美．統一的中國，並且在一九四七年全面展開的內戰中大量應援國府，卻終告失敗。中共團結了億萬貧無立錐之地的中國工人與農民，召喚了為救亡圖強而崛起的知識分子和市民，克服了艱難困苦，贏得了革命，把荼毒中國幾至不起的帝國主義和封建主義，趕出了中國。

一九五〇年韓戰爆發，美國第七艦隊封斷了海峽。從日帝五十年統治解放復歸祖國的台灣，此時又在外國勢力干涉下從中國本部分離出去，國共對峙，祖國分斷。

一九五〇年後，大陸採取了與帝國主義、封建主義徹底斷裂，進行構造變革、自力更生的道路，在新帝國主義的封鎖和戰爭恫嚇下，既要建設祖國走自己的現代化道路，又要堅持革命營壘的純潔性而主張「繼續革命」。戰後三十年間，在時而革命動員、時而社會建設的雙重焦慮中，顛躓而行，結果一方面在革命後的廢墟上，動員人民，初步建設了自己的國防和保衛革命所必要的重工業、精密工業的胚基，另一方面也滯遲了民生工業的建立，在相對落後的生產力上，背負著數億人口「貧困而平均」分配的重荷。一九七〇年代末，大陸改採「開放改革」、走「中國特色社會主義」道路，趕上了二十世紀下半、被學者稱為「第四代工業化」的亞洲工業化列車，帶著複雜的問題性，走向了快速工業化新階段。

台灣的工業化則走了不同的道路。相對於與西方的斷裂，台灣在美國軍經援助下進行了農地改革和進口替代的工業化，繼而在政治、軍事、經濟全面依附於美國的條件下，納入美、日和「新興工業化」經濟體之間三角貿易構造下，完成由外資推動的加工出口的資本主義化，整編到美國亞太戰略秩序中。

在日本統治下，殖民地台灣現代教育，造就了傾向於殖民地現代性的精英，配置到殖民地台灣支配體制的中下層。但殖民地現代教育也使一部分台灣現代知識分子認識了帝國主義的謬理，起而革命。因此，終日據二〇年代到日本戰敗，台灣一直存在著活躍的、批判日本殖民主義的現代性，從而傾向依靠祖國自主的現代化以求台灣最終解放的知識分子。

相形之下，在五〇年代以國家暴力徹底剷除台灣日據以來民族解放運動的傳統後，因美國「援助」體系、美新處與美國在華機關人員選訓、人員培訓教育、留學體制和內戰／冷戰雙重構造下，為台灣培育了一代又一代極端反共，又極端親美的新殖民地精英知識分子。八〇年代中後，一個完全依照早在四〇年代就由美國規畫完成的規格——「親美．非(反)共．脫離赤色中國的台灣」而打造的本地資產階級國家政權出台，而全面反中國、脫中國的意識形態，以籍不分省內外的朝野美國化精英知識分子為中心，不斷地擴大再生產，成為今日台灣的主流政治和思潮。

這個思潮無忌憚地對歷史上的殖民帝國主義現代化給予正面積極的評價，對於在舊殖民地時代民族解放、救亡和祖國復歸運動和思潮，採取全面抹殺、歪曲和誣衊的態度。他們，籍不分省內外，政治不分朝野，大率以殖民地現代精英意識自外於中國和第三世界，以海峽分斷、民族分裂的永久化為合理，罹患祖國喪失症的沉疴，對當代中國充滿了驚人的誤解、歧視、鄙薄、憎惡和偏見，對於分裂的祖國的另一個大半部的歷史，絲毫沒有一分進行科學、客觀的理解的起碼的動念。

然而，我多年來的朋友毛鑄倫卻是少數的例外。

他有一份安靜卻堅毅不搖的愛國主義。從七〇年代釣運的洪流中一路走來，當著當年一道煮酒論劍、慷慨高歌的愛國少年，有些人得意仕途，反倒成了兩岸分裂固定化政策的設計人和執行人；另外有一些人到北美洲的大學學園轉了一圈回來，成了這樣或者那樣的，跟著洋人以人家的「民主．自由．人權」的量尺去丈量自己的民族，而且不免時不時也說些閒話，而「省籍不良」的毛鑄倫兄，則在「台灣絕對主義」法西斯暴論中，孤單、坎坷地一路彳亍而來。對於當前我們民族對峙和相仇，抱著深切的哀愁而必欲加以克服，對於外來勢力干預我們民族團結與和平，抱持永不鬆懈的儆醒和批判，對於四九年後的大陸政治和社會，懷有深切的關注，力爭逃脫「權力／派系鬥爭」論，「共匪必敗」論的「匪情研究」框框，努力探索大陸中國和社會的真相。而這一本《海隅微言集》，就是毛鑄倫兄近年來沉思和探索的初熟的果子。

一九九八年六月

在《海隅微言集》中，毛鑄倫思索中國現代民族主義的發展歷程；從「海隅」思想毛澤東對中國的意義；隔著分裂的海峽，沉思鄧小平和「鄧後」時代對我們民族的意義，也系統地探討了從一九八六年以來的兩岸在我們民族歷史上的關係。當然，同一切科學性的討論一樣，毛鑄倫的若干視點容或尚有一些繼續切磋討論的餘地，但正如同他謙沖而對我們民族的未來充滿無限熱情的書名《海隅微言集》那樣，毛鑄倫兄的探索之力圖在民族分裂的歷史中，為克服分裂，爭取我們民族重新和解與團結的認真而深刻的研究與思考，躍然紙上，讀之動容！

喜讀《海隅微言集》，敬以為序。

一九九八年六月

初刊一九九八年七月海峽學術出版社《海隅微言集》（毛鑄倫著）

1　本文按初刊版、參酌手稿校訂，初刊版標題為〈陳映真序〉，手稿稿面無標題，此處篇題為編輯所加。

為了民族的和平與團結[1]

殖民地問題的解決，往往是以殖民地民族解放勢力和殖民者激烈鬥爭，贏得民族的解放而解決。殖民地香港的和平、「一國兩制」模式的解放，和嗣後「一國兩制」政策在港忠實有效的實踐，允為世界史中的奇蹟。假以時日，香港模式將對台灣和世界理解兩岸和平統一的現實可能性，發生深刻具體的影響。

一九五〇年以後，美國取代一九四五年前的日本，對台灣的政治、社會、經濟、軍事與文化、思想意識形態發生支配性影響，培養了一代又一代極端反共、親美的知識分子，高踞台灣社會各方面的領導性地位。反對、抗拒、推遲兩岸統一，盡可能爭取兩岸分斷狀態的固定化，成為當前台灣思想、知識和輿論的「霸權」。台灣知識界對當面中國大陸情況的無知、誤解、歧視甚至憎惡、敵視，是兩岸關係中嚴重的不幸與困難。

為了民族的和平與團結，今後應：(一)在不喪失原則立場的條件下進一步強化中美關係；

（二）加強兩岸經貿，同時整治大陸市場的法制秩序、信用機制；（三）在發展經濟的同時，大陸應自覺地保護工農階級的權益，堅持社會主義正義；（四）台灣學術文化界自覺地清理美國（西方）的文化思想支配；（五）增進兩岸方方面面的交流與合作，清除交流合作過程中的消極因素，逐步加強兩岸間相互理解與友好。

陳映真

一九九八年六月廿三日

本文依據手稿校訂

1 本文依據手稿校訂，稿面無標題，篇題為編輯所加。稿面標註「致孫承斌先生」與「同時傳去給毛鑄倫序《海隅微言集》」，但手稿內容與《海隅微言集・序》一文僅有部分相似，疑為《海隅微言集・序》之初稿。

近親憎惡與皇民主義

答覆彭歌先生

近十數年來，台灣獨立派逐漸獨占了台灣高等教育領域中的台灣文學和台灣史教育和論壇。他們以變造歷史，歪曲材料的方法，長期宣傳台灣新文學和中國新文學無關，倡言台灣文學的「獨自性」和「本土性」，主張以「台灣意識」甄別台灣文學的價值。最近，更有人大肆吹捧日據下日本人殖民地文學家、台灣皇民文學頭號總管西川滿，歌頌他是個熱愛台灣、熱愛台灣文化的大文學家。不久之前，終於有人出來主張要「將心比心、設身處地……以愛與同情的認真態度去解讀」皇民文學，云云。

批評上述皇民文學論的拙論〈精神的荒廢〉（刊《聯合副刊》四月二日至四日），不料引來一九七七年對台灣鄉土文學打過第一記棍子的彭歌先生（以下禮稱略）的極大不滿，雖然「二十年來世界經歷了驚天動地的變化」，他卻一仍以五〇年代的反共語言和思維，對我進行極端化的反共謾罵與恫喝，刻意攪亂對於將皇民文學正當化的企圖之批判（彭歌〈醒悟吧！——回應陳映真

《精神的荒廢》〉，《聯合副刊》，四月二十三日），在現實上起到聲援皇民文學正當論的作用。

抽象的、「普遍」的、「人性本然」的「愛國大義」

在小論〈精神的荒廢〉中，涉及彭歌而使他大動肝火的，僅僅是長二十三個字的一句話：「彭歌指責鄉土文學派『愛國過於激切』而必欲置之於死地。」為什麼有這提法？張良澤的皇民文學正當論的邏輯之一，是說國民黨的「反共愛國教育」影響人們無法持平地對待台灣的皇民文學。我以為這話沒有現實根據。第一，「皇國民運動」是法西斯主義的日本版，國民黨意識形態和法西斯者有一個共同的特質，即極端的反共論，其相互關係，不是矛盾，而是統一。國民政府在戰後徵召血腥屠殺過中國人民的皇軍將校在台秘密組成「白團」，組訓國軍，備「反攻大陸」，就是佐證。張良澤又說，國府的「愛國教育」使人盲目反對皇民文學，我的反論是：在現實歷史上，不說在抗日戰爭期間國民黨對無數抗日愛國主張與國民黨不同的學生、知識分子、市民如何橫加鎮壓，只說光復後台灣抗日一代人如何在內戰和冷戰的雙重構造中遭到國民黨殘酷打擊和肅清，而日據下「協贊」日帝的豪紳大族如何受到權力的溫存，至今榮顯，就知道在國民黨的政治中，「愛國」和反日並不互相矛盾，反而是互相統一的。一九四九年，楊逵因發表主張省內外同胞團結、反對台灣託管和台灣獨立，倡議民主和政經改革，釋放政治犯，阻止大陸內戰延燒於台灣的《和平宣言》，而被判十二年徒刑。在審理庭上，國民黨的法官以「愛國過激」駁回楊逵以愛國為言的辯解，是光復後台灣士林傷痛的「笑話」。歷史地看來，國民黨一貫獨占「愛國」論的解釋，為愛國主義敷設諸如「攘外必先安內」、「為匪宣傳」、「方向偏差」這些可以任由思想警探們「上下隨心」、當之者必死的條條框框，現實上往往在民族危難的時代，抑壓民眾的愛國主義怒濤，以維持自己的政權，而類如「愛國過激」論，就成為國民黨長期以來駁斥和鎮壓民眾的愛國主義的標準說詞。一九七七年九月，彭歌在一次中國論壇社舉辦有關「當前中國文學問題」的座談會上，就如法炮製，說：「我們文壇上往往因為愛國太過熱切而有了偏差……」我把楊逵不幸的遭遇以及在戒嚴恐怖猶殷的時代，彭歌對「我們文壇」「愛國」程度的指控排比到一起，旨在說明國民黨愛國論的破綻，更在指出國民黨那個「階級」和「集團」的愛國論，和對日綏靖、「先安內後攘外」，和聯合舊皇軍、對皇民主義溫存，不但不互相矛盾，甚且還是互相統一的。其次，也談一談「愛國大義」，是「本然」、「普遍」、「人性」的表現，抑或，作為意識形態，「愛國大義」仍有階級、黨派、集團的差別？

六〇年代以降，在對日和約問題上；在民主化問題上；在自主化統一問題上；在以財閥為主導的經濟發展與勞動階級權益關係問題上；美國在韓國民主化和祖國統一運動中是友是敵等這些「愛國大義」問題上，韓國的學生、知識分子、社會運動界、市民和工農階級，就和朴正熙、盧泰愚、全斗煥所代表的韓國社會上特定「階級」、「黨派」、「集團」有不同的意見。在天皇制、戰爭責任、南京大屠殺、苛虐中國和朝鮮奴工、慰安婦問題上，日本右翼、「自由主義史學」派、石原慎太郎、岸信介……所代表的日本特定「階級」、「黨派」、「集團」，和日本歷來反對和批判天皇制、自動供述和揭發日本在華侵略、屠殺罪行，為了控訴日本奴役朝鮮和中國奴工、控訴日本國家壓迫和剝削朝鮮、中國和台灣地區「從軍慰安婦」，並要求日本國家道歉、賠償的日本學界、運動界、市民和工農團體，有不同版本的日本愛國主義。在越戰問題上，對尼克森、詹森政權所代表的美國「軍、工複合體」和美國特定的「階級」、「黨派」和「集團」而言，在印支半島上增兵、擴大屠殺性轟炸，就是保衛美國價值，捍衛美國利益的「愛國主義」。但六〇年代末、七〇年代初美國市民、學生、知識分子和黑人解放運動反對「美帝國主義」，反對侵越戰爭，反對種族歧視，倡言高教改革和言論自由，提倡學生在民主主義和社會主義問題上的實踐與選擇，就是「愛國主義」，卻與詹森、尼克森者有不同的語言。

因此，在鄉土文學論爭上，也表現出彭歌和他所代表的「黨派」、「階級」和「集團」的愛國論，和鄉土文學一派者有根本的差別。

鄉土文學一派，反對文學上惡質西化，反對脫離了生活和民眾的、從美國和西方販運而來的現代主義和超現實主義，主張文學應該有自己的（中國）民族形式和民族風格，應該寫民眾喜見樂聞的題材，在語言上反對歐化和晦澀化。在政局動搖的七〇年代，鄉土文學一派反對政治上、經濟上、文化上的外國支配，在文學題材上關心資本主義化過程中社會的弱小者的利益。在民族分斷的歷史時代，主張以眼下的台灣土地和人民為可以實踐關切的、中國的土地和人民；把台灣文學界定為中國文學的一環，為「在台灣的中國文學」。

尤其和八〇年代以後台獨系所主張，著意和中國文學對立的「本土文學」論、「台灣文學」論的概念相形之下，鄉土文學論批判了內戰和冷戰意識形態，主張揚棄外來勢力的支配，發揚民族主義和愛國主義，十分明顯，但是卻引起彭歌和他所代表的「黨派」、「階級」和「集團」的憤怒，指鄉土文學搞階級鬥爭、搞工農兵文學，從而進行全面政治圍剿，足見彭歌們事實上也主張：「只有」他們那「一個階級」、他們那「一個集團的愛國論，才是真正的愛國。其他的階級、集團，要愛國也是不行的，不正確的」。在一個階級社會裡，「天下」就是「有這樣跋扈囂張的道理」。這也足見彭歌三復斯言的、包括「愛國大義」在內的抽象的、無階級、黨派和集團差別的「本然」的「普遍人性」論之欺罔了。

文藝社會學的廣闊天地

彭歌說，當年他所「批評的並非鄉土文學，而是假借鄉土文學之名，散播階級仇恨的某些作品。結論是，我反對文學作品的工具化、武器化，尤其反對文學作品淪為階級鬥爭的工具和武器」。

這裡存在著兩個問題：（一）什麼是無產階級文學？在迄今為止的戰後台灣當代文學中，存不存在無產階級文學？（二）以社會科學去分析、認識、批評文藝，把文藝作為社會的上層建築，去研究文藝與社會經濟、歷史、階級、政治和其他意識形態的聯繫，果而僅僅是「共產黨的御用理論」？還是擁有悠久歷史的、內容豐富而深刻的知識思想體系？

被國民黨和自由主義文論家說成「散播階級仇恨」的文學，指的是一九二七年國共聯合戰線破裂、到三七年抗日戰爭爆發為止的十年間，中國左翼文壇在它的形成過程中所發展的「無產階級文學」（或「無產階級革命文學」）論。這一派別的文論，以馬克思主義的社會階級學說為指針，強調作為意識形態的文學藝術，在一個有階級的社會，表現著不同階級的思想、情感和意識，因而有時顯時晦的階級性。特別在階級鬥爭激烈的時代、在社會變革的時代，無產階級的文學應該反映工農民眾的苦難、覺醒和鬥爭。文學與政治、與革命、與時代的關聯性受到空前的強調。為了宣傳改造歷史和生活，文學被要求呈現明確的政治意識和階級意識，寫農民的崛起和工人的罷工、寫革命者的不畏艱險，在革命的急風暴雨中彰顯人物的英雄面貌……。

理論的關鍵還在「覺醒」、「階級意識」上。無產階級文學，不止於寫一般的工人和農民。它要求寫工農的「覺醒」，即在生活和鬥爭中認識到自己是作為一個為歷史所指定、擔負著埋葬歷來的壓迫性的社會，從而建設一個解放和正義的新社會重任的新階級，也就是從「自在的階級」向著「自為的階級」的覺悟。而這「覺悟」的歷程，不免就表現為對階級社會，對剝削和壓迫階級的「仇恨」。因此，無產階級文學熱情地描寫「覺醒」的工人和農民，寫由這些獲得了明確「階級意識」的工農階級出身的先進的民眾和共產黨人的歷程和鬥爭。

準此以觀，當時被彭歌們扣上「階級文學」的「血滴子」的鄉土文學及其作家的作品，沒有任何一篇符合了這「無產階級文學」的最起碼的要件。彭歌轉引銀正雄批評王拓的小說〈墳地鐘聲〉，指控王拓的小說是「散播階級仇恨」的「作品」。事實上，〈墳地鐘聲〉寫的是一個漁村國中的腐敗——校長與女傭私通，教員以補習費衡量學生的價值，而且私德敗壞……但是校長、教員、漁民、學生之間，在社會科學上不構成統治、剝削階級和被統治、被剝削階級的問題，不存在哪個「階級」的「苦難、覺醒和革命鬥爭」的問題，更談不上有階級意識——從自在的階級向自為的階級覺醒、轉化的問題。

在批評王拓的小說時，彭歌沒有做對階級文學論的文章，在批評王拓的文論時也一樣。王拓認為，鄉土作家「反對壟斷社會財富的少數寡頭資本家」，當然就會批評不正的經濟體制下的「不合理現象」，也自然地對「社會上比較低收入的人賦予更多的同情和支持」。彭歌竟而據此而謂不以人而以物（收入）為標準去衡量一個人，「容易陷入『階級對立』、『一分為二』」，而「延伸到文學創作」時，就會呈現出「曖昧、苛刻、暴戾、仇恨的面目」。但從理論上看，王拓「同情和支持」「社會上比較低收入的人」的意識，遠遠還不是左翼文論所說的「階級意識」。因為對「較低收入的人」的「同情與支持」，和從歷史、經濟和政治過程中認識到「較低收入的人」是否掌握或被剝奪了生產工具，並且在歷史發展的律則中是否居於主導改造與變革的地位，還有一段認識上的距離。

眾所周知，台灣新文學是台灣人民在日帝殖民統治下進行血與火的抗爭的歷程中誕生和茁壯的。和一切殖民地抵抗文學一樣，日據下台灣新文學受到一定程度的左翼文學思潮的影響，在三〇年代也曾經有過比較幼稚的無產階級文化運動和文學運動，也產生過優秀的左翼作家如楊逵和呂赫若。但這台灣的反日民族解放運動的艱苦歷史中所凝聚的哲學、社會科學、文學藝術創作和理論體系，在一九五〇年到一九五三年國府的白色整肅中，遭到毀滅性的破壞。五〇年以後，從大學外文系和美國新聞處為中心轉販而來的美國現代主義和超現實主義，成為持續支配台灣文壇直至七〇年的霸權論述。台灣左翼文學的理論和創作實踐早已灰飛煙滅，何來階級文學？一九七七年彭歌們對鄉土文學的指控，是欲加之罪，至為明顯。

至於文藝與「普遍的人性」、與社會階級的關係問題，是文藝社會學領域中系統深廣的論題。早在歷史進入十九世紀的一八〇〇年前後，斯達爾夫人便以她影響深遠的《從文學與社會體制論文學》，奠定了文學社會學的最早的基石。她看到了社會的宗教、法律和風俗習慣（即她所理解的「社會體制」諸因子）對文學的影響。從此以後，特別是在馬克思歷史唯物論和辯證唯物論的基礎上，建立在生產力和生產方式組成的「經濟基礎」和包括政治、法律、哲學和文藝在內的「上層建築」關係論上的、馬克思主義的文藝社會學理論，給嗣後的文藝社會學各派以廣闊的向度，影響十分深遠。

一八九三年，梅林發表《萊辛傳奇》，指出德國大詩人萊辛是普魯士封建主義的批判者，是普魯士新興資產階級的代辯者。拉法格在一八九六年發表《浪漫主義的根源》，以馬克思主義的文藝論分析浪漫主義在亞歐興起的社會的、經濟的、階級的諸條件。普列漢諾夫是公認的將馬克思文藝理論予以系統化和完備化的人。他認為，文藝作為一種意識形態，是人類社會生活的產物。然而，普列漢諾夫又強調：社會經濟生活同文藝的關係絕不是直接的，其間經常有一些「媒介物」——即政治、哲學、心理、道德、宗教等——在其中起到微妙的作用。而這「媒介作用」論，適當地批判了當時氾濫一時的、「左」的、教條主義的反映論和庸俗文藝社會論。

德國的新馬克思學派則著重研究社會的階級構成在文學作品中的反映。他們認為藝術作品中表現的社會真實，並不直接反映社會。他們強調要研究文學藝術本身的「內在規律」，重視「文藝自身微妙的、相對的自主性」。他們說，文學應該反映和批判作為社會歷史現象的社會生活，而作為一種社會現象的文學，也應該接受批判。

盧卡其是馬克思主義文論的另一個巨匠。他從事小說類型的設定，並研究諸類型小說與其所由生的、具體的「社會集體」之關係中的根源與意義。他的現實主義論，允為經典之作。阿多諾則更為激進地指出，「資產階級的文化及其個性已經宣告死亡」，因此，凡「有解放思想的文藝」，應該建立在一個可信的、自足的「反世界」。文學可藉以將社會「超驗化」，並經由對現實的否定（揚棄），去建立一個烏托邦——從而提醒人民抵抗（改造）現實的可能性。

呂・哥德曼則以資本主義的三階段，去理解西歐文藝的嬗變。和自由競爭時代的資本主義相應，同時期的文學則表現為描寫積極奮進型人物的心理分析小說。而卡夫卡、普魯斯、喬伊斯文學中的精神分裂、孤單、恐懼的世界，反映了獨占資本主義時代現代人精神的荒原。而當資本主義進入國家獨占資本主義時代，小說中的人物已經淡出，幾至不見蹤影。哥德曼的分析，也令人想起今人詹明遜把後現代主義同「晚期資本主義」社會聯繫起來的文論。

總之，文藝社會學，特別是以這樣和那樣的角度同馬克思主義的文藝論密切聯繫的文藝社會學諸家諸派，自十九世紀以來，名家巨匠輩出，影響深遠。

當然，特別是在馬克思主義文論和左翼文學創作的幼稚期，確實走過歪路，犯過很難避免的錯誤。例如思想理論上的教條主義、庸俗、簡單化傾向，在組織上出現過宗派主義，在創作上輕視藝術性，不理解藝術創作領域中相對的自主性，沒有耐心對現實進行具象的描寫，性急地直奔於「革命」的主題，形成膚淺的「革命加戀愛」的故事公式，等等。

相信文藝「工具」論和「武器」論的文豪們

然而，在藝術創作上，左翼文學也創下具體而輝煌的業績。其中，東德出身的大劇作家、劇論家貝・布萊希特尤為突出。他公開主張要透過他的劇場「把馬克思・列寧主義學說宣傳給廣大文盲的工人觀眾」。他主張戲劇中應該有社會分析，以便觀眾從中認識生活中存在的矛盾，起而改造社會。為達到社會分析之目的，布萊希特還認真地上工人學校，重新學《資本論》，並投身二〇年代末歐洲資本主義大危機中頻生的工人運動。布萊希特相信、宣傳並且實踐這主張：文藝是革命和批判的「工具」和「武器」。他要讓觀眾在劇場中保持清明的自我的主體性，不可「入戲」，在劇情的發展中認真思考和批判。

但是，抱持著這麼強烈、高亢的、文學作為變革歷史和生活的「武器」論和「工具」論的布萊希特，卻在三〇年代以迄戰爭結束的、避納粹之禍而流亡的年代，留下了類如《四川的好（女）人》、《高加索灰闌記》、《伽里略傳》、《加拉爾夫人的步槍》和《阿杜洛之發家》等多齣黃金般的天才傑作，不但在當時博得甚至資本主義西歐觀眾的熱情讚美，時至今日，仍然被公認是布萊希特「史詩劇場」的巨匠式的古典之作，在世界各地受到頌揚。

而類如布萊希特那樣，懷抱著革命的、黨的、階級的、進步的立場和實踐的，在藝術表現上為世界級大師，在思想上相信文學藝術應為人終極的解放服務的文學家和藝術家、音樂家很多。聶魯達、馬奎茲、蕭洛霍夫、高爾基、奧斯特洛夫斯基、法捷也夫、蕭斯塔科維奇、阿拉貢、畢加索、魯迅、曹禺、艾青、茅盾，其他非洲、亞洲、拉丁美洲優秀的左派大作家、藝術家，不勝枚舉。

無可否認，馬克思主義的文藝論，開擴和深化了對於文藝的分析、理解和評論的知識與思想的向度。而世界各地服膺馬克思主義的、革命和傾向於革命的文學藝術巨匠，確實為人類創造了迥異於西方資產階級文藝的、對於人的終極的解放和幸福懷抱了真切的祈望，對於正義、和平和進步深信不疑的、藝術上感人、思想情操上崇高的作品。

然而，為台灣戒嚴體制服務的國民黨的意識形態偵警們，長期以來利用戒嚴體制的思想、知識和書刊的封禁，進行長期的愚民政策，對馬克思主義文藝論進行醜詆、誹謗和惡魔化和異端化，對馬克思主義的、前進的文藝家的作品，全面非法化、施行思想政治檢查和禁絕。而「儘管二十年來世界經歷了驚天動地的變化」，彭歌竟而還在大剌剌地吹起估計今天的政戰課都不堪使用的濫調，施加反共恐怖的恫喝，不免太過於低估了今日台灣的知識界了。

為反共國家恐怖和組織性暴力塗脂抹粉

彭歌歷數「史達林在一九三〇年代的大整肅」、「文化大革命那十年浩劫」的「殘酷暴烈，曠古絕今」，然後筆鋒一轉，說「若非一九五〇年代以來種種反共防共措施」，台灣「很可能繼大陸之後而被赤化」……這樣的邏輯並不是彭歌獨得的卓見，而是西方「自由輿論」和西方意識形態機器的老套。美國著名的語言學家、思想家和美國意識形態犀利的批判者諾・卓姆斯基（Noam Chomsky）就說，美國的輿論、意識形態機器最善於誇大共產黨的「恐怖」、「暴行」，來淡化與合理化反共的、國家推動的暴力和恐怖！把後者說成為了維護「民主」、「自由」、「穩定」之所必需，大玩語意遊戲，稱之為「善意的恐怖」（benign terror）、「建設性的暴力」（constructive violence）。彭歌就更有語意學的天才，發明了以「一九五〇年代的反共防共措施」，來替代我們社會近年來家喻戶曉的「五〇年代白色恐怖」——即國府在一九四九年底至一九五三年間全面性對真實的和虛構的政治異己者非法逮捕、拷問、審訊、投獄和處決的暴力、恐怖造成的大規模人權蹂躪事件。

諾·卓姆斯基教授指出：在七〇年代，美國以經濟、政治、警察科技和軍事援助，鞏固和支持它的扈從國家（client states）進行聳人聽聞的、彭歌所稱「反共防共措施」者，歐洲有希臘、葡萄牙、西班牙、土耳其；亞洲有印尼、菲律賓、南韓、南越（和台灣地區）；在近東有伊朗、沙烏地阿拉伯；在非洲有摩洛哥和突尼西亞；在拉美有阿根廷、玻利維亞、巴西、智利、哥倫比亞、瓜地馬拉、多明尼加、海地、墨西哥、尼加拉瓜、秘魯、烏拉圭和委內瑞拉……。「在把壓迫性和恐怖性國家政權強加於美國勢力範圍下的世界各國上，美國有其悠久的歷史。」卓姆斯基寫道，「二次大戰之後，隨著美國國力的擴張，對於傳播新法西斯主義、國家恐怖主義、嚴刑拷訊和鎮壓的瘟疫於第三世界很大一部分地區，美國是應該負起沉重的責任的。」卓姆斯基甚至指出：「由於要有利於（西方的）投資環境和社會穩定，就往往需要威壓。在過去十年當中（按：一九六九至七九）美國為酷刑和拷問提供了各種訓練和刑具，在廣泛的拷問室中被應用著」，而美國特情人員甚至親身進入這些扈從國家安全機關偵訊拷問室中，參與酷刑拷訊！

卓姆斯基摘錄了一九七四年國際特赦協會（AI = Amnesty International）的文件《關於酷刑拷打問題的報告》（Report on Torture）以說明——

雖然東歐和蘇聯在押政治犯的權利和囚置條件，在不少案例中可能還很令人不滿意，但是，作為國家認可的、史達林式的拷訊已經停止了。在過去十年（一九六四—一九七四）間，除了很少的幾個例外，已經沒有任何有關東歐使用酷刑拷訊的信息傳到外面的世界來。

同一個報告並且富於對比性地指出，作為「社會之癌」的酷刑拷訊，卻在美國勢力範圍下拉丁美洲和亞非各扈從國家中顯著增長。在那裡，「制度性的暴力和高度頻發的政治暗殺使拷訊為之黯然失色」，國際特赦協會寫道。國際特赦協會估計，「一九七〇至一九七五年間，一個小國瓜地馬拉就槍斃了一萬五千人」。一九七五到七六年間，向國際特赦協會求援的人權蹂躪事件，有百分之八十來自美國支持的拉丁美洲各國，「情況之惡劣，堪與歐洲法西斯蒂相比類」。看來，「基於」什麼「人性的反共」，對「人性」和人權的蹂躪，與「法西斯的鎮壓」其實並不是什麼「完全不同的兩回事」，而是一丘之貉。五〇年代國府在台灣的「反共防共措施」，最保守的估算，至少槍殺了四、五千人；投獄八千至一萬人，其中冤假錯案無數，最後一個無期徒刑政治犯從一九五〇年被囚禁，一直要到一九八四年才釋放，在「由人性出發的反共」監獄中，足足坐了三十四年零七個月的牢。彭歌和「具有自由思想、民主信仰」的西方意識形態機器一樣，玩弄語意學的詭計，企圖以「反共防共措施」為「善良的恐怖」、為「建設性的暴力」，使反共法西斯國家對無辜良民、知識分子、學生、工農施加的無告的暴力美化、正當化和合法化，為反共國安國家「曠古絕今」的「殘酷暴烈」「塗脂抹粉，其誰能欺」？

近親憎惡和皇民主義

在對於中國、中國社會和中國民族、中國人的輕蔑、鄙視、惡意、敵視和憎惡上，四〇年代日本統治者強加於台灣人民的「皇民化」運動，和八〇年代以降成為台灣朝野政治主流的、形形色色的「台獨」論和「獨台」論，有共同的語言和焦點。近年來，有日本右派學者公然倡言皇民化運動是孕育「台灣人意識」的源頭（藤井省三）。前不多久，日本右派學者中島利男和某台獨學者，陪著台灣「皇民文學」標竿人物周金波的家屬，將周金波的身後文稿、日記等交給籌設中的「文化資料館」作為台灣文學的文物典藏。文資館欣然接受之餘，中島還大放厥詞，公然頌揚周金波皇民立場始終如一，還進一步公然批判別的皇民文學作家（指陳火泉）立場不堅定，批評他光復後寫文章歌頌國民黨，是「新皇民文學」，又批評另一個作家（指王昶雄）光復後將自己在日據時寫的小說改譯漢語時，將其中有皇民色彩段落改寫，表示批評和不肖！

日本皇民文學、軍國主義的餘孽，竟然如此目中無人，如此狂妄放肆，大膽到敢來到台灣，公然以皇民主義臧否台灣文學界，是若可忍，孰不可忍！

然而我們國家級的文物機關，經過開會討論，決定接受周金波「文物」為其第一件收藏案，還透過媒體大肆宣傳——連帶也大肆宣傳中島的謬論，而滔滔士林不以為忤，不以為怪。（而後忽有一日，文資館打電話來，徵求同意收藏我的文學資料，為我所婉辭堅拒。有哪一個作家能與周金波同列於文資館而不以為恥的呢？）把這荒唐的事端同台獨派台灣文學研究者千方百計為四〇年代台灣皇民文學免罪，將其美化、正當化、合法化的營為聯繫起來，人們不能不看到在台灣分離運動背後明滅作祟的、西方和東方帝國主義的幽靈和鬼火。

在當前，在現階段，民族分離主義是一切矛盾中最為突出的矛盾。不僅僅相信「中國應該統一，中國也必將統一」的各個分派，即連深信自己是有別於中國民族、自有「民族尊嚴」的「台灣民族」論者，都應為深入批判和反對反動的、奴隸主義的、不知人間羞恥為何物的、妄圖為台灣皇民文學翻案的一切日本的或台灣的陰謀，進行不懈的鬥爭。而在這個鬥爭中攪局、旁生枝節的人，其用心設想，就難免令人生疑。

初刊一九九八年七月五–七日《聯合報・副刊》第三十七版
另載一九九八年八月《遠望》第一一九期

陳映真文集·序[1]

我這一代作家在五十年代中後的台灣開始寫小說的時候，祖國早已在朝鮮戰爭後美國武裝封斷海峽的形式下分離。民族和疆土的分離，帶來了文學的分斷。二十年代以降的中國現代文學，在台灣成了嚴重的政治禁忌，遭到全面的、嚴苛的封禁。

正是在這民族分離的構造下，先是從父親書房隱秘的角落，繼之又在舊書店，偶然而又宿命地，從魯迅一直到茅盾、巴金、沈從文和曹禺……青年時代的我，耽讀了三十年代中國文學作品和作品中的風火雷電。

像被抱養他鄉的孩子，偶然發現了生家親人陳舊的照片那樣，三十年代的小說使我逐漸隔著封斷的海峽，聽到來自遠方的、歷史和民族的深情的呼喚，想像著民族母親的模樣和她的坎坷、憂愁和希望。

三十年代的文學，教育了我怎樣寫故事，做小說。但尤其重要的是，三十年代的小說更教育我，在文學之先，在文學最深的根底，是對於人，對於生活，對於歷史和社會的深情火熱的感覺和關懷。

幾乎與我學做小說的五十年代同時，在全面鎮壓台灣文學的批判現實主義，把大陸三十年代文學全面非法化的基礎上，以大學的外國文學系和在台美國新聞文化機構為渠道，大量輸入了美國在審美領域中的冷戰意識形態——現代主義、抽象主義和超現實主義。

從五十年代到七十年代的整整二十年中，當追求文藝的「純粹」，排拒文藝作品的思想和意義，文藝形式被過度強調，提倡極端個人的內視和心理世界的渾沌，全面破壞民族語言約定俗成的語法和邏輯……成為一世之顯學時，是中國三十年代文學的範式和思想，使我得以從容地超克現代主義的虛無和反動，把文學當作思想和批判的手段，在分離的疆土，在冷戰的前線行走，直到一九六八年繫獄。

一九七五年回到家園以後，抱著較為明顯的自覺，以小說的形式，思考在外資推動下迅速發展的、台灣戰後資本主義下的人和文化的處境。在台灣遠遠還沒有今天牽強附會的「後殖民論」云云的七十年代，我開始孤單地寫跨國企業下的人和生活的矛盾，而心中卻懷抱著這憂愁的推想：我寫的這些跨國資本下的人的故事，是堅決和世界市場與商品經濟斷絕的幾億中國大陸讀者所不能理解的吧。我於是感到宿命地在文學上被阻隔在民族之外的，深刻的寂寞。

然而，七十年代後期開始，中國大陸巨大的社會經濟變革，竟而打開了那些作品被大陸同胞讀者所理解與批評的大門。

我不能不為作品被理解的可能而感到喜悅。

但我也不能不為自青年期以來供奉在心中的、一個與世界體系斷絕的烏托邦的頽圮，感到愁悵。

正是在這樣微妙的矛盾和苦惱中，我認識了戰後民族分裂體制和跨越國境的世界市場體系的碰撞，在即將展開的新世紀中，為人們帶來的複雜局面。

在民族分離的歷史格局中育成的我的文學，應該怎樣以形象去思考這個問題，正是我當前的課題。

語言、文字，以及作為語言文字之藝術的文學，是一個民族的族譜，是一個作家的出生證明。

我懷著像是一個捧著族譜和出生文件的遊子、回到魂牽夢繫的生家來認親的喜悅和靦腆，讓這單薄的文集在祖國大陸出版。比起分裂的南北朝鮮，在祖國尚未完全統一，海峽一仍相峙的形勢下，能夠在大陸出版這拙劣的文集，我感到激動、幸福和感謝。

我也借此機會，向使文集的出版成為可能的趙遐秋教授、古繼堂教授的深切友誼和勞動，表示謝忱。當然，我也對中國友誼出版公司的出版決策和為出版小集所付出的巨大物力和勞力，表示欽佩和感謝。

一九九八年七月

初刊一九九八年十一月中國友誼出版公司（北京）《陳映真文集》

1 本篇為《陳映真文集》三卷本（小說卷・雜文卷・文論卷）序文。

陳映真自選集・序

在大陸出版作品選集，這還不是第一回。但這一回則是在海外和一些台灣的文藝界朋友辛勤策畫下，比較自覺地把自己打點一番之後，出來和大陸的同胞讀者見面。

語言、文字和作為語言文字之藝術的文學，是一個民族的身世、家譜和身分證明。朝鮮戰爭以後，內戰和冷戰的雙重構造，使民族隔海分斷，家族離散，同胞隔絕。

而我們民族的文學也跟著分離四散。在大陸、在台灣、在北美洲和海外兀自孤單地抽根吐芽，開花結實。

八十年代末期之後，她們像自幼被苛酷的命運拆散的孤兒，在風中，在月暉中，在流言和耳語中，互相探知了彼此的存在，而於是懷著無限的友愛和思念，互相呼喚。

現在，分隔在台灣和海外的骨肉姊妹，總算花了很大的心思，準備好了自己的身世書，自己的家族譜系，和自己的身分證明，帶著激動，抑制著喜悅的眼淚，到大陸的書市中來認夢魂牽繫的、久別的親人。

自己的作品即便被譯成幾種外語；即便在洋人的課堂中受到品評；即便得到西方的文學大獎，那喜悅與榮耀都遠遠不及作品受到十數億中國同胞的認識、愛讀和評論。

我懷著靦腆的喜悅，將這選集擺在祖國的文壇上，感受到自己的作品能先於分裂的兩岸回到她的祖家的溫暖與幸福。

我感謝使這一切成為可能的「三地葵」文學系列籌畫人和北京三聯書店，以及為此書之出版付出巨大勞動的三聯書店的同仁們。

一九九八年七月，台北

初刊二〇〇〇年三月三聯書店（北京）《陳映真自選集》

紀念濟州「四・三事件」五十週年國際學術大會旨趣書[1]

一九九七年二月，在台北召開了第一次以「東亞冷戰與國家恐怖主義」為題的國際會議。在為期四天的會議中，來自韓國、日本、琉球、台灣等地，超過三百名以上的政治受難者與家屬、熱心人士、學者和社會運動家共聚一堂，在四天的活動中，舉行了五〇年代白色恐怖受難者追悼會、學術研討會、歷史證言會、文化座談會、以及政治受難現場的憑弔。經過這次的國際會議，我們得以更深一層體會到台灣五〇年代白色恐怖的歷史不單只是一個國共內戰下國民黨政權在台灣島內施行的孤立的政治肅清事件，而是有更廣泛的東亞冷戰和世界戰後史的關聯。

事實上，一九四八年在朝鮮發生的濟州島「四・三事件」、韓戰期間政府對異己勢力的屠殺、以及在琉球的美軍基地化所造成的巨大痛苦等，這些看似個別發生在不同地區的事件，實際上皆有其共同的歷史背景和同性質的命運，都是戰前曾受過日本帝國長期不平等、歧視性統治和殖民統治，戰後又在東亞冷戰主導各地的歷史進程中，扈從於冷戰戰略利益的國家的暴力，對追求自主的統一民主國家之勢力的肅清事件。所謂的戰後東亞世界、東亞秩序，是通過這些在東亞各地無數的暴力肅清而成立的。深入究明這些歷史事件的真相，站在世紀之交，回顧綿延半世紀的充滿動亂與壓抑的東亞歷史，深刻認識構成戰後東亞秩序的總根源的各地國家暴力肅清事件與東亞冷戰的普遍關聯，才能體會東亞人民的共同命運，重建東亞人民之間的互助團結，共同克服虛構的東亞秩序，重建二十一世紀的真正的東亞和平。

戰後的朝鮮半島，以三十八度線為界，南北各為美蘇所託管。在南方，結合殖民時期親日勢力的美國軍政統治期間，各地也發生了無數的抗爭事件。進入一九四八年，美軍政開始強力推動在朝鮮南方單獨建立分裂國家，以對抗北朝鮮。在這樣的局勢下，在朝鮮半島最南端的濟州島上，原本在美軍政的警察和右翼青年團的大檢肅下，處於恐怖氣氛的島民，在一九四八年四月三日，爆發了以反對祖國南北永久分裂，追求建立統一自主的民族民主國家為訴求的島民蜂起，就是濟州島「四．三事件」的開始。一九四八年八月十五日，大韓民國在美國片面支持下成立後，對濟州島宣布戒嚴，政府投入大量軍、警和右翼青年團，進行對全島島民的肅清，直到一九五四年事件平息為止，依濟州道議會的調查報告，包括「人民自衛隊」的游擊隊及其家族與事件牽連者被殺人數經確認姓名者共達一萬五千人，若再加上無名屍體，最保守的估計，至少有三萬人以上的犧牲。而且犧牲者的八成以上，是由軍、警、右翼青年團等「討伐隊」之首所殺害的。

濟州島「四・三事件」與台灣的五〇年代白色恐怖一樣，長期間成為島民、韓國社會的禁忌，而被沉埋在歷史的黑暗之處。直到一九八七年六月抗爭以後，才開始重見天日，正式成為韓國的政治議題。以「四・三事件」為對象的文學作品大量問世，事件的真相究明成為韓國社會的共同焦點。一九八九年開始在濟州島每年舉行追悼紀念會，並成立了「濟州四・三研究會」。一九九三年，在濟州道議會下成立「四・三特別委員會」，著手進行濟州四・三事件的真相調查、歷史定位、恢復名譽與追悼事業的工作。現在正推動在國會成立「四・三特別委員會」，並積極促成制訂《四・三特別法》。

今年正逢濟州「四・三事件」五十週年，由「東亞和平與人權韓國委員會」發起，準備於一九九八年八月二十一日至二十四日，在濟州島舉辦「紀念濟州『四・三事件』五十週年國際學術大會」，現正廣邀國際友人共同參與。

就如前面所述，濟州島「四・三事件」與台灣的五〇年代白色恐怖有共同的歷史背景與相同的歷史意義。通過參加這次會議，深入瞭解濟州「四・三事件」，對深化去年台北國際會議的成果，更進一步體會彼此共同的命運，增進合作交流，促進東亞和平世紀的到來，當有極大的意義。

附件：韓國濟州島「四．三事件」概要

序說

「『四．三』到底是怎麼回事？」看來恐怕任誰都很難對這個問題做出明快的回答。實際上，從「四．三」這個名稱開始，事件性質的究明，以至人命被害的實態，一直都沒有一個統一的意見。而且，在現實上，有關事件的見解也分成好幾派。

其所以如此，責任應該在政府。從一九四八年四月三日事件爆發，一直到一九八七年六月廿九日《六．二九宣言》發表為止約四十年間，政府不但沒有進行對事件客觀真相的掌握，反而希望民眾把事件忘懷，連議論這歷史事件也成為一種禁忌。在這樣的氣氛中，不可能有客觀、科學的分析，資料也無從檢證，致其中一些遠離真實的、編狹的紀錄占去資料的大半，結果導致對「四．三事件」之認識的混亂和誤謬不斷擴大。

在此，我們從向來出土的資料中，將可判明為敘述比較客觀的資料加以概括，冀能對理解「四．三事件」有所助益。

「四·三」史略

一九四五年八月十五日韓國光復的同時，成立了「建國準備委員會」和「人民委員會」，展開活潑的運動。而隨著濟州島升格為道，美國軍政當局強化韓國右翼勢力的政策漸告強化。此時「南勞黨」(南朝鮮勞動黨)在一九四七年「三·一」民族獨立節主導了「三·一」運動二十八週年示威，遭到警察開槍鎮壓，造成六死六傷的事故。

繼之，濟州道全境發生大罷工。於是人民委員會和美國占領軍軍政當局的衝突正面化。軍政當局從南韓本土運來大批警察和極端反共團體「西北青年團」到濟州島，展開檢舉、控訴和逮捕「共黨」的旋風。濟州人民紛紛向島外逃亡避禍，有一部分人逃入山區、積極準備武裝游擊抵抗。大罷工被壓服後一年間，逮捕了兩千五百人。特別是一九四八年三月，警察當局造成三宗對被捕者酷刑拷打致死的案件，深深地刺戟了民眾。

一九四八年四月三日，濟州島左派組成的「人民自衛隊」，在半夜一時前後，向二十四個警察支署中的十一個支署同時發動了攻擊，並且向警察和西北青年團宿舍及「獨立促成國民會」、「大同青年團」等反共右翼團體進攻，「四·三事件」於是爆發。

作為第一個階段的措施，美國軍政當局從南韓各道警察廳各調派一個中隊，將八個中隊合計一千七百名韓本土警察兵力調送到濟州島上，企圖以「警察作戰」解決問題，另外也向島上增派「西北青年團」，並且命令駐在慕瑟浦的警備第九連隊，協同鎮壓作戰。

該第九連隊連隊長金益烈中校，提出了「先宣撫後討伐」的原則，探求與武裝游擊隊和平解決的方案。一九四八年四月二十八日，金益烈與南勞黨濟州道軍事總責金達三會談，不料因五月一日「吾羅里事件」令會談中斷，事件逐漸惡化。

五月六日金益烈被解職，其後第九連隊解體，為第十一連隊所吸收。朴珍景中校出任十一連隊長。為了反對美軍管當局要在五月十日強行投票成立南韓親美政權，左派游擊隊發動強力的反對投票鬥爭，致全道有兩個選區沒有達到有效投票數，成為全國唯一選舉無效區。

一九四八年六月十八日，朴珍景連隊長為其部下暗殺身死。八月，金達三等五人出席了在海州舉行的「南朝鮮人民代表者會議」，於是在濟州島的一切反抗都被貼上與北韓有關的顛覆政府之陰謀的標籤。這是導致流血鎮壓的一個原因。

此時十一連隊復建於原隊，將舊第九連隊重新擴編，命宋堯讚少校為隊長。

十月，宋堯讚採行半山區焦土作戰計畫，宣布離島嶼海岸線五公里的半山區地帶為「敵性地區」，將半山區人民強制遷到海岸區，宣稱凡仍留居半山區者皆以「暴徒」論處。

此一焦土戰略造成最多人命被害。因為遵從命令疏散到海岸的人民也有被殺的人。疏散命令沒有傳達到的山村，在政府軍討伐過程中，全村遭到屠殺。例如表善面兔山里的住民一五七名，在表善白沙場全部被射殺而死，就是有名的例子。此外，討伐期間，西北青年團的白色恐怖浩劫，對民心產生重大刺激。

十二月，第九連隊撤出，第二連隊（隊長咸炳善中校）換防濟州。李征九所部左派游擊隊趁換防之際發動了攻擊。政府軍在海岸新村築起石牆，使游擊隊失去隱藏之所。一九四九年一月十七日，政府軍某隊在移動途中，在北村里入口的峠道遭到游擊隊的突襲，死了兩人。同日上午十一時，有兩個小隊武裝的政府軍將北村里團團圍住，以其窩藏「共匪」為由，把村中三百戶家屋放火燒光，將數百名村人集中到小學操場，除軍警家屬外，一個個拖到周近的田地上槍殺。第二天，另外部分村民也被屠殺，兩日間共有村民三百餘人被殺。

三月，「濟州道戰地司令部」宣告成立，一方面展開積極的掃蕩作業，另一方面也推動宣撫活動。在焦土作戰期間，不少村民逃到山區，因此司令部展開招撫下山的宣撫計畫，巡迴島內各村，宣傳招撫政策。不久，半山區住民和參加了游擊隊的人也開始有人相繼下山。

另一方面，新任劉載興上校司令帶著限四月前完成掃蕩的命令到任，武裝掃蕩活動加劇。四月，李承晚赴濟州道訪問，五月，濟州道舉辦國會議員重選。政府對濟州道的統治逐步恢復。五月，司令部解散。六月，左派游擊隊領導李征九被射殺。十月，濟州島戒嚴令解除。

但是一九五〇年六月韓戰爆發後，濟州道的人民又遭逢二度劫難。

韓戰爆發後，曾被送往政府辦的思想矯正機關「保導聯盟」的人和上山打游擊者的家屬被捕，在濟州飛機場、沙羅峰等地被政府集體屠殺。此時被押送內地監禁的四．三關聯人犯也紛紛被處決。一九五〇年八月二日，被集中拘押在慕瑟浦的左傾人士被拉到秋岳山東北舊時日本軍彈藥庫集體屠殺。七年之後，遺族們找到這些屍骨，集中安厝，已不能辨認身分，立「百祖一孫之地」石碑，意謂被集中屠殺者百人有祖父身分，一人則為人孫。而「地」是「墓」字的隱誨。

一九五三年，韓國當局派遣反游擊戰的「彩虹部隊」投入漢拏山區，掃蕩左派游擊隊殘部。其後五個月中，發動了七次掃蕩作戰，游擊隊殘部終告消滅。五四年九月，漢拏山區宣告全面開放。六年六個月的流血事件終告落幕。最後一個左派游擊隊吳元權被生擒時，為一九五七年四月二日。

「四．三」人命被害的幾種說法

有關「四．三事件」資料之貧乏與可信度之低，是眾所周知的。有關死亡人數的資料，不免淪於觀念性和抽象性。下述有關被殺害人數的各種主張，僅為究明「四．三事件」過程中供為檢證之材料而已。

（一）八千人至九千人說

據一九五七年四月三日《濟州新報》，有「共匪」七八九三名被射殺，軍警一二〇名殉職。「共匪」則射殺「良民」一三〇〇餘人，合計死亡人數九四〇二人。一九九〇年出版《我們永遠的痛四·三》中稱「四·三事件」民間死亡犧牲者八〇三八名，並稱此數字「有百分之七十的真實性」。

（二）二七七一九人說

有人主張「四·三事件」犧牲者共二七七一九人之說的具體材料，至今並不明確。此一數據的來源是根據《光復濟州三十年》（一九七五）、《濟州教育史》（一九八二）、《南濟州郡志》（一九八二）、《大河實錄濟州百年》（一九八四）、《濟州市三十年史》（一九八五）、《北濟州郡志》（一九八七）、《濟州通史》（一九八七）、《濟州警察史》（一九九〇）等書核算而來。

一九四九年四月一日駐韓美軍司令部《濟州島事件綜合報告》中謂，「去年一年間，估計有一萬五千名住民死亡，其中百分之八十為政府討伐軍所殺。」此外一九四八年十月十四日《漢城新聞》則估計「四·三」死亡人數為二九七〇二人。

（三）三萬人至四萬人說

《濟州島誌》卷二（一九九三）謂「根據各種紀錄加以綜合，韓戰爆發後拘捕集中、收監而被殺者在內，死亡者約在三萬人上下」。美國學者約・梅利爾著《濟州島的叛亂》、金益烈《四・三真相》（一九八九）、《韓國近現代史事典》（一九九〇）和戴・孔德《民族分裂與美國》卷二（一九八八）都推算犧牲者在三萬人上下。

另外梁漢權碩士論文《關於濟州島四・三事件之研究》（一九八八）、朴用原《濟州島志》（一九七六）等，估算犧牲人數在四萬人之譜。

（四）五萬人至六萬人說

一九八八年高昌勳在《實踐文學》所載〈研究四・三民眾運動的觀點和課題〉推算死亡人數在八萬人上下。《光復前後史》卷四（一九八九）推算在五萬人上下。《朝鮮新民主主義革命史》（一九五三）、《韓戰與勞動黨的戰略》（一九八三）則估計為六萬人。《濟州新報》一九六〇年五月三十一日報導，死亡人數「警方估計為二萬七千人」，但根據各種資料，人數應在「六萬五千乃至六萬八千人」。

（五）七萬至八萬人說

一九六〇年六月二十二日《濟州新報》：占濟州人口四分之一的七萬人沒有經過合法手續被當作共黨分子而悉遭虐殺。李山河長詩〈漢拏山〉有「七萬五千個國民被虐殺，全村八成房舍遭放火的慘禍」之句。金奉鉉、全民柱合著《濟州島人民四・三武裝鬥爭史》（一九六三）等估計

「四・三」被殺平民在七萬餘人。

此外《南勞黨史》估計為八萬五千餘人，《重寫的韓國現代史》則估計在八萬六千人。

結語

歷史敘述，需要有科學和邏輯的支持。但關於「四・三事件」則至今無法進行初步的資料發掘、檢證、分析和綜合的過程。而和作為歷史生命的事實真相相距甚遠的編狹的紀錄卻占了史料的大半，帶來使「四・三」歷史認識益為混亂、誤謬的結果。

要在眾多事實中選別歷史真相，需要藉助於史家的眼力。在盡可能的範圍內，在同時代和未來一代人的努力下，應該能有讓史實大白之一日。

「四・三」悲劇造成了廣泛的人命被害。據當時美軍軍管當局的文件，指出這些被害者「百分之八十為政府討伐軍所殺」。

而政府和國會為了療癒「四・三」的傷害，應該領先著手進行歷史真相的究明、恢復濟州道人民的名譽者，理由在此。

濟州道議會四三特別委員會

初刊一九九八年七月—八月《勞動前線》第二十四期

1 本文附件〈韓國濟州島「四．三事件」概要〉刊載於《勞動前線》時獨立成篇，署名「濟州道議會四三特別委員會」，為陳映真所整理編寫之相關資料，作為旨趣書之附件一併發送，以動員各界參與「紀念濟州『四．三事件』五十週年國際學術大會」。

找回能夠自己思考的腦袋[1]

隔了將近一個星期，才偶然中看到八月六日的《開卷週報》「焦點話題」，覺得〈一九六八舉世喧嘩，台灣為何安安靜靜〉[2]的綜合報導，頗有失實之處。

當然，相對於六〇年代末當時北美的大的反思運動，以及相應的在巴黎、日本的激進學潮，台灣豈止「安安靜靜」，簡直是一泓死水。

但在這腐味的死水的底下，仍然存在著被噤抑的嘯喊。恰恰在一九六八年夏天，我和十來個年輕的朋友以「主張馬列主義、台灣解放和祖國最終的統一」被捕入獄。在獄中，我們遇見了思想光譜與我們相近的、以黃英武為中心的「宜蘭案」，也牽扯了十數個年輕知識分子。此外，也有幾件年輕人的台獨案，扯上美國大使館、高玉樹等名流。但判下來，大使館和高玉樹等人在判決書上一字不提，置身事外。

說六〇年代的台灣因為「孤立島國」不可能「受西方影響」，不是事實。一九六八年的台灣思潮，受西方自由主義、邏輯實證論、文學上的現代主義、抽象主義和超現實主義這些國民黨國家意識形態之外的主流和霸權的深入影響。國民黨對於文學上的現代主義初則疑慮，繼則接納、結合。我在七〇年代初的台東泰源監獄讀《青年戰士報》。這個國防部報紙每週有一版由現代派詩人碧果主編的現代詩刊。七〇年代初現代主義詩論戰時，以軍中詩人為主的現代詩一派向批判現代詩者饗以反共棍子，戴紅帽子。因此，說六〇年代在台灣搞存在主義、現代文學的人是「對反共文藝不自覺的反擊」不全符合事實。事實上，文藝上的現代主義和超現實主義，從戰後史的眼光看，是以美國為中心、抗拮社會主義圈的「社會主義現實主義」的意識形態，性質上恰恰是「反共文藝」。

確實，存在主義在六〇年代的台灣，因為當時能讀洋文原典的人極少，加上思想控制嚴苛，經過不斷口耳相傳，只剩下虛無、消極、頹廢的部分，滿口「空無」、「人是被拋棄的存在」云云，但對存在主義強調個人選擇、實踐的、激進的一面，無人言及。因此，在當時，台灣口耳相傳，加上自己附麗發明的「存在主義者」，又泰半是那些精神上同為虛無論的「現代派們」。藉以逃避苛酷危險的思想控制容或有之，「不自覺的反擊」就沒有的事了。

六〇年代的台灣知識分子講的是右翼的自由主義（為了更有效的反共而主張自由主義）和邏輯實證論，在經濟上主張自由經濟，在文化、文學上主張現代主義和超現實主義，蔚為主流，怎麼能說因為台灣是「孤立島國」不「可能受西方影響」！問題是在台灣在國共內戰和國際冷戰下，只接受西方反共保守的意識形態的影響，而自我濾過了西方在一九六八年激進的、批判的思潮罷了。當西方知識分子在「反對美帝國主義侵略越南」時，台灣的自由主義知識分子還在說美國打越南是維護自由民主的越南之所必須。而在夏威夷當留學生，同情和支持了反越戰運動的一位台灣青年被千方百計引渡回來判刑。他就是卓有成就的政治經濟學教授陳玉璽先生。而我得以認識這位素所敬重的朋友，緣於同在一九六八年的新店軍事監獄。

六〇年代中後，當台灣的自由主義智識精英對美國打越戰加以頌揚的時候，台灣的文學界卻有批判之聲。陳映真〈六月的玫瑰花〉、黃春明的〈小寡婦〉、王禎和的《玫瑰玫瑰我愛你》都是對美國侵越戰爭的嘲諷和批判，標誌著台灣自由主義的思想局限，也表現出台灣文學家在思想上的敏銳性和先進性。

龍應台說，六〇年代末台灣的統治思想是「法定儒家倫理」，不是事實。確實，在全面思想禁錮的大悶局下，台灣有少數一些努力尋求思想出路的個別知識分子，在牟宗三、唐君毅、方東美的思想中找答案，但談不上當時知識界都「接近」「執政當局所提示的儒家倫理……的實踐邏輯」，也根本與「中華文化復興運動」無關。

一九六三年，台灣的工業產值首次超過了農業產值，標誌著台灣資本主義產業化時代在加工出口的潮流中來臨。六〇年代的支配性思潮，相應於經濟上的資本主義化，是美式右翼自由主義，「法定」「儒家倫理」只是看板。李敖的「反傳統論」風靡一時，殷海光幾成一代宗師，就是證明。

而如果我們將鏡頭拉成中景或長鏡，我們就看到一九六八年在北美的台灣知識分子的另一番思想氣概。受到北美學風進步化的影響，有一些台灣留學生開始隱秘、亢奮地讀三〇年代中國文學，讀毛澤東，讀馬列。他們搞讀書小組，討論中國革命。遠遠在一九七一年保釣運動爆發以前，受到六〇年代末西方激進的反省運動的影響，籍不分省內外的部分台灣留學生開始批判和清理一九五〇年以降冷戰和內戰思想和知識，探尋包括台灣在內的，民族解放運動所積累的哲學、社會科學和審美體系。而作家陳若曦夫婦，正是在一九六七年取道法國奔向文革朝天熱火的中國大陸。

而正是一九六八前後北美大地上左迴旋的運動，醞釀了一九七〇—七四年的現代詩批判，並且在它的延長線上在一九七七年發展為鄉土文學論戰。

鄉土文學論戰是對於美國冷戰審美體系的現代主義、超現實主義的批判，主張民眾文學和民族文學，主張干涉生活和現實主義，反對虛無主義、逃避主義。李永熾說的當時流行於台灣的「淺薄」的，沒有「反體制的層面」的存在主義，恰恰是鄉土文學論的對立物。既然「淺薄」就不可能「讓人們反省了自我的『存在』」。而每天歎息著「空無」、「我是無端被拋棄在世上的存在」以逃避六〇年代苛烈的現實的台灣版存在主義，又如何與「後來的『本土化』與『鄉土文學運動』逐漸契合」，令我這親歷這一段文化史和文學史的人匪夷所思，不得其解，那就恐怕是李永熾空想裡的東西了。

最後說一說「文化延遲」。說因為六〇年代台灣「貧窮落後」，而在文化上與西方產生落差。但換一個角度，結論也怕不一樣。如果現代主義是獨占資本主義時代的審美意識形態，在五〇年代台灣尚未工業化（農業產值高於工業產值，米糖仍為主要貿易輸出產品）的社會上展開現代主義，一直到加工出口工業化台灣資本主義尚未進入獨占時代的六〇年代，現代主義仍為一世之顯學。從這個角度看，現代主義竟是來得早，而不是「延遲」了。

究其原因，是因為一九五〇年韓戰爆發後，台灣快速地在政治、外交、經濟、軍事和文化意識形態上編入美國的東亞戰略圈。作為美國反共意識形態之組成部分的現代主義，遂超越了台灣的社會物質基礎，與美國冷戰意識形態一道，支配了台灣。

而這就是台灣知識界的文化、思潮永遠和美國者形影相隨的機制所在。政治、經濟、外交、軍事的依附，造成相應的思想、知識意識形態的依附，造成許多在台灣走馬燈似的思潮和專有名詞——如「後現代」、「結構」、「解構」——永遠與台灣具體的社會經濟、歷史和生活諸條件不相干地聒噪學舌一番，卻對於科學地認識自己和認識生活毫無幫助。

我看，問題不在「眾聲喧嘩」或「安安靜靜」。問題倒是在找回能夠自己思考的腦袋。

一九九八年八月十五日

本文依據手稿校訂

1 本篇應為作者對刊登於《聯合報．開卷週報》之文章〈一九六八舉世眾聲喧嘩，台灣為何安安靜靜〉所做的回應。

2 應即為董成瑜〈一九六八舉世眾聲喧嘩，台灣為何安安靜靜〉，刊於一九九八年八月六日《聯合報．開卷週報》。

白色角落・序

十九世紀中後，世界進入帝國主義時代。到第一次大戰後，全世界人口的百分之七十一生活在殖民地／半殖民地的桎梏之下。一九一七年新俄成立，不久在遼闊的當時殖民地／半殖民地地區燃起了反帝獨立運動的烽火。經過第二次大戰世界反法西斯鬥爭，戰後的前殖民地民族和國家紛紛獨立。舊帝國主義和殖民主義遭到巨大損害之餘，力圖復辟而又根本失敗了。

為了恢復、擴張、強化帝國主義時代在廣闊第三世界的利益，帝國主義改而採取「新帝國主義」、「新殖民主義」的策略，勾結第三世界半封建的、保守的、親西方的精英，建立高度獨裁的反共軍事政權，在軍事和外交上為西方反共冷戰戰略服務，在政治上則將反共「國家安全」體制無限上綱，以國家組織性的暴力進行「白色恐怖」——政權組織性的大規模人權蹂躪，在經濟上則依附和優容西方獨占資本。

從當代世界史的角度看，「白色恐怖」是戰後美國勢力範圍內反共的、「壓迫性國家」

（repressive states）共同的沉疴，以國家的組織性暴力，對廣泛的知識分子、學者、記者、學生、市民、工人、農民和社會運動家進行非法的、秘密的逮捕、拷訊、審判、投獄和處決。一九四八年韓國濟州島「四．三」事件；一九五〇年到五三年台灣的恐怖肅清；從五〇年代直到近日在菲律賓、馬來西亞的階級內戰；一九六五年印尼的反共大屠；戰後不久在希臘、中近東的恐怖肅清；以及五〇、六〇年代以迄八〇年代在美國後院中南美州親美反共軍事獨裁政權所進行、今日才開始清理的非法、秘密的對政治異己者的集體屠殺，都是二十世紀留下的黑暗而悲傷的歷史。

新殖民主義和各地右翼精英，為了確保自己的特殊利益，對於力主民族解放、國家獨立、自力更生的廣大民眾，進行不惜製造大量冤、假、錯案的殘酷整肅。所謂「寧可錯殺一千，不可放過一人」的反人倫的良民撲殺運動，使千千萬萬平白無辜的人和他們的家族蒙受長期、無告的、難以彌補的傷害。

本書的作者，資深新聞記者戴獨行先生，以現身說法，為我們揭開了五〇年代以降，國民政府對台灣新聞界在濃重的黑夜裡進行的、大規模的、造成無數冤假錯案的肅清事件。

一九五七年五月二十四日，台北爆發了人民群眾憤怒反對在新治外法權下縱放美國殺人犯雷諾的示威和暴動事件。不料這失火的城門，殃及一群年輕新聞記者池魚。在情治機關杜撰的「匪諜案」劇本中，作者戴獨行被秘密逮捕和審訊，終至含冤被判徒刑五年。作者以他驚人的記憶力，瀝瀝記敘了自己的冤案，也兼及大量偵訊、審判、發監執行期間的種種見聞，使「白色恐怖」暗黑的歷史，呈現出它凶殘、冷酷、愚蠢而又令人悲忿的、鮮活的內容。

美國一方面以長期支持「第三世界法西斯國家」（the Third World fascist states）間接嚴重地破壞人權，一方面又以虛偽的「人權外交」上下隨心地干涉他國內政。美國一貫對新聞和新聞從業員的人權表現得尤為積極。但是，對於美國人在台殺害中國人而又欲以美軍在台治外法權縱放罪犯的反美事件為起點的、台灣新聞從業人員被國府大量非法逮捕、拷訊、審判與投獄，不但置若罔聞，而且估計是將它作為國府向美國賠禮道歉的一部分，欣然接受吧！

另外，五〇年代以降台灣的新聞界白色恐怖受害人幾乎全是省外人士。近年以來，有人必欲將白色恐怖套上省籍色彩，說白色恐怖是「中國人」加予「台灣人」的「苦難」，於此又見破綻。台灣政治監獄中的政治犯，若以中國各省論，無疑台灣省籍人士為多；但若以省內、省外二分而論，則省外人士遠遠領先。戴獨行先生便是其中的一員。

喜讀戴獨行先生《白色角落》，敬以作序。

一九九八年八月

初刊一九九八年十月人間出版社《白色角落》（戴獨行著）

最近的活動—1

一九九五年是台灣因《馬關條約》被割讓給日本、淪為殖民地的一百週年。這年夏天，主張台灣獨立的政客、教授、作家等集體拜訪日本下關，在締結《馬關條約》的屈辱之地，為慶賀日本統治台灣、脫離中國的歷史，舉行慶祝活動。

美化日本帝國主義將台灣殖民地化的歷史、輕視日本掠奪和榨取台灣的意圖、抹消台灣人民對帝國主義的抵抗史實……這就是今日台灣一般的歷史認識。

台獨派組團拜訪下關，感謝日本的殖民統治……。可以說，正如實地說明了殖民地歷史留下的傷痕之深。

被難忍的痛苦與羞恥折磨的我，決定收集歷史相片，舉辦「日帝統治下的台灣」攝影展。我用盡全力與有限的財力，花費將近一年的時間收集了超過三百幅的攝影作品。

一九九六年，我終於在台北市繁華街區的某個畫廊，從十一月二十三日開始，舉辦了近一個月的攝影展。[2]

展覽的內容包括了：

第一部：大陸與台灣人民共同的反割讓鬥爭。

第二部：農民武裝鬥爭。

第三部：苛刻的殖民統治。

第四部：非武裝的民族．民主運動之展開。

第五部：台灣文學戰線中的抵抗。

第六部：「討蕃」與原住民族的抵抗。

第七部：大陸戰場上的台灣抗日革命運動。

第八部：皇民化運動．戰爭動員與日本的戰敗。

展覽的最後一部分展示了殖民地時代台灣民眾的樣貌、生活，以及環境，揭示即使在日本統治下仍然保持著濃厚中國特色的台灣民眾的狀態。

這場攝影展成功落幕。前來觀展的民眾都很感動，絕大部分的人異口同聲地說，他們通過這場展覽知曉了前所未知的歷史。

一九九七年，香港依據「一國兩制，港人治港」的原則和平回歸中國。由於前一年攝影展成功舉辦的經驗，我投注全力舉辦題為「一百五十年滄桑」的香港歷史攝影展。在香港各界友人的協力下，於六月二十日至七月十日在台北市中心展出了三百多張從十九世紀中期到今日的香港歷史攝影。[3]

其內容包括了：

第一部：鴉片戰爭與香港的割讓。

第二部：殖民地自由貿易港的形成。

第三部：現代中國之胎動對於香港的召喚。

第四部：日本帝國主義統治下的香港。

第五部：香港戰後的工業化（一九五〇—一九六〇）。

第六部：「四小龍」之首。

第七部：香港的擴大與再生產。

第八部：香港問題的解決。

第九部：平穩回歸。

這場攝影展同樣獲得了觀展民眾的好評，這讓我非常高興。自一九八九年《人間》雜誌休刊以來，從未像這兩次攝影展那樣、讓人感受到攝影影像的強烈魅力。歷史攝影所帶給人們的感動，遠遠凌駕於一般紀錄攝影之上。

其實，一九九七年是非常忙碌的一年。我負責台灣主辦、預定九七年春天舉行的「東亞冷戰與國家恐怖主義」國際研討會。[4]雖然已經參加過好幾次類似的國際研討會，但我未曾親自組織過研討會，缺乏承擔實務的經驗。

但是，在日本和韓國友人的協力與支持下，我們總算成功地舉辦了這場會議，迎接了從日本、韓國與琉球（沖繩）而來的兩三百位友人。同時，通過這場研討會，我們獲得了許多內容深刻且富啟發性的優秀論文。

同年秋天，我應「東亞冷戰與國家恐怖主義國際研討會・日本事務局」以及立命館大學的邀請，拜訪了大阪和京都。然後在日本事務局的安排下，於十一月三十日和著名的在日朝鮮人作家金石範先生會面，並獲得了公開對談的機會。

實際上，一九八〇年代中期，我受某出版社委託，編纂翻譯韓國現代小說。當時我推薦了金石範和黃晳暎。我將書架上金石範著・講談社版《烏鴉之死》交給出版社，推薦在台灣翻譯出版這本書。《烏鴉之死》的漢譯本出版之後，經友人五島昌子的介紹，我得以將這部譯本直接交給住在東京的金石範先生。那時我才第一次直接認識了先生。

一面背負著血腥引人作嘔般殘酷的民族相剋歷史，一面通過描寫因飽食遭集體虐殺的屍體而羽毛黑亮的烏鴉，想呈現深不見底的巨大悲憤，作家冷靜的筆調讓人震撼。

接續九七年二月在台北舉辦之國際研討會，一九九八年二月在韓國濟州島，也就是在金石範小說之原點——濟州四三慘案——的傷心地，舉辦了「亞洲人權與和平」國際研討會。

遭到韓國當局拒絕入境的金石範終於在會議的最後一天獲得了特別入境許可現身會場時，全場數百人熱烈拍手迎接他。這是我第三次與金石範先生會面。

金石範先生三十一歲的時候開始創作，小說集《烏鴉之死》出版之後，保持沉默長達十年。直到一九八〇年代之後，他才再次創作以濟州慘案為背景的長篇小說《火山島》。一九九七年九月，高齡七十二歲的他終於完成這部七卷本的長篇小說，讓韓國與日本的人們深為驚嘆。

對於從一九六八年擱筆不再創作小說，到屆滿六十歲的今日，終於決心從社會活動再次回到小說創作的我來說，是巨大的啟示同時也是激勵。

一九九八年十月十三日

初刊一九九九年一月《新日本文學》（東京）第五十四卷第一期

一　譯者按：這篇文章被歸入當期雜誌的「現在，從亞洲出發」（いま、アジアから）特集，特集中的其他兩篇文章分別是：由徐勝、徐桂國先生翻譯的日文版〈後街〉，及徐桂國先生的〈苦惱的台灣文學〉（苦悩する台湾文学）。兩位譯者中，徐勝先生是著名的在日朝鮮人，一九七〇年代在韓國因白色恐怖被捕，入獄十九年，出獄後積極從事東亞人權與和平連帶運動。徐桂國筆名「墨面」，是著名的旅日左翼華僑運動家。

1　本文由邱士杰翻譯、黃琪椿校譯。

2　請參見全集卷十六陳映真為此展覽所撰述的「日據時期台灣史影像系列」文章。

3　請參見全集卷十六陳映真為此展覽所撰述的「一個半世紀的滄桑：香港圖片歷史系列」文章。

4　指第一屆「東亞冷戰與國家恐怖主義」學術研討會，時間：一九九七年二月二十二、二十三日；地點：台北市劍潭海外青年活動中心；主辦：東亞冷戰與國家恐怖主義學術研討會執行委員會；承辦：台灣秘書處、台灣地區政治受難人互助會；協辦：韓國事務局、日本事務局；後援：中國統一聯盟、夏潮聯合會、勞動黨、台灣社會科學研究會。

〔訪談〕以小說的方式思考人的問題

與陳映真對話 1

——「我的作品就是要關注現實人生。」本期《讀書時間》請聽台灣作家陳映真如是說。——

主持人：在八〇年代初的時候，有一部電影名字吸引了我，它的名字叫《夜行貨車》。當時我就想，一輛夜行的貨車穿越沒有盡頭的黑暗，應該是很有詩意的。後來我才知道，這部作品就是根據台灣作家陳映真先生的同名小說改編的，從那個時候開始，我就記住了陳映真這個名字。

陳映真先生是台灣的當代作家，台灣人間出版社發行人，台灣新馬克思主義的中堅之一，他著有大量的小說、隨筆、評論、紀實作品、劇本等等，結集為《陳映真作品集》共十五卷出版。翻譯作品有《雙鄉記》，主編有《諾貝爾文學獎全集》等等。

今天，陳映真先生將光臨我們的演播室，在同他見面之前，我們先去看一看幾位學者心目中的陳映真是什麼樣子。

黎湘萍（中國社科院文學所研究員）：我認為陳映真在六〇年代的台灣文壇上是一個非常重要的人物，他和另外一個被認為是現代派的作家、小說家白先勇，可以稱為六〇年代文學的「雙璧」。

劉俊（南京大學中文系副教授）：陳映真最大的特色就是關注現實、關注民眾、關懷台灣的社會歷史。我認為他的文學創作，其實也是用他的文學參與了社會活動，參與了台灣社會歷史的一種描繪，甚至是一種創造。

呂正惠（台灣國立清華大學中文系教授）：他有他個人的思想的深度，他的文學技巧又能和他的思想深度配合在一起，他的文學作品非常有魅力，所以有的人雖然不了解他作品的社會內容，也會被他的文字魅力所吸引。

主持人：您對陳映真先生熟悉嗎？

施善繼（台灣詩人）：很熟，他就是我的鄰居。

主持人：在您的印象中，陳映真是一個什麼樣的人？

施善繼：一個很親和的，而且很善解人意的人，一個很普通的人。

主持人：他的做人和做文章是不是特別相近？

施善繼：應該說是有他的一致性的。他的小說，繼承了新文學運動繼魯迅先生以降的批判現實主義的傳統。但他的小說卻屬於那種意識先行的、非常鮮明的，一般喜歡小說的人，即使並不了解他的東西，也會因為他的小說的迷人之處而進入他的小說世界。

主持人：好，那麼現在我們就來見見陳映真先生。歡迎您光臨。

陳映真：謝謝。

主持人：剛才我們都聽到了，幾位學者對您的評價都很高。

陳映真：客氣了。

主持人：幾位學者都提到了，說您的文學創作非常關注現實，不管是您的小說，還是文化隨筆，還是文化批評文章都是關注到目前最迫切的、最現實的問題來寫。那麼，您在文學創作時，為什麼這麼關注現實？

陳映真：我想，寫小說跟做記者工作一樣，每個人對工作都有不同的哲學。打個比方說吧，有些醫生覺得自己是精英分子，是優秀的人，憑什麼不能跟其他的大資本家那樣，日進萬金？所以他就把他的醫學當作一種商品，除了治病救人，他還要得到一定的回報，如果說某個人到我醫院來繳不出保證金，我就可以不收留他，這是他的哲學。另外有一種醫生，就像我們國家比較早期的醫生，他們在制度裡面，沒有想到要把醫療服務當作商品，他覺得病人來了就應該醫治。寫作也是這樣，有些人寫作以我為中心，寫我的感情、思想、寫我的喜怒哀樂，可以不照顧到現實，他們認為照顧到現實就不是文學，文學藝術應該追求純粹的東西，追求那種美的、善的東西。可能有另外一種寫作的哲學，認為文學藝術只是一種手段，用這種手段能夠讓讀者或者觀眾能夠更加理解生活、歷史、社會的本質；理解了這些本質，最主要的還是要去理解這些本質裡所透露出來的、生活裡面的或者社會歷史當中存在的矛盾，並且想辦法去克服這些矛盾，讓人能夠生活在更美好的環境和世界裡，所以我大概選擇第二種。

主持人：在大家眼中，您似乎屬於一個比較左派的作家，這個「左」的涵義對您來說究竟意味著什麼呢？在內地，有一位研究您比較深入的學者叫黎湘萍，在他的眼中，認為您的「左」就意味著，您總是對全球消費社會裡面所存在的文學的、思想的、各種各樣的現象進行一種批判，您同意他的解釋嗎？

陳映真：所謂「左」和「右」，絕對不只是表面上的「左右」兩個字可以限定的，總而言之，就像我剛剛所說的那樣，牽涉到你自己的寫作哲學，你是為什麼、為誰、為什麼樣的目的而創作，在這樣情況下，在生活裡面，存在著很多背離，比方說以台灣的社會來說吧，台灣社會很大的特徵就是一八九五年台灣淪為殖民地後，台灣的知識分子立刻就面臨著兩大矛盾。第一個是民族的矛盾，就是我們在異族統治之下，遭受到的歧視、侮辱和壓迫；另外一個是階級上的矛盾，這就體現在日本民族對台灣人的矛盾，也體現在台灣地區社會內部的，跟日本統治階級比較接近的地主、資產階級跟底下農民之間的矛盾。那麼這些矛盾不僅僅是從書面上看來的矛盾，是日常生活中處處可見的矛盾，所以台灣文學有這麼一個獨特的傳統，就像所有的殖民地半殖民地的文學傳統那樣，第一個當務之急就是反對帝國主義，反對外國對我們的壓迫。第二個當務之急就是怎樣解決內部的階級矛盾，所以在這樣的傳統下，就有一個寫實主義的問題，就有一個批判的寫實主義的問題，抵抗的寫實主義的問題，這成為日據時代的一個非常重要的主流，這樣的傳統一般稱為「主義文學」或「抵抗文學」。在殖民地半殖民地階段，這是非常自然的。所以離開了歷史來看「左右」恐怕就會成為一種標籤了，看得不夠深刻，這是第一點。

第二點，一九五〇年以後，台灣社會由於被編入到日本、美國、台灣三角貿易裡的經濟發展中去，所以台灣戰後資本主義發展出現很多的問題，比如有很多跨國公司來到了台灣，外國資本進入台灣的問題，那麼在這樣的問題裡面，小說不是社會科學，小說關注的是在這樣巨大的結構下，人受到什麼樣的影響，人的處境、人的選擇、人怎樣看的問題。有很多在外國公司工作的讀者，碰到我之後說「你就是陳某人」，我說「是」，他說我要告訴你一件事情，我記得我讀到你的某一篇小說的時候，忽然之間就跑到外面去，家裡人覺得很奇怪。他說他出去痛哭，因為他的處境就是那樣，在外國公司裡面當個夾在中間的領導者，有民族尊嚴，又要這份薪水來養家糊口。當民族自尊受到玷汙時，又不敢反抗，一反抗就什麼都沒有了，像這樣的心情，都投射到這樣作品裡面了。所以所謂的左翼，就是在所謂的經濟發展、社會發展過程中，我們不僅僅矚目於進步，經濟發展，東西多而已，而是關注到這個過程裡面一些弱小者被當作工廠的報廢品，不合格品一樣被排除出去的那些人。為什麼關心這些人，不是因為他們窮，窮人都是好人，不是這個意思；而是站在人的立場，人畢竟不是動物，不是靠森林的法律來生活。人固然有貪婪、欺壓別人的行為，可是內心的深處也有一種需要，去愛別人，去關心別人，去幫助別人。

主持人：您總是把目光關注到黎民百姓，就是下層百姓普通的生活，這是不是就是您作品裡面透露出來的、比較溫厚的愛心的源泉呢？我讀您的作品，像〈麵攤〉寫一個患了肺病的孩子，他的父母為他憂心如焚，開場時寫到，媽媽說：忍著吧，孩子，忍吧，忍吧，忍不住你就咳嗽，孩子就將一口帶血的痰吐在媽媽伸著的掌上。讀到這段時，我感到一種非常溫厚的愛心，這是否就是您剛才所講的您的創作哲學的一種表現？

陳映真：是啊，特別是在最近工商業發達之後，「愛心」這個詞經過大眾傳播變得非常便宜，很多企業用「愛心行動」來宣傳它的產品，來擴大它的商標的認識。「愛心」是個很好的事情，但是在高度商業化的社會，它被商業化了。不過，與其說是「愛心」，不如說人之所以為人就要想一個問題，人應該怎麼活才是合理的？強大有勢力的人是不是應該欺負那些弱小的人？

在一個單位裡，一個直接參與生產的人是不是就比那些管理者更卑微？人跟人應該怎樣相待？我們就想回到人和人和平、和睦，充滿友情的相待方式，如果這就是「愛心」，那我也不否認。

主持人：在一九七五年的時候，您出了兩本作品集，在小說集裡，您寫了一篇文章，但不是用陳映真作名字，而是用了一個叫許南村的筆名，文章名字叫作〈試論陳映真〉，就是說自己寫文章來剖析自己，您當時是怎麼想的？

陳映真：我從綠島的監獄回來是一九七五年，馬上就有一個出版商找我來出書，我覺得蠻感動的。因為這樣的人出書，出版社就要冒一點風險。那時候，我就想，坐牢出來總是人生一個階段，今後要繼續從事創作的話，就要首先把自己這本帳算清楚。因為許南村是我另外一個筆名，在那以前，我常常用陳映真的筆名搞創作，許南村的筆名搞評論。我的自剖主要是想對自己站在比較客觀的立場上看待自己，主要是對自己做個批評，做自我批評。

主持人：那您後來是以陳映真的名字寫的東西多呢？還是以許南村的名字寫的東西多呢？

陳映真：後來兩個就混起來了，有時候我也以陳映真的筆名寫些評論、寫論文，逐漸逐漸地「許南村」用得比較少。實際上，陳映真是我雙胞胎哥哥的名字，我哥哥在十歲時過世了，我們倆是同卵性雙胞胎，所以感情特別要好。兩個人見面就完全沒有別的事情，兩個人就不斷地講話。他死之後給了我很大的打擊，在年幼的心靈裡，第一次理解到什麼是「死亡」。後來，我開始創作時，用了很多的筆名，其中我就是為了紀念他，用了「陳映真」的筆名。這裡還說一個小故事，我是過繼給我三伯父，而我生父的家就要搬到隔壁的桃園市去了。我們倆就覺得很憂愁，因為我們倆要分開了，我每天悶悶不樂，我這個雙胞胎哥哥就說，你別那麼難過，我們互相想念的時候，就趕快去照鏡子，對方就來了。我就想到鏡子的問題，他現在已經過世了，我就用他的名字，只是單純地為了紀念他，沒想到寫著、寫著，現在我哥哥比我更有名了。

主持人：還有很感人的故事在裡面。在一般的評論家眼中，您的小說技巧比較圓熟，可是您自己似乎比較輕視，不太在乎文學技巧問題。在您看來，文學創作或者說小說創作中，思想內涵和技巧究竟占一個什麼樣的比例？

陳映真：我想這是很好的問題，不能說我不注重技巧，可是我的側重點比較注重內容和思想，我對一篇作品的評價，一個形式、技術上比較好的作品，可是思想上空泛，甚至不好的以及一個作品思想內容很讓人震動，可是表現手法上比較淳樸，不花俏，那麼我寧取後者。這是我自己的一種選擇，這就是我剛剛講的一種文學哲學，文學觀點吧！這是第一點。第二點，創作領域裡有非常非常細緻的獨立王國，有著服從藝術技巧的規則。我個人覺得，越是覺得自己思想上比較前進，越是想讓人透過你的作品理解人生、理解生活的作品，作家就應該越自覺地提高它的藝術性，理由不是說為藝術性而藝術性，而是要把這麼好的藥好好包裹起來，送給人家，比如說良藥很苦就應該用糖衣讓人吃下去。如果一個作品充滿了口號，橫眉怒目，而技巧上讓人望之生厭，寫和沒寫是一樣的。所以在這個意義上，我還是很注意技巧和藝術性的。

主持人：您除了小說創作之外呢，同時也是一位社會活動家。我不知道您更喜歡作為一個小說家的陳映真，還是更喜歡作為一個社會活動家的陳映真。

陳映真：我想，一個思想的人，特別是在充滿了矛盾的社會裡面思想的人，會碰到一個難題，就是思想和實踐的問題。思想到一定程度，內心就會有一種要求，不能光說呀，不能光讀書呀，你不能光在那兒寫吧！你眼皮底下就有那麼多矛盾，你是不是要在實踐中去解決這些問題？人的思想可以有不同行動來表現，我可以寫小說、寫雜文、寫評論、辦《人間》雜誌，通過攝影來表現，也可以參加一些社會活動。總而言之，都是我自己思想的表現吧！

主持人：總的來說，您小說創作的量還不是很大，從事大量社會活動會占去很多時間，您回過頭來看有沒有感到遺憾？

陳映真：就像我剛才說的，人在江湖，不由自己吧。去年的年底，我六十歲時開始想這個問題，一個人到六十歲是一個階段，我想一個人可以創作，可以活動頂多還有十年，如果身體健康的話。所以我就對我太太說，好吧，從六十歲起這十年，至少我是要比例比較高地從事創作，我做創作的準備。

主持人：所以我們可以看到更多的您的小說了。

陳映真：但願如此。我覺得對於一個作家來說最大的光榮是來自於他的同胞的讚許和接受，而不是外國的什麼獎。我還是很希望我在大陸有以比較完整的面貌與大家見面的機會。而且說是幸或不幸，中國改革開放所面臨的問題同台灣在六〇年代所面臨的問題，逐漸逐漸有些類似性，我願意以我小說的方式，同大陸的思想家、讀者、學者們共同思考，思考在中國工業化過程當中人的問題。

主持人：我也希望早一點能見到您作品的全貌。

陳映真：謝謝。

主持人：謝謝陳先生，也謝謝觀眾朋友。

初刊一九九九年一月現代出版社（北京）《在電視上讀書》（中央電視台《讀書時間》欄目組編）
收入二〇〇二年三月西苑出版社（北京）《真不容易》（李潘著）

1 本篇是一九九八年作者參加中國中央電視台電視節目《讀書時間》訪談紀錄。訪談時間應在一九九八年十月至北京參加中國作家協會主辦的「黃春明作品研討會」（一九九八年十月二十九—三十日）期間。訪談主持人：李潘。本篇以附錄形式收入二〇〇二年李潘著作《真不容易》時，題為〈附：與陳映真的對話〉。

獨創的死亡

這次參加《聯合文學》的小說新人獎，受到的衝擊不小。「小說新人」，無論如何，總是有意、甚或決心以小說藝術的形式，以形象的思維，表現對於人和生活的思想和感情的人。

這次參加決審的十七篇短篇和七篇中篇當中，在所表現的生活、思想、感情的內容上，有驚人的同一性。生活的場景，幾乎無非繁華而又荒廢、孤獨的現代資本主義大都市。小說中的人物，也多為蝟集在Pub中，聽重金屬音樂，喝酒名琳瑯的洋酒，在Pub中聚會，抽菸、跳舞、吊膀子，在公寓或賓館中做愛淋漓。許多作者對衣著、服飾、皮鞋的品牌和質地有專業的識別力，對音樂CD、機車，有豐富的知識。

從這些新人作品中看來，年輕一代早早對於現代商品極為熟悉。在千千萬萬現代精緻商品所構成的生活和社會中，他們早早浸澤在商品和其所帶來的幸福和舒適中。他們過早地成為現代新的人類種屬——「消費人」(homo consumens)。對於「消費人」，人生是對於商品的渴欲—追求—滿足—滿足後的疲憊，以及接踵而來的、新的渴欲到疲憊的、不間斷的循環。

對肉體(官能)和物質(商品)的強烈飢餓與欲求，有如毒癮一樣，支配著現代的「消費人」。除了追逐消費(對於肉與商品的欲求)，人生失去了意義，喪盡目標。夢想和理想過早地從人生過程中消失。這是中國數千年不遇的飽食的社會。人們在對官能之欲和物質的飢渴、滿足和倦怠的高速度循環中，終於感到作嘔，百無聊賴和無盡的空虛，青春終於成為一種無盡的苦役。飽食而空虛的人生，終於成為一種徹底的、精神的貧困。

小說新人大多只能寫自己，自己的官能，欲望和空虛。他們似乎對別的社會圈(例如農村，例如城市中產階級以外的社會)沒有認識，沒有興趣。他們對不同年齡、階級、行業的人從來不熟悉，也不關心；似乎對於都市、賓館和Pub以外的場景不認識也不熟悉。黃春明在二十幾歲、還在讀師範的時候，初寫的小說〈清道夫的孩子〉，就以城市清潔工的小孩的眼光，從學校把打掃清潔當作懲罰犯錯的自己的手段，突然擔心自己的父親是不是犯了大罪，致半生為清道夫，而大為悲傷的故事。開始寫作時只把眼睛盯著自己的身體和器官，和把理解的眼光投向生活，是兩代「新人作家」的根本差異吧。

其次，現在的小說新人，沒有為讀者寫一個估計讀得下去的、合理的故事的顧念。有不少作品，中間撤掉幾大段，後頭也可以再任意續上好幾段，都無損原作的散漫無章。敘述的結構很鬆散。有不少作品根本是散文，不是小說。在語文、語言上，一般地淺薄，有些故作拗口卻不能掩飾內涵的空虛。當然，有不少這裡那裡寫出閃閃發光，鮮活動人的句子。但有佳句卻少見一整段、好幾段，終至成篇都用了心、用了才情寫出的東西。

一個作家，像一切好的藝術家那樣，既要「獨創」，也要有心、有能力為讀者、觀眾、欣賞者做完美喜人的表現。

這裡也說一說「個人性」和「獨創性」。小說新人最標榜的無非是獨創、是新感覺、新思想。但合起來看，如上所述，竟然表現出來的是高度的同一性。在座的別的評審說「村上春樹的影響」觸目皆是。總之，力求「獨創」的結果竟然是對「獨創」的最大的諷刺——內容、思想感情、背景、人物、情節的高度劃一與同一性，即獨創的死亡。而大眾消費社會的最大特色之一，便是創意的商品化和創意的枯竭。

而這就是為什麼，當天在座的評審雖不是古板保守之輩，終於不得不投票給幾篇相對來說在鼓勵文風上比較「安全」——相對來說比較合理、四平八穩的作品。

也由於同樣的理由，我不由得要為〈上關刀夜殺虎姑婆〉說幾句話。

這篇中篇小說以中國傳統說部（章回小說）技法和語言，寫關刀山下幾個村莊的豪勇合力征剿關刀山上廣被相信作祟噬食閨女的妖怪「虎姑婆」的故事。語言、人物塑造、結構(章回小說尤重結構)等各方面，相對於其他送審作品，不論用心、努力、才華皆遙遙過之。

有好幾個評審都以「沒有新意」而放棄了這一篇，也不無道理。但我所以力薦，大約有這理由：

(一)〈關刀山〉是仿古傢俱，與仿古改良作品不同。越南的古傢俱受法國人、西方影響，號稱「新意」，但覺不倫不類，相對而言，我寧取功力匠心皆全的純仿古作品。

(二)寫類如以Pub為中心而蝟居的種種生活和情感的「小說」很容易。聰明的人一個禮拜可以寫好幾篇，寫得更空虛、頹廢、更「現代」。但類如〈關刀山〉，即使仿古，也得有很好的語文、結構、人物塑造上的基本功。相對來說，我不能不給予較高的評價。

(三)〈關刀山〉是過去小農經濟時代的、中國自己的民族敘述方式。現在社會變了，不可能也不應該鼓勵全盤恢復。但我鼓勵的，毋寧是作者規規矩矩說好一個故事的本事、敬業態度與基本功夫。有這基本功，作者絕對可以發展成很好的「尋根派」或「新鄉土派」。說沒有「新意」，在〈關刀山〉能適當地說：「世上只有人吃人」(妖怪吃人論是人吃人的障眼法)；說「拳腳打不了仇恨」；說「銅鈴裡擱個紮實的道理……不斷地搖，那道理才會響、不生綠鏽」就顯然有所寓意了。

初刊一九九八年十一月《聯合文學》第十四卷第十二期、總一六九期

〔訪談〕步履末倦誇輕翩

與當代著名作家陳映真對話[1]

一九九八年十一月二日，中國人民大學聘任陳映真為客座教授。三、四兩日，中國作協、全國台聯、中國人民大學華人文化研究所，在北京舉行了「陳映真作品座談會」。會前，友誼出版公司舉行了三卷集《陳映真文集》首發式。會後，我們陪同陳映真、陳麗娜夫婦赴承德參觀、訪問。回程，同去金山嶺長城一遊。其間，六日晚，承德朋友為映真先生六十一週歲賀壽。席終，我們和映真先生夫婦促膝相對，長夜共話文學和人生，獲益匪淺。現摘記如下，以饗讀者。

選擇孤獨去守住自己的價值[2]

趙遐秋（下文簡稱趙）：映真去年在作協過六十歲生日，今年在承德過六十一歲生日，朋友們都很高興。祝你生日快樂！

陳麗娜（下文簡稱麗）：我和永善（註：陳映真原名）都很感謝大家。

陳映真（下文簡稱陳）：謝謝！

曾慶瑞（下文簡稱曾）：你記得吧，一年前的今天，在作協三樓會議室的座談會上，你說到了你的「孤獨」。你說，有時候，你真覺得，台灣這個社會會扔下你。

陳：對資本主義，尤其是畸形資本主義制度、生活和文化抱持批判的思想，在一九五〇年以後極端反共的台灣不被理解，受到鎮壓，是必然的。我自己的選擇，使我「孤獨」。有時候，人們必須選擇孤獨去守住自己的價值。

在大陸，有時候我覺得在一部分朋友那裡，其實我怕也是孤獨的。「陳映真很左。」「陳映真的說法怎麼就比五、六十年代的老幹部還老幹部！」在背後聽這樣的批評，是常有的事。事實上，我也遇見過當面對我的思想表示不屑甚至怒意的人。

我逐漸注意到，大陸有人對於要求在文學作品中表現「人文精神」者嗤之以鼻。有些從美國學習回來的人，公然說經濟學不講道德，把資本積累過程中造成的人的傷害與環境、文化的崩壞合理化，公然把社會「向前發展」歷程中的黑暗、腐敗和背謬視為人類進步的潤滑劑……。

在文學評論上，這些思想對兩岸不同時期的資本積累期中描寫社會低層人物的作品評價躊躇，提出了思想與形象孰大的問題。

大陸一部分知識分子、文化人，在思想、意識形態問題上巨變，和近二十年來社會經濟發生巨變是有某些關係的。他們誤以為，這是在和社會物質構成的變化相適應。結果，十九世紀以來的西方資產階級經濟社會思潮的唾餘，成為今日一部分人心目中的「新」而「進步」的所謂「前衛」的、「先鋒」的思潮。

但是，不論古今中外，絕大部分的文學家關心的，總是一個一個人的命運，總是他那個民族的命運。杜甫如此，狄更斯如此，魯迅如此，三十年代的中國作家如此，廣泛的第三世界作家也如此。

其實，在台灣，當那些不以人們意志為轉移的激烈矛盾不斷發展的時候，雖然有人在歌頌資本的文明和進步作用，但反省資本的野蠻作用的知識分子和作家，人數雖少，卻也在堅守陣地，堅持鬥爭。同樣，在大陸，在某些時候、某些問題上、某些人那裡，因為庸俗社會學、教條主義而被一時扭曲了的馬克思主義，總有在生活的矛盾中回歸科學馬克思主義的選擇……，那些一時喪失了馬克思主義的思維和批判力的少數大陸知識分子，將要受到生活的深刻的教育，則是無疑的。

今年夏天，我有個機會去了一趟韓國，在那裡遇見了好幾個因「共黨」嫌疑而坐牢四十多年的政治犯。他們早可以假釋出獄。但僅僅因為他們不肯做「轉向」表白——公開否定自己的信念，在政治上投降，而待到滿七十歲以後才獲假釋。「民主化」的金大中的今日韓國政治獄中[3]，還有許多堅決不肯轉向的政治犯。特別令我詫異的是，在社會運動有一定力量的韓國社會中，這些為原則犧牲一生自由、拒絕轉向的前政治犯，晚景淒涼。

有什麼「孤獨」比這種孤獨更大呢？但這幾位老人的豪情和崇高的人格品質，卻給了我很深刻印象，也給了我很大的鼓舞。所以，我選擇孤獨，卻不害怕孤獨。

趙：那很正常。這些天，大家都公認你是位文學家、思想家、社會活動家，還是一位愛國主義戰士。是戰士，就會悲憤，還會孤獨。

陳：這不僅是在社會活動中，在文學創作中也這樣。我一直孤獨地走過來。

曾：這使我想到了魯迅。魯迅在辛亥革命後來到北京。眼見那場革命的新漆已經剝落，他悲憤異常，孤獨無比，沉入到抄石碑、校勘古籍之中，在傳統文化中反思了我們這個民族和國家，而後有了震聾發聵的〈狂人日記〉問世。後來，「五四」高潮過去，戰場南移，他又有了「兩間餘一卒」的悲憤，「荷戟獨彷徨」的孤獨。跟著，魯迅有了一九二七年以後的卓越戰鬥和輝煌戰績。

陳：說我是「思想家」、「社會活動家」、「愛國主義戰士」，都言過其實了。如果一定送我一頂帽子，我謙卑地挑小一點的「文學家」。在帝國主義時代，台灣在中國半殖民地化的總過程中成為半殖民地，也成為殖民地，是中國知識分子就難於不在這個過程中走上救亡愛國的道路。

我絕不敢和大魯迅[4]相比擬。但是我的時代和中國的二、三十年代大不相同。中國的二、三十年代，國家和民族在帝國主義、封建主義和官僚資本主義的壓迫下陷於絕境。矛盾的性質明顯，敵我對峙清晰，人民和知識分子的生活窘迫之極，另一方面，存在著以蘇區為代表的道德、希望和未來的展望。

在台灣，五十年代的異端撲殺運動使民族解放運動和歷史破滅和惡魔化[5]。六十年代以後依附性的、畸形的資本主義化，湮滅了民族解放運動的價值和歷史。大眾消費社會使新一代人變成消費機器，造成一代人的白痴化，喪失了歷史，喪失了祖國，喪失了生活的意義、目標。前幾天，台灣有一份周盡的問卷調查，大學生自己和大學教師異口同聲這樣形容大學校園的文化：好玩懶做，（影藝）偶像崇拜，好出風頭，好聲光之樂（電影、電視、流行音樂），熱衷電子玩具、網絡，好社會攀比（地位、家勢、消費力、財富），喜讀漫畫，流行擁有call機、機車（摩托）代步，好談命相星座，性關係雜濫、墮胎，個人意識強，沒有遠大的人生理想……。

我看這不是「世風日下」，而是當前大量消費社會經濟的反映。商品的統治是一種「甜美」的統治。在甜美的統治下，敵人的顏面模糊，官能和物質的「渴欲」和滿足後的倦怠的快速循環，使生命成為「飽食、意義喪失和百無聊賴」的漫長的刑期。

一九七〇年以後，隨著資本主義的進一步發展，尋求人的解放與自由發展的激進主義快速無力化。物質的貧困帶來變革運動的動力。精神靈魂的貧困卻帶來了虛無主義的深淵。

趙：曾慶瑞的意思是，唯其悲憤和孤獨，你才去戰鬥。

陳：說「悲憤和孤獨」，又似乎沒有那麼嚴重。基本上，人各有志吧。人各有他自己持守的價值。這使我想起生父陳炎興先生。他生長在殖民地台灣赤貧的家庭，正式學歷只有小學，但他靠著刻苦自學，在我的眼中，他成為有知識、有思想、有風格的知識分子。在我看來，不論在思想、見識和知識上，他高過許多學歷、職位比他高的同時代的台灣人，但他從來不憤世嫉俗，也從來不自炫獨學的成就。他的安靜、自在的謙虛，對我影響很大。他謝世前給自己寫了這樣的墓誌銘：「這裡睡著一個無可隱而隱的老人。」「無可隱」是他本質的謙卑之詞，「隱」則是他自覺自在的修養和行為。在他，就沒有「悲憤孤獨」的問題。這樣的氣質，使他能在兩個兒子突然被偵探帶走後，仍能器度寧靜軒昂，第一次來獄中看我的時候，能安靜、明確地說，「首先，你是上帝的兒子。其次，你是中國的兒子。最後，你是我的兒子。」要我以這三個標準度過縲絏中的年年月月。

這兩天，討論會對我的文學有批評，當然也有溢美的評價。陸貴山教授以友諫的真誠，希望我不會被鮮花和讚揚所醉。我很感動。但我有許多軟弱，卻因父親的榜樣，恰恰差能免於被虛名所醉。

多年來，我還是有許許多多不能已於希望和工作的朋友們。在台灣，在馬尼拉、日本和南朝鮮。[6]我有一對旅居紐約的朋友，五、六年來，用自己的費用跑遍西班牙、荷蘭、德國、法國、俄國和東歐各國，探訪中國人在三十年代投身西班牙反法西斯內戰者的腳蹤。他們在全世界獲得了最慷慨的協助。但他們沒有「悲憤孤獨」。他們告訴我，他們越來越樂觀。在尋訪的歷程中，他們受到了教育和鼓舞。

曾：我們都很佩服你不屈不撓的精神，你真是把自己和台灣和祖國大陸聯繫在一起的，所以，你其實並不孤獨。

陳：最近，我常常想起了一個人，他就是日本的矢內原忠雄教授。他是一個虔誠的基督教徒，倡議回到基督教原點的無教會主義……，但在知識上，他是一個馬克思主義的經濟學家。侵華戰爭期間，他一直堅持自己的看法，說侵華戰爭是不義之戰，侵華戰爭必敗。他的學生很多，影響很大。當時，日本政府逮捕他入獄以後，處理他的案子的正是他的學生。學生請求老師，只要表示一點點悔過之意，他立刻會被釋放。但是這位教授堅持到底了。儘管在獄中，受了許多苦，他還是堅信，歷史將宣判他無罪。日本戰敗，證明了教授的預見。在法西斯狂熱淹沒西歐的時候，各國共產黨人清醒地頂住了。在日本，法西斯的狂潮中，日本共產黨有些人不免「轉向」了。結果，由一個非黨的矢內原頂著；等到戰敗，大夢初醒的日本人民說，好像我們都發瘋了，只有一個矢內原先生在頂著，否則，鑒古視今，如何評價？

麗：永善很忙，社會活動很多，又非常關注五十年代以來的事，幾乎成了一種難以釋懷的情結。我總提醒他，趁一些老人還健在，要先做一些採訪，把寶貴的資料保存下來。時間總是不饒人的。

張愛琪（下文簡稱愛）：夫人這個提醒很重要。這次座談會上，很多朋友都提到了「六十歲以後的陳映真怎麼辦」的問題，大家都很關注這件事。

陳：我很感謝大家至親的關愛。其實，這也是我自己在認真思考的問題。

趙：有的朋友勸你為祖國統一大業主要要從事社會活動，有的朋友認為你還是應該集中主要精力搞創作，真有點「陳映真你往哪裡走」的味道了。

曾：我在會上也說了，為祖國統一大業，映真兄不可能捨棄必要的社會活動，可是，你那支筆又是別人替代不了的，還得好好寫作，是吧？

陳：其實，也不必把重新搞創作和社會活動對立起來看。如果今後還能寫出較好的作品，對我素來的立場理念，肯定是個附加值的增加……。

麗：他太累，心臟也不太好，我真擔心他的身體。

愛：這次在北京開會，也有朋友提到這一點，勸大家也別太給映真先生加重負擔了。

趙：何西來教授不是在會上說到，人生六十才開始嗎？（一笑）

我們為什麼去申辯？為什麼要這個錢？

曾：何西來教授在會上對你還有一個評價，借用李大釗先生的說法是「鐵肩擔道義，妙手著文章」。這很恰當。

陳：大釗先生為人、為文，我都不敢望其項背。其實，這半生我能任性地按著自己的價值活，給父母、家人帶來不少麻煩，讓他們擔心。我和麗娜結婚時，一無所有，至今也是。她從來不把我們的生活跟別人比。我們並不寬裕，可她從來不讓我覺得我必須想法去弄多一點錢，增加一些收入。老實說，我打心裡很感謝她。

拿最近的一件事做例子。最近，台灣國民黨當局立了法，要賠償五十年代的冤假錯案。「補償」金額不小。補償辦法有一個「排除條款」。政府審查你確是「奸匪」，不賠。申請補償，要當事人先提申請，說明自己如何不是「奸匪」。對絕大多數冤假錯案，問題不大。對另一部分人，這是以重金誘人「轉向」投降。此外，許多被槍決的人的後代，為請得巨額補償，爭相代替先人轉向投降，親人間為繼承補償款大吵大鬧，都可預見。五十年代犧牲者僅有的一點道德正當性，一定會受到很大損害。這令人憂慮，卻無計可施。

我和一些朋友，想到要發動一個運動，反對現在的「補償辦法」。我們主張，五十年代的撲殺，是台灣當局發動的大規模人權蹂躪事件，不能以政治立場、思想意識形態為標準判定補償與否，而應作為大規模人權踐踏的歷史事件，通案辦理，由台灣當局全面謝罪賠償。我們反對二度審判，反對重金誘人轉向！現在，阿根廷、巴拉圭都在清理過去反共軍事政權對進步市民、學生、工農、知識分子的大規模虐殺拷訊案件，也是搞通案處理。

但是，要發展這個運動，當然要放棄「補償」申請。這個問題，我得取得麗娜的同意。我向她結結巴巴提了。她一口答應，她支持了我。她不知道我有多麼感謝她的支持。因為我們過得不寬裕。她為分擔家計，一直在工作。「補償」金可以減輕她的負擔，但她不為五斗米折腰，她不錯。

麗：是啊，永善跟我一講，我就說，我們為什麼去申辯？為什麼要這個錢？你沒有錯嘛！我們不能低這個頭！

愛：夫人這種氣節，更顯得映真先生風骨錚錚，我聽了，真的好感動！

趙：在北京開會的時候，聽了麗娜發言，大家都很感動，不少人都流了眼淚，都說，沒有陳麗娜就沒有後來的陳映真。

曾：一生牽手，相濡以沫！

麗：曾大哥過獎了。其實，見到永善的時候，他剛從牢裡放出來，三十八歲，我才二十一歲，還小，什麼都不懂。我們都在一家跨國公司工作。

陳：那時候，台灣是沒有人敢用我這個從牢裡放出來的人的。我只好到跨國公司上班。

麗：那時候，我們常常見面，我發現他是個很好的人。來往多了，也就有感情了。當然，好多朋友都提醒我，這個人可是個思想犯、政治犯，可是個危險人物啊，跟他過日子可要擔驚受怕了！家裡面呢，也不同意，還說他比我大那麼多，嫁給他不合適。我想我才不管他是什麼思想犯、政治犯呢，我認定他是個好人，這就夠了。他大我那麼多，他還可以照顧我呢！先是媽媽擔心嫁政治犯，不容易在台灣過日子。對於這一點，爸爸倒開明。他說政治犯不比放火殺人犯要緊。但爸爸擔心年紀懸殊。這一點，媽媽說，嫁人的是女兒，女兒不嫌，我們少說話。一九七七年，我們結了婚。

陳：她還是跟我擔驚受怕過。

麗：那是「鄉土文學論戰」的時候。朋友們當時也提醒我，現在的氣氛很緊張，說不定哪天就會出事，要小心點。我到底還是年輕，總覺得不至於吧。沒想到，一九七九年十月裡的一天，小叔子給我打電話說，二嫂，二哥又被抓走了！聽完電話，我都懵了。急急忙忙向公司請了假，就趕緊去找朋友，像尉天驄、王拓他們，幫我出主意。還好，這一次，人抓走三十六小時就放回來了。回到家，美國聶華苓大姐電話就到了，當時心中的溫暖，映真和我至今都記得。

愛：聽夫人這麼講，我真的好感動！

陳：其實，我一直很不安，麗娜跟我在一起，日子過得很清苦。下輩子嫁人，眼睛睜大點兒（笑）。

（這時，陳麗娜眼圈紅了。）

麗：跟永善結婚，我就有這個思想準備。現在還是這樣。我在德國拜耳設在台灣的公司工作，靠薪水生活。永善辦人間出版社，出書，都靠朋友湊錢，書是好書，可又不賺錢。那是他的社會活動，他的事業。這一點，我特別理解他，支持他。在台灣住房子都要自己買。我們買的房子，是我媽媽用「標會」的辦法幫我們籌錢買的，沒關係，沒關係，再有兩年，錢就還完了。

愛：夫人對映真先生的支持，堪稱女界楷模。

麗：楷模說不上，我努力去做，做好了，心裡也就踏實了。我覺得，高中畢業的水準幫不了他多少忙。於是，我先在公司攢了一年的錢，我弟弟給了我一點，媽媽也給了我一點，我就跟到美國去讀大學了。畢業的時候，我還是優秀學生呢。這也得謝謝他。他支持了我出去深造的意願。

趙：那一年，你三十六歲，真了不起，真了不起！

陳：她也有懶的地方。但那幾年看她那麼用功，我也吃驚！

我寫，僅僅因為我有話要說

曾：要說鐵肩擔道義，你們現在是兩副肩膀一起擔了！說到寫小說，這次會上，有位朋友批評你的作品有思想大於形象的現象，你怎麼看這個問題？

陳：關於我搞創作的哲學，有幾條，可以說一說。

第一，我不相信文學傑作是可以由作者主觀的營為去達成的。讀破世界名著，遍讀文學評論，心中虔誠地要寫出傳世之作，估計也不一定就寫出傑作，我從來沒想過我要成為大作家。成為曹雪芹、托爾斯泰、莎士比亞、魯迅、布萊希特，在我簡直是妄想。我寫，僅僅因為我有話要說。寫了，讀的人覺得也還可以，這我就很高興了。善意地為了使我成為大作家，勸我不要去管「蒼白的理論」，由於我缺少當大作家的動機，說服力相對就小了嘛。

第二，我主張文學應言而有物，主張為自己的思想畫圖解，主張主題明顯。我生活在思想荒野的台灣。我對現代派們的作品，看了一些特講形象，講晦澀，講意象，講荒謬模擬（parody）、語言張力的東西，感覺也不怎樣。於今時過境遷，估計連作者也把它們忘了。台灣的文學，缺少的不是「形象」，而是思想，作家自己的思想。

第三，創作畢竟是精神而不是物質的生產。物質生產有配方，有生產母機、原材料……，是完全可以操作控制的質量和數量。我自己的體驗——當然也是大多數作家有的體驗，創作有一個相對自主於理性的地帶，既不神秘，更不庸俗機械……，從那裡往往湧現閃耀瑰奇的情節、對話、創意、靈感和敘述。面對著它，我感到創作的大喜悅和大奧秘。只要有這喜悅的泉湧，思想(「理論」)就會似創造的神奇出現。刻意要形象大於思想，不保證出作家！有心以形象為工具表現思想，未必就全出不能讀的作品，甚至未必就出不了重要作品。公平地說，蘇聯的歷史是有這樣那樣的問題，但即使在斯大林時代也不能否認蘇聯是生產了不同於西方資產階級的，標示一定藝術、人文、思想高度的文學作品和音樂作品！

第四，我總以為，作家藝術家也是一般人，一般勞動的人。他固然一面要幹活，也自然要把活兒幹好，但也不必精英意識太強，非要出手就篇篇名篇，篇篇非要名山之作。作品評價留給人民去做。有話要說，而且非用文學形式說，就力求在文學藝術上過關。如此而已。

趙：我記得一九六七年三月，你寫了一篇〈現代主義的再開發〉，在那篇文章裡，你說到，

「一個思想家，不一定是個文藝家。然而，一個文藝家，尤其是偉大的文藝家，一定是個思想家。」

陳：是的，我一直堅持這個看法。這又是我的努力方向。我這一輩子都達不到這種地步，但我會一輩子都朝這個方向去做的。記得在那篇文章裡，我還要大家「千萬注意」：「這思想，一定不是那種比飛馬行天不知所止的玄學，而是具有人的體溫的，對於人生、社會抱著一定的愛情、憂愁、憤怒、同情等等的人的思考。」我想，我就是這樣去思考台灣當前的種種問題的。

曾：生活呢，你怎麼看？

陳：沒有生活，就沒有文學藝術。但表現在藝術上的生活，不能是漠然的、蕪漫的生活，而必須是經過作家、創作者體會、集中的生活，是吧？

事實上，創作裡，生活和思想的比重，生活和思想的關係，就依作家自己的創作哲學而不同。莎士比亞在一端，席勒、布萊希特在另一端。但不論哪一端，有一個共同點，是才華。才華寫出令人在感情和思想上深為震動的作品。如果有人認為我的某些作品思想、意識多於生活，肯定是因為我才情不足，而不是意念先行的創作理念不對。

但也或者還有別的問題。因為「開放」後大陸社會經濟的根本性變化帶來的相應的思想、哲學、文論的變化，今日「思想與形象」問題的討論，就不能忽略必有「新」的內容。然而，這「新」的內容再「新」，也不足以改變生活和思想、感情和藝術的關係，也就是剛剛說到的「思想與形象」的關係。現在，之所以成了問題，那是因為，沒想到，某種逆反心理的驅使竟使得大陸知識界有一部分人放棄了作為認識、分析和批判之工具的馬克思主義。

討論會中有人提到「華盛頓大樓」系列，我也說幾句。

我入獄前後都在台灣的美國公司工作。我於是知道跨國企業為它的企業目標塑造超出了各分公司駐在的民族國家的[7]、以公司為核心的認同和忠誠的準則。跨國企業總部以全球市場的概念進行管理。台灣就屬於公司「遠東區」指揮。有幾回在台北開產品行銷會議，操著濃重日本、印度、菲律賓、新加坡、馬來西亞口音的英語的各分公司代表，在豪華的五星級大飯店掛有公司商標大旗的會議廳，接受各種行銷、廣告和產品管理的訓練，熱心交換產品在各國市場成敗的經驗，為同一產品在台灣市場更深、更廣、更成功的穿透和銷售貢獻計策。許多大學、研究所畢業甚至留學美國的各國青年「才俊」穿著西裝領帶，志得意滿，沉浸在超國界精英管理者的美夢裡。

我置身其中，具體「生活」地感受到跨國資本和商品對於各市場國家民族的人、文化和價值的深刻的影響。精英們甜美的夢想，逐漸成了我的惡夢。於是，在台灣，早在牽強附會、半生不熟、從西方學園轉販而來的「後殖民論」尚未為人所知的六十年代末以至七十年代中後期，台灣「外國機關」（黃春明）和跨國公司的生活（陳映真、王禎和）成了作家關注、批判的題材。如果說批評跨國資本主義而謂作品缺少生活，還應該具體作品具體分析。但對我而言，台灣思想學術界全面西化、親美、反共的六十年代末以迄八十年代初，台灣幾位作家在文化帝國主義、新殖民主義問題上，以敏銳的批判眼光、生動的藝術性留下來的作品——除了我的作品外，都是重要而優秀的收穫。

趙：我讀你的作品，就說「華盛頓大樓」系列吧，並沒有發現有什麼「說教」，你還是很注意藝術性的！

曾：當然，一個作家的作品不可能篇篇都是那麼完美的。

陳：從我個人的經驗，作為在特殊環境下作家寫作的「策略」，思想和形象的比重，是可以主觀地調整的。

七十年代，第一次冷戰緩和，中國大陸在外交上有大步發展。到了一九七九年中美建交，美台斷交，台灣當局的外交合法性受到重挫，連帶著極大地威脅了它在島內統治的合法性。「黨外」民主運動勃發，蔣經國布置台灣權力的「台灣化」，政治開始面向鬆動和再調整。

選擇在這時候，我開始把獄中聽來的台灣一九四六—一九五二年新民主主義運動[8]的風霜寫成小說。這個題材太敏感，而又非寫不可。在寫作上，我自覺地提高形象——提高「藝術性」。只有藝術性受到肯定，萬一被人指控，歧義性廣闊，容易得到讀者的同情，也容易在法庭上爭辯。〈鈴瓏花〉、〈山路〉都是在這個思路上寫的。寫〈趙南棟〉，局勢已經變化，「解除戒嚴」了，能放開寫了。在策略上，我自覺地著重意識和歷史的表現。但〈趙南棟〉的評價，作為一個作家，只能讓讀者和文論家去說。在我，形象和思想不應對立起來看，應該辯證統一地看。寫作是思想的表現。形象、藝術性為思想服務。

趙：關於「意念先行」，或者叫作「主題先行」的問題，前幾年，在文藝界也討論過多次。有的朋友認為茅盾的長篇小說《子夜》就是「主題先行」的作品，有公式化、概念化的毛病，在編選中國二十世紀經典小說時，撤去了這部優秀的長篇。我覺得，在文學創作是用形象思維，社會科學包括文藝科學（文藝理論、文藝評論、文藝史）是用抽象思維的問題上，有些朋友的認識是片面的。其實，作家在寫什麼，不寫什麼，怎麼去寫的思考中，用的就是抽象思維，在寫作品之前要考慮，在寫作品的過程中要考慮，寫完了修改時，還要考慮。關鍵之關鍵是在於，呈現給讀者的應該是具體的生動的形象。而這形象正是來自作家創作時腦海裡出現的一幅幅活動著的圖畫。我們通常說的文學創作主要用的是形象思維，就是指的這種情景。這樣看來，形象思維的創作，也是在作家的抽象思維不斷梳理的過程中去實現的。要克服作品的公式化、概念化的毛病，不是「意念」、「思想」不要先行，而是要真正做到意念生活化，思想形象化。意念、思想，來自於生活，反過來，又借助於生活化、形象化去表現。作家的本事，作家的藝術造詣，就在於把這兩個方面辯證地統一起來。

陳：其實，這個思想和形象的問題，也就是一個質和形的問題。我覺得，質勝於形，思想先行，意念先行，確實存在。

曾：這是創作的規律，可氣的是文革中江青他們搞的「主題先行」把水攪渾了，製造了混亂。

陳：攪渾的水，終於要沉澱下來，被打亂的東西假以時日，總會顯出秩序和意義。

一九八三年，我第一次出國，到美國愛荷華大學「國際寫作計畫」中心待了三個月。在那兒我第一次見到大陸作家吳祖光、茹志鵑和王安憶，也第一次見到來自東歐社會主義國家的作家。

有一回，我、一個菲律賓作家、一個南非作家和三、四個東歐作家聚在一塊喝啤酒，話題集中在文學上。東歐作家不約而同地對西方電影、文學表現個人、表現情欲、表現方法上的「自由」與「實驗性」……表示歆羨和極大的讚賞。我和菲律賓、南非作家則斥之為頹廢、腐敗、非政治化、文化帝國主義。東歐作家非常驚訝，說我們的意見像他們黨委書記的意見。我們向他們說明菲律賓社會的殘破，新人民軍的鬥爭，菲律賓作家所處的形勢和創作上之所思；說明南非在美英帝國主義縱容下悲慘的種族隔離政策，說明生活中普遍存在著激烈的矛盾和人民群眾高文盲率的情況下，南非作家創作生活的課題。雙方熱烈討論，甚至激辯。啤酒把每個人臉都變紅了。忽然，菲律賓作家哼起了〈國際歌〉，俄頃，全體人員各以不同的語言，歪歪斜斜地掙扎著起立，帶著滿臉的淚痕，以不同的語言，共唱那永恆的〈國際歌〉。

這個經驗在我的記憶中銘心刻骨。作為對前階段的逆反心理，當前大陸一部分知識分子忙著輕率地拋卻馬克思主義，我們卻在世界範圍的知識系統中看到馬克思主義作為一種知識、理論的儼然的生命力。數年前，墨西哥山區印地安農民的解放鬥爭，至今吸引著來自世界各地的知識分子、作家、醫生、社會活動家的關注並參與實踐，很像三十年代懷抱著進步、民主和國際主義的人們奔向西班牙反法西斯蒂內戰那樣。

我不按新學說去搞曖昧、模糊

趙：這次座談映真的作品，有位朋友建議你去追求一種文學形象的模糊狀態呈現，還說，這是文學創作的規律，有了這種模糊性，才會有主題和人物形象的多元、多義的理解。你在會上也說了一點，今天時間很從容，我覺得我們可以再做一點探討。

陳：前面我說過，創作過程中，確實有一個相對自主的幽微的地帶，體現了人類的精神創造活動的複雜和微妙。但若把這種「模糊」刻意理論化而強求，就不免發展成神秘主義了。「模糊」的理論化，不免於發展成對文藝的「純粹性」、「反意義」、「反理性思維」甚至「反意義」的追求論。我不說它對不對。我確能明白地說，這不適合我的道路。

曾：其實，那位朋友說的多元、多義的解讀並不只是來自於所謂的「模糊狀態呈現」。通常，一部作品，人們的正常的對多元、多義的解讀，是來自於文學形象的豐富性。這種豐富性，一定是和典型性、鮮明性聯結在一起的。除非你不搞現實主義，要搞現實主義，就要拒絕所謂的「模糊狀態呈現」。

陳：所以我剛剛說，我不按新學說去搞曖昧、模糊！

趙：這其實是一種文學觀念的問題。

愛：座談會上，陸貴山教授就說，這是一種錯誤的文學觀念。

陳：確實是。

曾：那是一種「先鋒」的、「前衛」的，或者「後什麼主義」的文學觀念。我還想補充一點，對作品主題、藝術形象的多元、多義的解讀，還有一個誘發因素是，在又深又廣地反映了生活，創作主體把現實的生活世界幻化為虛構的藝術的世界後，他們還會給讀者，乃至於聽眾、觀眾，也就是接受主體吧，留下了一個參與完成作品創作並進一步豐富藝術形象的空間。人們可以根據自己不同的認識，不同的生活經歷，去理解，去補充，去豐富作品中的藝術形象。在這種情況下，就產生了對作品主題和藝術形象的不同認識和理解，主題和藝術形象的多義性也就出現了。

趙：我也和你們倆有同感。追求文學的模糊性，實際上是在消解現實主義創作方法中的典型法則，反對塑造典型環境中的典型性格，寫原生態嘛！

陳：談到這裡，我想到了大陸的一些文學論著中，對我有一種評說，認為我是從現代主義走向現實主義的。不知你們怎麼看法？

趙：我認為，你一開始創作，自始自終，就是現實主義創作方法，不過你運用的現實主義創作方法具有開放的態勢，就像魯迅所說的，實行的是拿來主義。你引進了浪漫主義、存在主義、象徵主義中一切有表現力的藝術手段，去補充、豐富你的現實主義創作藝術手法，從而增強了你的小說的藝術表現力度。

陳：現代主義是一種思想，一種人生觀和世界觀。它強烈地強調個人和自我的重要性。它對社會和集體抱著憎惡與恐懼。它熱衷於凝視和表現肉欲、死亡、頹敗、血汙、蒼白甚至腐朽這些「意象」。它醉心於個人潛意識的渾沌的世界。它拒絕意義、道德教訓，不相信生命另有目標、責任和意義。它講求藝術的絕對的「純粹」，否定向來語言和形式約定俗成的法則。對於自己以外的一切人、生活社會與歷史嗤之以鼻。它追求神經質、追求官能的倒錯，崇拜零碎、纖細、敏銳的「意象」……。

我以為，首先是思想而不是技巧決斷作品是不是「現代主義」——尤其是五十年代美國作為一種文藝意識形態而以國家力量宣傳傳播的「現代主義」。魯迅的〈狂人日記〉、許多散文詩，光從技巧上看，「現代主義」的技巧特徵叫人驚歎，但是不會有人把它歸類為特別是戰後意義的現代主義派。相反，作品基本上「傳統」、「易懂」些，但思想精神上有現代主義特點，應該劃入「現代派」。

愛：這樣說，就讓我了解了你對現代主義的看法了。

陳：我不願意把寫作形而上學化。前面所說，寫作過程中相對自主的區域帶來的創作上的快意是不自覺的。那會是一種激動和喜悅的快意。我寫小說時，有一種現象，寫著寫著，往往衝出來一些人和事，我趕快記錄下來。這衝出來的部分改變了我本來的計畫，修正了我本來的想法。這衝出來的部分，有相對的自主性，自主到我不能不去寫的地步。有的似乎我還不十分明白，但不能不去寫。我創作中最大的快樂，最大的驚奇，也就是記錄這衝出來的鮮活的部分。一直到今天，這對我還是個謎。

趙：你所說的那衝出來的一部分，恰恰就是現實主義創作方法中一種帶有某種規律性的文學現象，其結果，如果是成功的作品，也就走向了所謂的形象大於思想的境界。這正是現實主義的勝利。

一切溢美的評價都只能當作不同形式的策勵[9]

愛：二十世紀就要過去，二十一世紀就要到來，在這兩個世紀之交的時刻，很想聽聽映真先生今後還有什麼打算。

陳：從一九七五年出獄算起，一幌也過去了二十幾年。今年，我剛剛同你們過了六十一歲生日。這兩年麗娜特別關心我的創作，現在，重新開始寫小說的想法確實越來越迫切。我要開始了。

愛：題材呢？

陳：題材很多。這十幾二十年來，台灣的生活和社會變化很大。真要寫，不愁沒有題材。眼下準備寫的故事，是在四十年代台灣一個小村子，有幾個人被日本當局徵召到南洋、華南、華北當軍伕，各有不同的遭遇和命運，藉此寫台灣複雜苦悶的歷史所撥弄的幾個青年農民的一生……。

趙：這是我們大家的心願。這一次，友誼出版公司的三卷本文集，讚譽你是台灣文化界的一面旗幟，師承魯迅，被譽為「台灣的魯迅」，也是希望你有更高的成就，當然，在兩岸交流中做更大的貢獻。

陳：一切溢美的評價都只能當作不同形式的策勵，實則絕不敢當。《文集》出版者對我的鼓勵，朋友們對我的鞭策，我都銘記在心上了。尤其，我也誠心接受對我提出各種批評的意見，接受有益的教育。我在《文集》的序裡寫了：「我懷著像是一個捧著族譜和出生文件的遊子，回到魂牽夢繫的生家來認親的喜悅和靦腆，讓這單薄的文集在祖國大陸出版。比起分裂的南北朝鮮，在祖國尚未完全統一，海峽一仍相持的形勢下，能夠在大陸出版這拙劣的文集，我感到激勵、幸福和感謝。」

麗：我也謝謝朋友對永善的鼓勵，謝謝朋友們對我的鼓勵！

趙：不過，映真回去也還要注意身體。

曾：我很喜歡宋代詩人樓鑰的兩句詩：「相期更看水流處，步履未倦誇輕翩。」我跟映真兄是同齡人，送你這兩句詩，讓我們共勉吧！

陳：這兩句詩很好。遙望未來，我想，這「步履未倦誇輕翩」，不僅適用於我們的人生和個人的文學活動，也適用於兩岸的文學交流事業吧！

初刊一九九九年一月七日《文藝報》（北京）第二版

收入一九九九年十一月台海出版社（北京）《台灣鄉土文學八大家：鄉土意識與愛國主義》（趙遐秋編），二〇〇七年十一月中國傳媒大學出版社（北京）《曾慶瑞趙遐秋文集第十七卷・台灣文學論集》（曾慶瑞、趙遐秋著）
本文按《台灣鄉土文學八大家》版校訂

1 本篇為陳映真、陳麗娜、趙遐秋、曾慶瑞、張愛琪等人的座談紀錄，初刊題為〈步履未倦誇輕翩——與作家陳映真對話〉。由於初刊本有所節略，本文據一九九九年《台灣鄉土文學八大家》版收錄，參酌初刊本校訂。
2 初刊版小標為「守住自己的價值」。
3 初刊版為「在今日『民主化』的韓國政治獄中」。
4 「大魯迅」初刊版無「大」字。
5 「使民族解放運動和歷史破滅和惡魔化」，初刊版為「使民族解放的運動遭到破滅」。
6 初刊版無「在台灣，在馬尼拉、日本和南朝鮮。」
7 「目標塑造超出了各分公司駐在的民族國家的」，初刊本為「制定了跨越各分公司駐在國」。
8 「新民主主義運動」初刊版為「新民主運動」。
9 初刊版小標為「溢美的評價都只能當作不同形式的策勵」。

七〇年代黃春明小說中的新殖民主義批判意識

以〈莎喲娜啦・再見〉、〈小寡婦〉和〈我愛瑪莉〉為中心[1]

前言

一九七〇年代，台灣的文藝思潮發生了根本性的轉折。一九五〇年韓戰爆發，國府在台灣發動全面性的政治異端撲殺運動，[一]並在美國強力干預中國內戰、以巨大軍經援助和政治、外交支持在台灣樹立軍事波拿帕政權（Bonapartist state）。正是在這個國共內戰和東西冷戰交疊構造形成的過程中，自日據時代以來艱苦積累的台灣反帝・民族解放運動的人脈、組織、哲學、社會科學和審美體系全面瓦解。於是冷戰和內戰的意識形態長期支配一切。在文學藝術上，作為冷戰時代美國審美意識形態、美國勢力範圍下第三世界文藝思想霸權的超現實主義、抽象主義等泛稱為「現代主義」的文藝，[二]支配了一九五〇年以迄七〇年的台灣文藝界。

從六〇年代末開始，受到美國侵越戰爭師老無功、大陸文革激進主義，和美國和平主義運動、種族平等運動、校園言論自由運動的影響，一部分出身港台在北美的留學生開始尋找長期被惡魔化了的中國革命歷史的真相；開始從美國大學圖書館借閱長期在台禁閱的中國三〇年代文學作品，而逐漸形成一種思想和文化運動，在哲學上、文學藝術上、人生觀和社會觀上逐漸進步化，終至衝破了五〇年以降在港台形成的極端的冷戰／內戰意識形態枷鎖，在七〇年代勃發的保衛釣魚台運動中集結成運動的左翼，推動港台兩地的左翼思潮。北美港台中國留學生思想的左傾化，浸染到台港的最顯著的表現，是文藝思潮的豹變。一九七〇年到七四年台灣的現代（主義）詩批判、七七年的鄉土文學論戰，如果離開保釣運動左翼文學藝術思想的影響，就無從全面理解。總結地看，七〇年代台灣文學藝術思潮的根本性改變，有三個方面：

（一）批判的現實主義的復權：一九五〇年到五二年的白色肅清，使自日據時代以來艱苦積累的台灣批判性現實主義文藝道路全面非法化。在這基礎上，透過在台美國文化機關、留美政策、人員培訓和交換和去美參訪體制，不但培養一代又一代親美知識精英，在文學藝術上，使現代主義快速取得了自五〇年以迄七〇年間的支配地位。現在看來，現實主義和現代主義的鬥爭，在第三世界，甚至在蘇聯東歐以迄西歐廣大範圍內，是一場從三〇年代延續到七〇年代的、文藝理論上的左右爭論。台灣七〇年代文學論爭，在反共戒嚴時期，勇敢地為台灣文學現實主義光榮傳統復權，批判了作為美國冷戰意識形態的現代主義，意義重大。

（二）左翼文論的提起：素樸的歷史唯物主義文論，即文藝社會學方法的比較廣泛的使用；[三]大眾文學論[四]、民族文學論[五]的提起，在中斷了二十年之後，在現代詩批判和鄉土文學論爭中重新被新一代人在極端反共意識形態支配一切的環境下展開，在台灣文學思潮歷史中，自有重要意義。

（三）美日帝國主義論和台灣殖民經濟論的提起：在極端反共的七〇年代，美國和日本被宣傳為自由世界的盟主與盟邦。美日私相授受我國領土釣魚島的事件，揭露了美日的帝國主義性質，使港台知識界和市民開始以帝國主義時代的認識，看待中國與台灣的命運。美日帝國主義論的具體化，又發展為美日（新）帝國主義對台灣社會和經濟的控制論。[六]台灣經濟（社會）性質是不是「殖民地」性質，引發了爭論，[七]從而在一個意義上，形成了台灣社會形態（social formation）性質的討論。由於當時理論水平和政治環境的限制，爭論不曾往縱深發展，但在台灣社會形態理論史中，有一定的重要性。

以明白的語言，做出「美日兩國是帝國主義國家，對台灣施加（新）殖民地支配，而台灣社會經濟的性格，是殖民地經濟」這樣的論斷，不但出現在七〇年代的文學批評和文學理論；出現在七二年台灣大學的「民族主義座談會」，更出現在從六〇年代晚期到八〇年代初的、幾個主要的小說家的作品中。[八]其中，黃春明在七〇年代的三篇小說——〈莎喲娜啦・再見〉（一九七二）、〈小寡婦〉（一九七四）和〈我愛瑪莉〉（一九七九）[九]，豐富、深刻地表現了對於新殖民地化的台灣生活深刻的反省和敏銳的批判。

六〇年代到七〇年代的台灣經濟

一九四五年，台灣從日本帝國主義長達半個世紀的殖民地統治下解放，納入當時半殖民地半封建性質的大陸社會。一九四七年，國共內戰形勢急轉直下，四九年，在內戰中失利的國民黨政權東遷台灣。一九五〇年韓戰爆發，東西冷戰對抗達於高峰，美國以軍事、政治、外交全面干涉中國內戰，把台灣納入東亞冷戰圍堵大陸的戰略體制。中國大陸和島嶼台灣的民族分裂構造，在外力干預下固定化。

一九五一年開始，為了穩定風雨飄搖中的台灣經濟，強化台灣的反共軍事實力，美國以平均每年一億美元的額度，對台施行截至一九六五年的經濟援助。在這十五年中，美國經由貨幣經濟機制的各項援助，支配了台灣的經濟過程。美援一面支持台灣軍事性、政治性消費，鞏固軍事波拿帕政權的統治，一面支援台灣公營和私營企業，形成「美國帝國主義特殊的雙重介入方式」[一〇]。美援的使用和實踐過程，深入台灣政府的金融、財政和經濟部門，發揮深入干預、監視、控制和督察機制。而五一年到六五年間台灣貿易輸入，幾乎全部依賴美援，並且以美援原料和生產設備推動進口替代型工業化，一方面依靠美國剩餘農產品製造餘糧，從而對日輸出農產品(及農業加工製品)。在本質上，早在五〇年代，台灣就恢復了對日輸出農產品，自日輸入輕工產品的殖民地性貿易。而台灣的美援經濟體制，加上貿易上對日本的殖民經濟性依賴，確立了六〇年代以後台灣經濟對美日深度附庸化的關係。「而美日對台灣新殖民主義支配，因而成為現實」。[一一]

六〇年代中後，國際資本主義體系進行重組。由於國際勞動成本上揚，使中心國勞動密集工業產品失去市場競爭力。美日獨占資本為了降低成本，以跨國企業的形式，利用現代交通、通訊和國際金融銀行體制，紛紛將勞動密集型產業，和資本密集型產業中勞動密集部分的生產程序，轉移到超低工資地區，進行資本的積累。這就帶來一九六六年後美日資本大舉進入台灣，使台灣加工出口工業化進程得以迅猛發展，[一二] 從而造成以美日獨占資本為首的外來資本和高度威權主義政權的同盟所推動的經濟發展。於是低工資的台灣、韓國和香港編入了戰後新國際分工的低層，至七〇年代，美、日和東亞低工資國家與地區之間，形成了類似台灣從日本進口設備、半成品，在台灣以超低工資進行加工，而後向美國出口的「三角貿易」垂直分工構造。[一三] 這新的國際分工不但造成台灣對美日市場、技術、資本、原料的依附，也使資本有機結構和技術結構停滯落後，使對美順差和對日逆差相為因果，經濟剩餘過多流向日本。而低工資政策的

強行，終使台灣農業凋零不起。[一四]

在上述戰後新的國際分工中，處於邊陲的、包括台灣在內的「四小龍」，承受勞力高密集、高耗能、低附加值產品的生產以出口，而中心國則一仍保有高資本（技術）、高附加值產品的生產，中心／邊陲不平等分工，與舊殖民地時代無異。類此，以外部需要為動力的經濟發展，在資金、技術及經驗皆呈短缺的情況下，就不易發展出獨立、成熟、自主的資本主義，[一五]長期地難以擺脫「依賴性發展」的水平。這種情況，在台灣的七〇年代尤為真實。

著名的台灣經濟史學者劉進慶，早在一九六五年就直截了當地以實證的研究得出這結論：美援經濟的本質在於美國獨占資本培育其在台灣的買辦性資本（即「官商資本」）。而六〇年代中期以後，以這買辦性官商資本為基礎，美國獨占資本大舉侵入台灣，以合辦企業、外資企業的形式在台灣展開。至此，台灣社會形態的性質——新殖民地・邊陲資本主義的性質便一覽無遺了。

物質的、經濟的依附化，帶來政治、意識形態的扈從化。台灣在政治上對美扈從，即使在雙方沒有正式邦交的時代也依然如故。箇中實況，不必費辭。而至於在思想、意識形態和文化知識上的對美庸從，尤為顯著。長年以來，通過人員交流、留學體制、人員培訓，參訪計畫，台灣早已培養了一代又一代由美國養成的博士、碩士、專家和技術人才，安置在台灣社會各領域的「領導高地」，對台灣文化、價值觀、意識形態起到重要影響。在文學藝術上，五〇年代到七〇年代的「現代主義」、九〇年代而大盛於台灣的後現代主義各論、後殖民主義等論述霸權的形成，可為佐證。而五〇年代以降美日資本、設備、半成品、消費商品在台灣的登場，獨占了「現代性」的意義和表徵，自然在民眾中形成對美日資本、商品、人、思想及文化和生活方式的傾向。

而黃春明在七〇年代所寫的三篇小說，離開上述台灣六〇年代中期以至七〇年代的具體社會和經濟條件，就無法深入領會其中豐富的反省與批判的意涵。

黃春明對新殖民地性台灣社會與生活的批判視野

第一次世界大戰時，全世界有近百分之七十五的人口生活在西歐（和日本）的殖民地體制下。蘇聯成立後的二〇年代開始，民族·民主運動在各被壓迫民族中開展，並且在世界反法西斯戰爭中茁壯。二戰結束，前殖民地紛紛在民族獨立鬥爭中獲勝，英國、法國在戰後復辟舊殖民主義的努力遭到失敗，許多前殖民地宣告獨立，西方前宗主國的利益受到巨大損害。

為了防堵作為世界殖民地解放運動總根源——世界社會主義運動的蔓延；為了繼續維護和延長前殖民地宗主國的帝國主義利益，帝國主義改變了策略，放棄了對殖民地直接的暴力統治，支持自己培養出來的殖民地時代土著精英在獨立後掌握政權，藉以維持與前殖民地的政治、經濟、軍事等利益，世稱「新殖民主義」。

帝國主義對殖民地的統治，是政治、軍事的直接統治，是對殖民地的經濟壟斷和收奪，強使殖民地承受對宗主國供應工業原料和食品，供應超廉勞力和作為宗主國工業製品傾銷市場的分工體制；文化上的強迫同化和滲透；被迫接受宗主國的價值、習俗和生活方式；並且被迫喪失對自己民族、文化的意識與自信，並依照西方片面的現代性論，把自己裝扮成殖民地精英，成為宗主國殖民統治的代理者和共犯者。

在新殖民主義下，宗主國資產階級無法完全控制新獨立國家的國家機關，對前殖民地進行直接統治。但除此之外，通過新獨立政權中的前殖民地精英資產階級，舊宗主國列強，經由壟斷經濟、不平等的國際分工、文化上的滲透，並藉擴散西方價值、風俗、生活方式和意識形態，造成新興國家心靈的殖民化，瓦解土著民族的民族文化認同……這些都與傳統殖民主義所造成的荼毒幾無二致，從而引起戰後的前殖民地知識分子對於西方以戰後新殖民主義的形式延長其影響於後殖民時代的諸問題，進行深刻的反省。

然而，在七〇年代的台灣，深受美國影響的自由主義知識分子，在這個問題上完全繳了白卷。但有一些文學家卻以他們對生活敏銳的思維，在小說創作中進行了深入而豐富的反思。黃春明就是其中一位。

〈莎喲娜啦・再見〉

台灣是日本的前殖民地。日本在二次大戰中徹底戰敗而把割讓的殖民地歸還了中國。戰後殘破的日本，不能像英、法那樣力圖重建其在前殖民地的新殖民支配於台灣。代之而在冷戰秩序中深入支配台灣者，是戰後縱橫東亞的新霸權美國。

韓戰爆發後，美國極力復興日本資本主義，俾為東亞反共的干城。而日本在戰後也死心塌地扈從美國的戰略目標和利益，緊緊附從美國的政治外交路線，以大陸為日本的假想敵，遵從美國意旨，在日台《舊金山和約》中拒不明言將台澎明確歸還中國。而如上文指出，早在一九五〇年開始，日台在美國仲介之下，恢復了台日間的殖民地性質貿易關係。六〇年代中後，在新國際分工下，日本資本、設備、半成品長期對台高順差輸出，從而結構性地巨額收奪了台灣的對美順差。於是而日本資本、商品、商社和商人，沿著舊殖民地時代的人脈和歷史因緣，向台灣滲透。因此，戰後二十五年重登台灣的日本商人「在他們的潛意識裡面，還是把台灣看成他們的殖民地」[一六]，而且在台灣商場「趾高氣揚」，如同「在他們的殖民地上昂首闊步」[一七]，自有原因。

黃春明所描寫的這些日本商人，對於前殖民地台灣抱持著殖民者中心的偏見和歧視。如果薩依德以「東方主義」說明西方對中、近東前殖民地根深蒂固的偏見，那麼日本人對其前殖民地台灣也抱持「南方主義」的偏見。日本以「南方」稱台灣和東南亞諸殖民地，殖民地作家西川滿等以椰樹、芭蕉、媽祖、藝妲、土著女性等殖民地異國情調和性想像，並摻和著「缺乏日本精神」、「體臭」、「操粗魯的台灣話」、「嗜吃豕肉」、「使用充滿文法錯誤的日本話」這些極端鄙視的定見。黃春明小說中的日本人馬場，對於從農村來礁溪賣身的「很俗氣」(皮膚曬黑，小腿上有蚊蚋咬過的疤)的台灣妓女發動色情的想像；[一八]對於可以在花蓮狎嫖台灣原住民妓女，感到興奮。[一九]西方涉及描寫東方殖民地的文學與非文學作品中，對殖民地婦女、妓女、舞孃的膚色、神秘、野俗和逸淫的描寫和想像，充滿了白人中心的歧視和偏見。在「東方主義」、「後殖民主義」批評還沒有在台灣讀書界流行的七〇年代，作家黃春明早就以小說的形式提出了台灣社會中日本新殖民主義的文化、種族偏見，而加以批判。

在帝國主義時代，殖民者和被殖民者在文學中往往以男性和女性的關係出現，而以男性對女性的狎淫和壓迫呈現殖民地的壓迫與剝削的複雜關係。小說中的「千人斬俱樂部」，形象地、批判地描寫了日本新殖民主義在其舊殖民地區的復權。隨著六〇年代中後新的國際分工的展開，日本獨占資本以貸款、投資、賠償、援助的名目，在美國的庇護下，深入韓國、台灣、馬來西亞、印尼和泰國等四〇年代日軍占領區。於是「日本人放棄槍桿，卻改用殺人不見血的經濟侵略」[二〇]行動，隨日本跨國公司、技術合作、貿易商社在前殖民地的擴張，日本商貿人員和觀光客在貪欲地狎淫前占領地的女體中，宣洩新殖民主義的種族優越和君臨支配的意識。而以劍詠喻殖民者的男根，以「千人斬」引起日本舊帝國軍人在遼闊的亞洲大陸瘋狂屠殺的歷史記憶，有深刻的歷史意識和豐富的象徵，詼諧中增強了痛烈的批判。

殖民統治為宗主國獨占資本主義的利益，在殖民地進行了一定的社會構造變革。為了殖民統治的需要，殖民者在殖民地開展有種族歧視、有學科限制、有教學體制差別的現代教育、培養土著現代知識精英，為殖民制度服務。歷史地看來，土著知識精英有三條道路：一是徹底同化而背棄同胞，憎惡自己的民族，對殖民者百般輸誠諂笑；第二種則因殖民者的教育而覺悟，矢志抵抗殖民主義的現代論，為自己的解放，尋求另類的民族解放、自力更生的現代性；第三種，也是人數上居大多數的人，逡巡於同化與抵抗之間，對殖民者面從腹背，在現實生活上委曲求全，但在內心隱秘的角落暗藏抵抗。這些人苦悶、矛盾、妥協、悲忿的處境和心靈，在日據時代的台灣小說中多所描寫。

二

在新殖民主義時代，這些精英知識分子，個別地見於新殖民地社會的官、政、商界和高教教壇，不必細說；也見於貿易、企業的管理層，當然也見於涉外公司的中下級職員，如〈莎喲娜啦．再見〉的敘述者。這些新殖民地精英的出路，大抵和舊殖民地精英無異，或恭順同化，或批判抵抗，又或者又妥協又不滿。黃春明對新殖民地社會買辦精英小資產階級有細緻敏銳的觀察。

七〇年代他所發表的三篇小說，就討論了新殖民地小資產階級買辦知識分子的處境、思想和感情。

〈莎喲娜啦．再見〉中的第一人物敘述者「我」，屬於上述的第三種。看來他是六、七〇年代台灣中小企業貿易部門的中級職員。由於他熟諳日本語，臨時被公司指派充當日本客戶帶來的「觀光買春」團隊的淫媒。

這個臨時差事帶給「我」極大的困難和矛盾。

「我」和另外一類留學美日，語言、思維、生活慣習上和美國或日本人更能水乳交融，在企業中地位更高，薪俸更優渥的一層不同。「我」的生活一貫不安定，多次改變工作和職場，妻兒飽受他失業、經濟窘困之苦。來到目前的公司，算是初步得了溫飽。二二

在另一方面，由於「我」所處的社會地位比較低下，不屬於更高層，積極與殖民者（日、美資本的意志和意識形態）同化的精英，因此還保有強烈而堅定的我族認同。他對日本人有基於「一個中國人對中國近代史的認識」所引發的批判態度。在個人體驗上，這個「我」有一個在殖民地時代被日本毆打致殘的祖父；有一位素所敬仰，思想上「抗日愛國」的歷史老師；也有閱讀日本在南京大屠殺的畫報而悲忿不已的經驗。

這樣的「我」，竟而受命充當殖民者的淫媒，和現實上無力忿然拒絕這可恥的差事，使自己和妻兒重蹈失業、不安和飢餓之苦的情境，產生尖銳的矛盾，而形成某種緊張和動力，推動著

小說的發展。

民族自尊和迫於生活而充當淫媒的矛盾，至礁溪的場景達到高潮。讓日本人挑選同胞妓女，為嫖客和妓女間的調情充當舌人；為夜渡花資協商……這些具體行為，都對「我」的民族自尊造成沉重的傷害。和殖民者同化，協助殖民者殘害被殖民者同胞，就是對同胞的拒絕、剝離和背叛。因此當「我」知道了旅館女侍的女兒竟是「我」當教員時代對自己崇敬有加的女學生，「我」的羞恥、惶恐、犯罪感更加沉重。「我」雖然以誑騙日本人的手段為妓女多爭取了花資，為妓女分到更多的玻璃絲襪，藉以近於自欺地緩解對自己的憎惡和羞恥意識，但最終也只能藉酒爛醉，避過思想和良心的苛究。

日本人集體狎淫台灣婦女，是日台間新殖民地剝削關係尖銳的文學形象。而「我」的處境，也形象地表現了新殖民地下層小資產階級買辦性知識分子的苦澀和矛盾。

當然，黃春明也讓這個「我」抓住機會，做出了反擊。在奔向花蓮的火車上，他利用日本人不諳漢語，而青年學生又不諳日語的情境，向日本人提出戰爭責任的痛切的詰問，又向那個對日本的現代論懷抱著豔羨的青年，提出辛辣的批評，對新的殖民者揭發五十年不曾解決的戰爭責任，對小小年紀就遭到殖民者的價值所傷害的心智發出啟蒙的怒聲，曉以意識和心靈的去殖民化的重要。

〈小寡婦〉

寫在一九七四年的〈小寡婦〉中，也有一個買辦精英知識分子馬善行。馬善行「大學畢業後到美國讀市場學和旅館經營」，「在美國有四、五年」行銷和管理的「實際工作經驗」。[二三]馬善行滿口英文，喝不加糖咖啡。他是七〇年代以來台灣商界尤其是在台外資的寵兒——美國留學回來的「工商管理碩士」（ＭＢＡ），滿腦子都是經營、行銷管理的教條。他把面向來台「找樂」（美軍當局把越戰美軍休假到台灣找女人發洩性欲的制度性行動稱為「找樂子」，即recreation）的越戰美軍開妓院（酒吧）當老鴇，正經八百地當作一種產業，以西方行銷理論，將同胞妓女當作物質商品，做起了生意。他以資本主義管理知識，去分析市場現況（美國反戰運動使越戰美軍心靈空虛[二四]）；分析目標顧客的心理（用錢買酒和女人填補空虛[二五]）；為商品創名（以「小寡婦」替換一般的西洋式店名[二六]）；為商品定位和包裝（利用美國大兵「東方主義」的偏見和想像，把酒吧女裝扮成東方小寡婦[二七]），搞模擬推銷（叫幾個洋人朋友在開張前來酒吧，測驗銷售效果[二八]）。藉此，黃春明對類若馬善行之流迷信行銷企畫的新殖民經濟下的買辦知識分子，極盡諷刺的能事。

黃春明以大量的篇幅，表現了新殖民地買辦精英的「自我東方主義」（self-orientalism）[二九]，即被殖民者(依靠、接受)利用西方或殖民者對自己的「東方論述」(帶有西方中心主義偏好的想像或論述),塑造自己,在西方世界中立足。但馬善行以白人偏見眼中的東方,裝扮旗下的妓女,畢竟不能與「脫亞入歐」的日本,與西方共創「東方日本」的形象以「自我東方主義」而求自立於西方者,同日而語。

馬善行以「中國寡婦」的「異國情調」「吸引外國人(嫖客)」;[三〇]讓妓女穿著清末民初仕女的行頭[三一]、戴上假髮、腳穿繡花鞋,窩肢裡塞著一條香絹,[三二]要「外表像冰山」似地冷,「裡面像火山」似地熱,[三三]要和洋嫖客大談中國婦女纏足歷史、談貞節牌坊和處女崇拜,大談《金瓶梅》、《素女經》上的床功[三四]……買辦知識分子把這些西方對於中國女性和文化的腐朽、下流、充滿民族偏見的想像加以誇大和固定化,藉以求財、出賣同胞的靈肉。和〈莎喲娜啦·再見〉中的「我」相較,馬善行就顯得完全沒有批判意識,為了掙錢,不但不惜有「理論」、有「知識」地出賣婦女同胞的靈肉,從而有意識地成為西方對中國東方主義論述的幫凶。

此外,黃春明以文學的形象的思維,批判了美國侵略戰爭。

前文說過,二次戰後,殖民地紛紛獨立,西方前殖民主義宗主國的利益遭受嚴重損失,英國和法國都在戰後企圖重返舊殖民地,卻遭到堅強抵抗而失敗。法國在戰後重返越南,遭到越南人民堅強的反抗,在五〇年代奠邊府一役打敗了法國。為了圍堵越南的民族解放運動,為了維護西方在越南的殖民主義利益，美國在六〇年代武裝介入越南內戰。當「一九六八年，美國總統詹森，叫駐（南）越美軍的人員創了最高紀錄，高達五十多萬人」，「台灣被美軍當局增列為美軍遠東地區的休假中心」[三五]——面向美軍的妓女供應基地。

美軍以強大的現代化武器，陷身於為自己民族的解放而戰的，越南的人民戰爭中的泥沼中。黃春明寫一個在越南的人民戰爭中草木皆兵的拉鋸戰環境下一度狂亂、罹患精神性陽痿的美軍路易，透過他的受傷的心靈，揭發美軍在越南對平民的強姦和濫殺；[三六]透過少不更事的比利和湯姆的醉酒譫語，揭露越戰戰場上美軍對南越平民恣意的屠殺而且以殺人數目向酒女們炫耀。[三七]

美國侵越戰爭的不正義性，激起美國青年、市民的反戰和平運動。侵略戰爭使美國社會在和戰問題上分裂。酒精使年輕的湯姆想起了他在「舊金山預備營」時，為了執行警衛任務，開槍打死了反戰派的嬉皮好友荷西的往事。黃春明以鮮明生動的形象，對美國戰爭機器的國家倫理迫使人在白日下殺死好友的悖理，提出了控訴。

而描寫美軍濫殺越南平民和湯姆在荒謬的國家倫理下殺人的這幾頁，在敘述、描寫、對話上，優美、簡捷、生動，而感人極深，是黃春明作品中最好的部分之一。

故事的結束，是被國家戰爭機器撥弄，在戰場上失臂致殘，九死一生的比利，和淪落在煙花酒館的妓女菲菲之間，兩個受盡權力與社會踐踏的弱小者真愛的結合，發出了人的微小的勝利和不可稍侮的抗議。

越戰以美國的敗北，印支半島的統一，在一九七〇年初結束。終整個六〇年代到越戰結束，台灣的自由派知識分子，在冷戰意識形態支配下，對越戰始終抱持著類似「美國為保衛越南的民主自由制度與生活方式而戰」的看法。世界性反越戰、反美帝國主義干涉他國內政的文化和知識風潮，在台灣知識、思想界毫無反應。另一方面，批評越戰，在當時的台灣政治上是危險的。就在這樣的背景下，黃春明的〈小寡婦〉在政治和思想上的重要性（以文學形式優秀地表現出來的政治與思想重要性），至為明顯。

〈我愛瑪莉〉

黃春明發表〈我愛瑪莉〉於《中國時報．人間副刊》的一九七七年九月，著名的台灣鄉土文學論戰進入高峰期。遠的不說，彭歌惡名昭彰的〈不談人性，何來文學〉就發表在一九七七年八月十七日到十九日；余光中拋向鄉土文學的血滴子〈狼來了！〉發表在八月二十日。胡秋原先生批評彭、余的文章〈談「人性」與「鄉土」之類〉，發表在九月號《中華雜誌》；王拓反駁彭歌的文章〈擁抱健康的大地〉發表在九月十日到十二日的《聯合報．副刊》。在論戰中，鄉土派認為台灣經濟是殖民地經濟的主張，被彭歌等人當作小辮子揪著猛打棍子。而黃春明則以文學的形式，狠狠地譏刺了新殖民地政治經濟關係中台灣買辦階級知識分子的荒謬與醜惡。

在殖民地體制下，被殖民者，特別是受到殖民者片面的現代性所蠱惑的殖民地精英，亟思同化於殖民者來改變自己卑下的處境。用弗・范農的話說，就是要在自己黑色的臉上戴上殖民主子白色的面具。他們全心全力學習和模仿殖民者，而在模仿的過程中，急切地否定、拒絕、唾棄自己的種性、文化和傳統，以背棄和否定自己，全心傾慕、諂媚和崇拜殖民者，否定真實的自我。

這些試圖以改變自己的膚色（在對黑種民族存在著現實歧視的美國社會，日常中就有黑種兒童拚命想用肥皂洗白自己的膚色，想辦法把蜷曲的頭髮拉直的事）改變命運的被殖民精英階級，在價值觀、生活方式、知識系統和意識形態上唯西方殖民者的馬首是瞻，以殖民者的是非、善惡、美醜為自己的是非、善惡與美醜，終於以自己的民族、文化、傳統和歷史為落後、醜陋和羞恥。到了最後，他們開始覺得自己的民族、家族和自己民族、家族所由立的本民族一切傳統、文化都使他憎厭，無法忍受。在四〇年代的台灣，由周金波、陳火泉所寫的「皇民文學」，就吐露了殖民地精英瘋狂同化於殖民者的、尖銳的嘶喊。

然而，歸根結柢，用盡全力離棄和憎惡自己的父祖和同胞，希望受到殖民者完全的接納的營為，歷史地看來，幾乎沒有成功的例子。焦慮諂笑的奉承以求乞同化，反而遭來殖民者的更深的鄙視、不齒、厭煩與不安。被殖民者嚮往同化於殖民者，背棄自己的同胞，但自己的同胞也以敬遠和不齒回報，而最後那同化之門依舊冷峻、倨傲地緊緊關閉。殖民地買辦精英乃陷於眾叛親離的孤獨。

舊殖民地精英如此，改變策略後的新殖民地諸關係下的精英資產階級又何嘗不如此？〈我愛瑪莉〉以生動的形象說明了台灣新買辦階級的處境。

〈我愛瑪莉〉中的陳順德，洋名「大衛・陳」，就職於某「台北的外國機關」。隨著六〇年代以降到外國留學，或在台灣的外國機關、（跨國）公司工作人越來越多，台灣精英知識分子取洋名字就蔚為風潮，至習而為常。這使人漠然地想起日據殖民地時期四〇年代地「創氏改名」（「改姓名」）運動。黃春明在陳順德改洋名的問題上，作了詼諧辛辣的文章。[三八]

把自民族和家族的名字改為殖民者式的名字，當然是同化的象徵。但在漢語漢字環境中，David訛為「大衛」甚至「大胃」。現在流行一時的「後殖民」論述指出，被殖民者在「複製」殖民者的文化、語言時，往往摻入土著文化的「異質」，使殖民者文化走樣變質，[三九] 其此之謂乎！然則「改姓名」確實使陳順德忘乎所以，喪失自己的認同。被殖民者被迫用殖民者的語言（名字）表述自己的身分、歷史、傳統和文化時，被殖民者終至喪失了表述自己獨立主體和歷史的意識。當別人在生活中以「陳順德」招呼他，竟已回不過神來。「通常第一聲是聽不見，第二聲的時候他會在心裡想一下；第三聲，他會因厭煩而焦急，但仍然裝著聽不見。」[四〇]終於，他會神情不悅地說，同他一樣叫「陳順德」的人太多了，「好久就沒有人叫我陳順德了，（都）叫我大衛」[四一]。

黃春明寫道，自從改用洋名字，陳順德「脫胎換骨」，「著實地紮根在」洋機關「工作環境裡了」。但這徹底的同化並沒有使他獲得洋老闆真正的歡心。洋人只覺得這個標準買辦好使，「有多角性利用價值在」[四二]。衛門夫婦在私下始終以豬狗指謂陳順德，[四三]並且絲毫不忌諱對陳順德的嫌惡。[四四]殖民者和力求同化的被殖民者之間，畢竟存在著無法填平的鴻溝。

在黃春明的筆下，陳順德是典型的洋奴買辦。他極盡奴顏媚骨之能事，其目的在使「生活往上跳升」[四五]，即進一步使生活更加美國化。他夢想在台北外僑住宅區天母擁有自己的房子；開著一輛二手歐洲轎車。他處心積慮要把即將調回國的洋老闆家的洋狗接回家裡養，想像著有一天他像在台北的洋人那樣，帶著狗開著轎車，讓洋狗瑪莉在車窗外伸出半個頭，招搖穿市。陳順德留下老闆的洋狗，還有一著棋，即一旦老闆再調回台灣，洋狗瑪莉就是他和洋老闆間的黏著劑，繼續鞏固主僕關係。

黃春明創造了洋狗瑪莉，使小說對新殖民主義文化宰制的批判更顯生動。在洋老闆衛門家英語環境中養大的洋狗，只能在英語語音下做出反應。只能依殖民者的語言反應的一條狗，由於殖民與被殖民的客觀上的主奴關係，使被殖民者的人，也不能不役於殖民者豢養的畜牲。當瑪莉情緒不穩，陳順德必須使用英文輕聲細語地撫慰牠。作為家庭生活物資的供應者，陳順德君臨自己的妻小，妻子玉雲對陳順德尤為馴畏。但這樣的陳順德，卻對象徵著殖民者優越生活的「洋狗」瑪莉曲意奉承，而陳順德一家，對洋狗就尤為畏怖。

洋狗瑪莉是陳順德力求同化於殖民者的手段和進階。陳順德越是積極要求同化，就越是以瑪莉的情緒、好惡、舒適與否為中心，而將妻兒的價值與地位視若無物。到頭來，不是洋狗瑪莉統治著包括陳順德在內的一家人，而是殖民者的價值、生活方式和殖民者片面的現代性，竟而通過一條狗，役使和宰制著一家人。

在殖民地關係中，被殖民者被剝奪了自己的語言。而殖民者語言和文化的強權統治，使被殖民者噤聲失語，無從形成對自己的表述和定位。不諳英語的玉雲，時常遭到丈夫的嘲笑。玉雲因為不諳殖民者的語言，莫說在洋人面前，即使在買辦階級丈夫陳順德，甚至在一條洋狗面前，也噤聲失語，無法表述自己、界定自己。而所謂洋犬瑪莉，其實不過是土洋雜交的半土狗罷了。殖民地關係使人變成奴隸，使人和畜牲的價值顛倒。而這極端的矛盾和顛倒，終於使玉雲覺悟，帶著孩子離家而去。

新殖民狀況與後殖民狀況

黃春明發表在七〇年代的上述三篇小說，以文學藝術的形式，提出了「東方（南方）主義」問題；提出了新殖民地下層精英知識分子的矛盾、苦悶和抵抗，提出了「心靈的去殖民化」問題；提出「自我東方主義」的共犯性問題；提出了被殖民者企圖「改變自己的膚色」——以積極同化來解決自己卑下的處境問題，也提出了殖民地關係中被殖民者因殖民者語言文化的強權統治而失語噤聲的問題。

在台灣，這些問題是今之顯學「後殖民論」的重要議題，但是一直要等到九〇年代，才由一些只會跟著西方學園的議題和本子說話的學者開始議論，但也似乎還沒有人以後殖民論，結合台灣的具體條件，去論說春明的這幾篇小說。實則，早在五〇年代、六〇年代，在蓬勃於當時第三世界的民族解放運動中，早就有相應於運動的新殖民主義批判。范農、恩克魯馬、毛澤東、卡斯特羅……都對新殖民主義的物質和精神支配做過深刻的分析。

但在六〇年代到七〇年代，台灣自由主義的社會科學界，對於當時以美國霸權為主的世界冷戰秩序，一般地只高唱反共民主的讚歌。提出反殖民批判者，除了七〇年代鄉土派的批評家，絕無僅有。但從台灣文學史看來，情況就截然不同了。一九六七年，陳映真發表了嘲諷緊跟美國學園的議題學舌的台灣知識圈的〈唐倩的喜劇〉；同年，發表批評越戰的〈六月裡的玫瑰花〉。一九七二年，黃春明發表〈蘋果的滋味〉，寫新殖民關係下都市貧民的悲喜劇；一九七三年，黃春明發表〈莎喲娜啦・再見〉，同年，王禎和發表〈小林來台北〉，寫一個來自貧困鄉下，一頭鑽進一家跨國性航空公司的青年的眼睛所看到的假洋人的世界。一九七四年，黃春明發表〈小寡婦〉；七七年，發表〈我愛瑪莉〉。一九七八年，陳映真發表〈賀大哥〉，繼續診察美國侵越戰爭的精神病灶。同年和次年，發表探索台灣跨國企業下的人和文化處境的〈夜行貨車〉和〈雲〉。一九八一年，王禎和發表尖銳批判台灣新殖民地精英知識分子群的〈美人圖〉。一九八二年，陳映真發表批評跨國公司的〈萬商帝君〉。一九八四年，王禎和發表《玫瑰玫瑰我愛你》，和黃春明前此十年發表的〈小寡婦〉異曲同工地批判了台灣買辦性精英知識分子出賣靈魂的歷程。

這是個文學創作所呈現的思想遠遠超前於同時期的哲學、社會科學和政治思維的時代。文學家從具體的社會生活的實踐，即具體、客觀的新殖民地社會生活中認識了新殖民地諸關係的本質。而同時代的知識分子，卻在新殖民主義西方的文化、知識、論述和意識形態中酣睡，在一時的冷戰和內戰意識形態中，脫離生活，喁喁獨語。

今天的「後殖民主義批判」，基本上是揭發西方（北方）怎樣通過其知識、文化、語言和論述體系控制東方（南方），維持西方的知識和文化霸權，持續不斷地生產和再生產殖民主義的議論。但是後殖民批判對具體的、至今活生生存在的帝國主義、殖民主義性質的世界經濟和政治構造了無興趣。而台灣的追隨者更是如此。他們對台灣經濟史、社會史毫無知識；對戰後台灣資本主義依附的・半邊陲化的過程也缺乏興趣。他們對殖民主義或殖民地社會的社會科學的界定也沒有起碼的認識。

因此，有不少的學者憑空想像著一個自古就獨立存在，一個自古就生養盈島的「台灣人民」，在歷史上受到荷蘭、明鄭、清朝、日本和(國民黨)中國的「殖民統治」。但他們不知道荷蘭人據台前歷代來台打漁生活的少數漢人外，一六四〇年迄一六六一年間，荷蘭人在中國東南沿海招徠前後合計只有三萬人上下的貧困農民來台墾殖。當時漢人基本上也還不曾形成穩定、定居的社會。在荷蘭人官書上，這些農民稱為「中國人」，只有當時在荷人治下的六萬餘原住民(總數約十二萬人)，才登錄為荷蘭「國民」。被荷蘭人殖民統治的今日意義上的「台灣人民」，在當時並不存在。荷蘭統治的是在台灣的中國貧困農民。

明鄭據台，台灣初有豪族封建土地關係，立典章制度，施文教，在台漢人的社會初初形成。但明鄭在台二十一年間，至鄭氏政權末年，漢族人口多達十萬餘人。這當然主要是鄭氏軍隊、豪族、部將和相繼渡台的大陸移民造成的移民性人口增長。明鄭並不是對既有「台灣人民」的「殖民統治」，而是對於它自己帶來的大陸漢族移民進行以「鄭氏皇族↓文武官僚、部曲、宗室、地主士紳、海商↓軍墾佃農、佃農、漁夫、手工業者、傭工和原住民」為階級構造的豪族封建性的階級統治。

從一六八三年到一八一〇年代的清代前期，台灣的人口快速增長到近一九〇萬人，這快速而年齡、性別構造不平的人口增長，當然也是移民性人口增長，是以大陸「中國人」移民形成的社會。清代台灣一直是漢族拓殖的社會，不存在異民族間的「殖民統治」。鴉片戰爭後，台灣進入定居型社會，卻也與中國社會同時淪為西方現代帝國主義的半殖民地性和中國半封建社會，而台灣社會同全中國一樣，受到清王朝半封建社會的封建統治階級和外國資本的統治。

馬關割台後，台灣在中國半殖民地化的總過程中被割讓而淪為現代日本帝國主義的殖民地，殆無疑議。但光復後的台灣，在一九四五年到一九五〇年間，因復歸舊中國而社會性質一變，成為中國半殖民地·半封建社會的一部分。一九五〇年以後，因為在世界冷戰體制下，在「對美援及對日貿易的依賴關係發展構造性定型過程中，台灣經濟也必然地確立了對美日依賴體制。而此一依賴，與冷戰體制下的軍事、政治依賴同時決定性地影響了台灣的政治經濟。同時美日對台灣『新殖民地主義支配』也因而成為現實」[二六]。正如本文開端的政治經濟分析所扼要指出的那樣，「新殖民地·邊陲資本主義」性質的台灣社會的外來支配者，從社會科學上看，不是國民黨政權，而是美日獨占資本。台灣當局充其量也無非是美日新殖民主義的代理人罷了。

其次，還要簡單地說一說殖民主義。殖民主義有前資本主義時代擴大疆土，在政治上直接統治，經濟上斂收苛稅的收奪的古典的封建殖民主義，元帝國對外族的征伐類之。但殖民主義主要的是指資本主義時代的殖民主義，這又分十六、七世紀重商主義時代以資源和勞動的掠奪與貿易為主的「舊式殖民主義」，和十九世紀中葉後由獨占化的資本主義、金融資本主義對外輸出資本，占奪殖民地，取其原料，傾銷其工業產品的「現代殖民主義」。二戰以後有新式帝國主義，前文已見分析。另有學者為了區分前資本主義時代和資本主義時代的殖民主義，把資本主義時代的兩種殖民主義通稱「帝國主義」，而二戰後以美國為中心的新的帝國主義，稱為「新殖民主義」(neo-colonialism)。

準此，前資本主義漫長封建社會階段的中國對台灣拓殖，不存在「殖民統治」問題，但當然不能否認對台灣原住民原始社會而言，確實存在著漢族對原住民族施加「殖民統治」的問題。如何清理這民族歷史遺留下來的問題，一直是嚴肅的課題。明代中後，中國東南沿海也存在過幼稚期的海上武裝貿易集團。但在老大、封建土地資本厚實的中國社會，遠遠尚未形成強大的貿易商人資產階級，在王室支持下，發展海上艦隊，對外擴張，掠奪資源奇貨和奴隸勞動，建立商業資本的龐大帝國。而終清朝之世，中國是一個晚期封建社會，在鴉片戰後為帝國主義豆剖瓜分，淪為半殖民地半封建社會。而經抗日戰爭和國共內戰東渡台灣的國民黨政權[2]，是半殖民地半封建社會殘餘的武裝集團，根本談不上「獨占資本主義」的、「金融資本主義」的帝國主義對台灣「殖民統治」。至於一九五〇年後台灣新殖民主義的支配者是美日獨占資本，已見前論。說到中國大陸，在社會性質上，自稱是「發展中的社會主義」經濟。單就眼前而言，資本是從台灣向大陸輸出，而不是相反；經濟剩餘是從大陸大量流向台灣，而不是相反。「明鄭、清朝、中國對台殖民論」的虛構，其荒謬乃爾！

從這錯誤的歷史認識和政治經濟學上的誤謬出發，有一些學者生硬套用後殖民論的教條，強調「台灣文化自古以來呈跨文化雜燴特質」，並且把中國普通話和閩南系、客家系語言對立起來，主張「為了真正擺脫被殖民夢魘」，建設「揉合了國語、福佬話、日語、英語、客家話及其他所有流行於台灣社會的語文」……。[四七]

荷蘭治台，只以台南及周近點狀地點為基地，統治台灣只有三十八年左右。期間，荷人開醫院、設小學教荷語、強制傳布基督教，有全村全部落歸教者。但荷人離開後，一切煙消雲散，今人甚至很難找到荷據時基督教傳布及荷蘭文化的痕跡。至於荷語在台灣話中的殘留，尤無跡痕。日人治台五十年，只有最近因政治上的特殊傾向，皇民一代一時在政治、社會上抬頭；一時在反華脫華運動中還魂。台灣說寫英語的人口，在總人口中比率微乎其微，談不上深入台灣文化、語言生活的肌理，人所共知。但從全體論，台灣的殖民文化影響，較之被殖民化長達一、兩百、三百多年的中近東、南亞、中南美社會的西方語言、文化殘餘者，不可同日而語。所謂福佬語、客家語，皆為中國的中古漢語，它不但同屬漢語，不但在台灣活著，還在我國閩、粵兩省，在東南亞和北美華人社會中繼續使用，但在歷史悠久、文化厚實的中國文字以普通話為中心的統一性上共存。把台灣社會與因殖民者異族語言、文化長達數世紀的統治，方言雜多，沒有機會建設民族共同語的其他第三世界「後殖民社會」(post-colonial society，但其「後殖民」概念與「東方主義」論者不完全是一個概念)相提並論，就不免於錯誤百出。

六〇年代末到八〇年代初的台灣文學，在台灣新殖民地．邊陲資本主義的社會諸關係中，作為生活實踐，表現了台灣社會和生活中存在的矛盾與本質——新殖民主義．邊陲資本主義的矛盾與本質，以形象的思維，傑出的小說藝術形式，表現了出來，彌補了同一時期只顧沉浸在冷戰的、保守自由主義思維中的哲學、社會科學、文藝批評界的空白。在這一方面，小說家黃春明做出了思想上重要、藝術上傑出的貢獻。

半生不熟的今日在台灣的後殖民論，遮蔽了台灣社會史中的殖民化歷程的本質，湮滅了當前美日新殖民主義對台灣社會的支配構造及其所造成的重大矛盾。而沒有台灣社會經濟史論、沒有新殖民主義、世界資本主義體系和台灣戰後資本主義性質論的台灣當前的後殖民批評本身的後殖民性，則等待著深入的分析和批評。

一九九八年十一月

初刊一九九九年三月《文藝理論與批評》（北京）第二期
收入二〇〇八年一月人間出版社《人間思想與創作叢刊16．左翼傳統的復歸——鄉土文學論戰三十年》

一　一九四九年十二月，中共地下黨在基隆中學組織被偵破至一九五二年重建後的洪幼樵核心投降，據最近省文獻會調查，至一九八七年解除戒嚴令前，總共涉三萬人以上。五〇年代被處決者應接近四、五千人之譜。而遭拷訊、投獄者也在一萬人左右。

二　阿皮革納內西、加勒特《後現代主義》（傅信勤主編，黃訓慶譯），台北：立緒文化出版社，一九九六年，頁三一—三二。（Richard Appignanesi and Chris Garratt (1995). *Introducing Postmodernism*. London: Icon Books.）

三　尉天驄〈民族文學與民族形式〉，《仙人掌雜誌》第二卷第四期，一九七八年；王拓〈是現實主義文學，不是鄉土文學〉，收於尉天驄編《鄉土文學討論集》，台北：遠流出版公司，一九七八年；陳映真〈文學來自社會反映社會〉，收於尉天驄編《鄉土文學討論集》，台北：遠流出版公司，一九七八年；等等。

四　王拓〈是現實主義文學，不是鄉土文學〉，收於尉天驄編《鄉土文學討論集》，台北：遠流出版公司，一九七八年，頁一〇〇—一一九；黃春明〈當前的中國文學問題〉（座談紀錄部分發言），收於尉天驄編《鄉土文學討論集》，台北：遠流出版公司，一九七八年，頁七七六—七八〇；陳映真〈建立民族文學的風格〉，收於尉天驄編《鄉土文學討論集》，台北：遠流出版公司，一九七八年，頁三三四—三四一；等等。

五　顏元叔〈談民族文學〉，收於顏元叔著《談民族文學》，台北：學生書局，一九八四年；趙光漢〈鄉土文學就是國民文學〉，收於尉天驄編《鄉土文學討論集》，台北：遠流出版公司，一九七八年，頁二八一—二九一；陳映真〈建立民族文學的風格〉，收於尉天驄編《鄉土文學討論集》，台北：遠流出版公司，一九七八年，頁三三四—三四一；南亭〈到處都是鐘聲〉，收於尉天驄編《鄉土文學討論集》，台北：遠流出版公司，一九七八年，頁三〇六—三一二；等等。

六　北劍〈論民族主義——第一次民族主義座談會紀要〉，收於王曉波編《尚未完成的歷史》，台北：海峽學術出版社，一九九六年。

七　王拓〈擁抱健康的大地〉，收於尉天驄編《鄉土文學討論集》，台北：遠流出版公司，一九七八年，頁三四八—三六二；張忠棟〈鄉土．民族．自立自強〉，收於尉天驄編《鄉土文學討論集》，台北：遠流出版公司，一九七八年，頁四九五—五〇〇；孫伯東〈台灣是殖民經濟嗎？〉，收於尉天驄編《鄉土文學討論集》，台北：遠流出版公司，一九七八年，頁五〇一—五〇七。

八　一九六七年的陳映真，一九七二至七三年的黃春明和王禎和；一九七四年和七七年的黃春明；一九七八年至八二年的陳映真，八四年的王禎和。

九　皆收入黃春明《黃春明小說集(三)．莎喲娜啦．再見》，台北：皇冠文學出版社，一九九四年。

一〇　劉進慶《台灣戰後經濟分析》，台北：人間出版社，一九九二年，頁三。

一一　同註一〇，頁三五一。

一二　段承璞《台灣戰後經濟》，台北：人間出版社，一九九二年，頁三。

一三　隅古三喜男、劉進慶、凃照彥《台灣之經濟》，台北：人間出版社，一九九三年，頁四八—四九。

一四　同註一二，頁一二八。

一五　同註一二，頁一二八—一二九。

一六　黃春明《黃春明小說集(三)．莎喲娜啦．再見》，台北：皇冠文學出版社，一九九四年，頁四〇。

一七　同註一六。

一八　同註一六，頁四〇。

一九　同註一六，頁五三。
二〇　同註一六，頁八〇。
二一　例如賴和〈赴了春宴回來〉和〈棋盤邊〉，等等。
二二　同註一六，頁一九－二〇。
二三　同註一六，頁九一。
二四　同註一六，頁九二。
二五　同註一六，頁九三。
二六　同註一六，頁九六。
二七　同註一六，頁九九。
二八　同註一六，頁一一七。
二九　岩淵功一〈共犯的異國情調：日本與它的他者〉（李梅侶等譯），收於香港嶺南學院翻譯系／文化社會研究譯叢編委會編譯《解殖與民族主義》，香港：牛津大學出版社，一九九八年，頁一九四。（Iwabuchi Koichi (1994). "Complicit Exoticism: Japan and Its Other." *Continuum: The Australian Journal of Media and Culture*, Vol. 8(2), 49-82.）
三〇　同註一六，頁九九－一〇〇。
三一　同註一六，頁一〇九。
三二　同註一六，頁一一一。
三三　同註一六，頁一一三。
三四　同註一六，頁一四二。
三五　同註一六，頁八五。
三六　同註一六，頁一五三。
三七　同註一六，頁一八六－一八七。
三八　同註一六，頁二一五－二一八。

三九　張京媛〈前言〉，收於張京媛編《後殖民理論與文化認同》，台北：麥田，一九九五年，頁一七。

四〇　同註一六，頁二一六。

四一　同註一六。

四二　同註一六，頁二一七。

四三　同註一六，頁二三三。

四四　同註一六，頁二二五。

四五　同註一六，頁二三八。

四六　同註一〇，頁三五〇—三五一。

四七　例如邱貴芬〈「發現台灣」——建構台灣後殖民論述〉，收於張京媛編《後殖民理論與文化認同》，台北：麥田，一九九五年，頁一六九—一七七。

1　本文按文末所署修改時間一九九八年十一月排序；原為一九九八年十月二十九—三十日「黃春明作品研討會」（中國作家協會主辦）之會議論文，文中評論〈我愛瑪莉〉的部分另以〈新買辦階級的處境〉為題刊於一九九九年一月《世界華文文學》（南京）第一期。

2　「國民黨政權」，人間版為「國府」。

一個中國，兩岸和平

勞動黨對選舉與時局的看法和主張[1]

障眼的技倆

熱火朝天的九八年「三合一」大選，尤其在北高兩市長的選舉中，三黨的參選人都巧妙地迴避、遮掩面向二十一世紀時一個重要的議題：兩岸在二十一世紀的關係。

在庸俗的廣告包裝文化下，有人以「新世紀現代城市」為言；有人以「母親和孩子的城市」為訴求，一個以「誠實乾淨的現代城市」為標語，但卻愈益彰顯了三黨、三參選人的不實事求是，不敢面對現實，力圖欺瞞打混的共同特質。

有人會說，市長選舉，是地方自治體首長選舉，統獨議題涉及「國家」政權的大政方針，不是地方自治體的議題。

但明眼人早就知道，北高兩市市長選舉的結果，涉及公元二〇〇〇年國、民兩黨政權爭奪的勝負。民進黨要奪取政權，必須先奪取北、高兩市，或其中一市，尤其是台北市的勝選。國民黨也如此。

但是由於中國大陸在國際社會中穩步上升，她的外交、政治、軍事和經濟地位的強化[2]，逼使李登輝國民黨和民進黨不能沒有「聯合反華，團結抗統」的打算。但是，為了在公元二〇〇〇年後的台灣反統一聯合政權中爭取自己比較有利的條件，兩黨在北高市長的選舉中，表面上仍見你死我活的、一時性、局部性的鬥爭。因此，今天北高兩市市長的選舉，實質上是二十一世紀台灣政權爭奪的前哨站。三黨選舉口號的軟性訴求，只是障眼的技倆。

在反統一的立場上，三黨不分家

既然北高市長的選舉，攸關公元二〇〇〇年後台灣政權的大政方針，為什麼三黨避談兩岸關係？

一個重要原因，是解嚴後呈跛腳鼎立的三黨，在政治光譜上皆屬保守右傾的政黨。它們的社會經濟性質近似，意識形態相近、政治利益基本上類同。國民黨代表台灣大財團財閥和大金融集團的資本家，國民黨本身也是炙手可熱的官商連體資本。民進黨代表中小企業、自僱性富裕的本土資產階級[3]。新黨主要代表著軍公教中產市民階層。他們之間，有不同的經濟、政治利益，但在反共抗統上，是相對一致的。三黨於是異中有同，同中略異，表現在兩岸關係的認識和政策上，三黨相對的同一性，一覽無餘了。

	國民黨	**民進黨**	**新黨**
兩岸關係架構	兩個中國 一中一台	台灣獨立	反共，勝共統一 和平演變統一
共同體論	生命共同體	台灣是一個命運共同體	
台灣史觀	台灣史的獨自性／外族（異族）統治史	台灣四百年史＝外來政權統治史＝台灣民族主義＝獨立建國	中國民國收復失地 台灣論
台灣主權	中華民國主權獨立	台灣早已是主權獨立國家	中華民國主權獨立
外交	親美日 進聯合國及其他國際組織 凱子外交	與國民黨同	親美日 批評徒勞的進聯合國運動
國防	大量購置先進武器 ・以大陸為假想敵 ・依賴美日軍事體系	與國民黨同	與國民黨同，九六年導彈事件中主張與台灣共存亡、與中共對抗到底

解決方案	民主·自由統一論 主權獨立、政治實體論＝兩個中國	主權向來獨立 公民投票決定台灣前途論	民主、自由統一論

從表上看來，在兩岸問題上，今天「台灣化」的國民黨，和民進黨已經不分軒輊。事實上，國民黨以其在握的政權，極大限度地配合[4]民進黨的政綱、政策和思想。新黨站在傳統國民黨立場批評李登輝國民黨，卻不能解決這問題：台灣分離主義原因複雜，但國民黨東渡後長期忽視本省人士的政治參與[5]，也是台獨成因之一。現在新黨雖然一再主張國家統一和反對台獨，但因其背負的歷史包袱，就不免空虛無力了[6]。

在兩岸問題上，三黨有高度的相對同一性，即反共、反華、拒統的同一性，在力求強調三黨差異性以爭取選票的選舉中，迴避大陸政策、兩岸關係、統獨問題的爭論，自然被認為是上上之策了。

事實如此。由於三黨的全面保守化，在這次「三合一」選舉中，已經表現出政黨政治瓦解和退化的怪現象。

從六〇年代開始，台灣人民渴想打倒國民黨獨裁政治，實行「政黨政治」，不同政黨代表不同的社會、政治利益，在民主體制下透過公平選舉實踐人民的政治和社會利益。

一九八七年，民進黨誕生，一九九三年，新黨誕生。三黨各擁有共同利益和思想、主張的選民，在選戰中自為動員。

但曾幾何時，由於三黨在思想上的趨同，這次選舉，又重新淪為戒嚴時期地方派系、地域關係、利益團體、黑道組織各自為利益動員的網絡。選人不選黨，選派不選黨，選集團利益不選黨，選地方宗族關係不選黨的現象猖獗，黨在選舉中失去指揮動員力，資產階級「政黨政治」的虛相過早暴露。李登輝誇口的台灣民主「寧靜革命」，淪為庸俗的、沒有政治理想和方針，只剩赤裸裸的私利私益[7]、地方團伙和黑社會幫派瘋狂爭奪國民經濟剩餘的醜戲！

喪失行為能力的三黨政治

三黨所以不能在選戰中提出大陸政策辯論的另一個原因，是他們的政策破綻百出，不實事求是，不但違反台灣民眾的利益，也違背了自己集團、階級的利益。

今天的中國大陸，和鴉片戰敗的一八四〇年代，和馬關戰敗的一八九五年，和新政府建政的一九四九年，和介入韓戰的一九五〇年，和珍寶島抗蘇的一九六九年，和援越反美的七〇年代初期，都不是同一個社會，不可同日而語。九〇年代，中國大陸加大了改革發展的步伐，走向國際大國的舞台，而在其過程中，步步在國際上宣告台灣為一個失落而終須復歸的行省。

在另一方面，隨著兩岸經濟關係的深化，台灣的經濟循環，已經越為深入到中國開放政策後的民族經濟圈再生產的一個組成部分。一部分台灣大集團資本、大部分中小企業資本和形形色色的中產階層，和國民黨、民進黨、新黨的基本上以大陸為敵，禁絕兩岸經濟、商品、市場的交流的總政策，產生越來越難以克服的矛盾。

然而，國民黨的「戒急用忍」，已經成為黨內不許討論的聖諭；民進黨的獨立建國、公投建國論，早已成為不可觸犯的基本教義，而新黨的先反共後統一、中華民國優先，也成為蔣朝遺老的遺旨，都不容許稍作修改。因此，隨著形勢的變化和發展，三黨反共、反華、分離[8]的大陸政策，就和台灣人民的具體生活與兩岸形勢的發展嚴重脫節。

就這樣，當前台灣保守三黨，不能不被各自的反共・拒統的基本教義所束縛。創造教義愚弄人民的人，到頭來被自創的教義所拘束。面對巨變的二十一世紀，面對大陸在社會、經濟、外交和政治上邁向大國的二十一世紀，台灣保守三黨像一個精神和智力的障害者，失去了行為能力，當然失去了領導台灣人民走進新世紀的能力。

拋棄幻想，走光明的道路！

從一九二〇年代開始，殖民地台灣的人民勇敢地開展了反對日本帝國主義的民族．民主鬥爭。一九三一年之前，台灣民眾以文化協會、民眾黨、農民組合、工友聯盟和台灣共產黨的形式展開了形形色色進步的、民族主義的、愛國主義的抗爭。三一年到四三年間，在十分艱苦的條件下，展開了進步的文化、文學運動。在戰後，在一九四六年到五三年的新民主主義運動、和七〇年代保釣愛國運動激發的認同運動與統一運動中，廣泛的台灣青年、知識分子與民眾都不曾缺席。

勞動黨，正是承襲了這個光榮、進步、愛國傳統的唯一政黨。因此，勞動黨有這基本認識：——中國只有一個。台灣與大陸互為祖國共同構成體。——台灣和中國的分離，是在帝國主義時代，舊的和新的帝國主義干涉和侵凌的結果。尋求祖國最終的統一，是我們民族克服帝國主義干預的未竟之業。

因此，勞動黨認為，人民必須唾棄保守三黨「兩個中國」、「一中一台」、「台灣獨立」和「勝共統一」的幻想，回到百年來台灣人民反對外力干涉、堅持進步、堅持愛國的偉大傳統，在新世紀初葉，邁向民族統一、兩岸團結的宏偉目標。

一九九八年十一月

為達此目的，我們主張明確宣告「一個中國」立場，並且在「一個中國」共識上，確立兩岸和平構造，從而逐步經由政治性談判，共商兩岸和平統一的進程。

歷史的發展，將愈益表明，道路只有一條：和平統一的大道。別的路，例如依靠美日干涉而獨立，依靠大陸災難性的挫折與崩潰而獨立，依靠反共、和平演變在大陸復辟舊國民黨，皆無非幻想。

拋棄當前的保守三黨的保守思想！拋棄三黨造成的黑道、金權、地方勢力獨占的「民主」政治！拋棄形形色色的「獨立」幻想，和全中國人民一道，向自主、繁榮、強大的新中國的建設前進！

初刊一九九八年十一月—十二月《勞動前線》第二十六期
收入一九九九年三月二十八日勞動黨五屆中央委員會秘書處編印《勞動黨四屆四代會以來　中央文件選編　1989-1999》

1　本文按初刊版、參酌手稿校訂，手稿篇題為〈障眼的技倆〉。本篇初刊為《勞動前線》「一九九八年台灣跨世紀『三合一』

大選」特輯文章；收入《勞動黨四屆四代會以來　中央文件選編　1989-1999》時作者誤排為王津平。

2 手稿此處有「和大國化」四字。

3 「本土資產階級」，手稿版為「中產階層」。

4 「配合」，手稿版為「宣傳和實踐了」。

5 「長期忽視本省人士的政治參與」，手稿版為「絕對性長期排除本省人士的政治利益」。

6 「現在新黨雖然一再主張國家統一和反對台獨，但因其背負的歷史包袱，就不免空虛無力了」，手稿版為「而一旦政權被本地資產階級所奪，新黨才背負著反共的包袱，聲明統一和反對台獨的主張，就不免空虛無力了」。

7 「私利私益」，手稿版為「利益」。

8 「分離」，手稿版為「獨立」。

人間思想與創作叢刊・出刊報告

一九五〇年韓戰爆發，美第七艦隊干涉海峽。在美國默許下，國府對台灣的民族解放運動的傳統進行了毀滅性打擊，從而建設了反共國安國家。六〇年代起步的「新興工業化」，對國安國家的苛酷所造成的痛苦，發揮「鎮靜」效果，並且成功地湮滅和醜化台灣的民族解放運動之歷史。

因為五〇年代白色肅清而與民族解放史斷絕的戰後台灣資產階級民主化運動，到八〇年代而發展為親美、反蔣、反共、反中國的民族分離運動。與此相應，在文學批評的領域中，出現了從七〇年代末的鄉土文學論倒退和反動的「台灣文學」論和「本土文學」論，將「台灣意識」論和「台灣民族」論無限上綱，強調台灣文學的「脫中國」性和歷史獨特性，而和當前國府將日據台灣的歷史正當化、合理化甚至美化的「主流」台灣史論相應和。近來台獨派文論有系統地推出了將台灣「皇民文學」加以正當化的主張，允為世界前殖民地文藝界不得一見的怪現象。

二十世紀的台灣史，在一九四五年以前，是帝國主義、殖民主義和法西斯主義的壓迫和對這些壓迫進行反抗與鬥爭的歷史；一九四五年以後，是美國新殖民主義、國民黨反共國安國家的壓迫，以及在這些壓迫下資本恣肆積累造成人、自然和精神文化的殘害的歷史。然而恰恰是六〇年代以來反共「新興工業化」的經濟發展，將二十世紀殖民地、新殖民地台灣的非理和對於非理的鬥爭的歷史抹殺、湮滅甚至醜化了。於是人民尋找不到自己顛踣從來的步跡，知識分子向西方跪拜，卻憎惡自己的祖國。

在二十世紀的末尾，面向另一個百年，台灣卻還不曾科學地認識、反思和清理二十世紀台灣的一切歷程和體驗。有識之士，不能不深以為憂。

「人間思想與創作」叢刊，是想要對戰後民族分斷、台灣反帝民族解放傳統的毀滅、軍事國安國家的形成和支配、反共獨裁下的資本主義發展、在美國制霸的世界秩序下的「現代化」、美國化精英知識分子的出台，和台灣本地資產階級「國家」政權的形成等，做出力所能及的思考、創作和清理。

本叢刊編輯體例，分成兩個部分。一個部分是思想、理論部分，包括科學的台灣史論、台灣社會論、文藝批評和廣泛的社會科學論議。第二個部分，則希望逐步充實和發展新的文藝創作和批評，以形象去思維跨向新世紀的台灣諸問題。

一九九八年十二月

本書內容大分為二。一是七月中掀起的台灣皇民文學論爭。對於有部分台獨的文學批評界蓄意將四〇年代初台灣「皇民文學」予以正當化與合法化，加以深入的批評。第二部分是對於發生於一九七七年的「鄉土文學論爭」，做二十年後的回顧與清理。

我們真誠地邀請前進的作家和知識分子的各種支持，編好這個叢刊。

初刊一九九八年十二月人間出版社《人間思想與創作叢刊1・清理與批判》（曾健民編），未署名

「台灣皇民文學合理論的批判」特集・編案

從今年二月開始，張良澤先生開始在《聯合報・副刊》等園地陸續選譯刊登了台灣四〇年代「皇民文學」作品，據說是為了藉以證明：在那個時代，台灣有不少作家、不少人寫過「皇民文學」，因此今之人不宜「道聽塗說」妄加批評，而應以「愛和同情」對之。

十多年前就曾為台灣皇民文學日本人總管西川滿寫專文唱讚歌的張良澤先生的舉動，無非是要為台灣四〇年代極少數漢奸文學塗脂抹粉，以強辭將「皇民文學」合理化罷了。台灣「皇民文學」有這特質：(一)在民族上憎厭自己的中華種性，思想和行動上瘋狂地要求同化於日本；(二)以文藝作品去宣傳、圖解日本殖民者的政治與政策——支持戰爭，號召應徵為「志願兵」，充當侵略的尖兵。嚴格說，這種漢奸文學作品很少，品質低下。周金波的〈志願兵〉和陳火泉的《道》，文學上品質低陋，只顧心焦慮煩地為日帝的政策服務，而這種作家充其量也不過周、陳兩人，於當時今日，皆不得人心，影響極小，和日據下台灣新文學二十年在敵人刀鋸下奮力抵抗過程中的作家作品，在藝術上、思想上、格局上，豈可相提並論？把漢奸文學免罪化與合理化，究欲置日據下台灣新文學於何地？

我們深知美化日帝據台歷史、慫恿日本右派不必為侵華戰爭頻頻道歉，到下關去為馬關割台感謝日本人，仇視、憎恨中國和中國人而必欲將台灣從中國分裂出去的這些理論與行動，和將台灣「皇民文學」免罪，進而加以合法化與合理化的言動，是一個運動、一個傾向的組成部分。我們當然也注意到日本反動學者垂水千惠、中島利男和藤井省三們相關的謬說，並且要組織文章，和他們進行堅決徹底的鬥爭。

這個特集，由劉孝春、曾健民和陳映真從不同的方向進行對皇民文學的批判與認識。

初刊一九九八年十二月人間出版社《人間思想與創作叢刊1．清理與批判》（曾健民編），署名編輯部

「鄉土文學論爭二十周年」專題・編案

發生於一九七七年初秋的鄉土文學論戰，是台灣戰後文藝思潮史上的大事。在這個論戰中，鄉土派與國民黨的思想意識形態發生直接的衝突，形勢險惡，國民黨甚至布置好了抓人鎮壓的準備，而今日台灣文學的台獨派（「本土派」）則噤聲龜縮，只見台灣文學上左右鬥爭，沒有統獨的爭論。

鄉土文學論爭，是台灣左翼文學思想的復權運動與國民黨反動文藝思潮的遭遇戰。鄉土派以略嫌機械論、庸俗化的形式，提出文學社會學的方法，提出大眾文學和民族文學。國民黨則以「工農兵文學」、「階級文學」的棍子打人。

八〇年代以後，國民黨文藝機關幾絕口不談鄉土文學論爭，倒是台獨派文論（「本土文學」派）大張旗鼓，偷天換日，劫取鄉土文學論爭的果實而強姦之。其中奇譚怪論，不一而足。

為二十年後的回顧與清理，台灣社會科學研究會於一九九七年十月十九日，在台北舉辦了一場學術研討會，收穫了施淑、林載爵、申正浩、曾健民、耀亭、黃琪椿、呂正惠和陳映真的論文。我們先在此刊出前四篇，後四篇將於本叢刊下一卷中刊出。

另外，針對王拓和陳芳明在另一場同主題研討會中的論文，石家駒和曾健民提出了批判，刊在「爭鳴」欄目。

初刊一九九八年十二月人間出版社《人間思想與創作叢刊1·清理與批判》（曾健民編），署名編輯部

「近代日本與台灣學術研討會」有感1

在台灣大學講堂上，廖一久博士一場淋漓的親日派講話，令人震驚。認為台灣說日語人口還在老化、減少，日本應加警惕；日本應勇於主張和台灣發展更親密關係；日本應該像美國那樣勇於在世界各地主張自己的國家利益……凡此，都是當代日本右翼心中渴想，又不便說出來的話，但廖博士全暢快地說出來了。

廖博士的話容易引起誤解，以為台灣人對日本殖民統治都有好感。事實是從一八九五到一九一五的二十年農民前現代游擊反日鬥爭，到一九二〇年代至一九三七年間非武裝的思想·社會運動反日鬥爭，莫不前仆後繼，犧牲慘烈。日本殖民地現代化，是以日本獨占資本主義為中心的現代化。殖民地台灣的現代化，應該批判地清理和認識，不能一味歌頌。我和我的文學界同仁黃春明一樣，對廖的發言，感到遺憾與羞恥。

其次談一談中島利郎的發言。

中島先生（以下敬稱略）的論文題目《被炮製（つくられた）的「皇民文學家」周金波》已經充分表現出他對台灣文藝評論界全員一致認定周金波是「皇民文學」作家，表示不滿。中島對於葉石濤、鍾肇政、林瑞明、張恒豪、羊子喬對陳火泉、王昶雄和周金波三大「皇民文學」作家進行再評價時，獨獨不肯平反周金波，表示不平，而且斬釘截鐵地給周金波下這樣的結論：「周金波絕對不是『皇民作家』，且毫無疑問是『愛鄉土、愛台灣』（的）作家。」

「愛鄉土」、「愛台灣」是今日台灣分離運動的口號和咒語。中島所批評的上述葉、鍾、林、張、羊諸先生，都是台灣獨立派，沒有一個可能出於中華民族意識而批判周金波。台灣獨立派程度不同的親日傾向，中島知之最詳。獨立派學者猶斷定周金波是皇民文學家，而中島卻極力維護，究竟所為何來？

去年，中島和台灣的獨立派學者黃英哲，捧著周金波的文稿、日記、文物，到國民黨的國立文化資料館，成功地讓資料館收藏了周金波的材料。事後，中島向台灣報紙大發議論，讚美周金波（親日）立場終生不變，進一步批評陳火泉在戰後取媚國府當局，也批評王昶雄在戰後漢譯自己作品中修改作品〈奔流〉中的親日色調。

中島的論理和行動，驕恣傲慢，視台灣若無人，視台灣文學界若只有對日本脅肩諂笑的獨立派。

抛開中島的論理，周金波至死都認為他不是「支那人」，也不是台灣人，而是日本人。把這樣的人列為「絕對」、「毫無疑問」地「愛鄉土」、「愛台灣」的作家，恐怕連台獨派都很難接受。聽中島在台上朗朗發言，我不禁想，這個傢伙敢不敢在韓國就有關「皇道文學」大發類似的議論？這就涉及戴國煇先生所說台灣內部的「共犯構造」了。中島利男、藤井省三、垂水千惠等人的暴論的出現，不能只責備日本，也要反省台灣內部自己有不少反華媚日的台灣分離主義者的暴論，鼓勵了日本的右翼。

但是，如果日本錯誤地受到台灣反華親日派的鼓舞，日本肯定還要經受一次更徹底的破滅。

約作於一九九八年十二月

本文依據手稿校訂

1 一九九九年四月出版的《日本台灣學會通訊》中河原功〈「近代日本和台灣」研討會（會議紀事）〉（河原功「学会・シンポジウム参加記：近代日本と台湾」『日本台湾学会ニュースレター第二号』、一九九九年四月）一文指出：一九九八年十二月二十五－二十六日，「近代日本與台灣」研討會在台灣大學法學院召開。廖一久、中島利郎分別參加了二十五日的「近代的日本與台灣」、二十六日的「『皇民化』與日台文學」主題圓桌討論，而陳映真針對中島的發言表達了強烈的不滿。根據上述信息，推知本篇約寫於一九九八年十二月底。

「客觀公正」乎？

關於台灣的文學獎的隨想

台灣的文學獎以獎項多、獎金高蜚聲於華文世界。兩大報各有文學獎，獎項有小說（又分中篇、短篇）、散文、詩、報告文學。時而也有長篇小說獎。另外聯合報系的《聯合文學》，也辦「新人獎」。獎金首獎可獲台幣三十萬，次獎和三獎分別為二十萬和十萬台幣。長篇獎可高達百萬元台幣，拿到國際上都算是令人咋舌的大獎。

據統計，辦獎的大報社每家都已前後擁有近四百位得獎人。但總體說來，因文學獎著胎、成長終於培育成家的作家並不多，而台灣的文壇也並不曾因而繁榮發展。

我個人多次參加評審工作，有一點觀察，試申說如下。

首先，辦獎單位為了評選的「客觀公正公平」，決選評審人的選擇上：兩大報都要「左中右」平衡。大抵是官方色彩、立場的評審（右）、在野或自由派（「左」）和介乎兩者（中）三種人合評。鄉土文學論爭之後，鄉土派的評審算是「左」的了；及至八〇年代台獨派文論興，台獨派的作家，文論家也算「左」。八〇年代前，是官方派、中間派和在野派；八〇年代以後，有時是過去的官方派、台獨派或自由派、偏統派的組合。當然，特別是九〇年代後，組合也多元化，吸收了留美回台，搞後現代各派文論的專家學者多了，而過去國民黨文論家因國民黨本身自一九八七年後重編，在宣傳、文藝上還沒有出現新的官方人物，相對來說，對文學獎評審的影響趨小了。

這種求各派「平衡」以得評審結果之「公正客觀」的政策，形成於台灣戒嚴時代即一九八七年之前。那時軍方、黨方作家、文論家和大學教授在每一個文學評獎中必占一席之地，他們的意見有特殊分量，然而「平衡」的結果，往往是三方妥協後的一般的中正平庸的作品，在思想、藝術上特別突出、「出格」的作品就出不來了。

當然，隨著資本主義社會經濟的發展，包括文學在內的文化，因為商品化的強大規律，一般趨向於平庸、世俗化、講「輕、薄、短、小」作品的內容和藝術性一般的低下，以致應徵稿件水平提不上去，也是一個客觀的社會文化現象。總之，得獎人獎金若以平均二十萬台幣計，乘以四百人，即為八千萬元。一個大報社總共發出近八千萬元獎金，到底培養出多少好作家？這個問題很值得思索。

另外一個問題是外來文論的問題。九〇年代後，後現代諸論從美國學園中傳來，媒體加以宣傳，應徵作品開始出現「來單生產」的情況。加上自大學園的留美教授評審的強調和提倡，這類作品得獎的情況就多了。結果，作品帶著得獎的光環刊登出來以後，慕名去讀的讀者「讀不懂」的反映紛至而沓來。

這令人想起五〇年代到七〇年代統治台灣文壇的現代主義和超現實主義，晦澀、難懂反而是一種標高。如果戰後的現代主義是世界冷戰體制下西方對抗「社會主義現實主義」的審美意識形態，八、九〇年代而取得霸權的後現代諸論，是「蘇東波」風潮後與「意識形態終結」論相應的某種虛無主義。而台灣在經濟、政治、外交上對西方的根深的依附，說明其在文化、審美、意識形態上的新殖民主義依附。

再一個問題是對參加評選的大陸作家作品採取排他的限制。台灣文學獎獎額高，加上幣值差，對大陸作家造成一定的誘因。於是近十年間，每每有從大陸和海外寄稿應徵的作品。由於歷史原因，大陸作品在語言、結構、對話、人物刻畫上，整體而言，對台灣作品產生一定優勢，因此屢屢得獎。出於兩岸對峙等複雜原因，有評審公開主張對台灣參選人施行「保護」主義。當然，這種「大陸排除」主義並未成為制度，大陸的優秀作品得獎機會仍然不小。「排除論」主要表現於各次評獎決審人的組合上，組合上台獨派、反共派、台灣優先派占多數，這種排除論和保護論就占上風，碰到這種情況，一篇寫台灣「鄉土」生活而表現平平的作品，往往也會在評審「本土」感情甚至政治考量下，越過在表現上比較好但題材上不本土的作品，脫穎而出。

當然，文學藝術的評價，往往有主觀成分，受到評審個人的哲學、政治等因素影響幾不可避免，所以大而至於諾貝爾文學獎亦莫不如此。但（文學上）各黨派折衷妥協平均下來，往往是規矩平庸的作品出線。當應徵者為取巧、模仿而寄來大量的爭奇鬥怪的「後現代」作品，評審苦讀之餘，考慮到文風走向和責任，往往也只能挑出比較不作怪，比較「安全」——卻也往往比較平庸的作品。這也許是為什麼花費巨額獎金而無從發現真正有才華、有創作生命的新人的原因。

但總體而論，台灣大報社願意斥巨資獎掖文學創作，是值得欽佩的，貢獻還是有的。

然而，鑒於文藝評價有一定的主觀性、「黨派」性，我主張放棄忸忸怩怩的「客觀公正」，讓不同的文學獎公然標榜不同的審美、哲學，甚至政治和意識形態的派性，由派內受到社會公認的，有威信的作家、文論家、文學藝術教授組成任期較長（而不是一屆一易）的評審委員會，經過一天乃至兩天（而不是一個上午或下午）仔細的評審，並且做出深刻的評審總結，公諸於世，鄭重推介得獎人。這樣的獎，不必年年舉行，也不必全然由作者出來應徵，也可由評委會自己發現，與作家、文藝團體推薦相結合……這樣，不同文學獎有不同特色（如日本芥川獎與直木獎），審美、哲學、意識形態不同，而又為各派首選之作，充分發揮各派在創作、思想、藝術上的特點。而且獎金金額可以少些，但獎的文學、藝術和文化威信更高些，社會評價更大些。

當然，資本主義高度發展所帶來文化、文學商品化而日趨於世俗、平庸甚至腐敗而萎殆，卻怕不是文藝獎可以力挽於狂瀾吧……。

一九九九年元月

初刊一九九九年六月《台港文學選刊》（福州）第六期、總一五一期

新年三願[1]

迎接九九年新春，不僅只是迎接一個新的年分，而是進入送走二十世紀，瞻望二十一世紀的一生難遇的氛圍。

在上一個世紀的四十年代，中國被堅船利砲逼著進入世界的現代，經歷了無盡的慘苦，淪為半殖民地。澳門、香港和台灣便是在西方向東方暴力擴張的過程中，先後淪為列強的殖民地。一九四五年，抗日戰爭勝利，台灣光復。但內戰和國際冷戰的交疊，使海峽分斷，民族分裂至今。

一九九七年七月，中國人民順利地、光榮地收回了香港。今年十二月，被殖民化近三世紀的澳門即將重回祖國的懷抱。

港澳的最終回歸，象徵著中國半殖民地歷史殘跡的徹底的風化，象徵著中國從沉淪和屈辱中新生與騰飛的開始。在這樣的歷史時節，面對國族對峙、兩岸阻隔的海峽，新年的祝願，首先是克服兩岸民族分裂的歷史，讓分斷的民族重新團結，重新和好。

一九四九年以後，兩岸中國人採取了不同的方針，進行各自的工業化和現代化。台灣選擇了在戰後美國制霸的秩序（Pax Americana）下扈從的工業化道路，大陸則在美國長期圍堵下，在堅信必須防止帝國主義打回中國的敵愾心下，採取了動員人民，進行獨立自主、自力更生的工業化道路。台灣的道路姑且不論，大陸經濟中強力的國家規畫，是為了克服資本主義商品生產體系所造成對於人和自然的殘暴，從而在商品、市場經濟兩皆萎弱的社會條件下抑制商品生產和市場經濟，進行重化工業和國防工業的建設。

一九七九年以後，開放改革政策開放了私有和半私有部門，使這些部門有了迅猛、廣大的發展，帶來四九年以後最大的社會變化。中國不但避免了蘇東式的崩潰，而資本和商品巨額增加，顯著強化了國力。然而，無可諱言地，地區性經濟差距，社會階層分化，勞動力商品化，自然生態體系的快速解體，精神文化的世俗化……也在快速發展。

蘇東解體以後，西方有這樂觀的預言：資本主義取得歷史性勝利。社會主義已經終結。資產階級的民主主義和自由經濟取得最後勝利。意識形態的時代結束，人類和歷史都臻於發展的頂點。

但這樂觀的預言，不旋踵顯露了破綻。不受任何規制的跨國性金融投機，衝擊幾個亞洲新興工業經濟。日本經濟長期疲殆，不見起色。邊緣經濟危機對中心工業化經濟的威脅日強。絕對的自由經濟論開始修正、鬆口，各民族國家對經濟必要的介入和干預被重新提起。中國經濟的國家管理頂住亞洲全球金融風暴；馬來西亞的國家干涉搶救了自己瀕危的危機。

因此，新年第二個祝願，是祈願大陸在開放和發展時，不妄自菲薄中國革命和建國前三十年的巨大成就，並科學地總結清理其負債和遺產，尋求以人的自由與發展、環境的永續與完整以及中國的主體性為終極關懷的發展思想與實踐。

經濟的發展，尤其是資本主義商品生產和市場經濟的發展，使文學、藝術和文化一般的極度商品化、世俗化、膚淺和庸俗化。

新年三願，是大陸和台灣能展開有意識的、抵抗文藝、文化的庸俗化、商品化的力量，自覺地在文學、藝術的創造和文化發展上，有思想上深刻、藝術上傑出、文化上豐富的收穫。

一九九九年元月

照片已請北京友誼出版社轉寄
用過後請寄還台北，又及

本文依據手稿校訂

1 本文手稿稿面標註「羊城晚報王義軍先生收」，疑刊登於《羊城晚報》（廣州）。

「新台灣人論」的真面目

去年「三合一」選舉中，李登輝帶頭喊出了「新台灣人」這個口號，一時間馬屁輿論和學界齊聲唱合，眾口交讚，說是新方向、新觀念、新理論。

其實，「新台灣人論」是老詞，是老調。台獨為了擴大它的民族分裂主義的統一戰線，早就這麼喊話：人不分新來早到，凡是「認同這塊土地（台灣，下同），為這塊土地打拚的人，不分其籍貫，都是台灣人」。新黨在九年前也號召，不分省內省外，以新台灣人的認同，捍衛中華民國。

中國人概念（認同）和台灣人概念（認同），在很長一段歷史時期是互相統一，而不是互相矛盾的。

一八九五年《馬關條約》割台，「台民」（台灣人民）與帝國主義是對立概念，與中國是同一概念。例如：

台灣屬倭，萬民不服……如赤子之失父母，悲慘曷極。……（台灣）紳民不服，……

——〈全台紳民電稟總理衙門北洋大臣閩浙總督福建藩台暨全台官憲文〉

全台竟割……全民髮指背裂，誓與土地共存亡；……願合眾志成城，制挺勝敵……

——〈劉永福致台民布告〉

（台民）……兵精砲利，捍滅倭奴……

——〈胡阿錦起義通知書〉

……招募義氣忠良之輩，共掃日本，……

——〈羅俊祈禱文〉

（以上皆摘自王曉波編《台胞抗日文獻選（新編）》）

在日本殖民下，台灣人、「本島人」和日本人、「內地人」是對立概念，與唐山人、漢（族）

人，中國人則是同一概念。日本總督府編纂《警察沿革誌》上，論及日台三十年間台灣人民抵抗日本殖民統治的中心指導思想，是牢不可破的漢族意識。《沿革誌》的編者說：

關於本島人的民族意識問題，關鍵在於其屬於漢民族系統。漢民族向來以五千年的傳統民族文化為榮，民族意識牢不可拔。屬於此一漢民族系統的本島人，雖已改隸四十餘年，至今風俗、習慣、語言、信仰等各方面卻仍沿襲舊貌；由此可見，其不輕易拋除漢民族意識。且其故鄉福建、廣東二省又和本島只有一衣帶水之隔，雙方交通頻繁，且本島人又視之為父祖塋墳所在，深具思念之情，故其以支那為祖國的情感難於拂拭，乃是不爭之事實。自改隸後，我等遵奉聖旨意針對此一事實訂定統治方針，對這些新附民眾一視同仁等對待，使其沐浴於浩大皇恩。歷代當局，皆依本旨，致力於化育。在我統治之下，本島人享有恩澤其實極大，然仍有一些本島人，藐視曲解此一事實，頻頻發出不滿之聲，以致引起許多不祥之事。此實為本島社會運動勃興之原因。依此檢討，則除歸咎其固陋之民族意識外，別無原因；但這亦顯示在本島社會運動的考察上，民族意識問題格外重要。

——〈警察沿革誌·序〉

五〇年代在海外展開的台灣獨立運動，把台灣人作為與中國人對立的概念而展開。其中有台灣人雜種論——說台灣漢人與台灣原住民混血而成與漢族不同的人種，甚至有人宣傳台灣人的血液中混有西班牙人和荷蘭人的血液。另有文化性台灣民族論。廖文毅就說台灣人從西班牙人受到基督教影響，從日本人學習了現代科學技術，因此和中國人拉開了距離，從而宣傳中國人封建、腐敗、監守自盜、不誠實，台灣人有現代知識、守法、誠實……等等「種族」偏見。也有人提社會性民族論，說台灣經過日本殖民地資本主義化，產生了資本主義現代化，新興中產階級興起，產生「台灣人意識」，和前現代的中國社會、中國人拉開了距離，培養出台灣民族主義……總之，台灣人(民族)脫穎而出，成為一個獨自的人種，和中國、中國人、中國民族不同。

一九八〇年以後，美國炮製，蔣介石代行的台灣對外代表全中國論，因美日等大國與台斷交，與人民共和國結交而破滅，而以「台灣代表全中國」論為基礎的台灣統治合法性遭到強大的挑戰。八〇年代以後，台灣、台灣人與中國、中國人對立的政治概念開始在島內不斷升溫。一九八七年，國民黨「波拿帕國家」政權隨蔣經國去世而終結，依照社會科學的規律，在民進黨、學生運動的保駕護航下，還政於以李登輝「新共和」為代表的台灣大資產階級。

以與舊國民黨政權的連續性而非斷絕性登場的李登輝政權，內包著反共拒統的階級的、政治的本質，在新中國崛起的背景下，繼承了前朝缺少「外交合法性」與「統治合法性」的焦慮。

於是台灣大獨占資產階級的「國家」，與代表著保守富裕中產階層利益在反共．抗統上形成階級和政治上的同盟。李登輝國民黨開始以政權的實力，宣傳和實踐台獨，行之有效地吸收台獨民進黨的政綱和政策，造成深遠的影響。民進黨說「台灣命運共同體」，李登輝說「台灣生命共同體」；民進黨要重返聯合國，李登輝以巨額公帑買外交承認，搞國際遊說，買台灣進聯合國的議程；民進黨要公投獨立，宣傳台灣早已是主權獨立的國家，李登輝說中華民國自一九一一年建國迄今主權一貫獨立；台獨批評台灣的歷史教育充滿中國人史觀，李登輝就以政權力量修改國中歷史教科書；台獨派說兩岸經貿不能造成台灣對大陸過度依賴，李登輝以權力實施「戒急用忍」。

而這回「新台灣人論」的提出，本質上也是李登輝把與「中國人」區別開來的，與「中國人」針鋒相對的「新台灣人」概念，作為與中國分立的「台灣國」「國民意識」的「國家」意識形態擺出來。民進黨早說了，但效果有限。李登輝手上有政權，所以同樣一句話，說一句頂千萬句，在台獨意識宣傳上，再立一功。

「新台灣人論」發生到底有多大效應，還得具體分析。但效應是有的，這效應有一個過程。有一定條件。

「台灣人論」造成台灣內部本省人、外省人間的對立。島內在人口比率上，外省居於少數。一九八七年後，外省人統治精英集團獨占台灣政治的局面瓦解，形勢逆轉，台灣人統治精英在政、經、軍、財、文化的領導高地取得支配權。「台灣人論」、「本土論」、「本土化論」、「台灣優先（第一）論」迅速成為主流意識形態；二二八賠禮道歉；五〇年代白色恐怖政治開始初行清算。台灣獨立、「愛台灣」、「中國豬滾回去」之聲不絕於耳。於是外省人（第一代和第二代）變成納粹德國社會的猶太人，徬徨、恐懼、自卑、犯罪感、懦弱、悲憤、無力而無所自處。

特別在中國大陸走向大國化的途程日益明顯有力之時，台獨運動感到有必要把排除大陸人的政策修改為收編、吸收、「同化」、拉攏大陸人的政策。於是攏出「認同台灣的就是台灣人」，提出「新台灣人論」。

台灣的外省人在台獨派、獨台政府的台灣絕對主義下惶惶淒淒、擔心受怕，自怨自艾，敢怒不敢言之際，突然下來了一道特赦令——「新台灣人論」，宣稱只要拋去中國、中國人認同和意識，從而「認同台灣，為台灣打拚」，大陸人也可以變成「新台灣人」！

於是而有人以為被赦免、被赦罪，歡喜涕零。如果有人因而決定投票給馬英九，那麼他就不只是選舉上的選擇，連帶也不知不覺中做了民族認同的選擇，參與了台灣大資產階級反華、脫華政權。

這令人想起了一九四〇年代激烈化的「皇民化運動」。日本人對殖民地台灣人施加長年民族歧視和民族壓迫，使台灣人對自己產生自卑和劣等感，對日本的「現代性」產生無限的豔羨、嚮往和屈服，但殖民者（日本人）與被殖民者（台灣人）有絕無可超越的藩籬。至此，日本為了必須動員普遍以中國為祖國的台灣人攻略中國，於是日本人開啟了一道假門——要台灣人鍛鍊精進（效忠天皇，體會大和心，為天皇與皇國效死……），即所謂「皇民練成」而為「皇民」。這誘使成千上萬的台灣人改姓名、拜神道、易和服，講日語同時鄙視自己民族的人種、傳統、語言和習慣。

今天的「新台灣人論」，便是要透過「認同台灣，為台灣打拚」的咒語，使大陸人、不主張民族分裂的人放棄自己的中國認同、鄙視中國、中國文化和中國人，而化身「同化」於納粹性新亞利安人＝新台灣人。

因此，「新台灣人論」，無非是把台灣、台灣人與中國、中國人對立起來，強調台灣、台灣人的共同體，以之對抗中國、中華民族共同體，是企圖使民族分裂構造進一步加強，進一步固定化和永續化的政策，殆無疑義。

總之，「新台灣人主義」，是美國霸權秩序（Pax Americana）下冷戰・民族分裂主義的意識形態。中國人把學問、人格、出身的尊嚴視為知識分子不可假借的「三大尊嚴」。我們應當堅決反對挫辱出身認同，裹脅入夥於民族分裂主義的「新台灣人論」。

初刊一九九九年一月—二月《勞動前線》第二十七期

覺醒來自個人，而非全民運動 1

生活怎麼改變，文學就怎麼改變。我認為的文學是「來自生活，卻高於生活」，是生活的集中、縮影，也是生活的反省及重新詮釋。如果說聲色犬馬是生活，表現在文學就應該看得到空虛的體驗，就好像《紅樓夢》的賈寶玉在故事結尾放下與金釵嬉笑的生活，頓悟出家。

台灣文學近一百年的發展分別受到帝國主義、冷戰以及資本主義的影響，其中又以資本主義的影響最深、最遠，而且將延續至二十一世紀。

我預見二十一世紀電腦將對文學產生巨大影響。網路的發達改變了人們的閱讀習慣，捧書、眉批的情景少見；電腦並創造出一種無法成為文體的破碎語言，重創中國幾千年發展出來的語言文化，也改變了文學，因為文學的單位就是語言、文字，中文品質敗落雖然是既有趨勢，但電腦加快了它的速度。比如電腦閱卷讓學生只會做選擇題，而不會思考如何用文字表達意見。我屢次看網路上的文字，總感到不忍卒睹。電腦甚至也改變了創作的過程，每個人都可以公開發表自己的作品，網路是最方便的通路。

圖像使用的氾濫也簡化了文字，造成廣告語言、電報語言和破碎語言的出現。某方面來說這是退化，好比遠古時期原始人以圖畫傳播一樣。一本《安娜．卡列尼娜》我可以花兩個月時間閱讀，做筆記、加眉批、整理人物對照表，但現在只要兩個小時就解決了（看電影）。

十九世紀是小說的巔峰時期，二十世紀則是電子圖像鋪天蓋地而來的時代，二十一世紀不免讓人疑問：文學時代是否已經過去了？

以前人們討論文學，並在過程中產生生活的共感及民族意識，發展出高貴的情操與愛，現在則是由坊間一些輕薄短小、零散的資訊告訴人們怎麼活。我想未來一百年這樣的文化現象將持續下去，小說時代已經過去了。

此外，台灣學術界文藝批評的歷史很短，少有真正具分量的作品；文化界流於膚淺，跟著許多西方的新名詞跑；現代資訊流通的快速更是讓人忙得團團轉，但愈是快，愈是無法著胎。訴諸感官、膚淺的文化產品充斥，造成社會庸俗化，文化、文學的思考、探索、反省、悲傷、受苦已不復見。現代生活要的是快樂、幸福、舒適。

最嚴重的還是商品文化的問題。以前的書當然還是要賣，但不是像現在先研究市場需求，然後製造出迎合大眾口味的書；以前商品化的規模遠不如現在的大。當然，在大趨勢裡還是會有一些反趨勢，如人間出版社這樣，但整體而言，現代社會的覺醒力量僅來自個人，不是一種全民運動。

資本主義當道將造成世界性的貧富不均，不只影響物質面，也擴及知識層面。例如非洲國家的電腦配備等級必然遠遠落後於強國；不論世界、國家，都會形成兩極分化，價值觀、文化、藝術等一分為二，不僅造成社會的矛盾，也造成世界的矛盾。

不過我也不完全悲觀，因為人也有愛別人的需要，這可以從慈濟功德會看出來。我相信人在吃飽穿暖之後，也會想到幫助別人。二十一世紀究竟會比二十世紀好或壞，我也不敢下判斷。

初刊一九九九年二月《遠見》雜誌第一六四期

1　本篇為「前瞻二〇〇〇——50位名人跨世紀思考」主題文章。整理：方雅惠。

秉理直言，不媚世俗

敬壽胡秋原先生[1]

胡秋原先生在一九七七年到一九七八年的台灣鄉土文學論爭中，以他豐富的文學批評和社會科學知識，及時地聯合了鄭學稼先生和徐復觀先生，有力地捍衛了鄉土文學派的作家和文論家，最終捍衛了台灣鄉土文學，打退了一場醞釀成形的、國民黨對鄉土派作家和文論家的逮捕和投獄陰謀，消弭了一場對於台灣文藝界的政治恐怖迫害。

胡秋原先生為台灣文學所做的此一重大的貢獻，是七〇年代台灣政治威權體制一仍苛酷的時代中，文藝和思想自由論的不能置信的勝利。東渡以後的胡秋原先生，一直不是國民黨統治集團權力核心中的人。正相反，他在很多的時候，一直是被國民黨當局視同異己。他所主宰的《中華雜誌》，一向是國民黨軍隊、機關和政治監獄所禁閱的雜誌，就是一證。這樣一個無權無勢的知識分子，在那極端獨裁的政治下，能夠以他瘦弱的胳臂、單薄的衣袖，遮護了眾皆欲殺的台灣鄉土文學。胡秋原先生的萬鈞之力之所從來，無他，正是他一生涵養的知識、思想的力量。

台灣鄉土文學論爭二十年後，重新吟味胡先生在論戰期間發表的論文，例如〈談「人性」與「鄉土」之類〉（一九七七年九月）、〈談民族主義與殖民經濟〉（一九七七年十一月）和〈中國人立場之復歸〉（一九七八年三月），仍有強烈的現實意義。茲就三個方面提出幾點粗淺的體會。

一、關於台灣社會形態的性質理論

台灣並不是自來獨立的社會與國家。她自古是中國社會不可分割的組成部分。一個國家的一個省分的社會形態，當然是與那個國家的總的社會形態相統一的，因此，向來就沒有獨立於中國的總的社會形態的四川省——或其他省分的、獨自的社會形態。

然而，台灣社會則略有不同。台灣在荷據時代成為荷蘭重商主義的殖民主義之殖民地，又在日清戰後成為日本帝國的殖民地，都不是台灣作為獨立民族和國家的淪亡，而是老大中國在帝國主義時代淪為列強半殖民地總過程中的殖民地化，即中國被列強割分勢力範圍、租界地和割讓為殖民地的總過程中的殖民地化。

一九四五年日本帝國主義崩壞，台灣光復，台灣社會自殖民地半封建社會編入半殖民地半封建性質的中國。一九五〇年，韓戰爆發，兩岸分斷五十年於茲，台灣脫離了中國民族經濟體系，在世界冷戰和美國制霸的世界秩序（Pax Americana）下進行獨自的資本主義化。一九二八年和一九三一年兩個台灣共產黨綱領，對當時台灣社會有一個基本結論（雖然論證過程不同），即台灣是一個殖民地·半封建社會。五〇年代白色恐怖粉碎了台灣的民族解放運動中形成的歷史唯物主義，戰後以迄今日，台灣資本主義論一直付諸厥如。今天看來，除了旅日台灣籍學者涂照彥的《日本帝國主義下的台灣》和劉進慶的《台灣戰後經濟》二書分別對日本殖民地台灣社會和一九四五年以迄一九六五年台灣資本主義的歷程與性質留下傑出的研究業績之外，大量留美社會學者則對科學性地認識台灣社會，貢獻甚微。

而對從三〇年代走來的胡秋原先生而言，沒有社會論，就沒有文學論。因此，討論七七年的台灣鄉土文學，也就必須討論七〇年代末期的台灣社會形態。但一直到今天，世人甚少注意到胡先生的台灣社會論。

胡秋原先生的台灣社會形態論分為幾個部分：（一）第三世界論；（二）新殖民經濟論；（三）台灣是「畸形附庸的資本主義」社會論。

西歐中心的「現代化」論者把社會發展過程一分為二，即傳統（資本主義化前）社會與「現代」社會（資本社會）。他們認為任何社會同樣都從傳統社會經歷一定過程達到經濟「起飛」，完成資本主義「現代化」，歷程相同，只有先後的差別。對他們來說，不存在一大片受到「現代化」先進國長期剝奪、壓抑、掣肘的、不斷地再生產著「不發達」(underdevelopment)的「第三世界」。

胡秋原先生和一切世界上進步的發展社會學家一樣，反對並且嘲笑「現代化」論及其在台灣的學徒們只「看了幾車美國教科書，既不知戰前的中國，也不知今日世界經濟全盤局勢的謬論，鮮明地主張「第三世界」的概念。

(一)所謂第三世界，是指「二次大戰後」，前「殖民地、半殖民地紛紛獨立」後所「形成」的。

(二)這些在十九世紀淪為殖民地、半殖民地的民族和國家，在二戰後，「政治上獨立了，但經濟上依然落後或在開發之中」。

(三)而這些從過去的「殖民地獨立了的國家」，在經濟上甚至「更為窮困化了」。因為這些國家習慣於「在經濟上依附從前的殖民母國」，也因為它們在國際貿易上農工產品巨大差價所形成的「不等價交換」，致「國際貿易造成」第三世界國家的「貧困化」。

(四)而二次戰後有「新帝國主義」國家如美國與日本、蘇聯，藉著「軍經援助、政治控制、技術合作」……以剝削第三世界。

十分顯然，胡秋原先生不但主張「第三世界」的存在，而且把第三世界當作知識、分析、研究的對象。他所舉的關於第三世界的概念，不是在有關第三世界專題論文中提起，所以不免於零細而欠體系，但對於因帝國主義時代列強干涉而使資本主義前的社會向著現代資本主義社會移行過程遭到嚴重歪扭、挫變、停滯的「第三世界」社會，不能不說已有相當概括的把握。以這樣的把握，公開在政治上嚴酷的七七年到七八年台灣社會提出，奮力為當時陷於險境的鄉土文學做知識理論的奧援，其意義又豈止於「學術」的「體系」性！

二、關於「新帝國（殖民）主義」的理論

在相關的幾篇文章中，胡秋原先生把「新帝國主義」與「新殖民主義」當作同義詞使用。但胡先生在使用中，有明確的定義，即上一節所說，以美國、日本、蘇聯為實例的通過「軍經援助、政治控制、技術合作」……以控制和「剝削第三世界」的體制。前殖民母國為繼續維持其在前殖民地的巨大利益，扶助殖民地精英資產階級成立形式上獨立的政權，透過經援、有條件貸借，獨占特殊利益，透過政治、外交的控制，維持前殖民母國的戰略利益，透過軍事上的協防「合作」，壓制境內反帝、民族自主勢力，更透過學術、文化、意識形態上的文化殖民，支配和麻醉民眾的思想，栽培大量的親西方精英知識分子，從其驅策。是為今日學界所說「新殖民（帝國）主義」。

在七〇年代的台灣，胡先生特別注意日本對台灣的「技術合作」帝國主義。胡先生說，新帝

國主義，一言以蔽之，就是「科技帝國主義」，即「新技術的帝國主義」，亦即「技術帝國主義的高級工業國家侵略低級工業國家」。

把這個理論落實到台灣的具體條件，胡先生主張：由於「台灣沒有獨立的科學技術，無法脫離殖民地經濟類型」。以中日技術合作而言，因為台灣科技落後，「『合作』無非是提供廉價勞力。『中日技術合作』，無非是日本的資本、技術、半成品與台灣超廉勞動之間垂直性分工的『合作』，就是『勞力多的，你做，高級工業技術我（日本）做』。從而『日本人』得以有計畫地『不讓我們翻身，而我們也不能自立』。『為人家出勞力、出服務的經濟就是殖民經濟、不能獨立的經濟，就是依附人家的經濟』。於是胡秋原先生明白地做這結論：『台灣經濟是有殖民經濟的成分。』」

而戰後在上述「依附」於別人、「不能獨立」、只能為別人「出勞力、出服務」的新殖民地性經濟、在別人的「軍經援助」、「政治控制」、「技術合作」……中發展出來的戰後台灣資本主義的性質，胡秋原先生將之概括為「畸形附庸的資本主義」。

對於台灣戰後資本主義的「畸形」性和「附庸」性，胡先生不及實證詳實地展開。然而，台灣戰後資本主義的「附庸」性，即其依附性（dependency），很多論證「依附性的經濟發展」（dependent development）的學者皆已多所論列。而依附性的資本主義，就與自始不受外力制約、自然經由重商主義殖民擴張─工業革命─資本主義工業化─現代工業資產階級興起─資產階級革命─資產階級國家的成立─帝國主義的標準歷程，一路經過自由競爭─獨占─國家獨占諸階級的西方發達國家的資本主義不同，而自然呈現其「畸形」性，自不待贅言了。

因此，胡秋原先生對戰後台灣社會形態的意見是明顯的——即台灣是「新殖民地．畸形附庸資本主義的社會」。而這個結論帶來了極豐富的提示，要求前進的台灣社會科學家進一步去探索實證的材料，究明這種社會的階級構成和變革運動的性質和方略等，則台獨「理論」中的「民族論」、「台灣意識論」、「台灣為外來政權殖民地論」和「獨立建國論」也不攻自破了。

應該提及，胡先生的新帝國主義論，是聯繫到鄉土文學論爭中有關台灣經濟性質爭論的、有針對性地提出的。在一九七七年當時，主張台灣經濟是美日新帝國主義的新殖民地，在政治上觸犯了嚴重的禁區。胡先生以經歷三〇年代中國社會史論爭的大學者的身分，對鄉土文學派的「台灣殖民經濟論」做了十分有力的應援，卓有威信地抵擋了國民黨反共打手對鄉土派的構陷，展露了一個社會科學家大無畏的知識正義，令人感念。

三、關於中國走「民族(國民)的資本主義」道路之論

胡秋原先生說，三〇年代遊歐，「看了歐美人之富，想到中國人之窮，我認為即令要共產，也還先要造產」。而中國問題是「首先求民族之獨立與民主政治之實現」。而「為了民族民主之充實，民族的或國民的資本主義反為必要」。

「即令要共產，也要先造產」有兩層意思：(一)社會主義社會以高度發達的資本主義社會為條件(馬克思)；(二)中國之患，在於資本主義太少而不是太多。發展資本主義而不是社會主義——這才是中國社會變革的科學性的方針。在如何發展中國資本主義以過渡到更合理的社會，則各有主張。例如中共主張走「新民主主義」變革之道。胡先生提出「民族的或國民的資本主義」的道路。

關於這「民族的或國民的資本主義」的內容，胡先生也無暇充分地展開，但他所提及的卻頗發人深思。

(一)民族的資本主義是各種所有制經濟的綜合，而不是一味以私有制為中心的資本主義。要「發展國家的資本」和「一切的資本」。這所說「一切的資本」，當然包括私有資本、外來資本，也包含集體所有的資本吧。

(二)有條件地利用外國資本，即防止利用外資過程中助長了買辦資本。
(三)為了要防制官僚資本主義與「政治寄生資本」——即今之所謂官商資本，就要發達民主與法治。
(四)為了防制資本的獨占化，國家要有扶助和發達中小企業的政策。
(五)為了比較公平的分配，國家要透過稅制和銀行體系「使大部分利潤流向再生產和研究發展」，並(以福利政策)「保障工農市民階級的生活」。
這就不是一般意義上不受任何制約的資本主義，而是透過強有力的國家機關的干涉與調節，有監督地利用外國資本，採取措施防止官僚資本主義和「政治寄生資本」，防止私人大資本的獨占化，並以國家的措施求私潤、剩餘之比較公平的分配。此時，國家擁有較大的「相對自主性」，不站在某一種資本和資本階級的立場，促進民族資本的積累。
尤為重要的是，胡先生的「民族的資本主義」特別強調國家的計畫，並由傑出的專門人才參與和執行計畫經濟。在民族的資本一般地短缺，資產階級數量少、力量薄弱的社會，只能由強力的國家機關而不是資產階級出而領導工業化時，國家計畫經濟和市場機制經濟的結合成為民族積累之所必由。中國大陸花費了巨大的代價才學會了這門功課。胡先生卻早在三〇年代有所體悟。

胡秋原先生幾次提到第三世界著名的發展社會學家如拉丁美洲的Prebisch和印度學者Singer。六〇年代中後開始，第三世界輩出了一代又一代經濟學者和社會科學家，探索第三世界的不發展與核心國家之發展的因果關係。他們提出依賴理論，提出「不等價交換」的機制，提出第三世界社會與先進（前殖民宗主）國之間的斷裂（delink）和自身的構造變革以自力更生的道路。不但探索自力更生的道路需要洞識全球化資本主義體制的深刻廣闊的知識，計畫經濟（例如價值的計算）尤需要精密高深的知識。胡先生迭次強調民族經濟發展計畫與實踐中需要有精深知識的人才隊伍——不能只靠知識不足、急功近利、道德操守薄弱的官僚——是非常有見地的思想。

八〇年代末，蘇聯東歐社會瓦解，出現了「社會主義社會」向資本主義社會倒退性移行的重大事件。中國大陸則因及早「開放改革」，從八〇年代末蘇東斯大林式社會主義的雪崩中倖存而取得醒目的經濟發展。中國大陸從五〇年到七九年被迫與世界資本主義體系斷絕，求自立而更生的努力（一般把這一段時間的努力評價為漆黑一團、一事無成，絕非持平之論），和七九年以後「開放改革」的經驗，以及六〇年以後台灣的「新興工業化」（NIEs化），都等待著深刻的總結，並向世界提出中國發展經濟學者的論說，為新世紀第三世界各民族人民獨立自主的經濟發展的知識和理論探索做出我們應有的貢獻。

四、關於文藝自由的理論

胡秋原先生毅然出而支持七七年的台灣鄉土文學論爭，源於他對於文藝自由所抱持的畢生不渝的認識和信念。一九三二年，胡先生引燃了一場重要的論爭，即「文藝自由」的論爭，引來當時深陷於極「左」路線的左翼文壇的全面攻擊。六十多年後的今天回顧，胡秋原先生在那一次論戰中適時批評了當時極「左」環境下馬克思主義文論中的庸俗社會學傾向和教條主義、僵化的錯誤，總地提高了當時左翼文論的水平。而近年大陸學界也做出了類似的總結，高度評價了胡秋原先生在論戰中所做的貢獻。

在一九三二年的論爭中，胡秋原先生從普列漢諾夫的文論出發，主張文藝與社會、時代和階級的密切聯繫。但這種聯繫，絕不是機械、庸俗的反映論，而是透過複雜、細緻的創作過程形象地表現出來的。文藝有她獨自的相對自主性，自有其複雜、精微的規律，不是政治、行政命令、教條和政策所可任意干預。赤裸裸的階級、政治的吶喊不成為文藝。而在這個意義上，文藝在性格上是「自由」的。文藝的發展需要心靈、思想、情感的自由。

但胡秋原先生的文藝自由論，絕不把文藝神秘化，也不把文藝抽象化。他明確地主張文藝的社會性和時代性。他明白地主張文學藝術的階級性。他也絕不排除正確的理論對文藝產生的有益的指導作用，更不排除文藝為弱小者代言，發揮團結、向上、鼓舞人民的作用，從而承擔社會變革的責任。

事實上，許多著名的馬克思主義文論家都三復斯言，強調文藝對社會基礎的相對自主性。普列漢諾夫認為，文藝和社會經濟下部構造的聯繫，絕不是直接、簡單的，而是至為複雜、曲折、深刻的聯繫；不是直接、機械的反映，而是必須通過諸如政治、心理、哲學、宗教等「媒介」而起作用的。德國法蘭克福學派也一再強調文藝有其內在的獨自的規律。阿多諾也主張，文藝一方面是儼然的社會現象，但一方面又是一個多義而獨立的結構。而胡秋原先生便是以一九三二年文藝自由論戰的高度，奮力抵擋了國民黨企圖以鄉土文學的血水祭出「文藝政策」的圖謀，在一個意義上，也教育了鄉土文學派，提高了文藝社會性理論的高度。

從三〇年代一路走來的胡秋原先生，在思想、哲學上經歷了很大的變化。但從他的新殖民地論、台灣「新殖民地．畸形附庸資本主義社會論」和文藝自由論看來，在方法上，辨證唯物論和歷史唯物主義依然留下明顯的影響。特別是他的台灣社會結構理論，雖然不及完好地展開，重要的是他那作為社會科學者在三〇年代中國社會史論戰至今猶健的火熱而又眺遠的意氣。而這樣的意氣與知識，已不是五〇年代以來在美國系冷戰意識形態下培養的台灣買辦學者所可望其項背了。

其次，作為一個知識分子，胡先生有一股秉理直言、不媚世俗的極為難能的風格。一九三二年那一場爭論，中共在王明路線下走「爭取先在一個省或數省取得勝利」的冒進政策，表現在一九三〇年成立的「左聯」，相應地出現了文藝工具論、武器論的庸俗社會學傾向。但這錯誤傾向卻是當時進步文壇的霸權，莫之能禦。但胡秋原先生一方面堅持了馬克思文論的基本原則，一方面站好和當時國民黨「國防文學論」和法西斯文論針鋒相對的立場，對來自「左」翼的機械唯物主義、庸俗社會學進行堅決的批評。由於嗣後局勢、政治、胡先生個人的際遇，胡先生當年的立論長期遭到誣衊，但歷史在六十餘年後給予胡先生以公正的評價。

同樣，在三〇年代，遊歐回國的胡秋原先生提出「民族的（國民的）資本主義」道路，在社會主義思潮成為一時代主流之際，甚至使昔日戰友為之驚訝。然而時移世易，當「民族的資本主義論」和今日「社會主義初階段論」疊合，人們不能不對胡秋原先生的洞見感到訝然！

七七年鄉土文學論戰中，胡先生對台灣經濟中有殖民地性質論，台灣戰後資本主義是「畸形依附資本主義」論，第三世界論和新帝國主義論，莫不是反逆美國式社會科學思潮的主張。而凡此種種，莫不是胡秋原先生一生治學為人秉理直言，不媚世俗的高大風格的表現。與今日士林面對暴謬之論猶裝聾作啞，脅肩諂笑，曲學以阿世者相較，真不知相去幾千萬里了。

一九九九年二月

一九九九年二月二十二日

初刊一九九九年四月《文學與傳記》（香港）第一期
本文依據手稿校訂

1 本篇刊於《文學與傳記》時，題為〈以知識、思想、道德之萬鈞力量遮護眾皆欲殺的台灣鄉土文學——敬壽胡秋原先生〉。由於初刊版多有誤植，故按手稿校訂。

政治經濟情勢報告

在勞動黨五屆全代會上的報告[1]

一、關於世界壟斷資本的新危機

一九四五年第二次大戰結束，經過一段盤整，從一九五〇年開始，世界資本主義有了二十餘年高度、快速之成長。探其原因，一是在大戰中大發戰爭財而經濟膨脹之美國，為了冷戰戰略利益，在扶助西歐和日本經濟復興過程中，推動戰後資本主義復建，帶動了世界經濟之發展。其次，二戰結束前夕，西方列強的《布列頓森林協定》，制定了戰後帝國主義列強通過國家干預、國際協商而不是矛盾鬥爭解決彼此利益上的矛盾，即以凱因斯主義的國際的實踐，避免了衝突，在日後GATT[2]體制中，為反蘇反共形成了資本主義發達國家間的同盟，促進了經濟的發展。最後是超廉價的石油，為西方國家壟斷資本主義提供新而便宜的能源。

戰後，美國取代英國而成為世界資本主義霸權，廣泛干涉世界事務，為了「圍堵」世界民族解放運動，到處插手，處處干預，好大喜功，終於在經濟上不堪負荷。一九七一年，美國宣布放棄金本位制，使美金同市場浮動，GATT體制終告瓦解。而七〇年代的德國與日本，在美國卵翼下成為戰後資本主義經濟大國，與美國成匹敵之勢，美國世界性戰後重建的工程告終。一九七三年，阿拉伯國家的資源民族主義，使油價陡漲，結束了超低能源時代，給予世界資本主義巨大衝擊。戰後世界資本主義迅猛發展的諸條件產生了根本性變化。

GATT體制瓦解，美金固定匯率告終，使國際金融秩序失衡。自此，國際資本逐漸從實物生產和貿易，轉而投向第三產業、股票、匯率、期貨等金融信用經濟，使世界金融經濟部門快速、巨大地膨脹。依照統計，世界外匯交易金額與實物貿易資金額之比，從一九八三年的十與一之比，上升到一九九五年的六十與一之比。今天，全球資金在外匯、股票、期貨交易中循環的金額，每天以一・二萬億美元計，是實物生產、貿易資金的八十倍有餘！一方面是世界範圍內的國家壟斷資本主義內在矛盾使利潤率下降，從七〇年代就進入了低度、緩滯成長加上週期性危機以及利潤率下降的時代。一九七一年以後逐漸膨脹起來的金融信用投機經濟的超高利潤，不斷地吸納了全球性資本的投入，使實物生產、工農業投入相對下降。統計指出，投入全球金融投機的資本，一九八〇年為五萬億美元，一九九六年上升為三十五萬億美元，估計到二〇〇〇年還會上升到八十三萬億美元。一個全球範圍的巨大泡沫經濟在不斷地膨脹。

以日本為例。日本和西方先進國一樣，在七〇年代進入相對低成長時代，而使七〇年代前高速成長期累積的資本在七〇年後的相對蕭條下形成過剩。過剩資本的壓力使銀行降低利率，加上金融自由化措施，終致銀行信貸膨脹，引發股票、房地產價格飛漲，至一九八九年，日本土地和股票價格的增值高於同年國民生產總值，日本銀行資本、銀行信貸也跟著快速膨脹。這又造成總需求的快速擴張和通貨膨脹的壓力。到了一定程度，日本銀行不能不抽緊銀根、提高利率，於是造成股票、房地產價格的狂跌，也造成日本銀行沉重的呆帳壓力。於是社會的消費需求疲軟，隨之而來的，必是經濟蕭條。

二、關於亞洲外向型經濟的破綻、國際投機資本和亞洲金融危機

以加工出口策略發展經濟的亞洲各國（地區）（包括第一代的韓、台、港、新和第二代的東盟各國）都有幾個共通的問題點：（一）對美、日資本、技術、市場高度依賴，形成由外資主導經濟成長的經濟；（二）科技研發薄弱，民族資本單薄，經濟上、科技上無法獨立。

對外來資本、技術、市場高度依附，在後冷戰時代，特別是美國戰略和經濟政策的改變，例如貿易保護主義、關稅壁壘、最惠國待遇的取消……，立刻影響亞洲「新興工業化」各國（地

區)的經濟，導致出口下降、貿易逆差、利潤率下降。為了維持、貪求高度快速的成長，這些國家有的在國際泡沫經濟下把資本投向金融投機部門，有的向外國導入或借取高額、短期、巨額資本，也投入金融信用經濟。另一方面，或出於被迫，或出於錯誤決策，在國家經濟實力不足情況下導入西方「金融自由體制」、沒有分析地固守與美元的固定匯率、高估本地匯率，造成經濟的嚴重虛構化，予國際投機資本以可乘之機，加以肆意進攻，導致災難性金融破滅。大舉借取外債、工資上漲，又出口下滑、科技水平低下、利潤率居低不揚、巨型公司紛紛倒閉情況下，韓國大財團轉而熱衷於房地產和證券交易而造成泡沫經濟及其破滅，韓元貶瀉不止，造成驚人危機。泰國因急於快速成長，借貸或引入巨額短期外資，投入金融信用部門，高估泰幣價值……，而遭到國際投機資本的猛攻造成危機。

金融是經濟的核心。資本主義經濟的「全球化」進程，也主要通過金融活動和機制達成。加上金融工具不斷更新，資金交易的規模、速度和「自由」的程度前所未見。世界範圍的資本主義體制內在矛盾，即生產社會化和資本的私有，個別生產的計畫性與全體生產的無政府所造成的複雜矛盾，就不能不通過運轉快速的、全球化的金融和經濟，向第三世界經濟體質脆弱的社會或地區轉嫁。許多研究指出，亞洲金融危機正是世界資本主義經濟總危機的一個表現。

總地看來，二次戰後，為了冷戰戰略利益，為了世界資本主義體系的重建，以經濟部門對外開放、政治外交的扈從和經濟和科技依附為代價，亞洲新興工業經濟體取得了依附性的、一時性的發展。冷戰結束，美國改變政策，這些亞洲國家(地區)出口下降，經濟成長滯化，貿易失衡，利潤下降，並在國際泡沫經濟中甚至借外債而將過剩資本投向金融信用投機而破滅，或遭西方國際投機資本猛攻而崩潰。崩潰以後，國際獨占資本的代理人國際貨幣基金會乘人之危，以苛刻的條件接管主權國的經濟和金融，迫使依國際獨占資本的需要和利益，進一步強迫對外開放和金融自由化，由國際資本恣意進行接管、併購、改造。蘇聯、東歐今日的慘況，正是以國際貨幣基金會為代理的國際壟斷資本的傑作。

三、台灣社會與金融危機

一九八七年蔣經國病死，李登輝繼位，象徵著一個在中國革命中敗北的、代表中國舊社會統治諸階級的武裝流亡集團在冷戰構造中形成的反共軍事政權的終結，政權中心移向於四十年來以獨裁威權培植起來的台灣大政商資本家集團手中，形成由台灣大政商資產階級代理人接管國民黨中央，在立法院取得超額代表性(over-representation)，接管公營企業和國民黨集體所有的「黨資本」的、新的「國家政權」。

在另一方面，一九八七年以後的台灣資本主義，由於(一)在政治、資本、技術和市場的對美日依賴，受到美國轉換政策改採貿易保護、取消最惠國待遇而出口下降；(二)物價、工資上漲、環保成本上漲而使出口產品失去競爭力等原因，逐漸進入低成長率時代。一九八九年以後，台灣經濟成長率由二位數下降到當前的百分之四左右。以後還是下降的趨勢。

利潤率不斷趨下，中小型傳統工業向東南亞和大陸移動，使掌握了強大權力的台灣政商階級，即直接、間接掌握黨政權力與特權的集團資本的資產階級、身家富裕的官僚將財產資本化者、中高級民意代表投資於產業者，或民間資本與黨資本甚至公營企業相互投資的資產階級，開始瘋狂地以權力和資本的疊合構造，以幾乎不受監督的權勢，向銀行套借巨款，從事非實物生產的金融信用投機，在泡沫經營中套取利益，造成巨額銀行壞帳(至少在六千億台幣)。另一方面，依仗特權搞泡沫經營的財團任其企業瀕於倒閉時，又以依恃特權套取政府的巨額「紓困」，掠奪升斗小民的納稅錢。一年多來，台灣官商資產階級赤裸裸的貪婪、腐敗，明目張膽地吞噬民眾數十年來的勞動積累，已經引起了廣泛民眾和勤勞人民的憤怒，終於認清了近十年來「民主化」、「自由化」的真實面貌。

這次亞洲金融危機也曾在台灣引發金融波動，股票下跌，房地產市場更為蕭條。但由於台灣連年對大陸高額順差，外債不多，外匯存底充足，一時避免了崩潰。然而官商資產階級的擅權、腐敗造成巨大銀行呆帳問題。而泡沫經濟破裂，銀行壞帳比率偏高，不良債務膨脹導致民眾對銀行和本幣信心崩潰，影響金融系統的穩定，常常是經濟危機的導因。財團不事實物生產，互相勾結，從事金融投機、官商黑道勾結、扭曲市場機能，出口順差高度依賴大陸又在政治上堅持與大陸進行民族對抗……凡此種種，都為台灣經濟在二十世紀末更大的震盪，預留了伏筆。

四、探索面向二十一世紀人民變革運動的方針

台灣在二十世紀前夜淪為日本殖民地，被迫從祖國分離出去。一九四五年台灣光復，一九四六年夏天國共內戰爆發，一九四八年形勢急轉直下，四九年十月中華人民共和國成立，十二月國民政府遷台。一九五〇年六月韓戰爆發，美帝國主義干涉海峽，兩岸於是從合而又分。

在內戰和冷戰交疊構造下，被分斷出去的台灣被編入美國霸權秩序(Pax Americana)下，脫離中國民族經濟系統，發展獨自的國民經濟，取得依附性的、半邊陲資本主義發展。

這樣的經濟發展，付出重大的代價：

(一)民族分裂、長期對峙、同族相仇，四十年於茲，海峽在外國勢力介入下，至今仍為世

界上有戰爭危機的地區。

(二)在經濟上高度依賴外來資本、外來技術和美國市場、科研萎弱等等，民族資本主義無法充分成長，經濟過程高度受制於人。

(三)一九五〇年—一九七九年間成為美國冷戰戰略基地，七九年後《台灣關係法》、《日美安全保障條約》「新指針」、「戰區飛彈防衛系統(TMD)」一仍將台灣編入美日帝國主義反華反共戰爭的前線。

(四)政治上和外交上，兩蔣政府和李氏政府同樣扈從於美國、日本的戰略利益，為美國新殖民主義代理政權。

(五)在文化、學術、思想和意識形態上，受到主要是美國，其次是日本的支配。

這些代價，是台灣社會被新殖民地化的代價。一九八七年，李氏政權作為台灣本地大政商資產階級的政權而登場，並以政權的全力，推動反共、反華，進一步依附美日反動派，積極進行反民族、民族分裂主義政策，妄圖最終將台灣從中國分裂出去。

近年以來，美日帝國主義緊密結合，炮製「美日安保新指針」和「戰區飛彈防禦系統」等軍事威嚇體制，有意對中國布置新的圍堵，利用台灣朝野反民族勢力，企圖將台灣永久從祖國分離出去，從而使台灣隔於海峽侵略與反侵略戰爭的最前線。

不止是對於台灣，連帶地對於全中國，當前美日新帝國主義企圖武裝再占領中國領土台灣，將台灣進一步新殖民地化的圖謀，是中華民族嚴峻的民族危機。

因此，克服台灣的新殖民地矛盾，具體地表現為反對美日新殖民主義，反對美日新帝國主義反動派的反華、反共軍事恫嚇，反對為美日兩帝服務的各種派別的民族分裂主義。反對台灣獨立，要求和平統一，這是從台灣作為美日新帝國主義的新殖民地所造成深刻民族矛盾的分析出發所取得的結論。

台灣地區和「亞洲四小龍」經濟一樣，是美國世界冷戰布署下特殊歷史時期的結果，發展出高度新殖民地性的、依附性的社會。一九八七年以後，國民黨流亡集團依照美國獨占資本的需要，培植了戰後台灣資本主義和台灣官商資產階級之後，退出歷史舞台。而如前一節中的分析，台灣官商資產階級，依恃手中的權力，對台灣進行貪欲的、凶狠的掠奪、掏空。這個政權對美國的種種貿易保護政策如「三〇一」、如「最惠國待遇」的取消，逆來順受，依照美國的要求開放台灣的經濟，阻礙台灣本地民族資本的健全發展。

因此，當前台灣官商壟斷資本主義社會的矛盾，表現為：

(一)官商壟斷集團資本相互勾結，交叉持股，從事泡沫式經營，盜竊、剝奪巨額社會財富；

（二）經濟不能獨立，任由外國干預自己的經濟，將帝國主義「新自由主義」經濟政策強加於我，使台灣對外從屬深刻化；

（三）官僚、民代、黑道等資本，使政治、行政、社會全面腐敗化，扭曲正常的市場機制，製造龐大銀行壞帳和不良借款，使失業率上升，惡性關廠事件頻生，但另一方面政權卻花費巨額，賄買外交承認，甚至為海峽對立而進行瘋狂、昂貴的軍備競賽。

要言之，在戰後國際冷戰體制，美日經濟、政治、軍事的干涉、民族分裂條件下，依照世界資本主義分工體系的意志發展外向型、依附性發展，形成了帶有新的買辦資本和官僚資本性質的台灣官商獨占資本主義，是一種畸形的、曲扭的、附庸性的資本主義。從而，克服之道是：

（一）在一國兩制，和平統一，使台灣成為獨立主權國中國的一個特區，克服台灣在政治、經濟、文化各方面的新殖民地性依附，使台灣資本主義從新殖民主義性世界經濟構造中獲得獨立，擺脫外國資本和金融的控制和操縱，避免在世界性泡沫投機中任人宰割；

（二）清算美日支配下四十年外向型經濟所形成的、台灣官商獨占資本主義的畸形、腐敗、落後的性質，使民族資本主義獲得健全發展的條件；

（三）發展勤勞大眾的、廣泛而真實的民主主義，清算官商資產階級、黑道專政的腐敗的「民主化」，建設由直接生產者、進步市民、知識分子、青年和民族資產階級的同盟為基礎的，以占總人口絕大比例的勤勞大眾為中心的民主體制，監督政．經金融體系，促進趨向合理公平的社會再分配；

（四）台灣理應反對國際貨幣基金會強加於人的「金融改革」，廢除國際壟斷金融機關強加於人的金融枷鎖，獨立自主地推動自己的反蕭條政策，並擴大實物生產、基礎設施和工農部門的投入，反對和消除國際性金融信用投機；

（五）台灣作為主權獨立中國的一部分，和廣泛第三世界人民一道，積極批判以國際貨幣基金會為中心的現存國際金融秩序，進行全球性債務重整，恢復世界性合理穩定匯率，建設新而公正的貿易關稅體制，並且擁護中國倡議的「歐亞大陸橋」的建設，發展連貫歐亞的高科技和基礎設施，帶給廣泛發展中國家以和平、穩定與發展機會。

在美日新殖民體制的支配下與祖國分斷的台灣社會，對我們提出了以克服民族分裂為中心任務的民族解放運動的任務。一國兩制、和平統一是台灣當前在台灣的民族解放鬥爭的中心任務！

台灣依附性、官商獨占資本主義社會的矛盾，要求著勤勞大眾的民主主義變革。變革的中心任務，是以和平統一、一國兩制，使台灣成為主權獨立的中國的一個特區。清算官商資本主義的畸形性、腐敗和落後性，在政治上形成勤勞大眾、進步知識分子和民族資產階級的民主主義的同盟，發展勤勞者民主，促成正義公平的分配。特區台灣經濟的健全化、民族化，是將來向著與全中國民族經濟體移行的必要條件。新的時代在呼喚著我們向民族解放、人民復權的民主主義變革運動道路進行更深層的探索。

面向二十一世紀，歷史已經向我黨提出認真研究台灣社會性質，提出科學性的自我認識，從而探索我們前進的方針。

初刊一九九九年三月二十八日勞動黨五屆中央委員會秘書處編印《勞動黨四屆全代會以來　中央文件選編　1989-1999》

---

1 本文按初刊版、參酌手稿校訂。手稿文末附言：

林さん

時間迫促，拼湊成章，只能說交差而已

大刀闊斧修改之可也

映真

2 General Agreement on Tariffs and Trade，關稅與貿易總協定。

楊逵《和平宣言》的歷史背景

紀念《宣言》發表五十週年[1]

一九四九年一月二十一日，台灣著名作家楊逵發表一篇文長不過六百多字的《和平宣言》，到了同一年的四月六日，也就是當時台灣陳誠政府動手逮捕以台灣大學與師範學院（今之師大）為中心的學生活躍分子共兩百餘人（後來拘留約二十來人，餘皆釋回）的同一天，楊逵在台中被捕，因《和平宣言》的文責，被判徒刑十二年之久。

五十年前作家楊逵《和平宣言》的文字如下：

陳誠主席在就任的記者招待會宣布：以人民的意志為意志，以人民的利益為利益。這是我們以為是正確的。但是人民的意志是什麼呢？需要從人民心坎找出的，不能憑主觀決定。

據吾人所悉，現在國內戰亂已經臨到和平的重要關頭，台灣雖然比較任何省分安定，沒有戰、亦沒有亂，但誰都在關心著這局面的發展。究其原因，就是深恐戰亂蔓延到這塊乾淨土，使其不被捲入戰亂，好好的保持元氣，從事復興。我們相信台灣可能成為一個和平建設的示範區。

可是和平建設不是輕易可以獲致的，須要大家協力推進：第一，請社會各方面一致協力消滅所謂獨立以及託管的一切企圖，避免類似「二二八」事件重演；第二，請政府從速準備還政於民，確切保障人民的言論、集會、結社出版、思想、信仰的自由；第三，請政府釋放一切政治犯，停止政治性的捕人，保證各黨派依政黨政治的常軌公開活動，共謀和平建設，不要逼他們走上梁山；第四，增加生產，合理分配，打破經濟上不平等的畸形現象；第五，遵照國父遺教，由下而上實施地方自治。

為使人民意志不被包辦，各地公正人士須要從速組織地方自治促進會、人權保證委員會、動員廣大人民，監視不法行為與整肅不法分子。

我們相信，以台灣文化界的理性結合，人民的愛國熱情，就可以泯滅省內省外無謂的隔閡。我們更相信：省內省外文化界的開誠合作，才得保持這片乾淨土，使台灣建設上軌，成個樂園。因此，我們希望，不要再重武裝來刺激台灣的民心，造成恐懼局面，把此一比較安定乾淨土以戰亂而毀滅。

我們的口號是：

(一)清白的文化工作者一致團結起來！
(二)呼籲社會各方為人民的利益而奮鬥。
(三)防止任何戰爭波及本省。
(四)監督政府還政於民，和平建國！

《宣言》一開頭，就受到了全省民眾對於「國內戰亂已經臨到和平的重要關頭」這樣一個時局的深切關心。到底一九四九年元月分楊逵寫《宣言》的局勢是怎樣的呢？

一九四六年六月，政府急於消除心腹大患中共，以精良的武器所配備的六十萬大軍，向當時中共根據地發動總攻，拉開了國共全面內戰的序幕。但兩年以後的一九四八年秋天開始，國民政府在東北地區遼瀋戰役（一九四八年九月至十一月）、淮海大戰（一九四八年十一月到一九四九年元月）、平津戰役（一九四八年十二月到四九年元月）的所謂「三大戰役」中徹底戰敗，廣大華北地區失陷。就在楊逵《和平宣言》刊於上海《大公報》的一九四九年元月二十一日，蔣總統在美國壓力、黨內杯葛、全國輿情壓力下，宣布接受中共條件再啟國共和談。次日，李宗仁代總統立即組成和議代表團，準備北上和談，冀能隔江分治，暫時把局面緩和下來。

二月三日，共軍「和平解放」了北平城，以盛大入城式進城。二月二十二日，周恩來接見和會中的國府代表，表明了和談不論成敗，共軍一定要渡長江南下的決心。

楊逵是在這樣一個內戰形勢總逆轉的形勢下，提出《和平宣言》的。從另一方面看，要求國共避免和停止內戰，「和平建國」，是抗日戰爭後全國歷經八年筋疲力竭的抗日戰爭後，全中國人民一致的渴望，具體要求召開政治協商會議，建立民主聯合政府。無如國民政府堅持「戡亂」，與全中國和平的民意站在對立面，終至發動全面性內戰，至四八年秋而形勢反轉，瀕臨崩潰。楊逵的和平呼籲，當然是與這一全國性「人民的利益」、「人民的意志」相為響應的台灣民眾的呼聲。

當時，希望國共內戰戰火不致「蔓延」到台灣的主張有兩種。第一種是美國當局。眼看國共局勢逆轉，國民政府的敗亡已無可避免，而東西兩大陣營的對峙之勢逐漸形成，美國開始擔心台灣落入「克林姆林宮指揮之共黨政府手中」，主張「將台澎與大陸隔離」，並對國共內戰的事態進行干預，推動各種形式的美國或聯合國託管台灣以利美國國益的計謀。第二種，則是呼應當時全中國和平建國的要求，也具體回應了當時國民政府呼籲國共停戰的政治形勢，並且又明確反對(「消滅」)一切形式的台灣託管論和獨立論的，楊逵的和平主張。

可是，楊逵在提出避免內戰，將台灣建設為一個全中國的「和平示範區」所提出的條件中，把反對台灣「獨立以及託管的一切企圖」列為首要，引起我們的注意。

截至一九四九年元月以前，台灣有什麼樣的獨立論和託管論，值得做歷史考察。

戰爭尚未結束，世界冷戰構造尚未形成的一九四二年，美國軍隊在太平洋戰區反攻，攻打日本占領的太平洋諸島時，曾經考慮過打台灣。為了號召台民響應，對台灣宣傳政策中，美國人就曾經考慮過以戰後讓台灣獨立，號召台民配合美軍抗日。

同年，美國《幸福》、《時代》、《生活》三大雜誌聯合發表美國〈戰後和平方案〉文章中，主張台灣「由國際共管」，遭到台灣人李友邦將軍的批判。一九四六年，美國在台使領館人員和情治人員，在台灣搞「民意調查」，炮製了一個「台灣人首先願意讓美國，其次日本統治」，「不要中國人統治」的報告。

二二八事變過去之後的一九四七年六月，台獨運動的元老廖文毅，在駐香港美國領事人員引薦下，謁見了魏德邁將軍，要求以「公民投票解決台灣前途」問題，主張「台灣地位未定」，要求美國協助台灣脫離中國或直接歸美國託管。一九四八年，廖文毅在日本宣傳由聯合國占領台灣，主持公民投票，決定台灣地位。

一九四九年一月，國民政府早已失去華北半壁，世界冷戰形勢益為嚴峻，美代理國務卿羅威特向杜魯門總統建議，必要時武裝干預海峽事務，「鼓勵台灣自主運動」。十九日，美國國家安全會議建議，為了反共，把台灣同大陸隔絕開來，在台灣發展和支持一個「地方性、非共的華人政權」，「謹慎謀求與台灣領袖接觸，以便一旦時機成熟，有利於美國國益之時，利用台灣自治運動」。

這就是楊逵發表《和平宣言》時外國勢力為其國益插手兩岸事務的背景。但不止是楊逵個人反對了這個國際性陰謀，當時大多數台灣人也拒斥了這個陰謀。台灣人政治家謝雪紅、蘇新、李友邦寫文章反對，一九四八年，美國駐台美新處處長康理嘉在全台「情報員會議」中檢討：「今後不可再提『託管』，因為台人排外性強，不會接受託管主張」；「台人大多數反蔣，但又不願接受外國統治」。

接著，楊逵具體提出了台灣民主化的要求，要國民黨「還政於民」，具體地保障人民言論、集會、結社等基本公民自由。這首先是從二二八事變中台灣人民遭到國家發動的大規模反民主、反人權壓迫的體驗而來，也是當時全中國要求國民黨民主化的普遍要求而來。

一九四五年十月國共《雙十協定》就要求和平建國、政治民主化、各民主黨派一律平等，依國父遺教推行地方自治、釋放政治犯。這些要求，和三年多以後楊逵的《和平宣言》如出一轍。《雙十協定》以後，一直到一九四九年，中國大陸的民主運動真是一波未平、一波再起，相應於國民政府的暴力鎮壓，和平、民主的要求卻愈見強大和普遍化。楊逵的和平民主思想當然也受到當時全中國強烈激動的時局深刻的影響。

楊逵《和平宣言》最突出的思想，是在二二八屠殺之後，一仍呼籲「以台灣文化界的理性的結合、人民的愛國熱情」，「泯滅省內省外無謂的隔閡」，要求「省內省外文化界的開誠合作」，情辭懇切，令人動容。

一九四七年的二月事變，在省內人士和省外人士之間形成一定的隔閡。有人將這種不幸的隔閡無限上綱，描寫成所謂不同民族間的矛盾，但也有人，像楊逵，就善於從中國的全局、全形勢，去理解矛盾的社會的、政治的本質，視為「無謂的隔閡」，而呼喚省內省外人民「開誠的合作」與團結。

今天，外國勢力以「《美日安保條約》新指針」、「戰區飛彈防禦系統」（TMD），干預海峽事務，有使台灣陷入「重武裝」火拚的戰爭危機；海峽形勢，也憂愁地呼喚著和平。紀念五十年前台灣偉大文學家楊逵以十二年監禁為代價的《和平宣言》，深深感覺到有歷久彌新的啟發。楊逵，作為文學家不但以形象的語言透過小說表達了他對於人最終的幸福、尊嚴和解放的終極關懷，作為思想家和社會運動家，他對民族和平與民族團結深情、睿智的呼喚，是多麼富有當前的時代意義！

一九九九年三月

初刊一九九九年四月《紀念楊逵因〈和平宣言〉投獄50週年「四六事件」50週年　文化・文藝　晚會手冊》
另載一九九九年四月七－九日《中國時報・人間副刊》第三十七版

1
本篇收入《紀念楊逵因〈和平宣言〉投獄50週年「四六事件」50週年　文化・文藝　晚會手冊》。紀念會時間：一九九九年四月五－六日；主辦：人間出版社、夏潮聯合會。《中國時報・人間副刊》轉載時有前言：「戰爭尚未結束，世界冷戰構造尚未形成的一九四二年，美國軍隊在太平洋戰區反攻，攻打日本占領的太平洋諸島時，曾經考慮過打台灣。為了號召台民響應，對台灣宣傳政策中，美國人就曾經考慮過以戰後讓台灣獨立，號召台民配合美軍抗日。」

四六事件的歷史背景[1]

一九四九年四月六日凌晨，國民黨軍警數百人，悄悄地將台灣大學和師範學院（今天的國立師範大學）學生宿舍團團圍住，並且開始逮捕學生。幾十個台大學生，和一、兩百個師院生，經過一場對峙（師院的對峙抗爭尤為激烈）終於被押上幾輛軍車帶走。有人被迫投獄；有人在次年展開的白色恐怖中再度被捕槍決或判處長期徒刑；有人被迫離校；有人逃亡；更多的人終生過著被監視的歲月；大多數的人被釋放，卻不能不長期生活在社會和政治的恐懼之中。

四六事件和一般意義上所說的學生運動不一樣。一般所說的學生運動，指的是對於當面特定社會政治問題，學生方面形成某種強烈的不同意見，以示威、集會、遊行等方式，主動地表達出來。例如一九四六年十二月，北京大學女生沈崇被駐北平美軍強暴，引起學生不滿，除了針對強暴事件表達憤怒，還發展成反對駐華美軍治法外法權的不平等問題，也提出了要求美國撤走一切在華美軍的問題，使運動逐漸向全國擴大。一九四七年元月九日，台灣的高校學生熱烈響應了這個運動，在台北聚集了一萬多個學生，高喊「中華兒女不可辱！」、「美國滾出中國去！」的口號，這就是學生運動。

四六事件的始末，並不是學生集體地向當局提出不同政見，蔚為運動，遭到當局鎮壓，而是台灣省陳誠當局感覺到四九年春天國共在大陸內戰形勢全面惡化，國民黨瀕臨崩解時，台北高校學生知識分子的思想產生不利於國民黨統治的波動和不安，遂「先下手為強」，向學生進行沒有具體原由的突襲所造成的事件。這和前兩年即一九四七年六月一日武漢大學「六一事件」，一九四八年四月九日北平師院的「四九事件」一樣，都是國民黨軍警先發制人，鎮壓逮捕學生的事件。

五十年前台北四六事件，距一九四七年的二二八事件殘酷鎮壓不過兩年，但台灣的學生顯然沒有被嚇倒了，反而在兩年後全國內戰形勢逆轉的形勢下，呼應當時全中國反內戰、反獨裁、反飢餓的口號，積極展開校園和社會的文化思想運動，引起國民黨台灣統治當局的疾視，終於下手鎮壓。

由於戰後台灣長期極端反共統治和宣傳，四六事件的歷史長期遭到嚴密的掩埋。這兩年間，少數一些台大、師大的師生，開始挖掘四六歷史的真相，對四六歷史的清理，做出了一定的貢獻。然而，由於八〇年代開始的「本土」論述，過分強調台灣歷史的獨自性，失去了一九四五年到一九四九年間兩岸匯通，連成一體，民族尚未完全分斷的歷史視野，對四六事件乃至於二二八事變的科學認識和研究，設下了明顯的局限性。

正是五十年前，台灣高校生不分省內省外，和當時全中國學生一道，要求停止內戰，和平建國；要求停止國民黨一黨獨裁，保證言論、集會、結社的自由；要求國民黨和各民主黨派平等地、民主地議政；要求切實遏止全國經濟、金融崩潰、社會不公，腐敗公行的情況，立刻改善人民、教師和學生的生活條件。他們以組織「麥浪歌詠隊」、組織讀書會、組織時事學習社團、出版校園壁報的方式，宣傳和平、民主和經濟正義的理念，卻引來陳誠政府「先發制人」的鎮壓，造成許多人失蹤、投獄、槍決、流亡、終生憂患的不幸遭遇。

正如同人們不應該把二二八事變簡單地理解成由老婦人賣私菸遭取締引發的違警糾紛一樣，四六事件也不能單純地看成三月二十一日學生違警事件和稍後周慎源被秘密逮捕事件所引發的失控事件，而應該看見更深遠的歷史背景。

二次大戰打垮了德國、日本、義大利三個帝國主義國家。英國、法國在戰後衰疲不起，獨獨美國在戰爭中作為大軍火商致富而崛起。為了維持前帝國主義國家在前殖民、半殖民的利益，並且阻擋在戰後不斷發展的民族解放勢力，美國依仗強大國力和軍力，到處干預、到處擴張。

在中國，美國採取扶蔣反共的政策，提供軍事、經濟和政治援助支持國民黨打反共內戰。

日本戰敗投降後，美國企圖代日本取得它在中國的利益，開始公然干涉中國內政，積極協助國民黨打內戰，組織「駐華美軍聯合顧問團」給予國民黨以軍事、技術、經濟和政治上的支持，協助國民黨軍在戰後從日軍接收龐大先進武器、物資及其他利益。

然而，八年抗日戰爭打下來，全中國人民莫不渴望和平建國。在強大的輿論壓力下，國民黨邀請中共會談。八月二十五日，中共發表《對目前時局宣言》，主張避免內戰，承認各民主黨派的地位，商組民主聯合政府，引起全國各界熱烈的響應。八月二十八日，毛澤東、周恩來等，在美駐華大使赫爾利同行下，自延安飛往重慶與蔣介石、國民黨會議。十月十日，雙方發表《雙十協定》。

《雙十協定》主張和平建國，政治民主化、軍隊國家化、各民主黨派平等、合法，依國父遺教推行地方自治，並釋放政治犯。《雙十協定》的精神受到社會廣泛歡迎，但國民黨卻到處鎮壓各地反對內戰，要求和平建國的集會、示威和遊行。十一月，昆明學生六十四人開反內戰晚會，十二月一日，國民黨軍警武裝鎮壓，打死四名師生、二十人重傷，稱「十二・一」慘案。反內戰學運開始向全國擴展。十二月，中共派周恩來、陸定一等到重慶參加依照《雙十協定》召開的政治協商會議。

到了一九四六年一月十日，作為政協會議的結果，國共簽訂了一項停戰協議，自一月十三日生效。但在現實上，國民黨暗中積極準備反共內戰，對全國各地主張國共停戰、要求和平、民主建國的集會活動，橫加壓制，造成大小規模的官民衝突、傷害和逮捕事件。

一九四六年六月二十六日，國民黨以三十萬大軍向中共在中原的基地進攻，全國性內戰爆發。國民黨堅持內戰的政策，引起全國學生的反對。

全中國反內戰、反獨裁，要求和平建國的社會運動及學生運動，和國民黨的內戰政策形成了強烈的對抗。七月十一日和十五日，主張和平的著名民主人士李公僕、聞一多遭到國民黨特務暗殺身死，震懾全中國，引起各界震動和哀悼。

七月十九日，日本警察、黑道和美國盟軍總部憲兵在東京澀谷打死、打傷了台灣僑民。美軍當局袒護日方，判日方無罪，國民黨取媚美、日，無力為台胞伸張正義，引起台灣島內各界公忿。十二月二十日，台灣學生動員五千人示威，抗議國府軟弱，日本橫暴，美國偏袒，世稱「澀谷事件」。

一九四六年十二月二十五日，北大女生沈崇，在看完夜場電影後，被駐京美兵尾隨，在東單操場強暴。事件爆發後，國民黨極力壓制消息，深恐引起公忿。十二月二十七日，北大女生要求懲凶、賠償、道歉，並展開要求撤退美軍運動，並決議罷課示威抗議。十二月三十一日，北平各大學院校舉行罷課、示威、遊行，師生共一萬名參加，北平婦女界、文化界並發表抗議宣言，致函馬歇爾、司徒雷登表示忿怒。學生的口號是「滾蛋吧美軍！」、「Go Home US Army!」、「把強姦我們婦女的美國兵趕出去！」。

一九四七年一月，大陸高校學生抗議美軍強姦北大學生沈崇的反美活動，波及台灣。一月九日，台灣學生約一萬人聚集台北市中山堂，高喊「美國兵滾出中國！」這說明當時台灣學生的問題意識絕不局限在台灣一隅，世稱「一．九」反美學運。

二月八日，金融市場暴跌，引發搶購黃金的騷亂。

二月二十八日，台灣取締私菸，引發反對國民黨獨裁，要求民主自治的二二八事變。事變終在血腥武裝鎮壓中平息。在事變末期，台灣高中、大專學生的先進分子，和謝雪紅的「二七部隊」、張志忠的「台灣民主聯軍」的武裝相結合，使戰後台灣學生運動在質上有了飛躍，直接影響到四九年的四六事件，從而聯繫到五〇年代被破壞的「學生工作委員會」。

一九四七年五月二十日，南京、上海、廣州十六所高等學校學生六千人，在南京組成請願團，要求解決因不良的政治、經濟所造成的教育和生活危機，舉行示威，卻遭國民黨軍警鎮壓，造成逮捕和傷害共一百五十人，史稱「五．二〇」學運。同一天，天津南開大學、北洋大學舉行反內戰、反飢餓、反獨裁遊行，也遭國民黨軍警殘暴鎮壓，造成重輕傷計七、八十人。

六月一日，軍警先發制人，到武人宿舍搜捕，五十餘名學生與五位教授被捕，學生起而抗爭，三名學生被打死。六月二日，武漢各校學生上街示威抗議。武大「六一事件」是台灣一九四九年「四．六」的樣板。

一九四八年四月九日，五、六十名國民黨軍警衝進當時北平師範學院學生宿舍，毆打、逮捕八名學生，破壞學生自治會，引發了次日八千人反壓迫示威。同一天，成都學校學生一千餘人向省府請願，要求發給平價米，遭軍警鎮壓，逮捕一百三十人，引發北平、天津各學校罷課聲援。

在內地飽受壓制的民主黨派，紛紛南下香港，共謀合作，促進制止內戰，和平建國的事業。

一九四八年，東西兩陣營的冷戰對峙逐漸形成，美國對日政策，也因反共反蘇戰略，從監督改造日本改變為扶翼日本反共右派，建設親美反共的日本。此一政策，引發中國人民強烈的忿慨。

一九四七年到一九四八年上半，北大學生召開「美國扶植日本座談會」和反美扶日文藝展覽。四八年五月開始，上海、北平清華大學學生宣言抗議反美扶日，著名學者和教授紛紛表示支持。

一九四八年秋天開始，國民黨在華北地區的遼瀋、淮海和平津三大戰役中敗北，共軍解放了華北全部，直逼長江，根本性扭轉了國共內戰形勢，國府從此急速地走向敗亡，全國為之震動。

受到內戰戰局失利，美國政治壓力和國民黨內部反對聲浪的壓迫，一九四九年元月二十一日，蔣介石宣布下野，由李宗仁代行總統職務。

一九四九年二月三日，中共解放軍以盛大入城式，和平進入北平市，造成全國震動。

二月十四日，李宗仁的和平談判代表到北平。

二月二十日，代表團到中共中央所在地河北平山西柏坡，受到毛澤東、周恩來接見。

三月間，飢餓的上海民眾搶購糧食。

另一方面，中共繼續和李宗仁的和談代表進行密談。四月三日，周恩來表示，不論和談談成與否，中共渡江皆為定局。

這是從一九四五年八月十五日以後一直到四六事件前夕、三月下旬時，包括台灣在內的全中國形勢。一九四七年末開始，台大和師大學生，在經受二二八事變、殘暴鎮壓後的短暫消沉，開始在校園中以文化、文藝、思想、學習的活動，討論中國大陸的時局，對國共內戰形勢逆轉的情勢，展開熱情的討論，對大陸學生反內戰、反獨裁、反飢餓、反美帝國主義和國民黨後全中國的趨勢，對大陸民主人士的動向，對中共倡議的新政協、民主聯合政府等問題，莫不寄予深切的關注。其中，「麥浪歌詠隊」就是一支廣受同學和社會歡迎的音樂隊伍，傳唱著當時流行於全中國青年中的歌曲，洋溢著對自由、幸福、民主的嚮往和熱烈的情感。

面對著內戰中全面敗北的形勢，國民黨已經做好了把中央權力全面撤退到台灣的打算。陳誠主持台政，清掃台灣反蔣、反獨裁的學生民主勢力，成為他的中心任務。於是，獨裁者終於選擇了四月六日，向熱情洋溢的台灣高校學生伸出了毒手。

總結地說，從四六事件的歷史脈絡，我們可以做三方面的概括：

(一)一九四九年台灣的四六事件，是國民黨在一九四六年到一九四九年間，和全中國反內戰、反獨裁、反飢餓，要求和平、民主建設，要求解決崩潰中的經濟，改善生活的總願望對立情況下，諸多對於學生愛國運動，施加法西斯鎮壓的事件之一。當時的台灣高校學生知識分子，絕沒有把眼界局限在台灣一隅，而是與全中國學生愛國民主運動共呼息，同思想的。一九四七年全國性「五・二〇」學生運動之後，六月一日，國民黨在武漢大學製造「六・一」逮捕事件。一九四八年四月九日，國民黨也對北平師院學生進行先發制人，突然襲擊，其性質、情況和技倆，與一九四九年四月的台灣四六事件如出一轍。

(二)一九二〇年代，台灣被殖民地化以後，第一代接受新式教育的學生，開始在各師範學校、中學校、職業學校，和日本帝國主義的民族歧視政策展開鬥爭。因而被開除出校的學生和倖而畢業的一部分學生，有一部分到祖國大陸或日本尋求深造。其中有一部分人受到中國革命和日本革命的啟迪，自己也走向革命，伺機返台，參加文化協會、民眾黨、農民組合甚至台灣共產黨，從事反帝民族解放運動。光復後，一九四六年十二月二十日，台灣學生五千人在台北聚集，為澀谷事件示威遊行，允為台灣學生運動的先聲。次年一月九日，一萬多名高校學生在台北為沈崇事件集會抗議，和當時全中國反帝愛國的學生運動連成一體。同年二月，二二八不幸事變爆發，各地高校學生就地組織，參加了台北、台中、高屏及其他地方的戰鬥。其中有一部分先進學生，還參加了在台中和高屏分別由謝雪紅、張志忠領導的「二七部隊」和「台灣民主聯軍」，進行武裝抗爭。經歷了二二八的洗禮，部分學生和省工委的學生工作委員會結合，在校園內外展開各種藝術、文化、哲學、知識的社團，發展學習和宣傳活動，和當時內戰形勢急劇變化相應和，面對國民黨全面崩潰的局面，以無限熱情關注著新生中國的誕生。這種展望新時代的澎湃熱情，終於引起國民黨的疾視，向台灣的學生發動了「四．六」攻擊！因此，四六事件，是殖民地、半殖民地的台灣和全中國歷史中，反帝民族．民主運動的重要環節，是台灣左翼學生運動傳統的一個組成部分。

（三）二二八事變之後，台灣先進學生因謝雪紅、張志忠的組織和工作，有一部分人接觸了台灣省工委，並且納入了省工委的學生工作委員會，爭取了不少台大、師院、台南工學院、台中農學院和日本留學回來的先進知識分子。四六事件，可以說是一九四九年底國民黨發動的白色恐怖的前奏。四六事件後八個月，國民黨向基隆中學的支部展開攻擊，從此開始了一直到一九五二年的政治肅清，進行非法、秘密、全面逮捕和拷問、審判、處決和投獄，刑殺近五千人，投獄一萬多人，為一九五〇年到一九八七年長期戒嚴恐怖政治奠立了基礎。

初刊一九九九年四月《紀念楊逵因〈和平宣言〉投獄50週年「四六事件」50週年　文化・文藝　晚會手冊》

1　本篇收入《紀念楊逵因〈和平宣言〉投獄50週年「四六事件」50週年　文化・文藝　晚會手冊》。紀念會時間：一九九九年四月五—六日；主辦：人間出版社、夏潮聯合會。

一九九九年五〇年代白色恐怖犧牲英烈春季追悼慰靈祭大會・祭文[1]

一九九九年四月六日，台灣地區政治受難人互助會、台灣地區戒嚴時期政治事件處理協會和五〇年代白色恐怖犧牲者的遺族、親朋，以鮮花素果，致祭於在五〇年代初仆倒在異端撲殺的腥風血雨中的英靈之前，表達我們無限的愴痛與哀思。

一九四五年八月，日本戰敗，您們感受到從殖民地枷鎖解放出來的狂喜。十月，您們欣見國共簽署《雙十協定》，宣示和平建國、避免內戰、民主改革、地方自治。第二年正月，國共兩黨和民主黨派展開政治協商會議，並簽定國共停戰協定。

不幸的是，國民黨當局對紙上的協定面從腹背，暗地裡貫徹內戰政策，逐漸和全國反對內戰、要求和平建國的普遍民意形成尖銳、普遍的對立。

一九四六年夏天，您們注視著國民政府以六十萬精銳向中原地區中共根據地總攻，全國性內戰爆發。渴望祖國在和平中建設成一個現代民主國家的學生、青年和市民，紛紛高舉和平、民主的旗幟，抗議遊行，在全中國十幾個城市中，發動了「反內戰」、「反迫害」、「反飢餓」的國民運動。

十二月，您們為了七月間旅日台僑在東京澀谷遭受戰敗國日本警察和浪人，以及美國占領軍憲兵毆打，國府無力主張公道，在台北嘯聚五千個市民與學生，示威抗議。

一九四七年正月九日，您們響應了內地不斷沸騰的、抗議駐北平美軍在前一年聖誕節強暴北大女生沈崇的反美抗暴運動，在台北聚集了近一萬名高等院校的學生，忿怒地吶喊：

「中華兒女不可辱！」

「美國兵滾出中國去！」

您們和全中國學生反美抗暴運動聯繫到一起了！

二月，對陳儀惡政深刻失望，在內戰經濟中生活日窘的台灣人民，在廿八日的一點星火引爆下，發展成全島性的蜂起，您們在台灣南北，毅然投入了爭取民主和自治的抗爭。您們中的先進者，甚至拿起了武器，批判了鎮壓的武裝。

三月初，屠殺的血光，使您們一時緘默。但您們改以銳利的眼光，注視著內地形勢急速的變化；以機靈的耳朵傾聽省外來台的同胞，敘說著爭取和平和民主的學運，如何在祖國各地大學中展開；您們也以貪婪眼睛閱讀著如《觀察》、《時與文》一類進步綜合刊物的報導與評論，對新政協、對民主同盟、對民主聯合政府的動向，寄予無限的期待。從四七年的秋天開始，進步的學生開始在校園開展廣泛的文化社團活動。您們辦「耕耘社」、「方向社」、「蜜蜂文藝社」，您們辦壁報、油印刊物和讀書會，探討著激變的祖國前去的方向。您們去傾聽「麥浪歌詠隊」那熱情洋溢地歌唱著光明、呼喚著幸福、嚮往著正義的歌曲！

一九四八年九月開始，您們眼看著華北地區三大戰役使國府遭逢連續性重大挫敗，折損數百萬大軍，失去半壁江山，共軍直逼長江北岸，而全國震動！

四九年元月，元首下野求和。二月，北平不戰而陷。

四月六日，台北抓走了兩百多個台大和師院的學生。同一天，著名作家楊逵因為他發表的、呼喚和平、民主和民族團結的《和平宣言》而被捕。四月，國共和談破裂，共軍渡過長江天塹！

您們在二月事件後，逐步對新的祖國張開了熱情的眼睛。您們毫不猶豫地把一生只許開花一次的青春，獻給了為新生而奮力掙扎的祖國。四九年，當您們嚮往的旗幟在九州萬里的天空升起不久，韓戰爆發，帝國主義強盜霸占台灣島嶼，任憑法西斯瘋狂地恐怖屠殺，您們和成千上萬的同情者、冤死者，一齊仆倒在公開的和秘密的刑場上，更多的人在一個離島上挨過漫長的徒刑。

五十年前，您們在反帝、反封建、民族和平與民族團結的旗幟下，奮鬥終生，至死不渝。

今天，反對新形態的帝國主義，反對援引外力使台灣重新變成新冷戰的最前線，反對各種形式的民族分裂主義，堅決主張民族和平和民族團結，是我們當面重大的任務。而我們深刻地理解到，這是新的歷史時期中新的矛盾為您們當年戰鬥的目標注入了新的內容。

又是春祭國殤時節，緬懷先烈，穆穆神傷。魂兮歸來，哀哉尚饗！

初刊一九九九年四月六日「五〇年代白色恐怖犧牲英烈春季追悼慰靈祭大會」活動手冊
另載一九九九年五月《遠望》第一二八期

1 本文按初刊版、參酌手稿校訂。手稿標題為〈一九九九年五〇年代政治案件殉難者春祭追悼大會祭文〉。

烈火的青春・序[1]

站在世紀的末尾回顧整個二十世紀，自然會因為做回顧的不同動機和方向，回顧者不同立場和生命的體驗，而有分殊多樣的結論。

但是，如果從整個世紀的人權歷史看來，人們不能不驚異地發現，把民主、自由和人權吶喊得漫天價響的二十世紀，恰恰是一個充滿了殺戮和苛虐的世紀；一個由國家機關發動的、有組織的、大規模的人權蹂躪的世紀。

歸結起來，二十世紀的殺戮和苛虐，概括地分為三類：

第一類是殖民地暴力體制的殺戮和苛虐。撇開十七、十八世紀重商主義殖民擴張時代的奴隸販賣和苛役不談，十九世紀中葉以後，世界進入了帝國主義時代。世界的民族和國家，硬生生地在暴力下分成壓迫者民族／國家，與被壓迫者民族／國家。據統計，在二次大戰結束之前，全世界有高達百分之八十五的人口，生活在殖民地、半殖民地的桎梏之下。在殖民體制下，殖民者以國家的暴力，統治被殖民人民和民族，從而剝奪了被殖民人民和民族的作為人的位格，在政治、法律、經濟、社會的歧視體制下，殖民者對被殖民的人、物資、資源和勞動進行苛絕的盤剝和壓迫。這苛烈的壓迫與掠奪，引來被殖民者的反抗。而這反抗在懸殊的武力對比下，遭到殖民者瘋狂的殺戮和苛虐。朝鮮、台灣、菲律賓、馬來亞、土耳其、希臘等地的殖民地史，處處都留下血跡斑斑的遺跡。

第二類是三〇年代漫延全球的法西斯暴行。德國納粹駭人的種族滅絕行動，使幾十萬上百萬猶太人民在集中營、在強制奴工營，以大集體的單位受到虐待、飢餓、苦役、拷訊和謀殺。日本在東亞肆行對平民的集體虐殺、奴役，調集成千上萬的各民族婦女強迫成為悲慘的性奴隸，造成民族母性慘絕的毀壞。在我國東北，日本軍部以中、俄平民和俘虜的活生生的身體，從事細菌感染、毒氣傷害的慘絕人倫的實驗。幾十萬、幾百萬人的生命，在東西法西斯運動中灰飛煙滅。

第三類則是戰後史中世界冷戰構造下的大規模的對思想異己者的殺戮和苛虐。

第二次世界大戰結束後不久，以美國為中心的前殖民宗主國，即帝國主義國家體系，與以蘇聯為中心的社會主義體系各國，展開了愈演愈烈的對峙和抗爭。這對峙與抗爭，一方面是意識形態的尖銳鬥爭，即資本主義的、帝國主義的意識形態，和社會／共產主義的意識形態間尖銳抗爭；另一方面，則是以美蘇兩國為核心的大殺傷武器相互競賽和相互威脅，維持雙方隨時都有可能顛覆的「恐怖平衡」。

世界冷戰，形成了一個以美國世界戰略利益為核心的世界體系。在這個體系中，前殖民地的半封建地主、買辦、官僚資本家、右翼軍人與情報系統和前殖民宗主國的統治階級形成同盟，以反共國家安全為藉口，對內進行苛酷的階級壓服，推行依附前宗主國的經濟發展，以獨裁體制排除本國社會中工農勢力和民主勢力，藉以保障前帝國主義宗主國在舊殖民地時代的主要政經利益。

這依附外國的亞、非、拉大地上許多親美「反共國家安全國家」(anti-communist national security state)，一稱「第三世界法西斯蒂國家」(the Third World fascist state)，在其形成和統治過程中，以反共．國家安全為藉口，在外力支援下，進行國家發動的、組織性的、龐大規模的、駭人聽聞的人權蹂躪暴行。

一九四八年朝鮮濟州島的「四．三」事件中，李承晚軍隊和警察在美國在朝鮮軍事政府協助下登陸濟州島，瘋狂殺戮反對朝鮮南方搶先「建國」，使祖國永遠分裂的濟州島農民。被殺人數估計在三萬人到八萬人，目前韓國學界正在清理之中。一九四九年年底到一九五三年，台灣發動了大規模、長時間的「白色恐怖」，槍殺了近五千人，把八千至一萬人投獄。戰後到六〇年代初，法國在越南、英國在馬來亞、荷蘭在印尼的反共剿殺，被殺、被拷打、投獄人數在數萬人。一九六五年印尼屠殺了近百萬名「共產黨人」，兼而對印尼華人進行慘絕的種族清洗。一九四七年，美軍替代英國，在希臘和土耳其進行反共殺戮與苛虐，程度之殘暴，甚至引起土希前宗主國英國的抗議！

在美國的後院——在廣闊的中南美洲，從六〇年代到八〇年代，一個接著一個右派軍人政權在美國政治、軍事和經濟支持下成立，以無限上綱的「國家安全」為藉口，對學生、工會、教會、大學、反對派、民族主義者和民主主義者進行鐵腕的鎮壓，在非法、秘密的逮捕、拷問、審訊、投獄和處決下，數以數萬、數十萬計的人失蹤、毆打致死、身屍不明、集體屠殺，更多的人在長期監禁中度過黑獄的年年月月。就在去年開始，阿根廷和瓜地馬拉的文人政府，著手請歷史學家和屍體鑑定研究專家，探尋和挖掘軍政時期的萬人塚，對白色恐怖時期廣泛的受害人進行通案式精神和物質的賠償，並由國家向受害者及其家屬道歉。

全球美國勢力範圍下的「第三世界法西斯蒂國家」的大規模、組織性暴力背後，是美國深刻的介入。據美國著名學者和思想家諾·卓姆斯基(N·Chomsky)在專著中指出，美國有計畫地為反共獨裁國家訓練特情人員，供應最先進的拷訊刑具，甚至有美國特工警探親自在這些警察國家的酷刑室中參與拷問偵訊！而正是這樣一個美國，卻一直以人權衛士自居，享受著一切「人權」、「自由」、「民主」的冠冕！

然而，一整世紀殺戮和苛虐的紀錄，卻在縝密的湮滅機制下，完全被湮滅證據、狡辯、否認、遺忘、美化甚至正當化了。這巨大的罪證湮滅構造，可以分解成這幾個部門：

第一部門是世界性西方大媒體的意識形態宣傳。歐美的傳播媒體特意淡化、縮小這些反共軍事國家暴行，縮小被捕、被殺害者的數目；把這些國家的人權破壞事件說成是「維護自由民主體制」、「維護自由經濟體制」之所「必要」，之所「不可免」，把嚴重的白色恐怖罪行合理化、正當化甚至加以美化。

第二個部門是抵死狡賴，堅不承認。其中以日本帝國主義最為擅長。日本政府堅決不承認南京大屠殺，篡改歷史教科書，過去在戰時曾配合軍部奴役大量中國奴工以進行積累的大公司一概堅定否認一切罪行，拒絕賠償道歉，對於日本軍部在台灣、朝鮮、菲律賓、中國大陸強迫成千上萬婦女淪為軍妓——「慰安婦」，即使五十年後倖存的證人起而指證控訴，日本當局也堅決否認，使戰後世代日本人完全失去戰爭犯罪的記憶。

第三個部門，是冷戰「戰略利益」使依附美日的代理政權刻意抹殺自己被日本所殘害的歷史。在冷戰體制下，戰爭中的加害者日本成了「反共盟邦」，國家放棄了反日教育和宣傳，接受日本經濟援助，把一切對日批判視同「左翼煽動」而加以鎮壓，使自己的國人遺忘日本法西斯暴行的歷史。台灣戰後對日政策，一直到今天，對此奉行不渝。

第四個部門是將白色恐怖犧牲者「汙名化」。冷戰雖然結束，白色恐怖犧牲者仍然被政府和社會視同「匪諜」、「共匪」、「叛國者」。以最近台灣對五〇年代受害者補償條例而言，首先就稱《戒嚴時期不當匪諜、叛亂犯審判補償辦法》。這就明顯將五〇年代人權破壞事件分成「應當」（被確定為有共黨身分及活動）及「不當」（冤假錯案）兩種性質，而分別的標準仍以當年執行白色恐怖的權力的立場為基準。在稱呼上，則以法律把白色恐怖受害人稱為「匪諜」、「叛亂犯人」固定下來，從而公然將其所認定為「正當」而應受懲的受害人「排除」在補償條例之外。質言之，五〇年代槍殺五千人、投獄八千人的背後，是先將這些被害人看成了「匪諜」、「共匪」、「叛國者」，也就是「不是一般人生父母養的人」，而加以殺戮和苛虐。這從一般大規模對人的暴行歷史中看，也是一致的：日本人殘殺中國人，先以「支那人」、「清國奴」視中國人；日本人征剿台灣原住民，先稱原住民為「番人」、「生番」，美國人屠殺越南人，先將越共的稱呼改為「Charlie」。「共匪」、「匪諜」、「叛國者」、「支那人」、「清國奴」、「Charlie」等汙名，使被殺戮和苛虐的犧牲者失去了人的位格，而成了人人可得而殺虐的動物、物質和汙穢可憎之物。這種先被以汙名而後殘暴之的機制，造成了德國納粹對猶太人的種族清洗罪行，造成日帝對中國人民最殘酷的加害，也造成了日本對中國和東亞人民的戰爭暴行，並且造成了美國支持的反共軍事政權對全世界成千上萬工人、農民、進步學生和教師、工會運動家、社會主義者的組織性大屠殺——白色恐怖肅清的、慘絕人寰的，由國家權力、階級暴力發動的大規模人權蹂躪事件。

把五〇年代具有世界戰後史重大意義的白色恐怖犧牲者「非人化」，從而將白色大屠殺歷史湮滅、遺忘和否認的手法，和湮滅一切殖民主義和法西斯暴行的手法如出一轍。在大恐怖中倖存下來，如今已年屆七十暮年的被害者，便是長期在這汙名化、「非人化」的湮滅、否認、狡賴和遺忘的冰山下被掩埋了五十年。五十年來，我們從來聽不到有人以活生生的人、和你我一樣普通的人的面貌，出來為那殺戮時代、苛虐的歷史做見證。

現在，年輕的記者王歡先生採訪了十三位台灣五〇年代白色恐怖受害而倖活的人，第一次讓這些活生生的證人坐到歷史法庭的證人席上發言輯成這本《烈火的青春》。對於另一個傑出的民眾史採訪、紀實作家藍博洲長期以來以被殺戮身死的五〇年代白色恐怖被害人為題材的大量紀錄，本書是一個適時的補充，對於填補被時代長期抹殺、湮滅和狡辯與否認的歷史空白，做出了重大的貢獻，十分令人感佩。

這十三篇紀實報導，向我們透露了一個有崇高理想，對於幸福、光明和正義懷抱著年輕而熾烈夢想的一代，如何遭受冷戰歷史最殘酷無情的摧殘，家人連帶受盡政治和社會長期歧視和壓迫，自己在長期投獄後回到社會而又遭到特情機關近乎趕盡殺絕的鎮壓與侵擾的激動而辛酸的內情。許多故事訴說了一代人把一生只能開花一次的青春如何奉獻給希望的火焰；訴說了重新找到祖國的激動，深情不渝的愛情，堅強的母性，因為組織和實踐而使自己堅不可摧的女性，和對於在白色恐怖中喪失的親人的無限景仰和懷念。〈「有光閃著」的瞳孔〉是唯一的一篇記述在一九五三年仆倒在台北馬場町犧牲者的報導。感謝家屬張香蕙女士提供了相當的資料，由陳映真執筆寫成，作為安魂的獻禮。

作者王歡先生花費了巨大的心力，付出了深刻的情感，經過長期勞動，結晶成這一本證言集，讓苦難的一代有機會以高大不屈的人的形象，以人的話語，在歷史的證人席上發言，發出振聾啟聵的雄辯的證言。這證言的回聲，將不斷鞭策我們，永遠要為制止國家發動的、組織性、大規模人權蹂躪暴力事件的再度發生而鬥爭到底！

敬以為序。

一九九九年四月

初刊一九九九年四月人間出版社《烈火青春——五〇年代白色恐怖證言》（王歡著）
另載一九九九年六月《海峽評論》第一〇二期

1　本篇另載《海峽評論》時，題為〈在白色恐怖歷史的證人席上發言——序王歡先生《烈火的青春》〉。

「有光閃著」的瞳孔[1]

張棟材熱切地瞭望著一九四五年後祖國劇變的形勢，深情地關懷著台灣勞動人民的命運，投入新民主主義變革運動，在二十四歲的韶華，仆死在馬場町的刑場上。

一九五三年五月二十八日，出身嘉義市的青年張棟材，背著「意圖以非法之方法顛覆政府，並著手實行」的罪名，在晚春的台北馬場町刑場凌晨，劊子手一聲槍響之後，迅速仆倒在滋潤著晨霧的土地上。鮮紅的熱血汩汩地在草地上擴散，逐漸凝結成暗紅的血膠。

張棟材生於一九二八年，得年二十四歲。從一九五〇年開始，最保守的估算，台灣有四、五千人被當作十惡不赦的「奸匪」，槍決殞命。而其中就有許許多多像張棟材那樣年輕、受到當時最好的教育、滿懷救國淑世的理想，好學深思、認真向上的台灣青年，被殘暴無情地摧殘了。

「六百萬民同歡樂」

張棟材的家庭是小鎮上殷實的小商人。父親在日據時代從事山產和木炭的中盤配銷，光復後擔任合作社副理。作為獨子的張棟材，天資聰慧。據他的同學、也在五〇年代的政治監獄中被折磨了十五年的林麗鋒回憶，張棟材在日據下嘉義東門「公學校」（限台灣學童就讀的小學）就讀的六年中，一直名列前茅。「然而，日據下台灣中學教育的民族歧視，比小學階段還要嚴重。」林麗鋒說，「台灣學生成績再好，也很難錄取。日本學生成績再差，錄取機會卻非常大。」張棟材投考日據下嘉義中學，雖然自信考得很好，卻因民族歧視而飲恨落榜。和大多數台灣考生一樣，張棟材不得不轉而考入「嘉義先修商業學校」，卻對於日本殖民主義的教育歧視和壓迫，有了深刻的體會。「我們這一代人，大多數都因為對日本帝國主義的憎惡，增強了我們日後愛國主義的立場。」林麗鋒說，「受異族壓迫的經驗，使我們更加憎恨自己政府的腐敗積弱，更加冀望我們自己民族變革圖強。張棟材也深有這樣的體會。」

張棟材的么妹張香蕙對此記憶特別深刻。一九四五年台灣光復後沒有多久的十月間，還在上中學的張棟材與高采烈地從外頭回家。「當時家裡只有我一個人。哥哥不知打哪兒弄來一面青天白日滿地紅旗讓我看，說是歡迎國軍行列時要用上。」張香蕙回憶著說，她說兄妹倆一向喜歡唱歌，「那一天，記得他教我唱一首歌，歌名如今也忘了，說是準備在歡迎祖國軍隊時要唱的。至今記得的一句歌詞是：『六百萬民同歡樂』，說明台灣同胞對光復解放的欣喜。」

在悶局中尋找解答

一九四六年，即光復的第二年夏天，張棟材畢業了。但是光復後才八個月，陳儀當局的種種惡劣政風，已經開始使台灣民眾從解放的狂喜中很快地幻滅。由於戰爭才結束，台灣的農業大幅衰退，致光復後農村依然凋敝，農業生產恢復不過來，導致糧食奇缺，米價節節上漲。而由於缺糧，地主屯積惜售，商人居奇投機的情況十分嚴重，陳儀政府雖一再申令禁止惜售居奇，但效果不彰。此外，經濟形勢一時難於復興，失業情況到了一九四六年八月已顯得相當嚴重，其中尤其以嘉義、澎湖的失業問題特別突出。而張棟材自一九四六年畢業以後，就一直處在失業的苦悶狀態。

一九四七年也是動盪不安的一年。元月分，台北聚集了高中以上、專科、學院和大學的學生近三萬人，為抗議前年底美軍在北京強暴了北大女生沈崇，進行示威。二月底，就暴發了著名的二二八事變，民眾對愈益艱難的生活和腐敗的政治表達了無比的憤怒。事變在三月初很快波及全島。三月中「二二八事變處理委員會」成立，但不久國民黨第二十一師登陸，進行慘絕的武裝鎮壓。嘉義市在這武裝鎮壓過程中損失了不少台灣籍精英。而凡此，無疑對富有正義感而又心情悒悶的張棟材和他的同儕，產生了巨大的衝擊。

思想的苦悶要求沉思，要求問題的解答。這時候，不但已經有島內各種綜合雜誌如雨後春筍地創刊——例如蘇新主編、陳逸松發行的《政經報》(一九四五年十月創刊)、黃金穗主編的《新新日刊》(同年十一月始刊)、台灣協進會機關報《台灣文化》(一九四六年八月始刊)——成為悶局中台灣知識分子精神食糧，而且從大陸和香港也進來幾種具有全國性影響力的時事新聞和綜合性評論雜誌如《觀察》、《時與文》和《時代》、《展望》，對當時的台灣青年視野的擴大，思想的深刻化，起到重大的影響。而有些人還能從秘密管道取得進步刊物和書籍如《新中國》、《光明日報》、小冊子《將革命進行到底》和《社會史教程》等。張棟材的身後留下了一本日記，記載著一九四八年六月到九月的他的思想和感情。在七月二十四日，他激動地寫道：

讀《觀察》依然令人高興。假如三天沒吃飯都可以，只有(要)《觀察》給我看的話呢！

原來，當時的許多台灣人知識分子，開始把尋求眼下台灣政治、社會的各種疑問的解答，求諸於當時全中國時局的發展和變化。而從大陸按時進口的綜合性雜誌如《觀察》、如《時與文》等就成了理解全中國形勢的珍貴渠道。張楝材和他的一群朋友，便是透過這些大陸進口的雜誌，瞭望著大陸內戰的局勢，為自己和台灣未來的命運尋找解答和方向。一九四八年六月八日，張楝材的日記上這樣記載：

晚上與王（湶昌）君論戰局（即大陸內戰形勢），覺得比四七年十一至十二月更為嚴重。

「與黃（立誠，後出面辦理自首）君談」，黃告以《時與文》雜誌上說，「郭沫若先生以及其他野黨正在香港籌畫要組織共成『聯合政府』」。張楝材接著以無比的激動之情，在同日的日記上，以略為生澀的國語這樣寫著：

啊！多麼愉快哩！我不知不覺地發聲，緊緊地握他（黃立誠）的手。朋友！我們雖然在於混迷的環境裡，我們雖然在貧窮的交迫中，亦是在落後不堪的社會中，但是光明從東山穿出來了！走的路，雖然是刺桐的路，它又是可到生命的路……朋友！前途雖是遼遠，但光明投下來了。我們相信自己的力量。互相扶助以爭取真的自由、平等，謀大眾的時代了。我們互相扶助、刻苦忍耐修養自己，而替兄弟同胞出著最後的一力好了。那個人英雄主義的時代已經過去了。現在是大眾的時代……

六月十四日的日記上記載：張棟材的好友周永富（經另案判處有期徒刑）談到大陸民主人士和在野黨派人士聚在香港商談籌組民主聯合政府的事。張棟材寫道：「大家講得莫不感激（激動、興奮），都是很高興，預定當時正式聲明時，以歡迎會招集同志以紀念光明的進展，（說好了）各人要發表一項演說及一篇論文。」

張棟材和他一夥想問題、關心台灣命運的台灣的年輕人，顯然對當時大陸上「民主聯合政府」的動向寄予熱切的期待。何以如此？這就要對抗日戰爭勝利後直到一九四八年當時的整個中國形勢有概括的理解了。

一九四五年到一九四八年間大陸的形勢

一九四五年八月抗日戰爭勝利，在美國斡旋和介入下，推動國共協商，冀能化解內戰，和平建國。八月廿五日，中共發表《當前時局宣言》[2]，主張避免內戰、組織民主聯合政府。八月廿八日，毛澤東、周恩來飛抵重慶，與國民黨當局展開會談，十月十日，國共雙方簽訂《雙十協定》，協議民主改革，地方自治、停止內戰。中共並明確呼籲召開由包括各民主黨派在內的「政治協商會議」，共商國是。

國民黨雖然表面上接受《雙十協定》，但實際上卻在積極準備並挑動內戰。一九四五年十二月，周恩來率團再到重慶，建議國共無條件停戰，並盡快召開政治協商會議。一九四六年開春，國共雙方達成了「關於停止國內軍事衝突辦法的協議」。依據這個協議，一月十日開始，在重慶召開了政治協商會議。經過無數波折和艱難的談判，中共和各民主黨派終於合力與國民黨達成五項協議，確認(一)避免民族內戰、和平建國；(二)政治民主化；(三)軍隊國家化；(四)黨派平等合法化；(五)將國民政府改造為各黨派參政的民主聯合政府，並確認國家施行議會制、內閣制和省的自治等方案。

但是國民黨不但沒有誠意接受這些協議，而且現實上反對、破壞甚至鎮壓全國各地熱情擁護「五項協議」的集會和活動，打傷、威脅這些集會和活動中的民主人士、知識分子，並且在全國各地多處進行反民主暴行(四六年二月)。到了六月，國民黨撕破停戰協定，悍然發動全國規模的內戰，向中共各根據地進攻。

前文說過，四六年十二月，北京的「沈崇事件」引發了全國性學潮。四七年一月，台灣學生大規模回應了這個反美學生運動。三月，上海學生成立了「全國學生抗議美軍暴行聯合總會」。運動擴大發展為學生反對內戰、反對迫害、反對經濟生活下滑，要求改革學制、改善生活，反對民族內戰。五月，全國工人和學生聯合罷工、罷課、遊行、示威。國民黨對學生的鎮壓，僅僅使民主運動更加擴大化。

一九四七年三月，國民黨鎮壓了台灣民眾二二八民主自治蜂起。而在大陸各地，國民黨也瘋狂鎮壓民主人士和在野黨派，許多知名民主人士被捕、被殺。「民主同盟」在國民黨高壓下被迫宣告解散。十一月，國民黨召開「制憲國民大會」，在一片混亂中，通過了《中華民國憲法》，並強行通過《動員戡亂時期臨時條款》，使蔣介石獲得更其獨裁的威權，引起了另一波全國性反對擴大內戰、反對強化獨裁的民主運動。而國民黨對這反對風潮的鎮壓，又引發了全國性的學潮。

一九四八年四月三十日，中共又號召召開新的政治協商會議，召集人民代表大會，成立聯合政府。五月一日，毛澤東致電民主黨派到中共北方解放區開政協和人大。五月五日，在港民主人士響應。

到了六月，全國又爆發反對美國再武裝日本的反美愛國運動。至此，大陸各民主黨派紛紛集結到香港，聯合反蔣。而早在一九四七年下半年，內戰形勢逐步逆轉，中共改採全面戰略進攻之勢。此時，國民黨在內戰中節節失利，集結於香港的民主勢力，頻頻召開會議，發表通電和宣言，主張召開政協，組織民主聯合政府，和平建國。他們也把被迫解散的「民主同盟」重新宣告恢復。

關心台灣，心懷祖國

就是這個大背景，使得張棟材、王湶昌、黃立誠和當時許許多多台灣知識分子、與當時全中國渴望和平、改革、振興中國的青年、知識分子一樣，寄厚望於新政協的召開，也寄厚望於民主聯合政府的籌畫。一份流落在外的王湶昌的自白書也這樣寫：「一九四八年，政治協商會議對台灣知識分子發生廣泛、重大的影響。」現實上，當時台灣人知識分子已經看見了國民政府最終覆亡的前景，從而將後國民黨的新社會、新國家的展望，寄託在中共提倡的「新政治協商會議」和各民主黨派參與的「民主聯合政府」。

因此，六月十五日，張棟材在日記上寫：「香港是在文化上、政治上民主派的（根）據地」；十七日記載：「今天報紙有報導，香港有組織聯合政府的籌備會、亦稱『新政協』，我很高興」。如果擺在當時大陸的時局來看，張棟材和其他台灣進步青年們熱烈祈望和平、建國、進步的心情，躍然紙上，有生動的典型意義。

一九四八年七月，內戰形勢進一步逆轉，國民黨敗相畢露，一個新中國的展望比任何時候都顯得實現在即。七月十三日，張棟材又一次激動地在日記上寫下了這一段話語：

（勞動人民的）粗手便會斷送鐵鎖，建立民主的、人民主辦的政府。我們看看農村的貧窮，看看那素樸的農民、工人，特別看看他們的臉、手，誰都夠為了他們奮奮（憤憤）……他們有濃厚的眉毛，黑漆的色，是指著堅忍憤（奮）鬥，奈（耐）著一切苦惱，過了獸畜一樣的生活的。他們的手要萎縮了。這不是他們為了生活，（折）磨了好好的生命嗎？可是生活還不向上（改善），他們的瞳孔枯萎了，縮窪了，可是有光閃著。果然，他們還抱著希望吧。我們青年不為革命不可了！

這一段語言滯澀卻難掩激動的文字，說明了張棟材如何寄希望於新政協和民主聯合政府能夠建設一個「民主的、人民辦的政府」。而當他把眼光投注到當時的台灣社會，他看到的是極端貧困化的台灣農民。接著，張棟材極目遠眺，他看到「有光閃著」，看到了「希望」，看到了全中國的革命走向勝利的新形勢，從而發出了吶喊：「我們青年不為革命不可了！」

至於一九四八年當時台灣農村，稻米生產逐漸恢復，米價逐漸下跌，但是在半封建的地主佃農制度下，地租沉重，加上肥料換穀體制，使農民在上租、換肥後，所剩無幾。另外，一九四八年八月，台灣的通貨膨脹達到了高潮，台幣巨幅貶值，物價一日數漲，細民生活日困，農民尤烈。繼張棟材之後為了逃避國民黨偵探緝捕而逃亡的王漂昌，潛行於農村兩年間，在農村幹粗活，從事挑伕、割稻的勞動以隱蔽和求生。在他的出面自首的自白書中，眼見台灣農民的貧困，指出農民在肥料換穀、繳納地租後，所餘無幾，難以為生。他在這份轉向投降的文件中，猶殷殷為農民請命：

> 現時稻穀最廉價，卻一般的物價貴得很。收獲的五穀除交換肥料後，所剩不敷他自己的食、衣，生病時更不必講了……現在台灣的農民經濟是最危險，整個農民經濟不安定，不能講台灣經濟是全面的安穩了……

張棟材、王漂昌和周永富、金木山一代台灣知識青年，不只密切瞭望大陸政局的變化，也迫切注視和關懷著台灣民眾，即農民窘迫的處境。他們把解決台灣社會中嚴重矛盾的課題，和全中國的革新、和平聯繫到一起思考了。

批評台獨運動

二二八事變之後，廖文毅以香港為基地，成立了「台灣再解放同盟」。這個組織曾與謝雪紅等台灣省中共地下組織避港人士結成為時短暫的統一戰線，但終於因為廖文毅的分離主義傾向日顯而分裂。一九四八年八月末，眼見大陸局勢崩潰，一部分美國人力圖阻止中共攻台，進而以台灣為圍堵新中國的戰略基地，設法要把台灣從中國分離出去。這些人找上廖文毅，以民間新聞通訊社的名義，發布了時已遷其總部於日本的廖文毅們，要求以「公民投票決定台灣前途」的消息。八月二十六日，看到這消息的張棟材在日記上記載，說「《中華日報》刊了合眾社的消息」，台獨「在日本的地下組織」，主張美國盟軍總部到台灣去調查國民黨在台惡政，並且要求在對日和約中自己能以台灣代表身分參加，而且主張「在台灣以公民投票決定台灣的前途」。針對這個消息，張棟材在同日的日記上，寫下了他的評論，典型地表述了當時張棟材一代台灣青年的見解：

於我看台灣不可獨立，亦是不成的。(一)我們台灣人有堂煌(皇)的歷史，(如)鄭氏建台等(二)台灣假使獨立，土地狹小，人口不足防衛島上(三)台島物產豐富，但(地處)軍事要衝將受國際的歧視及侵略……不能夠(獨立)的。我們盡折(責)這種荒謬的宣傳，並主張要回籍祖國，但我們有條件：（一）要實行地方自治制度、例（如）省縣市長民選，直接選舉（二）不能承認違反民眾意志的政府、（包括）一切違反中國及台民利益，採壓迫專制政策（的政府）……

反對台灣獨立，主張在充分民主自治條件下，回歸祖國。這是張棟材的思想，也是他那一代進步台灣青年的思想。

另外，張棟材反對台灣分離主義和擁護民族再統一的思想，也表現在他對當時朝鮮民族統一運動的嚮往。一九四八年四月三日，南韓濟州島農民，為了反對南韓在美國和李承晚操縱下「投票」搶先成立以三八度線為界的南方政權，起而反抗，遭到美國軍部和李承晚的殘暴鎮壓，造成五、六萬人以上的屠殺慘案。九月九日北韓金日成宣布成立「朝鮮民主主義人民共和國」。九月十日，張棟材在日記上寫著：

朝鮮人民為統一而鬥爭……這給我們有多麼感激（激動）吧！我們相信朝鮮（民主主義）人民共和國的獨立，對東南亞的解放有莫大的貢獻——把歐洲殖民帝國主義國家拋出亞細亞的圈外，使整個亞細亞獲得獨立與自由，互助共榮，而實行社會政策（主義）之機會，順應世界之潮流、向著人類之和平努力吧！

一九四八年夏天，全中國爆發了反對美帝國主義再武裝日本的運動，市民、教師、學生、知識分子和工農群眾一道到處示威遊行。美國支持國民黨打的內戰，也正節節失利。在這背景下，張棟材已經能從世界史範圍和民族解放運動的眼光去看待朝鮮人民獨立運動的本質。

艱難的道路

在一九四八年國民政府走向崩壞的激動的背景下，嘉義市的青年王漯昌、黃立誠、張棟材和周永春走到一起，組織了一個名為「天地人會」的讀書小組。據王漯昌投降的自白書指出，一九四八年間，大陸政協會議對台灣知識分子起到廣泛的影響。以王漯昌為中心的這些青年因為「對文學，尤其是對新從大陸來的文學的關心，和對於文學理論的興趣，而組織了稱為『天地人會』的讀書會」。張棟材的妹妹張香蕙說，長期因失業而苦悶的張棟材，「自從參加了讀書會，幾乎變了一個人」。她說，「他顯得喜悅、興奮，像是人生找到了明白的方向。」她記得還是在這時候，張棟材在家裡哼起從前她不曾聽過的新歌。「起來！不願做奴隸的人們……這是〈義勇軍進行曲〉。我後來才知道這是大陸的國歌。」張香蕙說，「還有一首歌：〈團結就是力量〉，他也愛唱。」

一九四八年夏，王漯昌和中共在台南的地下黨接上了線。依照王漯昌的自白，同年秋間，王湶昌和張棟材成為地下黨的預備黨員。國民黨安全局文獻指出，王湶昌被賦予阿里山林場工作的使命。從張棟材遺書看來，他在一九四九年五月正式入了黨，先是負責在青年和學生中發展工作，「吸收了蘇欐岑、蔡志願、金木山……」後來被指派為省工委嘉義市支部書記。然而，從一九四八年六月八日到九月廿一日的張棟材的日記中，並沒有起訴書所控「組織『馬克思主義研究會』」的記載，更沒有「經王湶昌介紹認識『老林』（李媽兜化名）、被吸收為預備黨員」的記載。從王湶昌的「自白」，和事證上不無矛盾的「安全局」資料看來，王湶昌介紹張棟材認識「老林」之後，似乎由於「老林」對王的工作不滿，可能另外直接與張棟材結成組織關係，在一九四九年正式成為地下黨員，與王隔離發展。長期關心全中國的時局，對於大陸新政協和民主聯合政府懷抱熱情關注的張棟材，突然撞見了以「老林」的模樣出現的中共台灣省地下組織，想必以極大的熱情，積極展開他力所能及的工作吧。

一九四九年十月，中共全面贏得了解放戰爭的勝利，建立了新的國家。但在海峽這邊，從一九四九年十二月，中共在台組織以基隆中學鍾浩東案的偵破為起點，開始了迅速而悲慟的瓦解過程。一九五〇年春，「省工委」中央瓦解投降。據王湶昌的自白，此時「老林」還通知「六月間解放台灣」，所以要求處境危急的同志潛入地下，逃亡待變，甚至要求「一邊逃亡，一邊抓緊工作」。然而，同年六月二十五日朝鮮戰爭爆發，美國第七艦隊封斷海峽，形勢產生了根本性轉化。一九五〇年四月，張棟材開始了將近三年艱辛的逃亡生涯。

據妹妹張香蕙的回憶，張棟材潛入地下逃亡後，一直都和他的母親保持聯繫。而居間充當信差交通的，竟然是當時讀高三的張香蕙。「哥哥是在一次戶口調查時機警奔逃離家的。那是一九五〇年四月。」張香蕙回憶說，「後來，有時媽媽就會給我一個地址，要我送東西給哥哥的一位朋友，再轉交我哥……」張棟材投奔過一個表叔鄭脈連，後來這位表叔竟因「知匪不報」罪被判十年徒刑。張棟材也投奔過四湖鄉的一位姑丈。幸經台灣名人林金生力保，這位姑丈才免投獄之災。「有時特務來查得緊，母親就讓我從後門出去，跑到哥哥藏身之處，通知他戒備或轉移，」張香蕙說。「有一回，我獨自走一條沒有燈火的暗巷，忽然聽到身後有腳步聲。人走近了，才認出是哥哥和伯母。那時我以為這是最後一次見到哥哥了。」張香蕙說著，哽咽起來。兄妹互道珍重，張棟材又走上孤獨艱苦的流亡的途程。「哥哥逃亡中，也不時有特務來家裡『突檢』。他們開著一部紅色吉甫，在夜半猛敲家門。等到我們開了門，一夥人就衝進來搜索。」張香蕙說，「有一回，我在那一批搜索的人群中，竟而發現我的一位數學老師。」張家後來也知道，隔壁一位老鄰居也是特務，長期暗中偵監張家的動靜。「都是咱台灣人老厝邊呢，」張香蕙說。而張棟材流亡的三年，在其後獄中寫回來的家書中，有這樣的描寫：

特別這次近三年顛沛流離踽飄寒霜野宿，終把我底體力與精力都消耗殆盡了。（一九五三年二月十六日）

寥寥數語，道盡了流亡道途的嚴峻與坎坷。而母子連心，據張香蕙回憶，在張棟材逃亡的三年間，每逢淒寒或風雨，母親總是悲哭不已。

獄中日月

張棟材最終是匿居在嘉義附近太保鄉水牛厝。一九五二年初冬，張棟材到北港市場一家中藥店抓藥，被已經自首的黃萬斛看見，報警圍捕。「被捕後哥哥被送到斗六警察局。我帶著母親去看過他。臨別時，他從欄杆式的監房伸出手來，拉著我的手說，香蕙，媽媽就託付給你了。」張香蕙在回憶中流淚了。

張香蕙至今珍藏著從一九五二年十二月二十九日以迄五三年五月二十五日，張棟材從獄中寄回來的家書。被嚴格限制字數，發信前也須嚴格檢閱的獄中家書，只能頻頻向父母報告自己的平安，頻頻為自己平添父母憂愁而歉疚。除此而外，張棟材的家書有三方面很突出。一是對母親深摯的情感。信中無數次要母親不要憂傷，要母親善自保重，要妹妹香蕙和香桂孝敬母親。如果理解到張棟材逃亡期間，母親勇敢的支持和接濟從未間斷，就能深一層體會到張棟材對母親無限的孺慕。其次是對於二妹張香蕙的關懷和策勵。張棟材認為張香蕙是可造之材，從獄中寄出的第一封信開始，他就要求父親在可能範圍內讓她上大學，而么妹張香桂「至少也要上完中學」，千萬不要有「女子為學無用」的思想（五二年十二月廿九日）；訓勉妹妹要戒惰勉學。他並且建議妹妹將來讀「理工化」，認定科技之學才是促進人類幸福和進步的知識。而「區區文科，何必專攻耶！」自修就可以了（五三年二月二日）。兄妹友愛期許之情，溢乎言表。

在一九五三年二月十六日的家書中，張棟材第一次也是最後一次流露了對於生的無盡的留戀。他簡潔地寫道：「……我飢渴『溫暖』的生活，我也未嘗著『愛』的撫慰……。」

從一九五〇年六月韓戰爆發，美國第七艦隊封鎖海峽以後，國民黨就開始大量逮捕和處決政治犯。一九五三年身處政治監獄的張棟材，耳聞目睹，當然自知必死無疑。五三年一月二十六日的家書中，他埋怨同案他人「虛言亂證」，即以不實的供辭咬定了張棟材的罪名。一九五三年二月十六日的家書中也說「在地方（斗六警局）因病身遭疲勞掬訊亂招」，都說明他自知難逃一劫的命運。年方二十四歲的張棟材，在獄中日日凝視自己即將結束的芳華之年，想到了這行將告終的一生，竟不曾有過受到異性情愛所「撫慰」的經驗。為了中國的改造不惜獻身的年輕的共產黨人張棟材，這時也自然地流露出對於「溫暖」的生活的無限的憧憬。張棟材這簡短的餘音，生動地刻畫出他那一代台灣青年知識分子的純潔與熱烈。他們帶著對於生、對於愛情的無限憧憬與留戀，卻將每一個人的一生中只許花開一次的青春，獻給了民族，獻給了解放受苦人的事業。

不曾了卻的心願

一九五三年五月二十五日，張棟材突然自獄中寄出了一張明信片，上面寫著：

> 想吃梅林村牛肉罐頭和螺肉罐頭。請……馬上速速送(來)給我。我知道家裡現在很困窮。你們不要又瞞著我。但是上記的東西請勉強送(來)給我。

張棟材無論如何不是一個明知家中困難也必欲滿足口腹之欲的人。而需求之孔急，從「馬上速速送(來)給我」的詞句可以想見。

五月二十八日，也就是寫好這張明信片後第三天，張棟材就被處決了。

在獄中，當然不是信寫好就可隨時投郵的。它必須在定日寫好交給獄中政治官員，長時間逐一檢閱後，才投郵寄發。完全可以合理地推想，這張明信片甚至還沒有機會被檢閱時，張棟材就已經就義了。

想必是獄中什麼樣的動靜，使張棟材敏銳地感覺到自己絕命的時日已屆，而急忙寫這張明信片，要家人勉為其難地讓他了卻生命終結前想到要吃牛肉和螺肉的心願吧。

然而張棟材畢竟在連這個心願也無從滿足的心情下，在五月二十八日的凌晨死亡的點呼聲中，告別了難友，走出了押房……也許張棟材也想到，如果後來家人終於知道他們送來的美味，能趕在他赴死之前讓他享用了，對家人或者未嘗不是一種刻骨的安慰吧。

五月三十日，張棟材的家人到台北來認屍，並且辦理領回掩埋和火葬許可的手續。對此，張香蕙記憶猶新。在五尺、六尺見方的淺土窟中，躺著四具屍體。台北極樂殯儀館的「土公」，把張棟材的屍身翻找了出來。「哥哥的面容看來安詳。我看見他的額頭上沾著一點泥沙。」張香蕙說，「哥哥身上穿著藍外衣，白襯衫、淺灰色的西褲。是姑媽僱人為他淨身、更衣、誦經和火化後，由我捧著哥哥的骨灰回家的。」

家裡給張棟材辦了盛大的葬禮。把被處決的政治犯親人「鬧熱出山」，未始不是家屬的沉痛的抗議吧。「哥哥出殯那天，下著大雨。」張香蕙沉思著說，「後來又算了算，哥死的那一天，也落著大雨。」

七年後的遺書

整整七年後的一九六〇年，張棟材的同案人吳炳煌刑滿出獄，回到嘉義故鄉，不料竟為張家帶來了張棟材七年前留下的親筆遺書：

父母親鈞鑒：

兒自一九四九年五月……參加革命先鋒隊（中國共產黨——註）後，從事台灣人民解放運動，組織了「台灣青年民主自治革命促進會」。……兒奔走革命，流離外鄉，歷三年之寒暑……在此臨別之時，思及雙親……兒不能盡反哺之義，自慚悲憤，斷腸如割肺腑。……兒之宿願在人民解放也。惜乎中途挫敗，竟不能眼見祖國之長成與繁榮矣！然人類之前途已充滿輝煌之光明，懇請父母親切勿悲痛……

遺書用黑色墨水的鋼筆工整地寫在白色襯衫撕下來的四方布上，經吳炳煌縫在自用的棉被胎裡，瞞過了獄卒的嚴格檢查，帶回張家，由張香蕙秘藏至今。

張棟材的遺書，是自己的政治和思想的告白，是對於暴力和人性的萎弱的嚴厲控訴，更是他那一代台灣人知識分子精神和思想歷史的重要而珍貴的文獻。

張棟材仆倒在祖國內戰曲折的歷史中。當目前內戰的餘緒被蓄意挑撥成為事大背祖，民族分斷的迷霧，張棟材一代台灣知識分子的宏大的器識和堅毅純潔的腳蹤，留下了芬芳而豐滿的啟示……。

初刊一九九九年四月人間出版社《烈火青春——五〇年代白色恐怖證言》（王歡著），未署名

1 根據陳映真在〈烈火的青春·序〉所述，確認為其本人著作：「〈「有光閃著」的瞳孔〉是唯一的一篇記述在一九五三年仆倒在台北馬場町犧牲者的報導。感謝家屬張香蕙女士提供了相當的資料，由陳映真執筆寫成，作為安魂的獻禮。」

2 即《中共中央對目前時局宣言》。

同一個民族　共同的命運　共同的鬥爭

台灣新文學運動和「五四」新文學運動的聯繫[1]

八〇年代以後，台灣刮起一股民族分離運動的邪風，主張有一個異於中華民族的「台灣民族」，以台灣為獨自的共同體而有別於中華民族共同體；主張有別於中國意識的「台灣意識」。從而在文學問題上，他們主張有別於中國文學，和中國文學相對立的台灣獨自的文學。在台灣現代文學史問題上，他們否認中國現代文學對台灣現代文學的深刻聯繫，當然，他們也急於否認「五四」新文學運動對台灣現代文學的深遠密切的聯繫。

然而，意識形態和政治不能替代具體的歷史真實。發生在半殖民地半封建社會的中國現代文學運動，和發生在時序僅僅相差三、四年的、殖民地半封建社會的台灣現代文學運動，有著深刻的關聯，是歷史本身早已做好的結論。

殖民地台灣的白話文運動和「五四」

台灣的現代文學運動，發生在一九二〇年至一九二五年間。此時台灣被日本割占已達二十五年至三十年，台灣殖民化以後接受殖民化現代教育而成長的第一代現代知識分子，正值青壯之年。然而這一代人不但沒有被日本同化，反而在殖民統治下，公開提倡並實踐以祖國現代白話文當作共同的表述語言和文學創作語言。而做這樣主張的各種論述，都明確地以中國的白話文運動的經驗、成效和理論為榜樣：

陳炘在《台灣青年》上發表〈文學與職務〉，認為文學的「職務」（任務）在於傳播新的思想，從而改造社會。因此，在語言工具上，主張應該使用中國的白話文來表述。另有陳瑞明說明祖國大陸內地已經在使用白話文，取得了「言文統一」的效果，主張台灣也應效法內地，「廢累代積弊」，使用中國現代漢語白話文。有一位甘文芳寫〈實社會與文學〉，說明中國現代文學已經因為改用白話文寫，大有進步，為世界文壇所注目，所以台灣文學也應使用白話漢語。

一九二三年，黃呈聰在雜誌《台灣》發表〈論普及白話文的新使命〉，說明他到中國大陸考察，眼見白話文的普及的好處。他認為台灣也大可效法，因為台灣讀書人平素也看中國白話小說，如果能在平時再多讀大陸新刊科學、思想性雜誌，很快也能掌握白話文的讀寫。

黃朝琴寫文章認為中國為了普及教育和啟蒙，「圖國家之統一」，而成功地推行白話為共同語，因此，台灣應該像「本家中國」一樣，「改做言文一致的白話文」。

從以上所引，台灣推行白話文，是受到中國「五四」白話文運動的經驗、效果和理論的深刻影響，至為明確。

殖民地台灣新文學運動的理論和創作範式與「五四」

殖民地台灣的新文學運動，不僅在語言改革問題上深刻、自覺地受到祖國「五四」新文學運動的影響，在文學理論、文學作品的範式（paradigm）上，也受到祖國「五四」新文學運動深刻、自覺的影響。

蔡孝乾寫過文章〈中國新文學概觀〉，介紹中國「五四」新文學革命的歷程與未來的趨向，對中國文學革命的理論、創作實際，有概括的介紹。秀潮寫〈中國新文學運動的過去現在和將來〉，著重介紹了胡適的〈文學改良芻議〉的思想、主張，也介紹陳獨秀〈文學革命論〉的概要。蘇維霖寫〈二十年來的中國古文學及文學革命略述〉，是胡適的〈中國五十年來之文學〉的概括。張我軍也寫文章介紹胡適的「八不主義」和陳獨秀的「三大主義」。

有了理論和思想，還得要有創作實踐。怎樣使用白話文，以豐富的形象、新的感情和思想，以新的結構和敘述，表現為文學作品，需要有作品的範式。中國新文學運動從域外文學中尋求寫作範式，如魯迅之於外國小說，徐志摩之於英國浪漫派詩人作品。但台灣似乎更幸運一些。台灣新文學運動的作家，直接從中國新文學作家的作品中取得寫作範式和靈感。

以《台灣民報》為中心的報刊雜誌，在這個時期，刊介了很多中國新文學作家的作品。據研究，這些作品有魯迅的〈阿Q正傳〉、〈狂人日記〉和〈故鄉〉；冰心的〈超人〉；郭沫若的〈牧羊哀話〉、〈仰望〉、〈江灣即景〉；胡適的〈終身大事〉和徐志摩的〈自剖〉。

這些大陸新文學作品在台灣當時知識分子所矚目的《台灣民報》刊載，如何地引起殖民地台灣知識分子的關切，從而對台灣新文學的創作實踐發生巨大影響，不言而喻。

割讓的殖民地

四〇年代台灣的文學評論家林曙光認為，台灣新文學運動在本質上「始終追求著五四新文學的傾向」，台灣新文學「發源於中國新文學主流中的一個光榮傳統與燦爛的歷史支流」。評論家葉榮鐘也說，台灣新文學在「精神上與祖國發生交流」，是「台灣向祖國的『文化歸宗』……」。

兩岸文化、文學在「本質」上、「精神」上非比一般的密切聯繫，絕不是台獨文論企圖將台灣文學受中國文學的影響，歪曲成一個「民族」受其他各民族文化影響之一的說法所可抹殺的。那是因為不僅台灣人民和中國人民同為中華民族，還因為台灣的殖民化不是一個自來獨立民族的殖民化，而是全中國在鴉片戰爭後半殖民化過程中，局部的台灣的殖民化。對於台灣而言，祖國和民族並不曾覆亡。對台灣人民而言，還存在著一個殘破、半殖民地化的祖國中國！

因此，台灣的殖民化，和韓民族的殖民化不同。後者是全民族的淪亡。對朝鮮人民而言，克服殖民地化的鬥爭，就是打倒日帝，恢復民族淪亡前的獨立。但對於台灣人民而言，則是打倒日帝，復歸祖國。

台灣遭受殖民統治，在日據下長達五十年的反日民族解放鬥爭中，強烈的「中國指向性」，一直起著重要作用。遭受日帝殖民統治的五十年中，台灣人民不但「始終熱烈地想念祖國……非常關心祖國，無時不尖著耳朵打聽祖國的消息」，而且一直把台灣的解放，台灣的復歸祖國，寄希望於中國的革新運動和革命運動。歷史地看來，二〇年代的共產主義運動，三〇年代的抗日民族解放戰爭，四〇年代的和平、民主、反潮流內戰運動，都對台灣發生了十分深刻的影響，牽動幾百萬台胞的心思。

兩岸的民族解放鬥爭與新文學運動

一八四〇年以後，中國遭到帝國主義列強的侵凌，淪為半殖民地半封建社會。台灣也在這個過程中先是淪為半殖民地，與大陸同樣遭人強迫開港，開放海關，讓外國商業資本長驅直入。甲午戰後，台灣進一步遭受日帝殖民統治，整個中華民族陷於豆剖瓜分的危機。

民族嚴重的危機，使有識之士，對「現代性」張開了眼睛。帝國主義的堅船利砲，代表現代科學、技術、產業的力量，也代表西方新知識、新文化、新道德、新思想與教育的力量。民族史上空前的挫敗與浩劫，使有識之士反省和檢討傳統社會、制度、文化、思想的破綻。人們既見識到帝國主義現代性的無比威力，也身受了帝國主義現代性的凶暴，於是就興起了對內清理傳統思想文化和制度的落後性，提倡依西方的現代性進行變革以自強的運動。「師夷」（現代化）的目的在「制夷」；「師夷」是「制夷」的手段。而「師夷」又必須對傳統中腐朽的東西加以批判。這是在帝國主義時代淪為半殖民地、殖民地社會的思想文化革新運動的本質。

於是偉大而豐富、深刻的中國文學傳統遭到前所未有的挑戰。為克服民族工作者重大的危機的中國民族解放運動，迫切地要求對廣大民眾進行宣傳鼓動，對作為民族成員的廣泛人民進行思想、文化的啟蒙。人們於是發現了使用中古漢語（文言文）作為書寫表述工具的艱澀性和局

一九九九年五月

限性，這就要求改用「文言一致」的白話文。在文學思想上，要求文學「傳播（新）思想，改造社會」，批判傳統舊文學「陳腐頹喪」，搞文字遊戲，把文學當作個人沽名釣譽的工具，和生活現實脫節，是僵死的文學。

從全局看來，兩岸的新文學運動都是帝國主義壓迫下，為反帝自強而改革改造的新的思想運動和文化運動的一個重要組成部分。中國文學革命運動，是「五四」反帝、反封建的新文化、新思想運動的一個重要環節。同樣，一九二〇年到一九二五年間的台灣新文學運動，也是台灣反帝、反封建、復歸中國的新文化、新思想運動的一部分。由於時間先後只隔數年，加上作為「割讓的殖民地」台灣強烈的「中國指向」，台灣的新文學運動就自覺地取法，並受影響於中國「五四」新文學運動了。

殖民地台灣的反帝思想文化啟蒙運動，是台灣新文學運動的母體。一九二一年的「新民會」，主張殖民地台灣的政治與社會改革，主張促進「與祖國同志聯繫」。同年的「台灣文化協會」主張促進殖民地台灣文化的進步、發展，宣傳反帝民族主義，革除傳統文化中的糟粕，創行新的（現代的）道德。雜誌《台灣青年》、《台灣》主張「厭惡黑暗、仰慕光明」、「反抗横暴、服從正義」，建設新的文化和思想。這些組織、運動和刊物，不時對文學問題表示深刻關切，常有討論。尤其是一九二三年作為文協機關報紙的《台灣民報》（一九二三年始刊）更是以中國白話文為全報語言，並特闢文藝專欄，定期性刊載文學論文和作品。這對白話語文的普及和以白話文為敘述工具的台灣新文學的發展，影響至為深遠。

共同的命運　共同的鬥爭

發生於一九二〇年到一九二五年間，台灣的文言文與白話文的鬥爭，新舊文學的爭論，不論在理論上、書寫和創作實踐上，都深刻地、自覺地受到祖國「五四」新文化、新思想運動的影響。

這樣的影響，絕不是一地的文化、文學思潮受到另外其他地方文化思想影響的一般狀況。台灣新文學、新文化運動之受中國「五四」運動的影響，是本於同一民族同在帝國主義時代同樣遭受到列強橫暴時所爆發的民族自強改革運動而來的影響。半殖民地化的中國，在一九一七年展開語文和文學改革運動，在一九一九年發展為全面性反帝自強改造的文化、思想運動。一九二〇年開始，台灣自覺地、勇敢地、旗幟鮮明地把祖國「五四」新文化、新文學運動的火種，在殖民統治的台灣點燃。雖然日帝藉著割占台灣，把台灣從母體中國分斷，但台灣人民始終把中國的鬥爭看成是自己的鬥爭，把中國變革圖強的目標，當成是自己的目標，把中國反帝反封建鬥爭的經驗教訓，也當成是自己的經驗和教訓。台獨文論企圖在文學和文學史上把台灣從中國分離出去的謬論，是站不住腳的，是經不起具體歷史事實的駁難的。

初刊一九九九年五月《台聲》（北京）第五期

1 本篇為「紀念五四運動八十週年」專題文章。

歸鄉

太極拳

連日來，卓鎮三介宮後面的公園裡忽然來了一個「太極拳打得極好的老頭」的消息，很快就傳遍了卓鎮的早覺會。據人說，有一天清早還不到五點半，三介宮公園的草坪上，照例有許多早覺會的中老年人，打拳的打拳，練功的練功，慢跑的慢跑。但是，不知不覺間，散落在公園各角落，照常練太極拳的一些人，都被老樟樹下一個灰白頭髮的老頭的拳式所吸引。

「沒見過人打太極拳，打得那麼沉穩、圓活。」

卓鎮唯一的一家機車行的老闆張清說。他是早覺會的領袖之一。他有一張灰色的方臉，濃眉大眼。早覺會聘什麼老師練什麼功，都透過他計畫張羅。早覺會裡有一班人打去年春天起開始練太極拳，也是張清去請了一個白鬍子福州人老頭教了三個月。其中，張清練得最勤，最起勁。

「你看他一式接一式，連貫得多順暢，流水似的。」退休快兩年的郝先生說。

自此而後，每天清晨，在三介宮後壁公園的草地上，凡練著太極拳的老老少少，竟不約而同地在老頭的身後，靜謐、虔誠地跟著老頭從「攬雀尾」接「單鞭」之式，雙手順纏，內向合抱而成「提手上」式，然後接上「白鶴亮翅」……

第四天，一套十八式拳二十來分鐘打完了，張清就趨前向灰白頭髮的老頭說：

「這位師父……」張清瞪大眼睛，謙和地說，「我們從來沒見到過你呢。」

「呃，」灰白頭髮的老頭有些靦腆地說。

天色開始明亮起來，照得半山的相思樹林婆娑生姿。白頭翁遠遠近近地叫著。幾個玩畫眉的人掛在矮樹枝上的、覆蓋著鳥籠罩子的籠子裡，傳出凶猛地爭吵一般聒噪的叫聲。

「這位師父……」張清說。五、六個原只默默地、崇敬地隔幾步圍著的人們，受到張清搭訕那灰白頭髮的老頭的鼓舞，都圍攏上來了。

「不敢當。」老頭說，「叫師父，不敢當呀。」

「這位師父，」張清自顧說，「我們才學太極拳不久。看你提腿、收腿，雙肘內纏、外纏……我們全看傻了。」

「哪裡話。胡亂比劃，鍛鍊身體。」老頭說。他發現他被五、六個熱心於太極拳的陌生人圈起來了。「年紀大了，不鍛鍊，不行。」他有一些不知措手足地說。

人們於是開始提問。問什麼是「意欲向左，必先右去」，什麼又是「前去之中，必有後撐」。出人意外，那灰白頭髮的老頭竟說不出個太大的道理。但他的身體示範，卻生動而更富於說明。他先把右腰落實，右胯微微向右旋轉扎實，把整個重心落到右腿上，而後左足輕提開胯，隨之徐徐邁出右足……

「高呀。」郝先生看著老頭示範，由衷地說。

「在太極拳裡，有很多上、下，左、右，虛、實，開、合……」老頭說，「這些完全對反，卻又互相結合的觀念和動作。」

張清他們簇擁著老頭兒，緩步走到相思樹林邊一個早點攤子。

「師父，我們請你用早點。」張清說，「一定要賞光。」

「不了。」老頭有些詫異地說，「我謝謝大家。」

「雖然不是每天，我們常常在這兒用過早點才走。」郝先生說，「師父您，不要客氣了。」

說著，五、六個人挑了一張大圓檯子坐下了。不一會，早點攤的老朱端上來小籠包、燒餅和豆漿。正吃著早點，張清忽然說：

「這些天來，我們私下都在說，再叫一個班，跟師父學……」

「噢喲，那不敢。」老頭把要送進嘴裡的小籠包放回小碟子上，慌忙地說。

五、六個人都把筷子擱下，誠心應和著要拜師學藝。三介宮公園裡要趕著上班的人，三三兩兩地走了，另外上來了顯然沒有職場生活的羈絆的人們。然而太陽已經遠遠地露了臉，天光越發明亮。

「我那一招半式，怎麼能教人？」老頭憂心地說，「況且……」

「老師父，」張清說，「對了，老師父怎樣稱呼？」

老人沉默了片刻，一抹輕微的陰影快速地掠過他那滿是風霜的臉。

「我小姓，姓……楊，」他說，「單名一個斌字。文武斌……」

「楊師父。」張清說。

「我，是個外地來的人，並不久住。」他說，「各位抬愛，我說謝謝……」

「楊師父不知道打什麼地方來？」郝先生說。

「遠了。」楊斌老頭笑了。他說，「不叫師父，叫老楊。」

「能有多遠？台灣這麼個巴掌大的地方。」郝先生笑著說，「最北，基隆，從咱這兒，三個半小時的自強號火車。南到高雄，一個多小時公路局國光號。」

「其實，國家不在大小。」張清的灰色的臉上堆滿了蓄意的笑容，「不在乎大小啦，只在於，有沒有那個……主體意識，有沒有命運共同體的觀念。」

即使是外地來的楊斌老頭，這時也感覺到空氣中有極輕微的僵硬感。郝先生沒收起臉上的笑意，卻沒說話。張清的女人素嬌抬起戴著精細金飾的素白的手，在空中搖了搖，說：「一刻鐘不談政治，男人準會憋死。」

包括張清和郝先生在內的人全笑了起來。張清這幾年來特別喜歡談「台灣的主體性」、「命運共同體」。他還喜歡談「吃台灣米，喝台灣水」就應該「愛台灣」一類的話。然而，這早覺會的算是強韌的團契感，始終沒有讓張清和郝先生之間偶發的爭論，影響了早覺會基本上的和諧。其中，張清的女人和郝先生的太太——人稱郝媽媽——及時的排解，就起了挺大的作用。

「楊師父，在我們卓鎮，可以待多久？」張清的女人說。她一身名牌運動裝，把人襯托得年輕而充滿活力。「楊師父能待多久，這才是重點，是吧？」她說。

「唉，張太太腦筋多麼清楚。」郝先生說，「老張有個了不得的婆娘。」

張清笑了，把燒餅屑噴在自己的運動衫上。張清的女人用手帕撣著張清身上的餅屑，一邊抱怨，「每次吃東西，弄得一身，直像小孩一般。」

「我待在這兒，時間不長。」楊斌老頭說，「短則一個把禮拜，長也不過個把月。」

「給楊師父拜師的事，不急著今天說定，對吧？」張清說。

「讓師父多考慮幾天。」郝媽媽說。

楊斌只顧喃喃地說他從來沒教過學生，說時間上也不允許。郝先生忽然說：

「楊師父哪兒學的工夫？準定是高人傳授。」

「也沒。」楊斌老頭沉吟著說，「我跟一個營長學的。」

楊斌當時還只是個未滿十九歲的、骨瘦如同柴棒似的小伙子。一九四七年七月間，國軍七十師在山東的六營集被共軍打垮了，師長陳頤鼎在仗還沒開打就淪為共軍的俘虜。當時楊斌在七十師原一三九旅下一個營部當兵。在六營集垮下來以後，原七十師一三九旅編到杜聿明集團軍，在一九四九年一個天寒地凍的春天裡，全軍覆滅。杜聿明被俘，邱清泉戰死——小兵楊斌跟著一個團一個團投降的國軍被俘了。「起義」的團，受到共軍的優遇，不久全團送到石家莊集中。共軍不知什麼緣故，把年輕的楊斌安排去服侍趙營長。

楊斌記得，這趙營長很少言語。平時除了讀些共軍發給他的小冊子，就是在一棵老槐樹下打太極拳。楊斌小伙子在屋簷下站著隨侍。那是一個大宅院子，主人估計都逃走了。共軍在這兒安排幾個被俘的國民黨旅長和營長住著。趙營長打起太極拳時，這種著幾棵老槐樹的院子，顯得尤其之安靜，只聽得冬天的朔風打老槐樹的樹梢吹過，發出裸袒的槐樹枝在風中顫動的悉悉索索的聲音，時不時飄落幾片枝椏上的殘雪。

有一個早上，楊斌照常看著趙營長從容地跨好馬步，突然若有所思地收起步，緩緩轉身看著讓朝陽在青灰色的土牆上拉著長長的影子的小伙子楊斌。他於是慌忙站好了立正的姿勢。

「你離家千萬里，流落在他鄉，」趙營長面無表情地說，「要下決心，活著回家，見爹見娘。」

「……」

「那就得鍛鍊。」趙營長說，「沒有事，就跟在我後面學。站著也是站著。」

趙營長回轉身去，背著楊斌重新站好馬步，緩慢地打開了拳式。楊斌有些嚇著了。看著趙營長推手、抬腿，他只能木雞似地楞站著。但營長彷彿說說就算，從不促責。戰戰兢兢地觀察了十來天之後，楊斌才在營長的身後邊看邊送手旋腿。

「跟營長後頭胡亂比劃，不想就打了半輩子。」楊斌笑著說，「治病，也健身。」

「這位營長就從不曾指點指點嗎？」郝媽媽說。

「指點的。」楊斌老頭說，「都一個多月了，營長才正眼看我打拳。教我下蹲時襠高不可低於雙膝；教我如何以手引肘，以肘領膊；教我向前抬腿時，要先提大腿，把勁道都收集在膝蓋上，然後舉起腳跟子……」

「他老人家練得早。根基打下去了。」郝先生對張清說，旋又面向著楊斌說，「那時你年輕。部隊剛來台灣，個個都是小伙兒。」

「那時，我十九、二十，國民黨還在大陸。」

「那麼年輕，就當兵打仗喲。」張清的老婆說，「師父的太極拳竟不是來台灣才學的。」

楊斌沉默了。他忽而不想提台兒莊的事，於是索性不說，含糊了過去。早點攤子的生意漸漸疏落了，老朱端上一大盤水煎包，也拉了一把凳子坐下。

「這一盤，我請的客。」老朱笑著說。

「這哪成？」張清的女人說，「生意歸生意。」

「唉！別說這些。早上的生意做過了，剩下的。」老朱以粗啞的嗓子說，「這位師父不嫌棄，算是老朱我請師父嚐嚐。」

楊斌老頭欠身道謝，老朱早把白泡泡的煎包挾到楊斌跟前的小碟上，並且用筷子把煎包皮挑開，現出粉紅色的肉餡，一股肉香和蔥香飄散開來。

「這位師父……」老朱說。

「師父姓楊。楊師父。」張清說。

「楊師父。你嚐嚐。」老朱說，「我的水煎包，每天早晨，總要賣個二十來鍋。」

包括楊斌在內的五、六個人，都開始動筷子吃老朱的水煎包了。

「皮沒那麼厚。肉餡兒新鮮、實在。」郝媽媽邊吹氣，邊說著，「老朱的水煎包子，出名的。」

「楊師父，敢問你一句……」老朱說。

「包子好吃。」楊斌老人說，放下了筷子，從桌上的面紙包抽出兩張淡紅色的棉紙，抹著嘴邊的油漬。

「楊師父……」老朱說，他把肥胖壯實的兩個胳臂抱在胸前：「我敢問你一句……」

「叫我老楊。」

「您府上在什麼寶地？」老朱說。

楊斌老頭沉默了半晌，忽然說：

「台灣。」

一桌的人一時沒回過神來，都詫異地看著楊老師父，又繼而面面相覷。

「台灣，宜蘭……」楊斌平靜地說。

「楊師父愛說笑。」大家詫奇地靜默了片刻，張清終於堅決地說。

楊斌老頭笑了。其他的人像放下一顆空懸的心似的，也高興地笑了起來。

「楊師父，說笑的啦，我一聽就知道。」張清說，「台灣人？說幾句台灣話來聽聽。」

「都忘了。」楊斌老頭搖著頭說，彷彿連自己也不相信自己的說詞。

「是台灣人，怎麼可能忘了台灣話？」張清和郝先生都笑了起來，「師父是說笑的。」

「如果是台灣人，楊師父這個年紀，準會說日本話。」張清的女人說。

張清的女人說她新近在一個日語班學日本語。「哇他庫西哇……」她開始不無得意地用剛學的、生硬的日本話，嘰哩呱啦地說「我是台灣人」。

「楊師父聽得懂嗎？」張清的女人開心地笑了起來，她說，「楊師父要真是台灣人，就教我們幾句日本話。」

「也都忘了。」楊斌老頭安靜地微笑著說。

一桌的人如今都確定楊斌師父開了一個玩笑。這玩笑一場，大大拉近了大夥和楊斌老人的距離。張清就想，距離拉近了，對於改天再央請楊師父收徒教拳，保證是有利的。

「楊師父真叫人笑。」張清的女人說。

「可說到底，楊師父是什麼地方人？」老朱收起了笑意說，「方才聽你們聊天兒，覺得老師父的口音很特別，不知是大陸什麼地方的話。北方話吧，不全像。南方話？想不起哪裡人的口音。」

「大陸地方大的喲。」郝先生歎息似地說。他在桌子上用手指劃了一條線，「一個地方，單是隔著一條河，翻過一個山饅頭，講的話就叫你瞪眼，一句也聽不懂。」他說。

「河南。」楊斌說，「河南，吳台廟。」

「沒聽見過。」老朱說，「不過，這麼說來，你的口音還是北方話了。我料定也是。」

「靠鄆城很近。」楊斌老頭說。

「哎，鄆城我就知道了。」老朱說。「我有個堂叔，在整編七十師幹副營長。那年七月，七十師開往山東魚台、金鄉待命嘛。沒幾天，命令下來了，部隊叫開往鄆城增援……」

「你說的是鄆城，不是鄆城。」楊斌抬起頭細看著老朱，「那是一九四七年七月。」

「是民國三十六年七月分。部隊還沒到，鄆城就叫共產黨打下來了。」老朱自顧喋喋地說，「我那堂叔說的，在半路上，大部隊前頭發現了一輛大車，陷在泥巴路上，動彈不得。車身上下，全是泥漿。」

老朱說，他那副營長堂叔說的，有個團長氣急敗壞，漲紅了臉，老遠騎著馬衝上來。「我×你媽的，老子斃了你！」團長拔起手鎗怒聲喊著，「誰的車子擋住了急行軍！」老朱說那泥巴車上坐著一個人，失神落膽，不言不語，全身是半乾不乾的爛泥巴。一個司機拚命在車上發車，三個抖顫顫的兵在後面使勁推車。

「司機跳下車來了。撲通！跪在那團長跟前，我那堂叔說我聽的。」老朱說。「司機說，鄆城垮了。車上是從鄆城突圍逃出的五十五師一個旅長。」

老朱搖著頭說，一個旅長該有多威風。但老朱那副營長堂叔告訴他，那旅長有多麼落魄狼狽就有多落魄狼狽。

「就是那個鄆城是吧？」老朱說。

「不是山東西南的鄆城。」楊斌說，「是河南東端的鄆城。你說鄆城，莫不是在七十師待過？塔山那一仗，慘！」

「唉，都別提了。」老朱歎氣了。他說，「這還早哩。隔一年，咱們幾十萬大軍，硬就全栽在天寒地凍的華北戰場。」

「楊師父，還說是台灣人哩。」張清說，笑了起來，「台灣人哪來你這身經百戰的老兵？」張清於是帶著輕微的嘲諷，說他當年在部隊當充員兵時，「外省老班長，凡是幾杯米酒下了肚，就開始從北伐、抗戰說到剿匪。」張清說。

「打仗，苦哎。」老朱低著眉說，「台灣人，光是沒經過戰亂這一條，就叫作幸福。」

清晨來三介宮後面這一塊公園來做運動的人們，現在幾乎都走了。老朱的大女兒開始收拾早點攤子。陽光從相思樹林細碎的葉子縫裡灑在他們的檯子上。

「其實，台灣人也有國民黨老兵……」楊斌老頭忽而說，彷彿有一層輕輕的傷感，「而且人數還不少。一樣的。一樣地吃了千辛萬苦。」

不用說是張清夫妻，就連郝先生公婆倆也從來沒聽說過台灣人和國民黨老兵扯得上什麼關係。

「我在台灣也半世人了。」張清瞪著狐疑的眼睛說，「大半輩子，就沒見過一個台灣人國民黨老兵。」

「一九……不，民國……三十五年。」老楊師父彷彿在心裡翻著公元和民國對照的一本帳。他說，「七、八月間，駐紮在台灣各地的國軍七十軍和六十二軍開始招募台灣兵員。」

「這就不怪我不知道了。」郝先生說，「我們是民國三十八年來台灣的。」

「民國三十五年，哈，我還沒生下來呢。」張清望了望自己的女人，說，「我是民國四十三年次的。」

老朱他女兒把一桶洗碟洗筷的水提著，走到公園花畦上細心地澆著水。郝媽媽就常誇老朱這個閨女好。她說過，老朱這女兒照顧那花圃能那麼耐心，那麼溫柔，「將來也準能把她男人，她一家子捧在手心上疼。」她這麼說過。

「台灣人憨忠啦。日本精神害的。」張清說，「什麼人來當家，台灣人就給誰當兵……」

張清接著說，他聽他老爸說過，日本打敗仗前兩、三年，台灣人還爭著給日本人當志願兵，爭不到還埋怨。

「你說這，我想起來了。是民國三十五年那個秋天。有一家人，把他們家壯丁送到我們營部來。他們的朋友、家人還撐著白布條旗，寫『精忠報國』，寫『祝某某君出征』。」

老朱說，連、營長看了這，都傻了眼。大陸上，兵員是用槍桿子拉了來的。老朱皺著眉目說，「我自己就是這麼拉伕拉來當兵的嘛。」老朱忽然在喉嚨裡詛咒了：「這亡國滅種的。」

「老朱生氣了。」張清的女人心細，聽見老朱咒人，不免擔心。

「當時台灣人入伍，也不能說全是興高采烈，戴花披紅的。」楊斌老頭似乎不無感傷地說，「窮，沒飯吃，是台灣青年踩進國民黨軍營的一個主因。」

張清和他的女人以驚訝的眼睛看著老楊師父。張清知道從前的人窮。這是他阿爸過去常說的。然而，對於張清和他的女人，窮也者，大抵是這樣、那樣的東西比現在欠缺，但何至於飯都吃不上呢？

「台灣別的沒有，就是不缺大米不是？」張清說。

張清說著，忽然間他心中有個燈泡亮了起來。他認真地對自己說，米倉台灣居然缺米，這正是「國民黨中國人統治台灣」的惡果。但他沒有作聲。郝家、老朱都是外省人，但都算熟朋友。何況這楊斌老師父也是「中國人」，以後還要不要人家開班授拳？

「招募兵員的告示寫著：月餉四百五，每天兩頓大白米飯，還保證只戍守台灣，絕不派調到大陸。」楊斌說。

「還說，兩、三個月結訓回家後，公家給介紹到機關工作。」老朱小聲說，而後哼哼地冷笑了起來。

楊斌深深地看了老朱一眼。他喁喁地說：

「老朱兄弟，你待過整編國軍七十師了。」

「不提這些，」老朱苦笑了，「提這些做什麼？哪個師、哪個團，到頭來不全一樣？垮了。」

「是啊。幾十年了，我想也不願意去想。不就是這位張先生老弟問：台灣人哪來國軍老兵？」楊斌老頭緩緩地說，「台灣人老兵，吃大半輩子的苦——我親眼看見的。」

楊斌老頭說，台灣青年進了軍營，配了軍裝，發了槍枝裝備。他說，每天胡亂上上操，兩餐大白米飯，像澆過大肥的莊稼，三、四天工夫，這些台灣小伙們精神了，臉上也悄悄地紅潤了。

「而後有一天，部隊裡宣布行軍演習，要台灣兵打包結實，不帶武器，急行軍到高雄。」楊斌說。「而一到了高雄，天色已晚，街道的兩傍，淨是真槍實彈的外省兵，一路戒備到高雄港。」

「我簡單說吧。一上軍艦，他們就把台灣兵往底艙趕……」楊斌說。

楊斌說，有幾個腦筋機靈的台灣兵，猜到了這是送往大陸打仗了。驚悚的耳語在黑暗窒悶的船艙中滲水似地傳開。

「小伙子們都開始哭。」楊斌說，聲音有些作哽。

張清的女人眼眶紅了，眼角分明閃爍著淚光。

「亡國滅種喲。」老朱唱歌似地說，聽來悲傷多於忿怒，「咱中國人當兵，這種事，說不完的。」

「後來呢？」張清的女人說。

「後來，」老朱搶著說，「到大陸打共產黨嘛……」

楊斌老人沒說話，低著頭把涼了的小半紙杯的豆漿喝了。老朱的閨女開始用抹布擦早點攤的幾張檯子。太陽更大了。秋天早上的風，叫半山的相思樹溫柔有致地搖曳著。白頭翁早飛遠了，不知在什麼地方迢迢地聒噪著。

「連年戰亂，中國人遭多少罪。」郝先生說著，抓起椅背上掛著的自己的手杖，掏錢包跟老朱算帳。凡有一塊吃早點的時候，他們輪著會帳，因此郝先生掏錢，就沒人攔他。

「你找阿鳳算去。」老朱說。

遠遠看見她郝叔叔從皮夾裡抽出來的是一張五百元鈔，阿鳳敏捷地握著一把零找，接過那五百元大鈔，把零找給了郝先生。人們都站起來了，知道早餐碰頭的時光已過。

「楊師父，」張清說，「明天你還來不？」
「來。」
「那好。」張清的女人高興地說，「你在這兒待幾天，我們跟你學幾天。」
「台灣人老兵，哪天叫我真碰見一個就好。」張清虔誠地說，「我一定帶他回家，好好款待他吃頓飯。」
張清的女人默默地把手勾住張清的胳臂彎。
老朱說，「你們好走。」
而他於是坐在凳子上，沉默地望著五個人緩步走下公園的下坡石頭路。
「爸，收好了，回去吧。」阿鳳開心地說，把帶輪子的早餐攤推了兩步。
老朱沒有則聲。他默默地看著遠去的五個人，從上衣口袋掏出一包香菸，像一隻鳥一般啄起一支雪白的菸，用打火機點上。他終於看見楊師父忽然一個轉身，一邊和另外四個人揮手，一邊回頭快步向老朱走來。
「老朱，看見我一副老花眼鏡沒有？」楊斌說。
「這不是？」老朱從他上身口袋拿出了一副舊老花眼鏡。
「謝謝。」楊斌老人說，笑了起來。

「我把你的眼鏡收起來，」老朱說，「好單獨跟你說兩句話。」

「……」

「我估計你是七十師的。」老朱定睛看著楊斌說，「整編七十師。」

楊斌沒有答話，但一望而知他的無聲的回答，是明白不過的肯定。

「我是六十二軍。」老朱說，歎息了，「我這麼說，你就明白了。」

「哦。」

「你住處離我家才兩、三條巷子。我看見過你出入。」老朱微笑了，「你要歡迎，改天到你府上，說說往事。」

「那歡迎。」

「六十二軍、七十師，全垮了。」老朱黯然地說，「能留下一條命活到今天，就不容易。」

「那是。」

楊斌於是轉身要走。「你知道哪一家嗎？」他說。

「知道。」老朱說，「不就是樓下開一家家庭式理髮店那一家？」

「對了。那你按三樓的門鈴。」

「好咧。」老朱說。

天下父母心

過了三、四天，老朱果然去找楊斌老人。楊斌開了門，看見爬了三層樓的老朱有些氣喘。

「請進來。」楊斌說。

「年齡大了。爬幾層，就喘氣。」老朱說，彷彿對他自己、或者對楊斌感到歉意似的。

楊斌把老朱讓進了客廳。客廳有些幽暗。楊斌說，「要不就小站一會兒，喘過了再坐。」但老朱早已經一股腦兒重重地坐在墊著紅色椅墊的藤椅子上了。楊斌看著還在微喘著氣的、把幾乎全白的頭髮理成平頭的老朱，才想到自己上這三層樓還像走路似地俐落。練練拳腳還真有用處，楊斌老人想著，坐到了老朱的對面。

這時裡屋出來了一個高個兒年輕人，端著一個茶盤。茶盤上是一壺熱茶和兩個瓷杯。他安靜地把茶盤擱在茶几上。

「這是小侄。」楊斌對老朱說，而後對老朱攤著五指，向他侄兒說，「這位是朱……就叫朱伯伯吧。」

「朱伯伯。」青年說。

「不敢當。」老朱笑著說。

「叫朱伯伯，應該不會錯。」楊斌說，「估計你該當比我大一點點。」

高個兒青年對老朱木訥地笑著，露出一排結實的白牙。

「朱伯伯，您們坐。」青年說，「我去改簿本子，不陪著你們了。」

「侄兒是個老師了。」老朱對楊斌說。

「那天說，一九……噢，民國三十五年底，七十師打高雄上船開往徐州，那會兒我小，才十九出頭。」楊斌說。

「就那年九月，六十二軍打基隆港上船開往秦皇島，我已經二十二。」老朱說，「說是二十二，都叫二十三了。」

楊斌為老朱倒茶。老朱喝了一口，就知道楊斌這屋子裡的人不考究喝茶。

「你們是九月就走了？」楊斌說。

「比七十軍早。我們一走，全台灣島的防務不都撂下來給七十師的嗎？」老朱說。

「噢。」

「那天我不是說過，有一家子台灣人，披紅掛綵，把壯丁送到咱營部來嗎？」老朱說，「那小伙，叫王金木。」

楊斌再為老朱的茶杯倒滿了茶，沒說話。

「咱中國人講金木水火土嘛。呃，有人就叫金木。」老朱說，「還有，一家子人把自己兒子高高興興送來當兵。這是把親人往死路上送不是？這就叫你記住了這王金木。」

「都是鄉下農村的青年。」楊斌感歎似地說。

「那天，在我早點攤子上，你不是說台灣的當時，窮呀，吃不上飯，因此有許多台灣人來當兵，圖的主要就是兩餐飽飯。」老朱說，「但王金木不太一樣。」

老朱說王金木家是個殷實的自耕農，種著一甲不到的薄田。日本人打敗那年，王金木還差一年就從「農業的高中畢業。」老朱說。

「那叫農業專門學校。」楊斌說。

「王金木來當兵的理由，只為一條：學好國語。」老朱狀若驚詫地說，彷彿他在五十多年後還不能理解王金木的這個當國民黨兵的原由。

「招募兵員的告示上不就說嗎？入伍當兵，可以免費學國語，有薪水掙，三個月退伍，保證退伍後有工作……」

楊斌帶著某種不屑的口氣說。但老朱不曾注意到楊斌的臉上掠過一層淡淡的慍怒和哀愁。

「一九……民國三十五年底，把台灣兵送到江蘇徐州，人地生疏。台灣兵講的話，人家一句不懂；」楊斌說，「人家講話，台灣兵只會焦急地瞪眼。可憐。」

楊斌歎息了。他想起了當時在連隊上的一些台灣青年。為了學國語鑽到軍伍裡來的，何止是王金木！穿著並不合身的軍裝，這些青年都在想，日本天年盡了，祖國天年來了。將來退了伍，分配了工作，就得會說國語、會寫國語……在貧窮、殘破的戰後，那是個多麼幸福的夢想。

「部隊要開拔到基隆港的前四天，我在營區門房守衛。我忽而看見有一位矮小、硬朗的老頭，怯生生地往營房門口走來。」老朱說，「他要求和他兒子王金木『面會』。」

老朱說，語言不通，老頭在會客室登記本上寫「王金木」。「這我看懂了。」老朱說，「想起了他把他兒子打鑼披紅地送進來時，就是這老頭走在最前頭，笑咪咪地……」老朱又說老頭再寫「面會」，他就摸不清了。

「會見。」楊斌說，「他要求會見他兒子。」

「可不是？」老朱說，「我把『面會』倒轉過來，就成了『會面』。」

老朱說，等他弄明白王金木他爸想見兒子，他忽而變了一副臉孔，把槍端在胸口上，一面惡狠狠地搖手。

「你知道的。部隊移動之前幾個禮拜，我們外省兵都得到密令，要對台灣兵絕對保密。」老朱說，「誰走漏消息，誰挨槍斃。我連長說的。」

王金木他老爸一臉驚慌和迷惑，老朱說。他端著槍，急了，胡亂在會客登記本上寫：「十日後來」。老朱說，老頭看了，整個臉都笑開了，又鞠躬，又道謝。老頭然後把一個裝著橙黃中帶著暉紅的七、八個桶柑的小布袋，恭謹地交給了老朱，手指頭不斷地點著他方才寫在會客登記本上的「王金木」。

「老頭兒走了。」老朱說，「我卻待在衛兵亭子裡。眼淚大顆大顆地掉。」

「你哭了？」楊斌不解地說。

老朱說王金木的老人家叫他想起他離家當兵的經過。那一年的秋天，連著好幾天，鄉長著人打著鑼宣傳，說個什麼時候，城裡放映電影。

「他說電影有多美。大美女在布幕上唱歌。」老朱回憶著說，「我那老娘特別慫恿我去。你一年到頭，都只顧著田裡園裡的活，也趁這一回到城裡玩去，我娘她說。」

那天一到，村子裡的人有的走路，有的撐船進城看電影，像趕著去看年節的大社戲似的，老朱說。在城裡國軍團部一個大禮堂裡頭，人擠得滿滿地。老朱說：

「那是個秋天的晚上吧，你覺著有一些涼意。電燈關上了，接著在黑暗中打出一道青光，在大禮堂的白布幕上果然就照出一個大美人，也說話，也唱歌，把禮堂裡的人們都樂的。」他說，「也不知如醉如痴地看了多久，啪！電燈全亮了，亮得刺人眼睛。人們定睛一看，禮堂講臺上衝上來七、八個真槍實彈的兵爺。再一看，整個禮堂早被槍兵重重包圍。」

小伙子老朱和其他百八十個壯丁，全被國民黨連銬連綁地帶走。「連夜被十幾輛美式軍車拉走了，強迫你給國民黨當兵。」老朱說著，沉默了。

過了一會，他說軍車全蓋著密實的帆布車篷。每輛車都由幾個全副武裝的兵爺，右食指緊緊扣著扳機押著。車上有幾個小伙先哭了，輕聲喚著爹、喊著娘。老朱說著，伸手在左胸口袋裡摸香菸。

「不抽菸的人就不知道給客人備菸，你看。」楊斌歉然地說，「我去找一個菸灰缸你用。」

老朱給自己點上菸，深深地吸了一口。楊斌從他侄子的書架上找到一個舊菸灰缸。老朱一時默然地抽著菸。楊斌這才注意到那瓷做的舊菸灰缸裡塑了一條在池塘上泡水，牛背露在水面上的水牛。

「王金木他家老人留下一小袋柑橘，我就想起我娘了。」老朱說。「我爹早故。那回是我娘她千方百計慫恿著我上城裡。在軍車上，我就想，這一下，她老人家怕永遠不原諒自己了。她怎麼受得了……」

老朱說，十天以後，王金木他家的老人家來營部，發現他兒子王金木被帶走了，如果說會痛得像心肺被剜了一塊肉，他還不知那塊痛肉被扔到哪兒了。

「這亡國滅種的。」老朱低下頭說，「而我竟也幫著人家把父子拆散呀。」

「說來，你也不能不那麼辦……」楊斌帶著安慰的口氣，張著長了眼袋子的眼睛說，「我們七十師，在……三十五年十二月的一天，駛離高雄港。離港不久，就有兩個台灣兵從上下船錨的大洞鑽出去，跳進黑壓壓的大海。沒多久，甲板上傳來人聲，向著黑夜的大海掃機槍……」

老朱把一截菸尾巴擠死在菸灰缸裡，把已經涼了的半盞茶水一飲而盡。

「我就時常這麼想：那是誰開的槍？」楊斌說，「開槍的人，能不那麼辦嗎？」

「事情過去了那麼久。都麻木了。可是等上了歲數了，才知道有些事，其實還住在你心裡頭，時不時，在你胸口咬人。」老朱說，「而我跟我娘那一別，就再沒見過面。」

老朱於是又摸出一根菸，點上了火，吹著渾濁的煙，說抽菸其實只有百害而無一益，但就是老戒也戒不掉。

「我閨女意見最大了。」老朱說著，搖頭笑了起來，「我對我閨女說，除了菸，我沒別的嗜好了。」

「我看你抽得並不算大。」楊斌看著菸灰缸說，「這老半天了，菸灰缸裡只有一截菸屁股。」

「那倒是。」

「六十二軍是在哪打散的？」楊斌忽然問正瞇著眼睛抽菸的老朱。

「打塔山的時候。那時蔣公要我們限時拿下塔山，解錦州的圍。」老朱說，「這就得從頭說。」

老朱說，民國三十七年秋天，共軍險渡遼寧西北部一條大凌河，直逼義縣的國民黨守軍，志在最終拿下錦州城。「這時，蔣公下令組成一個『援錦東進兵團』。」老朱說，「把我們六十二軍和其他幾個軍和師，都拉到一起了。」兵團在錦西市周近葫蘆島上陸。這時，共軍在北寧路上猛打。塔山、高橋、綏中和義縣，全被攻下了，對錦州國軍形成很大的壓力。老朱說。那一陣子，長官訓話，總是說「東北全局在此一舉」，要「三天內攻下錦州城」。過了九月分，就是那年雙十那一天，聽說共軍向白台山擴展，指揮官把兵團拉到塔山、白台山共軍陣地前，發動正面總攻。

「我們先是飛機去炸，用渤海灣艦砲打，然後全線攻擊。」老朱說，「猛攻七次，七次被共匪打退。七次！」

老朱說，在這一波猛攻中，六十二軍一五一師裡，台灣兵很不少。他說近些年有一句台灣話，叫「踢到鐵板」，用的人多了。但他初次聽到「踢到鐵板」這詞，立刻就想起攻白台山共軍陣地那一回。「那時國軍裝備有多好！況且還有飛機轟炸、艦砲射擊。這好比你非但穿著軍用大皮鞋，皮鞋頭還套著鐵帽兒，踢什麼、踹什麼，必定無堅不摧吧。」老朱說，「咦？你使勁踹，再用力踢，但你總是被一塊堅硬的鐵板頂回來。打白台山，就是這種感覺。」就在這第一天全線總攻中，王金木有一個同連的台灣兵，在敵人砲彈在他身邊開花的時候，[1]被拋出三、四米高，摔在地上，老朱說。

「那個台灣兵——名字如今也記不得了——據說是王金木的同鄉，在日本人的時代，還讀一個小學。」老朱說，「那台灣兵的肚皮炸開一個窟窿，腸、肚都露在外頭了。」

老朱說王金木也顧不得槍林彈雨，嘶喊著衝出戰壕，一把抱住那個來自同一個故鄉的青年，吵架一般地跟傷兵說著什麼，一手還拚命地把人家的腸子、肚子塞回開了花的肚子裡。

「那台灣兵瞪著大眼，呼、呼地往外吐氣，一句話沒說，死在王金木滿是硝塵和血汙的懷裡。」老朱說。

兩人沉默了。楊斌聽著老朱講王金木，想起了當時他同連隊上一位姓高的台灣兵死在徐州的事。

一九四六年底，也是老朱的民國三十五年底，七十師在台灣召募兵員，補足了員額，分梯次打高雄、基隆兩個港，送到徐州。楊斌待的那個營，就駐守徐州邊邊的九里山。這九里山土燥石堅，寸草不生，原因是九里山上找不到一個水源。部隊上用水，就得每天派兵走一個多鐘頭路到山下汲水。山上的碉堡很溼悶，不用多久，這些台灣兵身上開始長蝨子了。

「一來溼氣，二來呢，沒有足夠的水洗澡，自然長蝨子。」楊斌對老朱說，「外省兵，和蝨子相處得久了，自然就習慣了。台灣兵就不行。整天全身抓癢，又不會抓蝨子，抓癢抓得都掉淚。」為了不悶在碉堡抓癢抓得皮破，又兼而可以在山下沖澡，台灣兵擠破頭，爭著輪番下山挑水。有一天，這姓高的台灣兵，在挑水回陣地的路上，一路頻頻在石頭堆背後拉稀。「回到隊部，姓高的台灣兵就病倒了。」楊斌說，「沒幾天，尿屎[2]都在鋪蓋上了。死的時候，眼睛怎麼也蓋不闔。」

隊部用那姓高的台灣兵留下的，猶還散發著屎臭[3]的軍毯[4]包裹著屍體，就要在碉堡後頭草草掩埋。

「那天半夜，二十來個連上的台灣兵到連長室，涕淚漣漣。」楊斌說，「連口說帶筆寫，才知道他們希望把人葬在陣地背後一個高地上，用一根纏鐵蒺藜用的木棍子，穴朝東邊，寫『台灣大溪高某某之墓』。死了也要向東，遙望著台灣……」

楊斌沉默了。

「在戰場上，死了一個當兵的，比死了一條狗都還不如。」老朱說，「能有一條軍毯裹屍，有個埋身之穴，還能遙望故鄉，這就算是前世修來的。」

「嗯，那是。」

「就是說我們六十二軍打塔城的第二天，我們的人是一波一波地衝鋒，也一波一波倒下。」老朱說，「死的當下死了。受傷哀嚎的人，幾乎沒人理睬。」

老朱繼續說，搶救傷兵的衛生兵也往往在槍彈的密雨中應聲倒地。

「來台灣以後，老聽人私底下說，國軍和匪軍對仗，士氣崩潰，兵敗如山倒，只有投降的份。」老朱若有所思地說，「我聽了，也懶得爭辯。國民黨都把整個大陸丟了，還有什麼話說？」

但是，六十二軍打塔山就不能把國軍說得那麼孬種。老朱說。他說，第一天，國民黨先用飛機群猛炸白台山共軍陣地，隨後以整營、整團的兵力，硬是由連、營、團長帶頭，冒著共軍密集猛烈的砲火，向前衝鋒。「先一陣轟炸砲擊、再一陣衝鋒，一波接著一波……」老朱說，「王金木的老鄉就是這頭一天被炸開腸肚的。」

第二天的戰鬥，更是激烈。老朱說，前一天是前頭一波波衝，打垮了由後面補上。「那真叫奮不顧身。」老朱說。第三天，共產黨忽然改了花樣，利用不同火力、不同性能、不同有效射程的武器，鋪天蓋地、凶猛密集地向全線國軍總攻。

「步槍子彈在你頭上飛竄。」老朱說，「手榴彈在你周邊開花。六〇砲、迫擊砲往你身後打。小砲、野榴彈砲在陣地最後方指揮部轟轟地爆炸。」

霎時間山崩地裂了。爆炸聲、砲火聲、步槍、輕機槍聲，在彌天硝煙、塵土和橫飛的血肉中交響。「那砲聲和槍聲彷彿就是來自地府，人卻在這來自地府的爆破聲和硝煙味中痲木了，忘記了恐懼。許多台灣兵都咬著牙，找爆擊的間隙跳出戰壕，向前衝鋒。」老朱說，「就打塔山這一場，說國軍怯戰，摧枯拉朽，不公平。」

老朱接著說，一批人上去，一批人倒下、或者退下，然後又一批人上了。「那個王金木就在這時被打死了。他們四、五個同一個縣來的台灣兵，從躲槍彈的屍體堆上起身，正要向前跳過一個戰壕往前衝，一個六〇砲彈在他們跟前爆開了。」老朱說。四、五個台灣兵的破碎的身體，都像幾件被用力扔下的大衣，頹然掉落在戰壕裡了。他看見的。老朱說。

九小時猛烈、拉鋸的激戰，死傷遍野。「你到哪兒去找王金木的屍身哩？」老朱說，「在戰場上，誰倒下，死了，就不算你的數兒了。活下來，也不知道下一個鐘頭、隔一天，你是否也變成那不算數的死屍。」

「活下來的人，也還有多少折磨。」楊斌感慨地說，「不同只不同在你還有一口氣。你還活著，正不知道你要活著等什麼磨難來磨。」

老朱現在摸出了他的第三根香菸，點上了火。「你瞧，今天抽多了。」老朱自顧說。楊斌乘隙起身，拿著茶壺到擺在客廳一角的電熱水壺添滾水。老朱看著一架新的二十一吋電視機蓋著血紅色的絲絨布，漠然想起自己家裡也該給女兒換一臺新的了。

「我也來講一個台灣兵的事。」楊斌忽而平靜地說，口氣像是在做一樁重大的決定。

楊斌於是說起一個出身於宜蘭的、叫作蘇世坤的台灣青年。蘇世坤家是三代佃農，經過日本統治下的戰時，光復後台灣農村破產，地租苛酷，生活特別困苦。楊斌說，這蘇世坤看到了駐在宜蘭的七十軍貼出來的招募員兵告示。告示上說，入伍後，先發三千元安家費，免費學國語，兩、三年後退伍，安排地方機關裡的工作。

「其實，讓蘇世坤滿懷希望走進營區，還有一條。」楊斌說，「宣傳參加軍隊的人說，台灣將來一定實施徵兵制。但凡今日志願入伍的，這一家的兄弟都可免徵。」

楊斌說，這蘇世坤家裡有一個年邁的父親和一個雙眼失明的母親。兄弟三人，蘇世坤排行老大。他和老二，在佃來的薄田上，沒日沒夜地幹，卻一仍吃不飽飯。父親老了，[5]母親什麼活也幹不了，長年坐在床上、不見一絲日光，把她一張寬瘦的臉，蔭得蒼白了。這是蘇世坤告訴他的。楊斌說。

「蘇世坤有個老三，右腿有一點瘸。蘇世坤說他從小擔心這老三幹不了田裡的活，一心想讓這老三讀書識字，將來也或者能照顧他自己一身子。這是蘇世坤說的。」楊斌說，「老人家老了。倘若老二另日再徵去當兵，這家可如何維持？蘇世坤這樣想，就和老父、兄弟說好了，高高興興地志願當兵來了。兩年、三年就回家，而且現成還發給三千元安家……蘇世坤對家人這樣說。」

楊斌說，剛剛入伍初的兩、三個月，還准許家人來探訪。「台灣人管會見叫『面會』，原是日本話……聽說的。」楊斌回憶著說，「在『面會』的時候，常常有那麼幾個台灣新兵把當天自己的飯菜，讓家屬帶回去。蘇世坤就是其中的一個。」

楊斌說，來會見蘇世坤的總是他那瘸腿的老三。當鄉下農民的孩子，老三長得算眉清目秀了。「兄弟倆在會客室見面，歡喜的。蘇世坤首先就把自己的早餐——除了兩個白饅頭讓老三手拿著，他把醬菜、花生都盛到便當盒，交給老三。」楊斌說，「那時一天只兩餐。下午四點鐘吃的是糙米飯、鹹魚和炒酸菜。天氣大冷，飯菜不易餿腐的時候，蘇世坤就把前一天的第二頓飯菜裝便當盒，在隔日會見的時候交老三帶回家。」

七十師從光復那年十月來台灣接收和布防。隔年，六月招募台灣新兵進行整編，十二月，一個傢伙調徐州，一直到一九四八年九月，才拉到東北，支援遭到共軍圍困的錦州城。楊斌說。這時台灣新兵已能結結巴巴講一點普通話了。

「蘇世坤說，他們兄弟三個，知道家道貧窮的三兄弟，非特別賣力，特別互相幫襯，才能過日子。」楊斌說。「老三腿瘸了，蘇世坤怕老三遭同學欺負，天天陪老三上學，接他下學。」

「窮人的孩子早當家。」老朱說，「那時，台灣新兵多半純樸、老實。」

「逢年過節，一點兒豬油炒鹹蘿蔔大蒜，蘇世坤總讓給兩個飢餓的弟弟吃。剛到了徐州，蘇世坤每回部隊廚房端出豬油炒鹹菜，就會想起台灣老家，瘸腿的老三。」楊斌說。

「當時，就是這種青年，大批大批來志願當兵。」老朱說，「我營長看傻了，連說他一輩子沒見過……」

楊斌說，蘇世坤和其他的台灣青年都是那一回投進國民黨軍隊。有人為了經濟窘困，有人當了幾年日本軍伕撿一條命從南洋或華南回來，幾個月半年找不著工作，相當多的人為了學習中國普通話適應殖民地結束後的生活……而走進了軍營。「十月，部隊調到岡山。然而在營約莫三個多月之後，蘇世坤便漸漸感覺到失去了自由。不准回家探親；活動只能限在連隊範圍；再鈍的人都明白了外省兵端著實彈的真槍，明裡暗裡在監視著台灣新兵。兵營這就成了監獄。」楊斌說。

但長官常告訴台灣新兵，這是軍隊的紀律，是軍隊的秘密性要求，來安撫新兵。那年初冬的一日，長官宣布要舉辦行軍訓練。「台灣兵的武器全被繳了去，行囊打了包，連夜從岡山行軍到高雄港，緊接著就上了軍艦。」楊斌說，「整個高雄市布滿了實槍的哨兵，尤其是台灣兵走向港口的街道兩傍，兩步三步就有一個端槍的哨兵。」台灣新兵上了那一艘接收自戰敗國日本海軍的「宇宙號」，看見甲板四處竟有機槍瞄準著他們，如臨大敵。

「台灣兵頓時絕望了。他們感到駭怕，不知道這條艦艇要押著他們到什麼迢遠陌生的地方。」楊斌說，「有人流淚了。繼而有人哭出聲音，終於有幾個人放聲大哭，用台灣話、客家話，呼喊著爹娘。」

「你都看見了？」老朱哽著喉嚨說。

「嗯。」楊斌說。

老朱發現楊斌背著他把眼鏡摘下來擦拭，也就沉默不語了。

「人都是，人生父母養的。」老朱終於說，「這亡國滅種的事呀……」

楊斌輕聲歎氣了，為了平抑心中的波濤，他動手為老朱斟茶。

「才生離死別，硬生生從台灣拉出去，就把台灣新兵往槍林彈雨的戰場裡扔。」老朱說，「六十二軍援錦州城，就是這樣。」

「原來的七十軍在台灣補了一萬多個台灣人兵員，接收了日軍裝備，整編成七十師，在……民國三十五年底一送，送到徐州增援。」楊斌說，「等到共產黨那劉鄧大軍搶渡了黃河，向鄆城逼近，七十師又從徐州給拉到山東西南邊的金鄉待命。」

「我那堂叔副營長說的，你們部隊還沒到，鄆城，不，鄆城就吃緊了。」老朱說。

「那都是後來了。七十師在六月底聽說共軍過了黃河，怎麼就慌張失措了。台灣新兵感染了這慌張的暗流，開始有人逃亡……」楊斌說，「一會兒說是兩個機槍手帶槍跑了。一會兒說是一個號兵溜了。」

「六十二軍打塔城，就不是這個樣。」老朱說，「只是敵人的火力意外地強大，士氣意外地高。」

「搜索排的一個台灣新兵溜號了。在戰地，這有多嚴重！」楊斌說，搖著頭，「連長堅決要活埋這個被抓回來的台灣逃兵，逼他自己挖個坑，集合全連的官兵圍著看。」這時候，蘇世坤突然雙膝點地，跪下來為那逃兵代求一條性命。不料連上幾十個台灣新兵也跟著全跪下了，哭著求饒命。嗚嗚哇哇地哭。楊斌黯然地說。

「出門在外，一條命又朝不保夕。」老朱說，「我們六十二軍裡的台灣新兵也一樣，平時戰時，特互相照顧。」

「連長氣極敗壞。掏出手槍一揮，就把逃兵當場打死在他自己挖好的淺坑裡，掉頭走了。」楊斌說，「那蘇世坤的臉刷地變青了，冒出冷汗。其他的台灣兵都噤聲了。」

楊斌細想著說，七十師慌張失措，是從上面慌亂起的。朝令夕改，全亂了套了。指揮部門知道有敵情，卻完全摸不清敵人的意向。命令一道一道接著下，一會說把部隊拉到濟寧，一會又要部隊調到嘉祥、巨野。雞飛狗跳。

「台灣新兵們身上背著、扛著沉重的裝備，跟著紊亂的軍令，馬不停蹄地急行軍，忽東忽西。」楊斌說，「台灣新兵，講話根本上不通，也弄不清大陸的東西南北，整天行軍，搞得人仰馬翻，叫人家怎麼打仗？」

「六十二軍的台灣新兵也是。」老朱說，「連長告訴他們，我們打的是土匪。王金木說，怎麼土匪整營、整團的來，火力那麼強大。連長說我們打的是共產黨，共匪。王金木茫然地問，什麼叫共產黨？」

七月，部隊在六營集和共軍幹上了。楊斌說。國軍有飛機轟炸，卻怎麼也打不開共軍的包圍。困在六營集的時候，長官為了加強士氣，有一天特別宣傳「共匪的殘暴」，楊斌說。長官宣傳：誰要被共匪俘虜了，抓去了，一律割鼻子耳朵，剜出心臟下酒吃。

「第二天，台灣新兵中一個高山族，用刺刀在肚子上捅上了一個大洞，自殺了。怕的。」楊斌說，「這台灣高山族新兵，據說也給日本人當過自願兵。」

「給鬼子當過兵，變得跟日本人一樣狠了。」老朱說。

七月中，有命令要七十師突圍，撤到金鄉，「但一出六營集就中了伏兵。」老楊斌說。子彈霎時從四面八方打來，砲彈天崩地裂地在你四周開花。國軍這邊潰不成軍。成百上千的台灣兵，一堆一堆，繳械了。他說。

「受了傷，滿身血汙的台灣新兵，到處亂竄奔逃，就像家裡殺雞，割了喉了，卻不小心讓它跑了，帶著噴出來的血，到處顛顛撲撲地竄。」楊斌說著，給自己倒了茶。待他要為老朱倒茶，老朱忙說：

「我這兒還有，不用添。」

兵亂了，官也亂了，兵潰如山崩。楊斌說。車子、馬、輜重和亂軍，把路都堵死了。車馬就那麼橫衝直撞，把倒在地上的人活活輾死、踩死。

「兵敗真如山崩。」老朱說。

「么七七團二營一個營長，負傷倒地了，卻活活被馬當場踩死。」楊斌說，「大盤官帽掉了。斷了氣的臉上，瞪著驚訝的眼睛。」

「鄆城丟了。」老朱說。

「你那堂叔副營長說的就是這一段。」楊斌說，「七十師師長陳什麼來著——突圍時，落了單，被俘了。」

六營集一戰，不知死了多少台灣新兵。楊斌說。七十師一共招募了台灣兵一萬幾千人。尤其一三九旅的台灣新兵，還有一場劫難在陳官莊等著。

「三天三夜說不完的。」楊斌說，「我就簡單說，說我那個台灣新兵蘇世坤。」

七十師在塔城打散了。師長被俘，換上一個新師長，收編到杜聿明集團軍，守徐州。但華北的初冬，早已經使台灣人新兵感覺到軍棉衣已經難以禦寒。楊斌說。十一月底，集團軍好不容易逃出徐州，在開往河南永城的路上，被共軍團團圍困在徐州西南百多公里的陳官莊。

「陳官莊的十二月初，啊呀，大雪紛飛呀。冰天雪地裡的蘇世坤，手指、腳尖和臉頰都凍出不斷流出血水的凍瘡。」楊斌說，「蘇世坤的台灣新兵伙伴，死的死，傷的傷。但他卻在這時認識了一個廈門來的劉班長。」

因為語言相通，蘇世坤和劉班長自然就靠得近了。楊斌說。那大雪一連下了一個多月。蘇世坤的頭髮、眉毛、鬍子渣渣，終日都是白色的雪末。楊斌說。糧食斷了，劉班長帶著蘇世坤到麥田裡拔幼嫩的麥苗來吃。整個集團軍十幾萬人困在冰雪封實的大地上，軍車、大砲、帳篷全蓋上一層皚皚的白雪。

有一天，蘇世坤倒在地上了。劉班長搖著他的肩膀。「起來，起來！」劉班長說。把臉貼在雪泥地上的蘇世坤不覺得冷了，彷彿睡到故鄉台灣家裡的木板床上。楊斌說。

「劉班長用力地刮他耳光，硬拖強拉，才把蘇世坤拉回了人間。」楊斌說。

「他要睡了，準就死了。」老朱說。

「蘇世坤醒來。劉班長問他還想不想回台灣見爹娘。」楊斌說，「蘇世坤就嗚嗚地哭了起來。」

「我們被國民黨用強，拉去當兵，起初還不是碰到委屈，只能哭。」老朱說，「有時候，被老兵油子聽見你哭，還得挨罵：我×你的媽，哪個兒子在哭喪？老子還沒被打死咧！」

糧食斷了。雪地裡燒來取暖的柴也盡了。陳官莊方圓幾十里，像個被白雪深埋的死城，老百姓早已跑光。楊斌說。門板、窗櫺、樹木，能燒的全燒了。楊斌說。

「終於有人想到去墳場挖出棺材板來燒火取暖。」楊斌說。「沒過幾天，一傳十，十傳百，軍機場附近亂葬崗三、四十具棺材，全被挖出來劈成柴火。」

樹皮被扒下來吃。皮帶以小火煮成皮膠吃。最後各連、營逐漸不能不把瘦成皮包骨頭的軍用馬、驢殺了吃。

「營部來電話了。有一天。要我們去分馬肉回來。」楊斌說，「劉班長帶著兩個兵，扛著擔架去了，設想著把分到的馬肉、內臟、骨頭擺在擔架上，蓋上毛毯，當它是傷病人抬回來，掩人耳目。」楊斌說。

「怎麼了？」

「避免遍地餓鬼似的兵來搶呀。」楊斌說。

「徐蚌會戰都快打完了，還這麼慘呢。」老朱皺著眉說。

「但馬肉還是在半路上被那些在雪地遊蕩的餓鬼搶了。」楊斌說。

「啊！」

「劉班長端起步槍抵抗。對方一排子彈打來，劉班長就躺下了。聽說的。」楊斌說，「消息傳回來，幾個連上兄弟立刻帶著槍往雪地裡奔。幾代世仇，都不比這時節搶人家活命用的糧食還仇深怨大，更何況是馬肉。」

楊斌說，蘇世坤聽說劉班長打死了，蹲在雪地上，渾身發抖，滿臉全是眼淚和鼻涕。「劉班長，劉班長……」蘇世坤喃喃地說。

十二月過盡，依然是冰雪封地的第二年正月。

「正月九，共軍開打了。第二天，陳官莊就叫人打下來了。」楊斌說，「國民黨一個團、一個團地，連人帶槍投降……」

「兵敗，真如山倒。」老朱說。

楊斌沒說話。然後若有所思地伸手拿老朱的茶杯，說：

「換一杯熱茶，我去沖。」

「不用了。」老朱說，「六十二軍打垮的時候，也一片混亂，死屍遍地。我逃命呀。後來碰上二十八軍，編在一個團的搜索排裡吃飯，胡亂打了幾場小仗，又混著逃到上海，最後是跟著青年軍又來台灣。」

「轉了一圈，又回台灣。」楊斌說，「但活下來的台灣兵，卻都回不了家。」

「那蘇世坤哩？」

楊斌沉吟了半晌，說：

「在陳官莊打散了。這往後就沒有了他消息。」

「我們回台灣怎麼的？民國四十五年以後，我們才知道『一年準備、二年反攻、三年掃蕩……』全是騙人的，」老朱說，「就那年，天天夜裡蒙著被頭哭。許多人，一下子白了頭。」

「哦。」楊斌說。

「那年以後，逢年過節，我們老兵就想家，部隊裡加菜，勸酒，老兵哭，罵娘……」老朱說，「有些人因罵娘、發牢騷，抓去坐政治牢。一坐就是七年十年。」

老朱把茶几上的自己的白殼長壽又收回他的左手口袋裡。

「你是怎麼回到台灣來的？」老朱說，「不容易呀。六十二軍、七十師的，不是打死，傷病死，就是當了共產黨的俘虜……」

「我，還不就跟你差不多，就回來了。」楊斌沉思著說，「七十師、六十二軍連哄帶拐，把台灣新兵帶走，卻把人家扔在大陸上，自己撤來台灣。……」

「亡國滅種喲……」老朱搖著頭說。

老朱於是站起身來，說是他得回去洗黃豆、泡黃豆，第二天一清早磨豆漿，煮豆漿。

「你那豆漿，香。」楊斌說，「對了，你回大陸探親吧？你沒見著你老娘，你說的。」

老朱於是歎氣了。老朱說八、九年前他回了一趟老家。

「我娘她在一九五六年，就是我們的民國四十五年，病死了。」老朱說，「我一個老嫂交給我一隻牛骨做的髮簪，尖尖的一頭，包著一小截薄薄的一層金。」

「……」

「老嫂說，我娘要她有朝一日，把這髮簪交給我，」老朱黯然地說，「要我送給我媳婦兒……天下父母心啊。」

楊斌默然地站了一會，低聲說：

「那真是。天下父母……心。」

老朱於是走了。

老家

送走了老朱，楊斌回頭看見侄子林啟賢出來收拾茶盤和茶杯。收了一半，林啟賢忽然坐到方才老朱坐過的藤椅上。林啟賢看著楊斌回坐到他自己坐過的位子上，忽然說：

「大伯，我都聽見了。」林啟賢說，「你說的蘇世坤，就是你自己。」

楊斌看見林啟賢凝望著他的一對大眼，逐漸潮溼了。楊斌平靜、舒坦地坐在椅子上，默然無語。

「我阿爸常說起你們小的時候。」林啟賢說，「田裡的事再忙，你總是伴著送我阿爸上學，接我阿爸回家。我阿爸常說的。你入伍當了兵。會面的時候，把便當塞得滿滿的，交給我阿爸帶回家……阿爸說的。」

「你阿爸說起這些嗎？」楊斌說著，把因為年老而半闔的眼瞼睜大了。

「說。常說。」林啟賢說。

「……」

「大伯，你受苦了。」林啟賢終至於流淚了，「受，苦了，大伯父……」

楊斌想起在不到一個月前，初次踏上睽違了四十六年的故鄉台灣，在中正機場初次見到林啟賢時，就看見過於男子為少有的他的一對大眼裡的淚光。「你長得跟阿爸一模一樣。」林啟賢後來這樣告訴楊斌。林啟賢說，和大伯楊斌取得聯絡的頭兩年，楊斌寄來過幾張照片。六〇年代的兩張，都戴著工人帽，穿著把風紀扣子扣到下頷的列寧裝。「看起來就像是個大陸人。年輕一些，瘦一些。」林啟賢說，「年紀大了，頭髮灰白了，在機場見到大伯，直如見了我阿爸，一眼就認出來了。」

回故鄉台灣會有那麼多周折，楊斌是從來沒想到過的。八〇年開始，政策改了。過去，他和滯留大陸的絕大多數原國民黨軍台灣人一樣，打五〇年代中後，就戴上「歷史反革命」和「蔣幫特務」的帽子，送到河南鄲城外的五台廟勞動教育，幾十年低著頭做人。八〇年代初，「撥亂反正」、「改革開放」的新政策，突然把他們從勞改場、從山窪窪，從窮鄉惡水裡，打著燈籠找了出來，脫帽子，平反，補貼損失，楊斌還被七勸八勸當過縣裡的幾屆政協委員。

但於他為莫大的幸福的，是政策的翻轉，從天空中突然掉下來一個不可思議的機會和可能性，讓他能回到幾十年朝思暮想的宜蘭故鄉，看看父母兄弟、看看小時的左鄰右舍，看看在無數個夢寐裡出現的遼闊的、在風中打著稻浪的蘭陽平原和山山水水。在瀋遼戰役連天的烽火中，在五〇年代初幾年成了家，以及在生下頭生的兒子時，心心念念，總是故鄉的家園，父母的慈顏，和已經不知道如今是個什麼模樣，少小就相依相持的兄弟骨肉。幾十年來，這些切切的思念和對於此生還鄉的絕望，互相糾纏，讓楊斌在明知的絕望中又不禁款款思親，在鑽心的鄉思中面對此生終須客死他鄉的冷牆……這樣地度過了多少年年月月。

沒有人曾經敢於想像，命運和天年會來一個巨大的挪移和完全的翻轉。那一天，地委書記找上門來，問了政策落實到他家的情況，而後有如忽然想起似地說：

「跟台灣家裡聯繫了沒有？」

「沒有。都幾十年了。」

「政策是真改了，老楊。」老把工人帽搭在後腦勺的書記說，「先寫信聯繫。往好處想，說不定趕得上回去見爹娘一面。」

於是楊斌的鄉心逐漸又甦醒過來了。他覺得手尖端有些發涼。「可不知道怎麼辦呢。」他說。

「我去問問。」書記說，「縣城裡已經有台胞接到回信了。接到回信是什麼意思？意思是，咱們先去了信，個把月，家人回覆了。」

過幾天，他真按照地委書記說的——先按老地址寫信回宜蘭，信封上寫父親林阿炎的名字。他日日興奮又焦急地等待著從故鄉親人寄來一封音訊皆渺凡四十餘年後的來信。

一個月過去了，沒盼著回信。「急什麼，人家不是個把月了才收到回信嗎？」楊斌的老伴說。等了三個月，楊家於是都同意這解釋：說不準是搬家了。投遞錯誤，也有可能。楊斌於是再寫一封，又寫一封……四、五封信就叫楊斌盼了一年多回信，卻仍舊石沉大海。楊斌的老伴看著等信等得落落寡歡的楊斌，有一天，她說：

「說不準是老人家……不在了。老楊，你都六十好幾了。」

她勸楊斌下回寫信，寫給弟弟。他於是又按老地址寫了一封信，信封上寫了老二、老三的名字。然而三個月、半年過去了，寫去的信，仍然是渺無回音。

又翻過一年的一九九三年，縣台辦的領導拉老楊出來接待一個台灣來的姓黃的商人。在餐桌上，交換了名片。楊斌戴上老花鏡看著名片，忽然驚訝地說：

「你是礁溪人！」

「是。」

「啊呀，你竟是礁溪來的——」楊斌接過名片的手有些顫抖了。

「是呀。」黃先生詫異地說。

「礁溪離宜蘭有多麼近喲！」楊斌激動地說，「礁溪……」

「坐火車，只一個車站。」年輕的商人說。

「坐火車？我們小時候到礁溪，走路就到了。」楊斌說，老淚就刷地掛下來了。

縣城統戰部的繆組長明白過來了。他像碰上喜事似地笑著。他向年輕的台灣商人介紹，這「老楊」原籍宜蘭，少小離家，來大陸住了四十年。他提議為老楊他鄉遇著同鄉人而乾杯。年輕的台灣商人瞪著眼看他，像是發現了一塊珍奇的化石。

「汝台灣人喔？」商人用台語說。

「是。」他抹著淚花笑著說。沒有人能說清楚楊斌說的這「是」字，是大陸確切什麼地方口音的普通話了。

「宜蘭住什麼所在？」商人再用台灣話熱心地問。

「台灣話，都不記得了。」楊斌像是給誰道歉似地，靦腆地說，「離開故鄉，都……四十六、七年了。聽著還行。說，就困難了。」

商人把楊斌在宜蘭老家的住址，父親和老二、老三的姓名全抄在他的記事本上，指天誓日，一定要幫楊斌老人找到家人。

這以後六個多月，楊斌收到了老三的孩子林啟賢的來信。據信裡說，二伯搬到台北住了。「二伯家說您前前後後的來信都收到了。」信上寫道，「可能是二伯父家很忙，不暇奉覆……」

楊斌把這親侄的信前前後後讀了幾遍。父母都不在了。老三患肝病也死了四年多。楊斌他老伴在一傍看他一邊翻來覆去的看信，一邊呼兒呼兒地擤鼻涕，一回回用自己的衣角揩老花鏡，就遞給他她自己揩眼鏡片用的一方用舊了的小呢布。

「你可是有高血壓的人。」楊斌他老伴放低聲音說，「要見親人，就別把身體搞壞。」

楊斌聽著老伴勸，忽而想起了在石家莊那個種著槐樹的庭院裡，耐心教過他打太極拳的趙營長對他說過的話。現在想起，他就更知道趙營長那一張冷冷的國字臉下，有一顆心，心疼著從千萬里外被拉進了戰爭的修羅道的台灣人小兵。

第二天，楊斌就寫了一封長長的回信。那年在石家莊待了不到兩個月，上過幾堂政治課，共產黨就說：願意留在解放軍的留下，依照能耐平等敘用；要走，要回家的，給路條，發路費。台灣兵回鄉無路，絕大多數人只得留在軍中，更換帽徽。就那幾年，楊斌開始學文化。到了軍中肅反，到了反右、文革，楊斌就能寫洋洋灑灑的檢討刮自己耳光了。他在給林啟賢的信中，除了概括地敘說了他能明說的遭遇，介紹了自己的家小，就說了更多濃濃郁郁的鄉思。

「實在沒想到我能等到這一天。現在我急於回家探訪，祭拜父母的塋墓……」他在回信裡這麼寫。

然而料想中從此密集熱情的魚雁往返，並不曾發生。台灣的回信，總是滯遲不前，讓人覺得啟賢有什麼難言之隱，欲言又止。

這樣地又過了幾個月，啟賢來了一封信。信上說，大伯，申請回台灣的事，原想請二伯出面申請和具保的，現在改由他啟賢出面辦理。「我沒大伯[6]家忙，」信上寫道，「而況我年輕，到台北辦大伯入境申請，不怕跑不動……」

楊斌於是又眉開眼笑了。兒子、媳婦也都替他開心。只有老伴老勸他不能激動。

「台灣，四十年不曾回去的家呀。」楊斌歎息著說。

「這次能回家，啟賢你出了大力氣。」楊斌和藹地說。

「應當的嘛。」林啟賢說，拉了兩張面紙揩鼻涕。

「不論如何，這一趟能回家，了了我一大心願。」楊斌說，「可是辦申請入境，就折騰了你。」

「那沒什麼。」林啟賢說，「不就是改名字的事麻煩一些罷了。」

那一年被騙進了國民黨的軍營，第二天，連長點名時把他端詳了一番之後，說：

「從現在開始，你不叫林世坤，叫楊斌。」有一個福建人下士跟在連長身邊，幫著「翻譯」成閩南語：「本子上有一個叫楊斌的缺子，叫他頂著。」連長說。

從此，林世坤就平白地姓了楊。直到現在，他兒子正傑、孫兒小虎也姓著無緣無故的楊姓。但申請回台，頭一關就是戶籍名不對頭，手續就擋死在那兒，動彈不得。兩岸之間，伯侄倆也不知通了多少次電話，往返了多少封信，各自挖空心思去找、去申請補發一些複雜的證明文件，才把事情辦通。

林啟賢把茶壺、茶杯都收在茶盤裡，起身端到廚房。這時，在林啟賢修改簿本的、裡間桌子上的電話，忽然興沖沖地響了起來。

「哎呀，是大伯母！」林啟賢對著手上的移動電話笑著說話，走向楊斌，一邊說，「大伯在呢……您說哪兒的話。大伯不住我這兒住哪？都是親人……」

楊斌接過電話，他老伴還在對林啟賢說，他大伯多麼誇讚著他。楊斌聽了一會，輕聲說：

「喂。」

——噢。是你喲。小虎找你。

楊斌聽見電話換手的聲音。

——爺爺，我想你。

唯一的孫兒小虎劈頭就說。

「爺爺也想小虎。」楊斌說著，把整個臉都笑開了。

——爺爺——

楊斌聽見小虎哽咽，而後放聲，終至嚎啕了。楊斌只能聽清楚「爺爺」兩個字，其他的都被小虎自己震耳的哭聲干擾著了。楊斌大吃一驚，從坐椅上站了起來。

「小虎，什麼事！」楊斌心慌地說。

——爸，沒事。這兩天，小虎老想你。今天我們看著他憋不住了，就讓他給你打個電話。

是兒子正傑在分機上的聲音，帶著笑意。他聽見小虎說：

——爺爺……

「哎。爺爺也想小虎，快別哭。」楊斌笑了，在客廳裡，細聲對著電話機哄著小虎，慢慢地蹽著大步。

小虎的情緒回穩了一些。小虎不住地說：「爺爺回來，爺爺回來。」

爺孫倆終於有說有笑地掛了電話。楊斌把電話機還給了林啟賢，沉思了一會，說：

「啟賢，我看，我也該回去了。」

「不！你的身分證，兩個禮拜內就能下來了。」侄兒訝然地說。

「噢。」楊斌說。

一回到台灣，啟賢就著手為他辦台灣的身分證。辦台灣的身分證，是為了久居、甚至定居在台灣。再退一步說，有身分證，來日辦入台簽證，也方便許多。他也不是不曾盤算過落葉歸根。然而，來了台灣，不知道事情沒那麼簡單清爽。依台灣的規定，原國民黨軍人台灣人士要回台灣定居，還不至於很難。但有一條，規定了在大陸的親屬，七十歲以下八歲以上的，絕不能跟來住。

「我在大陸四十年，想了四十年的家。」有一回，楊斌對林啟賢說，「我要是同老伴回台灣定居，人到了老年，還得苦苦想那邊的孫子，兒子，媳婦。」

然而楊斌明白，侄兒啟賢為他申辦台灣的身分證，主要是想為他打一場要打起來就錐心徹骨的官司。

回來台灣沒多久，楊斌逐漸知道了一九五二年前後，台灣實行「耕者有其田」，林家幾代佃農，分得了兩來甲地。過了十幾年，老父親臨去世之前，就把土地分成三份，對老二、老三百般囑咐：「你大哥這一份，他要活著回來，留他一份。要是神主牌回來，留給他妻兒。」

又過了七、八年，農產品越來越不值錢，而不斷地往村子裡伸展的都市，使土地凡沾上城市發展的範圍，點石成金一般，地價就節節哄抬，造就了一批生活穿著土氣，卻家財數億的農民暴發戶。就在這時節，有人帶了台北的一個財團，商請老二賣地，老二隔夜就發了家。

「接連才兩年，二伯父家變了。全變了樣。」林啟賢說，「像蜜糖招引螞蟻那樣，二伯家的門庭熱鬧了，台北、高雄老遠都有人來找二伯父。這個要他蓋販厝賣，那個要他投資搞貿易，另外一個要他兒子先選鎮代表，而後開酒館……」

林啟賢羞澀地說，樸素老實的二伯父不久買了新車，養著一個油頭粉臉的司機，成天帶著二伯父到礁溪賭博、喝酒，甚至養了一個女人。二伯母氣得喝了農藥。

「二伯母沒有死成。這時，也不知道什麼地方來了一群三姑六婆，對二伯母說，沒見過這麼傻的人。死了白死了一個你。億萬家財你有一份。你那一份能牢牢抓在手上，你那老頭愛去哪兒瘋，隨他去。這樣才對。那些三姑六婆對我大嬸[7]說。」林啟賢說。

天上掉下來的一筆橫財，使老二裡裡外外變了一個人。他老來入花叢，一個勤苦樸素的農民，變成花天酒地、胡天胡帝的老頭。他的大兒子，林啟賢他堂哥林忠，果真用鈔票先選上了鎮代表，用大錢炒買地皮，開酒家，後來索性搬離了卓鎮，住到新市半山腰上的別墅區。第二年，林忠選上了縣議員。林啟賢說。

三年多前，楊斌從大陸寄出的第一封信，輾轉送到林忠家。

「沒料到我大堂兄立刻就想到交託在二伯父家的大伯的地產。」林啟賢沉重地說，「他怎麼一下子就想到你回來，專為了分這份地產。」

「我離家時，咱家還是三餐不繼的佃農。」楊斌悵惘地說，「四十年來，我從來沒想過我們會有地，也沒想回來分半平米的地……」

林啟賢說，楊斌的一連好幾封信，都抓在林忠手裡，卻來個相應不理。「直到有一天，忽然一位黃姓商人，去了大陸見著你了，回來找到我說，我才到新市去找堂兄。」林啟賢說，「大堂兄，大伯還在人世！他在大陸。我說。但他的反應卻出奇的淡。」

林啟賢大半不敢向眼前這大伯父全說的是，那時林忠堂兄皺著眉忖思了半晌，突然打開櫃子裡拿出大伯的四、五封來信。

「你看看這個。」林忠說，「信封、信裡，全寫的簡體字。」

林啟賢疑惑地盯著他堂兄看。

「有誰能證明他是我們大伯？」他挑出一個信封，搖出一張楊斌戴著工人帽、拉長了臉面對鏡頭，穿著一身把風紀扣都扣上下頷的藍色列寧裝、和大嬸[8]合照的照片。

「一看，就是個共產黨。你看吧。」林忠說，「他還要我們當保人，保他來台灣。我現在是做大生意的人。三保六認，生意場上都要一查再查。」林忠接著說，給一個共匪做保，萬一出事，他財產充公還不能善了，人都會抓去打槍的。

對於共產黨，林啟賢固然沒見過，但也是駭怕的。躊躇了幾個月，林啟賢忽而風聞他堂哥林忠開始串同一個地產商合計把坡頂那一塊屬於大伯名下的地賣了。他透過在縣政府地政課上班的小學同學一調查，才知道這兩個月來，林忠堂兄運用地方政壇的關係，經法院公告大伯父林世坤在民國五十二年客死大陸。目前，林忠正在辦土地「假買賣」，把土地所有權轉在他人名下。忿怒的林啟賢於是寫了那封表示由他出面為大伯辦入境和擔保的信。

「這得當事人自己來料理。」林啟賢低著頭說，彷彿要吞占土地的是他自己似地苦痛羞愧。「那可是當初祖父分明要分給你的地。我阿爸不時地說，有一天你回來，生活不愁沒有依靠。堂兄不是，二伯父也不說話。我就想，非把你辦回來不可。」

楊斌剛回來不久，林啟賢遠遠還沒有把二伯那一房的計謀說破時，約好了一天由林家陪大伯上祖父母的墳。楊斌在蓋成小房子似的墓室前跪下來，開始全身顫抖，而後放聲哭了。林啟賢從來沒見過這樣哀切的男子的哭號，彷彿要訴盡一生的苦楚、漂泊和離散。他和大伯之間，原本隔著年輩；隔著他無從攀登和探視的歷史；隔著遼闊、陌生的地理。但那一天，楊斌那至大的哀傷和悲愴，深深地滲透到他最裡面的心坎，使他淚流滿面。就打這回起，林啟賢忽而從生命中感覺到大伯是親人，是骨肉，他甚至感覺到上天竟活生生地又給了他一個新的父親。

楊斌慟哭了一會，站起來接過林啟賢為他點上的香，再三揖拜。墳地的秋天，顯得蕭索。這裡那裡簇生的菅花，像一叢叢白色的旗子，向著風孤單又愁苦地搖曳。楊斌自然從來沒見過蓋得像小屋子似的墓室。站了一會，又和林啟賢雙雙點上香，給厝置在同墓室中的老三祭拜一番。

「墳墓這樣蓋，把家族都擺到一起，很方便。」楊斌說。

「我老了。不管事了。一切都林忠在打點。」

二伯父獨語似地說。後來林啟賢為林忠吞占大伯地產的事去新市找過二伯父。那時，滿身酒氣的二伯父也正是這樣說的。

「身分證下來，我們先上法院打註銷死亡宣告的官司。我那地政課的同學教我的。」林啟賢說，「我們人明明還活著。你的戶籍資料，連日據時代的，還有當年志願入伍的兵籍資料，都找全了。」

「……」

「還有，大伯的身分證，準能在兩個星期左右辦下來的。」林啟賢說。

楊斌歎氣了，沉默了半晌，他說：

「我看這事，是不是就算了。」楊斌把背全靠在椅背上，像一個疲倦已極的人。

「哦。」

「我知道了有一份財產，也沒想過一定要。大家歡喜樂意要分給我，我要。要爭、要搶，傷心啊，我不要了。」楊斌說，「四十多年來，我想的是家，是人。」

「……」

「電話裡，我也同你大伯母合計過了。她說，我們不要。別為了財產就不做人。」楊斌說。

「大伯……財產是你自己的。你怎麼想，就怎麼辦。」林啟賢安靜地說，「只是，人不能像二房那樣。不可以那樣……」

「人不能那樣……」楊斌喃喃地說。

林啟賢用手掠了掠他烏黑的頭髮。他望著他的親人，他的大伯父，大大的眼睛流露著親情。

「大伯怎麼說，都聽大伯的。」他說。

「你說人不能那樣。你大伯母也說，人不能為了爭財產就不做人。」楊斌說，「你們都說到一塊了。我來給你說說，為什麼你大伯母那麼說。」

楊斌告訴林啟賢，林啟賢曾經問，楊斌四十幾年在大陸過得好不好。楊斌說，他當時含混說了什麼，記不得了。只記得他並沒真說。

「現在我就告訴你。在大陸這四十多年，兩頭甜，中間苦。」楊斌說。

一九五〇年初幾年，打過了朝鮮戰爭，台灣兵很多在解放軍裡繼續幹，有一些人也轉業在機關裡幹。在這些年，有工作幹，找對象，陸續也都結婚了。楊斌說。

一九五五年，部隊裡，機關中，搞起了「肅清反革命」。一九五八年反右，一九六六年文化大革命，絕大多數台灣出身的人，都戴上「歷史反革命」和其他的帽子。楊斌說。

「台灣兵有兩條過不了關。給國民黨幹過，打反動內戰。這是『歷史反革命』，有反革命的歷史背景。」楊斌說，「第二條，有不少台灣兵給日本幹過，去過東北、海南島當日本軍伕。這就是帝國主義走狗了。」

「這些都由不得已，是不是？」林啟賢憂愁地說。

楊斌說，人生有很多由不得自己的事。這叫命運。從五五年開始，為了政治，人和人忙著劃界限。丈夫和老婆，部屬和長官、同事和同事，都劃了界限。林啟賢說他不懂。

楊斌回答說，嚴格講，他也不懂。「人為了信念，或者為了自保，人跟人就那麼對著幹，是由不得自己。但也該有個限度。好好一個家散了。受不住苦，或者竟為了保護家小，不能不自殺的也有……」楊斌說。

林啟賢說他還是不懂。誰懂呢？楊斌說。那時候，思想上最難於過關的，是在戰火中為了生存始終互相扶持的台灣同鄉，也互相寫告發信，也把人不當人地整。

「那時，就是你大伯母一個人撐著我。她老說，老楊，你別發傻，想不開。每天出去挨批回來，我不說，她也不問，只是下一小碗麵疙瘩，再不就煮開水讓我洗個澡。」楊斌說，「有批鬥我的會，她一定參加，坐在我只需一抬頭就看得見的地方。她不是來聽批鬥。她是要讓我知道，我最艱苦的時候，她總是在場。」

楊斌的聲音有些哽咽，但臉上卻堆著虔誠的笑。他說他提這些，不是為了訴過去的苦。

「事情全過去了。苦過了以後，我和你大伯母就只得出一條結論。」楊斌說，「這條結論是，以後再有什麼大風大火，也絕不能就不做人。」

楊斌說，就算在那風風火火的歲月，仍然有同情勉勵的眼神拋給你。仍然有人塞給你半塊饅頭。交給貧下中農教育的時候，也有農民想方設法保護你，嘴上卻凶巴巴地說，「要認真學習，把自己改造好了！」

「我還是不怎麼懂。」林啟賢說。

「我再說，你行許就懂。我在大陸做了幾十年中國人，這回回到台灣老家了，沒有人認我這個台灣人，還當我外省人！」楊斌說，「張清、郝先生、老朱，都硬說我是個大陸老兵。」

林啟賢想著眼前這個一句台灣話也講不溜，曾經幾十年戴著工人帽在大陸生活的大伯。

「連自己的親弟弟，自己的親侄子，想吞占我的財產也就罷了，」楊斌苦笑說，「還硬生生編派我是共產黨，是冒牌來搶財產的外省豬。」

「你怎麼也知道了？」林啟賢詫異地說。

「有一回，左思右想，兄弟一場，一些話總得說清楚，就撥了電話找你二伯父。」楊斌說，「林忠接了，借著酒意，說了那些話，說我是外省豬，還掛我電話。」

「哦！」林啟賢說。

「我氣。我哪能沒氣？」楊斌漲紅了臉說，「我答應了讓你辦身分證，就想爭這口氣。」

「大伯你千萬不要激動。」林啟賢站了起來，驚慌地說，「大伯母說過，你血壓高。」

「沒事。你放心。」楊斌笑著說。

林啟賢這才又坐到椅子上。他說，「撤銷死亡證明，控告偽造文書的官司，大伯你慢慢再想過。不必急著現在。」

「方才和小虎打了電話。我怎麼忽然就明白了。」楊斌說，「你方才老說不懂。你懂的。你不是說，人不能那樣。這就同你大伯母說到一起了。她說，再怎麼，人不能就不做人。你懂的。」

「……」

「可是，別人硬要那樣，硬不做人的時候，我們還得堅持絕不那樣，堅持要做人。這不容易。」楊斌說。

「可是你做到了，大伯父。」林啟賢說，他的大眼睛閃爍著喜悅和孺慕。

「你明天去幫我辦機票。我一個禮拜內走。」楊斌說，「想家了。」

「大伯你得常回來。」

「我會。下回帶你大伯母，帶小虎來。」楊斌笑了起來，「畢竟，台灣和大陸兩頭，都是我的老家，對不？」

「對！」林啟賢簡潔地說。

一九九九年五月

一九九九年五月

初刊一九九九年九月二十二日—十月八日《聯合報・副刊》第三十七版
初收一九九九年九月人間出版社《人間思想與創作叢刊2・噤啞的論爭》（曾健民編）
收入二〇〇一年十月洪範書店《陳映真小說集6・忠孝公園》

1 洪範版為「。」，此處據初刊版改作「，」。
2 洪範版為「尿矢」，此處據初刊版改作「尿屎」。
3 洪範版為「矢臭」，此處據初刊版改作「屎臭」。
4 「毯」，初刊版均為「氈」。
5 「，」，初刊版為「。」。
6 初刊版和洪範版均為「大伯」，依文意應作「二伯」。
7 初刊版和洪範版均為「大嬸」，依文意應作「二伯母」。
8 初刊版和洪範版均為「大嬸」，依文意應作「大伯母」。

等待清算的後殖民台灣歷史[1]

評「皇國少年」李登輝

一、李登輝和葉盛吉

李登輝二十歲前後，正是日本皇民化運動的高潮期，因此他經驗了狂熱的法西斯主義「皇國少年」時期。「皇國少年」的經驗對青少年李登輝精神和思想的深刻烙印，在《台灣的主張》中表露無遺。

眾所周知，法西斯主義的哲學基礎，是源自尼采和柏格松唯心主義的唯意志論哲學。日本形式的法西斯主義也不例外：宣傳崇拜神道、注重對神道的祭拜，說「崇神祇、重祭祀，乃建國(諸神開國)以來一貫的皇國之大道」、是「國民生活之基調、國民道德之根柢」。在台灣，日本宣傳「敬虔朝禮，念皇室之榮尊」，來作為「教化島民之本」。周金波寫〈志願兵〉，就描寫皇國少年高進六排除知識分子的懷疑論，實行對日本神道「擊掌禮拜之儀」，使猥賤的台灣人得以上通「大和之心」。

台灣人知識分子葉盛吉是李登輝同時代的人。個性認真、執著、好學深思的葉盛吉，和李登輝一樣，在皇民化軍國主義宣傳中，曾經一度醉心於法西斯唯心論和唯意志論，甚至神秘主義。依據楊威理《葉盛吉傳》，葉盛吉苦心追求以「八紘一宇」為內涵的「日本精神」，力求能達到「感念國體」、「明鑑國體」的境界。他相信一種「宇宙之氣」；相信優越而超越肉眼的「心眼」，相信「以心眼接物，則凡自然、人事無不了然，莫不光明……了無阻礙」。而接「宇宙之氣」，養「心眼」之法，都為了證明神道日本的優勢，都為了打開一條法門，讓猥下的台灣臣民得以修練精進，成為清白無暇，忠勇無雙的「天皇之赤子」！

然而隨著時局的劇變，摯友的影響，葉盛吉逐步克服了「皇國少年」的唯心論和意志論，看破了當時日本法西斯的右傾反動哲學，從而重新發現了祖國中國。一九四五年葉盛吉從東京帝大醫學部轉回台灣大學醫學院，並且進一步參與了台灣省工委，揚棄了對「殖民地現代化」的迷信，以實踐選擇了經由反帝、反封建，自力更生，走自己的路，去探求被壓迫民族另類的現代性（alternative modernity）。

李登輝在軍國主義日本統治下，談鈴木大拙的唯心論，自苦鍛鍊、掃廁所……其目的並不是鍛鍊個人的修為，而是欲以唯心論哲學，勞筋骨、苦心志，「練成」法西斯右派狂熱分子堅強不屈的意志。而如果只是李登輝的少年愚妄，倒也罷了。七十多歲的李登輝居然回過頭來以「皇民奧吉桑」的資格向日本人提倡唯心論和意志論，宣傳掃廁所「練成」臣道的教義。今日日本六十以上的右派固然會擊掌稱讚，年輕一代恐怕會因來自台灣的「皇民奧吉桑」的怪論，瞠目結舌了。

葉盛吉和李登輝是同時代人。兩人都是殖民地台灣經由殖民者日本調教出來的殖民地精英知識分子。但兩人的思想、選擇、實踐則南轅北轍。殖民地精英知識分子的這種分化，在殖民地、半殖民地的歷史中屢見不鮮。殖民者的現代教育，使受惠的部分殖民地精英向日本殖民者的現代性張開了眼睛。於是有一部分人對殖民者發生豔羨、崇拜之心，從而進一步依照殖民者的形象改造自己——說殖民者的語言，依殖民者的語言閱讀和思考，讚揚殖民者「不論是人文或科技」、「均有相當不凡的成就」。在四〇年代，這一類知識分子力求在語言、生活、思想、行為上同化於日本。但同化的一端固然是對殖民者的崇拜和歸附，另一端則正是對自己民族、人民、社會和文化的鄙視、厭憎、疏離和斷絕。

但殖民地的現代教育，也使另一部分人在對「現代性」甦醒的同時，從被殖民者的遭遇和視角，看到了殖民者的現代性的悖理、殘酷和壓迫性，從而選擇了抵抗與批判，並以抵抗和批判尋求拯救祖國於危亡，振興我族，自力更生，與殖民主義斷裂，走自己選擇的發展道路，追求被壓迫者解放與發展的「另類的現代性」。一九五〇年代初，仆死在國民黨白色恐怖的刑場的留學日本東京帝大、京都帝大、早稻田、慶應等大學或學院的台灣殖民地精英不知凡幾。他們選擇了同李登輝完全不同的道路，在組織和實踐生活中，把自己畢生只能花開一度的青春，獻上了殖民地解放和祖國追尋另類現代性的祭壇。兩相參照，把日本帝國主義現代性講得眉飛色舞的李登輝的歷史和思想性質，暴露無遺了。

二、大卸七塊論的背後

據說，李登輝要把中國大卸七塊，文長不過四十字。論者以為可以略而不論。鴉片戰爭之後，中國從來沒有比現在更能獨立自主，擁有自己不可侮的防衛性國防。中國市場經濟的迅猛發展，也正在前所未有地將中國全境向一個統一、廣闊的市場組織和發展，而民族市場工業化的擴大和統一，正是現代民族國家登台的社會經濟條件。不必提中國文化、歷史和思想中獨有的「大一統」主義怎樣長久維繫了一個統一的封建國家，今日妄想肢解中國的任何論說之幼稚譫妄，確應加以抹殺而不論。

但人們注意到李登輝選擇向日本右派學者極力推薦三年前由王文山（王世榕）寫的《和平七雄》，稱這本書是「很有趣的一本書」。李登輝認同甚至受影響於《和平七雄》，特別在讀過《和平七雄》後，十分明顯。李登輝在《台灣的主張》中四十個字左右的「七塊論」的背後，其實是一種瘋狂的對中國、中國民族、中國文化和中國人民的鄙視、憎惡、歧視和仇恨。

王著《和平七雄》是一本更不值得理會的反華譫語。但它作為「中華民國總統」的中國七塊論的思想參照系統時，才值得注意。因為它透露了李登輝滿腦子對中國深刻歧視、偏見和厭憎。《和平七雄》最突出的思想感情，是對於中國、中國歷史、中國人的毫不隱諱的種族主義的（racist）醜詆和偏見。

王世榕說，中國患在「五病三孔」，貧、病、愚、痴、貪「五病」，和錢孔、色孔、食孔等「三孔」。中國人邪惡、可怕而神秘，卻手上握有核武器。中國人的素質低下，人口眾多，中國社會瀕於大崩潰，中國經濟有所發展說是假的。中國落後、專制、沒有法律人格、政黨民主的觀念，中國掠奪性的政府，和義和團式的、褊狹的民族主義十分危險。中國長此以往，必然是絕望的、沒有前途的，所以應該肢解成七個獨立的國家——邦聯、聯邦都不行！

這不只是對中國、中國人民放膽的醜化，而是對中國最無忌憚的惡魔化（demonization）。隨著中國經濟的快步發展，隨著中國向大國化邁進，帝國主義及其僕役們在近年中大造反華輿論，大放「黃禍論」和「中國威脅論」。而對中國的法西斯主義種族偏見，就成了這一切反華反動言論與偏見的基礎。

這兩年來，美國重要的、巨大的傳媒產業，正在變本加厲地大造反華輿論。他們宣傳中國是核武裝的狂人，是世界和中國鄰近國家的威脅。中國是邪惡的商人，向美國社會賣勞改營製造的商品，販賣死刑囚的器官給美國器官移植市場。中國專制獨裁，不斷破壞人權，是惡名昭彰的警察國家。中國是竊賊，專偷美國的智慧財產，最近發現中國竊取美國的核武機密……。

日本右派的反華風潮，於今尤烈。月銷四、五十萬份的月刊《Sapio》今年三月號封面特集就叫「一個名為中國的災厄」，收有〈從中國擴大領土的歷史探知中國對領土的野心〉、〈如果西藏是中國的領土，加拿大就是印度的領土〉、〈中國壓制少數民族語言、宗教、文化的實態〉、〈中國踐踏西藏一國兩制的技倆〉、〈傾聽西藏人民的怒聲〉、〈雖是高科技開發中國家卻足以威脅鄰國的人民解放軍實力〉、〈徹底論破笠原論文《日本軍在南京虐殺二十萬人》〉等文章，封面用了大陸某革命舞劇三個人民解放軍劈腿跳躍敬禮的照片來象徵中國的軍事化。

中國壓制民主人權，中國壓迫少數民族，邪惡危險的中國有領土擴張的野心，中國太大所以危險……這種暴論，在日本右派大眾刊物如《Sapio》、《文藝春秋》、《諸君》（李登輝最愛讀的日本雜誌之一）等，幾乎無時無之。

在美日反華大氣候下，帝國主義代理人台獨派也肆無忌憚地表現了對於中國的仇視與鄙視。一九四九年，台獨鼻祖廖文毅，向美國國務院上交了一份手寫稿《台灣發言》（Formosa Speaks，用詞語意，與李登輝《台灣的主張》何其近似乃爾！），其中就表達出強烈的反華思想。

廖文毅說，因為日本人帶給台灣以現代工業，美國為台灣帶來基督教文化，使台灣人文明開化，有別於落後低下的中國人——中國人「不講效率」、「懶惰」、「無責任心」、「監守自盜」、「賄賂公行」、「詐欺」、「崇拜金錢」……台獨「學者」黃文雄寫《中國的沒落》在台灣刊行，無非是說中國人口太多，生態環境崩潰，地大物博論的虛構，「四化政策」必然失敗，社會封閉停滯，中國文明宿命性的沒落，注定要被西方文明解體與吞沒……對照地看，王世榕很有抄襲黃文雄的嫌疑。

二十年來，中國人民艱苦的發展，正在強大而雄辯地批駁帝國主義、霸權主義及其走狗的反華言論。眼看著大國化中國以橫眉冷目崛起，反華暴論瀕於破產、帝國主義反動派的反華叫囂就愈益尖銳。

而李登輝七塊論的背後，其實就是他對中國、中國歷史、中國社會、中華民族和中國人民的、假洋鬼子式的憎恨與種族主義反動偏見。

然則，李登輝畢竟不是希特勒、不是墨索里尼，更不是東條英機。他只不過是美帝國主義和日本軍國主義在東亞戰略中的一塊息肉，一隻短小醜陋的尾巴。他的得意忘形的發言，終究只是三流鬧劇中的一行拙劣的台詞罷了。

三、日本右翼反動派的應聲蟲

戰後以來，日本的舊法西斯、右翼和保守派的思想言論，可概括為四個方面：

首先是恢復日本的光榮論。他們認為日本是「日出之國」，有民族上、文化上、現代科技上的優等性，有充分地形成偉大民族、偉大國家、領導世界的潛力。可惜的是，戰敗後，日本喪失了淬礪奮發、堅忍不拔的「日本精神」，不重日本的優秀傳統，喪失自信心，因此應該喚起優秀意識、恢復國粹、惕勵自強。

第二，日本雖然在明治維新中摒鄙亞洲，力爭入於西歐，但當自己也學著成為帝國主義國家後，有與英美拮抗的意識。太平洋戰爭的口號，是擊滅「鬼畜英美」。戰敗以後，先受美國代表的盟軍總部軍管，神國日本殘破，貧困凋敝，成人行乞，小孩圍著美國大兵要口香糖，國家以華族婦女取悅美國占領當局，換得天皇「國體」的存續。此外，戰後歷屆政府，莫不在外交、政治、軍事上扈從美國，在國際上永遠是經濟大國，政治侏儒，對美國卑躬屈膝，不敢說「不」。日本右派對此引為大恨。

第三，日本發動的十五年戰爭（一九三一－一九四五）是正義之戰，解放之戰。日本的戰爭，是為了把白人帝國主義和殖民主義趕出亞洲，解放廣闊亞洲的殖民地。由於日本的戰爭，占領、殖民政策留下的現代化開發和遺產，今日亞洲新舊小龍得以發達於戰後，歸根究柢，是日本占領殖民，使東亞各民族從白人殖民桎梏解放的結果。日本發動的戰爭，既是正義之戰、解放之戰，當然沒有什麼「戰爭責任」，不必為戰爭感到內疚，向人家賠禮道歉。

第四，在侵華戰爭中，日本打的是野蠻凶惡的「支那」，所以口號是「膺懲暴支」，在列強瓜分中國的時代，日本將台灣殖民地化，把福建等地劃為勢力範圍；在侵華戰爭中，併兼偽滿，扶植南京汪偽政權、窺伺蒙古、占領香港。日本對中國肆意侮辱和侵凌的歷史，使日本對新中國的自立自強，特別是新中國在二十世紀末葉的崛起，懷抱著深切的嫉恨、忿怒和恐懼。日本右派乃不憚於宣傳中國之大而危險，中國大漢民族主義之可憎，共產主義中國對世界、對日本的巨大威脅。為了阻止威脅之來，應該提攜台灣，為反共反華馬前小卒。

李登輝苦口婆心告誡今日日本「已經迷失了方向」，提醒日本：日本在「東亞地區最早與歐西列強並駕齊驅」……但現在日本總是顯得軟弱和「沒有自信」，失去了「鬥志」、「墨守成規」。他要日本必不可「妄自菲薄」，老是「強調自己的弱點」。要知道和相信日本文化「精深」，經濟上「最富有」，日本企業力量大而優秀，日本人才濟濟。日本在文化、人文上比美國更有深度，成就非凡。為今之計，日本人應該重新重視唯心論，神秘主義的「精神鍛鍊」，以超越「能力」和「利害」的極限，要日本打坐冥想，掃大街、清廁所以錘鍊意志力！李登輝的這些言論，全是日本右派的陳詞，是右翼日本意識形態的翻版。

李登輝煽動日本法西斯對美國的反感。他說美國何物哉？美國靠全世界對美元的信賴，背著大債，過富豪的生活。日本在文化上、人文上遠比美國更有深度，成就非凡。日本應該冷靜地看清美國，不必去怕美國。

李登輝全面肯定日本歷史上的戰爭政策和殖民地政策。他以極大的篇幅現身說法，說明他個人如何受益於日本殖民地精英教育，至今受益不淺，受用無窮。他以殖民地爪牙台灣人刑警和日本殖民地「國體教育」的尖兵師範生為「精英」，他說日本是台灣現代化的啟蒙者。

李登輝口沫橫飛，真情實意地歌頌日本對台殖民如何造就了他，就是向日本右派說明日本殖民體制是好的，促進殖民地現代化的懇切的證言。日本人不必為了曾經殖民台灣而耿耿於懷，不必對日本戰爭歷史和殖民歷史表現得太「敏感」和「困惑」。日本不必老是向中國為侵略戰爭賠禮道歉。李登輝的這些言論使日本反動派喜上眉梢，擊掌吶喊：「看！殖民地台灣精英對日本殖民體制的高度評價，證實日本的戰爭、殖民政策是美好而正當的！」

李登輝批評日本「太過謙遜」，深怕得罪中共。他說日本在東亞、在東南亞實力雄厚，應該和美國聯合起來爭取東方的霸業，否則中共就會取而代之，削弱美日在遠東的利益！日本不要對中國老是矮半截，應該掌握大陸情勢的基礎上，「理直氣壯地」對中國提出交涉。中國老向日本提「歷史認識」的問題，不是因為中國人對歷史正義有所堅持，而是藉以向日本敲詐，要借錢、要援助、要日本人的投資，所以日本人不要上當！

李登輝這種親日言動，深獲日本右派的歡心。在《Sapio》寫〈一個名為中國的災厄〉作者落合信彥就說：「作為親日政治家的李登輝，在世界上是一個至為寶貴的存在（真正從內心深處傾慕日本的領導人，在世上還有誰人？）。他生長於日本殖民地，應該受過苛酷的體驗，卻對日本一貫表現了善意和理解。」李登輝這些媚日、反動的漢奸言論，其實不是他的獨創的「灼見」。長年熟讀、耽讀日本右派雜誌報刊，如《諸君》、《文藝春秋》、《Sapio》，被日本右派學界如中嶋嶺雄和HPH研究所左右包圍的李登輝，只不過學舌而已。

然而，前殖民地「協力精英」（collaborating elite）對日本戰爭政策、殖民歷史高昂的頌歌，變成了日本反動右派的應聲蟲和回音，作為一種偽證，為日本帝國主義正當論、合法論和有理論添了註腳，提供了依據。台灣皇民一代，不只在日統下為天皇效忠，甚至在戰後的台灣，猶為日本的戰爭／殖民體制效力。悲夫！

等待清理的台灣後殖民歷史

在中國人民艱忍堅毅地向前邁進的途程上，李登輝和他那一代少數皇民遺老的腐朽妄譫的思想，渺不足論。但需要警惕的是，由於李登輝思想是美國霸權主義，日本軍國主義復活派的反華論、「黃禍論」和「中國威脅論」的投影，近數年來美日言論界中鵲起的，對於中國、中國人民的種族主義的誣衊、醜化和居心叵測的惡魔化宣傳，很值得清醒的中國人民加以密切的觀察。伊拉克、伊朗在被美帝國主義／霸權主義無忌憚地痛打之前，對伊拉克、伊朗的惡魔化宣傳總是動武侵略的輿論準備。

由於舊的和新的(「本土化」的)國民黨集團親日媚美的新殖民地本質，也由於五〇年代反共冷戰的政治和意識形態，台灣反日反帝民族解放的傳統和人脈、社會科學、審美和哲學體系，慘遭滅絕。台灣人民反帝愛國的傳統和歷史遭到打擊與抹殺，與殖民者「協力」的漢奸精英飛黃騰達於戰後，對殖民地台灣的社會科學的、歷史的清算無法進行，曠漏至於今日，致李登輝、廖文毅、黃文雄、王世榕這些殖民地、新殖民地精英的漢奸思想、文化和言論流毒於今日，事所必至。然而，親美媚日系精英的反華、蔑華論的存在，也應該納入殖民地台灣歷史批判的射程之內吧！

一九九九年六月

一九九九年六月一日

初刊一九九九年七月《海峽評論》第一〇三期

1 本篇為「李登輝的主張」專輯文章。

「兵士」駱駝英的腳蹤

在一九四七年九月以迄一九四九年初，《台灣新生報》的《橋》副刊上的、圍繞著台灣文學諸問題的論爭中，楊逵和駱駝英表現了突出的思想與理論上的高度，在台灣當代文藝思潮史上，有十分重要的意義和地位。

在昆明著名作家周良沛先生的引薦下，作者得以拜謁了駱駝英的前妻、作家柏鴻鵠女士，初步得以重塑了在台灣當代文學史視野中先因極端的反共肅清、後因民族分裂主義而遭到湮滅凡五十年的駱駝英的造像。現年七十有七的柏鴻鵠女士最近才寫完了一部長篇小說，是一位勤懇創作的專業作家。她的髮式和衣著，透露著於今日中國大陸已少見的五、六〇年代的樸質、正直的風格。她氣質端正，從容真誠，望之僅六十許人。在她坦誠的回憶中，人們彷彿又看見了從中國四〇年代激動的歷史中一路走來的一代人無悔的青春。以下，是以柏鴻鵠女士的敘述為主線，參照張光直《番薯人的故事》相關部分，和《中國文學家辭典》「羅鐵鷹」項的資料重建的駱駝英一生的腳蹤。

駱駝英，另名羅鐵鷹，原名羅樹藩，生於一九一七年，雲南洱源人，出身「小土地出租者」的家庭。家裡有一位守寡的母親和兩個弟弟。一九三九年，羅鐵鷹把大弟送到延安，後來任解放軍洛陽軍分區司令員。二弟也在抗日戰爭中進軍校，投入抗日行列。

羅鐵鷹在上海私立大同大學讀書，於一九三七年抗戰爆發後回到雲南。一九四〇年，以西南聯大進步文學界和教授為中心，舉辦了面向青年和學生的「暑期文藝講習班」，羅鐵鷹擔任講習班的行政工作。「講員中有當時名盛一時的作家如曹禺、朱自清、穆木天、彭慧、楚圖南等人。」柏鴻鵠回憶著說。十九歲的少女柏鴻鵠和二十四歲的青年羅鐵鷹初初結識於「講習班」。一九四一年，羅鐵鷹以土木工程專業畢業。「由於在校期間即一九三八年就與徐嘉瑞、雷濺波主編著名的抗日大型詩刊《戰歌》，寫詩和文藝評論的年輕的羅鐵鷹，在當時的文壇和文化界已卓有聲名。在抗戰末期人才薈萃的昆明，羅鐵鷹和雷石榆、樓適夷成為摯交。」柏鴻鵠說。

抗日戰爭勝利之後，相應於國府發動全面內戰，全國反對內戰、反對獨裁、爭取和平建設和民主化改革的國民運動，在法西斯鎮壓中不斷擴大，而羅鐵鷹在政治和文化活動上益為活躍。「這時，羅鐵鷹和著名學者聞一多、著名社會運動家李公僕熟識，經常參加他們舉辦有關時局、有關進步文藝等問題的座談會。」柏鴻鵠說。

一九四七年，全國和平·民主運動和國府的內戰·法西斯政策形成越來越尖銳的矛盾。鎮壓民主集會，逮捕進步、民主人士的事件叢出，形勢急劇惡化。「羅鐵鷹這時曾急切地尋找地下黨，到處尋黨的關係，卻渺不可得。」柏鴻鵠說。然而，依據柏鴻鵠的回憶，地下黨一直以關切的眼光在隱密中關注著羅鐵鷹。「當時，有一個羅鐵鷹的學生，經常到家中和我們分享當時延安的動態。」柏鴻鵠說，「後來，我才知道那個學生就是一個大學的地下黨支部書記。」越來越嚴峻的情勢，使地下黨在組織和紀律上採取極其隱蔽的政策，輕易不吸收新人。而羅鐵鷹長期以來思想和言辭上鮮明的傾向和激進色彩，使地下黨對於正式吸收羅鐵鷹，有了躊躇和顧忌。「羅鐵鷹因此不曾入黨。」柏鴻鵠說。

一九四七年秋間，國民黨在昆明展開一次大逮捕。羅鐵鷹得知自己被列入特務機關所要逮捕的黑名單中，遂緊急逃亡香港。「然而，在香港找工作很不容易。我在昆明寄給他的錢對於在香港的生活是杯水車薪。」柏鴻鵠說。在抗戰期間，柏鴻鵠曾在一家民族資本家的商號工作，待遇較優，積攢的餘錢，資助過羅鐵鷹在戰時辦《金碧旬刊》（一九四三）和《真理週報》（一九四四）。「許多地下黨評論人和文化人寫稿支持，宣傳抗日。」柏鴻鵠說，「羅鐵鷹一個人集稿、組稿、編稿、出刊，但終竟因為條件拮据，屢屢廢刊。」而羅鐵鷹亡港期間，也由妻子柏鴻鵠勉力資助生活。

在香港的亡命生活日益困窘之際，羅鐵鷹和先此去到台灣的親交雷石榆取得了聯繫，在四七年秋冬之間由港赴台，在台北建國中學找到國文教師的工作。關於他在建國中學的腳蹤，當年羅鐵鷹所鍾愛的學生、今日世界著名的大考古人類學家張光直兩年前在台灣出版的《番薯人的故事》中，頗有吉光片羽的描寫。依張光直的回憶，羅鐵鷹是一位深刻，備受學生愛戴和尊敬的老師。然而，少年學生張光直可能不知道的是，一九四八年春天開始，羅鐵鷹和自己的某種精神性疾患做著十分艱難的鬥爭。

「一九四八年春天，我在昆明收到了羅鐵鷹從台灣的來信，說他已『不久於人世』。」柏鴻鵠說，「我收到信，大哭了一場，隨即向工作單位請了假，在一九四八年三月，趕到台灣去看他。」

來到台灣的柏鴻鵠，和羅鐵鷹住進一位畫家的家裡。而這位畫家不是別人，正是在五〇年代台灣白色恐怖中犧牲的著名大陸旅台木刻藝術家黃榮燦。「當時黃榮燦正下鄉，為朋友搞美術設計，他家就只我和羅鐵鷹夫婦倆，和一位黃榮燦的台灣下女三個人一起生活。」柏鴻鵠說。

柏鴻鵠終於看到了被一種無名的惡病所糾纏的羅鐵鷹。每隔一、兩個小時，一種強烈的頭痛發作時，羅鐵鷹就皺著苦痛的眉頭用食指和拇指去按著左右邊的太陽穴。每次發作，「他就會思緒混亂，精神無法集中，已經好幾個月了。」柏鴻鵠說。問他如何診治，羅鐵鷹說打過一次針，但藥費太貴。柏鴻鵠把帶來的錢和細軟變賣，供他看病，病況稍有改善。為了深怕失去建中的教職，羅鐵鷹始終沒有對學校和學生說出自己的腦病。實在支撐不住，只能請別的老師代課或請病假對付過去。

為了探望丈夫，柏鴻鵠從內陸山城昆明頭一次來到台灣，也頭一次到港鎮淡水看到台灣的蒼翠和大海的湛藍。台灣的蒼翠和湛藍，在二十七歲的柏鴻鵠的心版上，留下了激動而深刻的記憶，至今猶鮮明如新。她在台灣住了四個月，前後寫了〈綠〉、〈明麗島〉和〈海濱〉等三篇散文，分別在一九四八年四月二十日、五月十二日和五月二十日寫於北投和淡水，發表在《新生報》的《橋》副刊上。三篇短小有緻的散文中，柏鴻鵠熱情地歌頌了台灣草木山海之美，對台灣人民在艱難和窒悶中的生活寄予深情的關注，並且激動地呼喚著尋求幸福和光明的變革。

一九四八年六月，柏鴻鵠在當時正向全國擴大的「反美扶日運動」，經上海一路寫作散文，反映沿途「反美扶日運動」，從浩大的如海潮般洶湧的遊行隊伍回到昆明。而四七年末來台以後的羅鐵鷹，從他和黃榮燦、雷石榆的親交看來，他透過《橋》副刊的台柱投稿人雷石榆而和《橋》副刊主編歌雷（史習枚）等台灣省內外前進的作家相熟，從而審慎地展開工作的大概，已可想見。

一九四八年七月三十日開始，陸續在八月二日、八月四日和八月六日，羅鐵鷹以「駱駝英」的筆名，在《橋》副刊上連刊了他那重要的論文〈論「台灣文學」問題諸論爭〉，就一九四七年十一月以來有關「台灣文學」問題的各種論爭的本質、文學上的統一陣線和指導理論的重要性、台灣與大陸在社會發展史、社會形態上的一致（統一）性、台灣社會的特殊性問題、一九一〇年代五四時期與當時四〇年代中國社會性質的比較、新現實主義與浪漫主義的關係、革命浪漫主義問題，和關於個性、階級性、群體性與典型性等問題，結合與圍繞了當時爭論的具體條件，展開了富於科學性的、深刻的論述，歷史性地提高了台灣的文學批評視界，為台灣左翼文藝思潮標示了一個新的高度。

一九四九年春天，台灣陳誠政府發動了「四．六」整肅，廣泛逮捕了台北的台大、師院進步學生及進步作家楊逵和史習枚（歌雷）、張光直被捕。羅鐵鷹在一髮千鈞之際自基隆乘船脫逃到上海。關於他如何在建國中學的幾位愛徒相送下倉促兔脫的情況，張光直博士在他的書中有細節的描寫。但張光直說時間是一九四八年秋而不是一九四九年春。

離開台灣後的羅鐵鷹經由上海進入江蘇解放區。據他在一九八〇年寫給張光直的信，他在一九四九年上海解放後到上海「軍管會文藝處」負責研究工作，發表不少文藝理論和批評的文章。一九五〇年底，他和文藝處的領導人陸萬美調到雲南。據柏鴻鵠說，陸萬美因電影《武訓傳》和其他問題，「出了一點差錯」，和羅鐵鷹一道調雲南主持雲南文聯的工作，羅並主編《雲南文藝》。

柏鴻鵠四八年回到昆明。一九四九年八月參加中共主導的「地下文聯」工作，出版了散文集

《無燈夜》，收有在台灣寫的那三篇散文。九月九日，雲南的國民黨軍頭盧漢奉蔣介石的命令，在雲南廣泛展開恐怖肅清，即臭名遠揚的「九·九整肅」。昆明許多進步報刊雜誌社遭到封禁，報人、知識分子、文化人和工農活動分子四百多人被捕於一夜之間。九月十日，著名中共黨人楊青田等人被捕，機關遭到破壞性打擊。

在白色恐怖的風聲鶴唳中，國民黨警探在九月十日找上門來，逮捕柏鴻鵠。事先早已毀滅了「地下文聯」一切敏感資料的柏鴻鵠，在生死一髮的險境中，欺敵喬裝遁走，循組織關係撤退到中共游擊區。十月，中共建政。十二月，盧漢起義。柏鴻鵠被先後調派玉溪和昆明工作。「自從四八年六月離開台灣以後，我和羅鐵鷹就斷絕了一切音訊。」柏鴻鵠回憶著說，「解放以後，他的兄弟託雲南軍區的人向我打聽鐵鷹的下落，我自己也託了人到處尋找他的蹤跡，都不得要領。」

一九五一年，柏鴻鵠參加了土地改革，在蒙自縣土改辦公室工作。忽有一日，羅鐵鷹在她的辦公室出現了。「這時羅鐵鷹的思想感情明顯消沉了。」柏鴻鵠回想著說，「他雖然負責《雲南文藝》的編輯工作，對官僚主義，對外行領導內行等問題，感到難於理解而苦悶消沉。」

關於這一時期的羅鐵鷹，在他寫給張光直的信中，有詳細的描述，卻看不出他意志消沉的痕跡。一九五一年，全國正在推動土地改革的工作。羅鐵鷹想親自參加土改事業，欲以這農村階級關係大改造的生活體驗為題材，寫一部長篇小說。「我想進行長篇小說創作，」他在給張光直的信中寫道，「回（雲南）來後的四個月，經過一再要求，到農村去參加了（土改）鬥爭……我從減租、退押一直搞到合作化。」

正當羅鐵鷹著手寫長篇時，中央發動了胡適批判運動。他於是停下了小說寫作，寫了批判胡適的《中國哲學史大綱》的論文。

一九五五年，「胡風事件」爆發。胡風把中共的文藝政策說成擱在作家脖子上的「五把刀子」——先養成共產主義世界觀才創作；只有工、農、兵的生活才是值得描寫的生活；只有過去的形式才算是民族的形式；題材決定作品的價值，等等。不論這「五把刀子論」是否遭受指控者的歪曲，總地看來，胡風的主張，無非說文藝創作的領域有其細緻而獨自的領域，不應該以政治權力粗暴地強予制度化。這是真實的馬克思主義文藝論所三復斯言的。這時，羅鐵鷹批判胡適的論文還不及發表，就「因過去和胡風及其骨幹分子之間有過一點發表稿子的正當聯繫而受到審查，」羅鐵鷹寫道，「（結果）黨是英明正確的。經過近二十個月的調研，（到一九五六年底）終於對我做出了正確的結論」。審查的結論並且明確認定他在「民主革命中對革命有過一定的貢獻」。他終於沒有被打成「胡風分子」，沒有遭到衝擊。但據柏鴻鵠說，五一年重逢後的羅鐵鷹，以他堅強的社會主義信念，過早地洞見了革命的「左」傾，對官僚主義、「外行領導內行」等問題不能理解，甚至明顯地消極了。

自稱「在政治上遲鈍」、「雖然在現實生活中看到問題，也感到苦悶，但當時我還是把一顆純潔的心一味向著黨，執意要跟上黨」的柏鴻鵠，開始和思想言辭上苦悶、憂擾，甚至不滿的羅鐵鷹逐漸產生了思想與感情上的落差。「就在這一年，我向他提出離異的要求。」柏鴻鵠說。

遭逢婚變的羅鐵鷹，顯得更加消沉與苦悶。一九五七年，羅鐵鷹從文藝工作崗位調到昆明師院開中國現代文學的課，已經無暇寫他的長篇。同一年，毛澤東黨中央開展了「百家爭鳴、百花齊放」運動，號召為了使共產黨更健康、更好，要人民對共產黨和權力提意見，聲言「言者無罪、聞者足戒」。「這時，羅鐵鷹第二次燃起了革命的熱情。」柏鴻鵠說。羅鐵鷹感到黨畢竟是清醒的，感到毛主席決心依靠廣大人民和知識分子協助共產黨清理建國後積存的缺點和破綻。他又被邀請到省文聯「幫助黨整頓風氣」。他熱情洋溢，滿懷忠誠地發言、寫文章揭發問題，提出意見。不久，共產黨突然發出「嚴厲反擊右派分子的猖狂進攻」的號召，發展成沸沸揚揚的反右傾運動。羅鐵鷹被劃成了鮮明昭著的右派分子，先送到勞改農場，後又送到他的家鄉洱源的農村去改造，一待二十多年。

在一九八〇年羅鐵鷹寫給張光直的信中，他對自己在這一段於故鄉洱源鄉下當農民時的思想感情，有清楚的交代。被「錯劃」成「右派」以後，他被剝奪了一切公職。「在這二十年漫長的歲月裡，我的生活是夠艱苦的。但我的心始終向著共產主義，向著黨。我始終堅信黨有一天能理解我。」羅鐵鷹寫著，「故我沒有被人生最大的委曲壓垮……七次申訴毫無音訊，我仍不消極悲觀，二十年如一日地在公社裡做一個土地上忠貞的士兵……」他像一個「忠貞的士兵」那樣，戍守著洱源農村公社的大地，也戍守著燃燒在他胸膺中的社會主義。

但據柏鴻鵠說，對黨和國家懷抱了熱烈希望的羅鐵鷹，在深深地陷入失望的黑夜時，他曾跳樓自殺，幸未致殘。他給張光直的信裡，的確有「我的腰骨跌斷過」的話。另他的兒子羅鳴寫給張光直的信中，說羅鐵鷹在「肅反時被打成胡風分子，他想不通，跳樓自殺，成了終身殘廢」。綜合地看，也許柏鴻鵠說的比較符合實況。

柏鴻鵠說，從現在看過去，羅鐵鷹的思想觀念大部分是正確的。說明他對真理的執著，眼界的高遠，過於常人。「在農場勞動改造期間，他從來不承認自己是『右派』。」柏鴻鵠說。她聽說他在勞動時放羊。幹部殺羊吃肉，放羊的右派們連一碗肉湯都分不到。羅鐵鷹放言高論：不放羊的人吃肉，放羊的人沒肉吃，這是什麼樣的人與人的關係。於是在勞教幹部眼中，羅鐵鷹就愈加頑固反動了。

但無論如何，至少根據羅鐵鷹寫給張光直的信，他二十年下放時期的精神面貌是自尊而積極的。他不無得意地告訴張光直，一九七七年他負責種下的小麥，成績最好，估計可以比往時多出一倍的產量。

就這樣，羅鐵鷹經歷了胡風事件的試煉，走過了反右的暴風。文革時期，「右派」的帽子使他成了一隻「死老虎」，反倒沒有遭受太大的折騰。一九七九年，羅鐵鷹激動地迎接了「四人幫」的潰滅和「撥亂反正」的大平反政策，在當年三月，他摘除「右派」的帽子，恢復工資，昆明師院配給他房子，請他回中文系的課室教書，恢復了他應有的名譽。

然而長年的折磨，羅鐵鷹的健康受到很大的損害。身體十分衰弱的他，此時猶激動地寫了四組組詩。但仍然念念不忘要寫他在二十年前就要寫的長篇。「但健康狀況」使他「不敢下此決心」。此外，一九四八年在台灣發作的「腦病」，至今未癒。他告訴張光直說他的「腦病不輕，每患重一點的感冒就不能用腦」。嚴重的健康損耗，使昆明師院終於免除了他的教職責任，讓他專心養病。

一九八五年，羅鐵鷹與世長辭，得年六十七歲。他的兒子羅鳴不無怨責地說他父親至死沒有「把政治看透」，「臨終前還叫著：『列寧最偉大！』真是令人痛惜啊！」而張光直據此說他「至死是社會主義忠實的信徒」。

羅鐵鷹和柏鴻鵠育有一男一女，惜乎皆已物故。

他出版的詩集有《原野之歌》（一九三九）；《火之歌》（一九四三）；《海濱夜歌》（一九四四）；《原形畢露》（一九四六）和《詩論集》（一九四四）等。

羅鐵鷹的一生，是在中國抗日民族解放戰爭中成長，在四〇年代和平建國、民主革命的浪潮中經受了鍛鍊，在三十歲前後的壯年迎接了大革命的勝利，而後遍歷了肅反、反右和文革的風風火火的一代人的典型：熱情、正直、純潔，對真理、對光明與幸福、對人的終極的解放和祖國的新生懷抱著不渝的信念。但羅鐵鷹和他幾個東渡台灣的朋友，在一九四七年到四九年間對台灣文學思想與批評的提高和啟蒙所做的巨大貢獻，卻是他這一代其他的人所不及的。然而覆按羅鐵鷹半生的腳蹤，對於因為新中國受到帝國主義強權長期環伺而對營壘內部歇斯底里地要求忠貞和純潔；把解放與自由的人間的理論與哲學變成神學和教諭，對人民施行宗教裁判，從而打擊、傷害和枉屈了成千上萬像羅鐵鷹一樣優秀、正直，對革命和解放矢志不移的幹部、群眾和知識分子，不能不說，這是中國無產階級運動最驚心動魄、最慘痛、最悲劇性的教訓吧。

一九九九年六月二十三日

初刊一九九九年九月人間出版社《人間思想與創作叢刊2・噤啞的論爭》（曾健民編），署名許南村

國家圖書館出版品預行編目（CIP）資料

陳映真全集／陳映真作. -- 初版. -- 臺北市：
人間, 2017.11
23冊；14.8 ×21 公分

ISBN 978-986-95141-3-2（全套：精裝）

848.6 106017100

陳映真全集（卷十七）

THE COMPLETE WRITINGS OF CHEN YINGZHEN (VOLUME 17)

作者 陳映真
全集策畫 亞際書院・亞太／文化研究室
策畫主持人 陳光興、林麗雲
執行主編 宋玉雯
執行編輯 陳冉涌
小說校訂 張立本
版型設計 黃瑪琍
排版／印刷 中原造像股份有限公司

出版者 人間出版社
發行人 呂正惠
社長 陳麗娜
總編輯 林一明
地址 108台北市萬華區長泰街五十九巷七號
電話 886-2-2337-0566
傳真 886-2-2337-7447
郵政劃撥 11746473・人間出版社
電郵 renjianpublic@gmail.com

初版一刷 二〇一七年十一月
定價 一萬二千元（全套不分售）
ISBN 978-986-95141-3-2